知の巨人

評伝　生田長江

荒波　力

白水社

知の巨人　評伝生田長江

装幀＝松吉太郎

目次

この作品を、生田長江と同じ鳥取県日野町出身の故・松本市壽氏に捧げる。

プロローグ

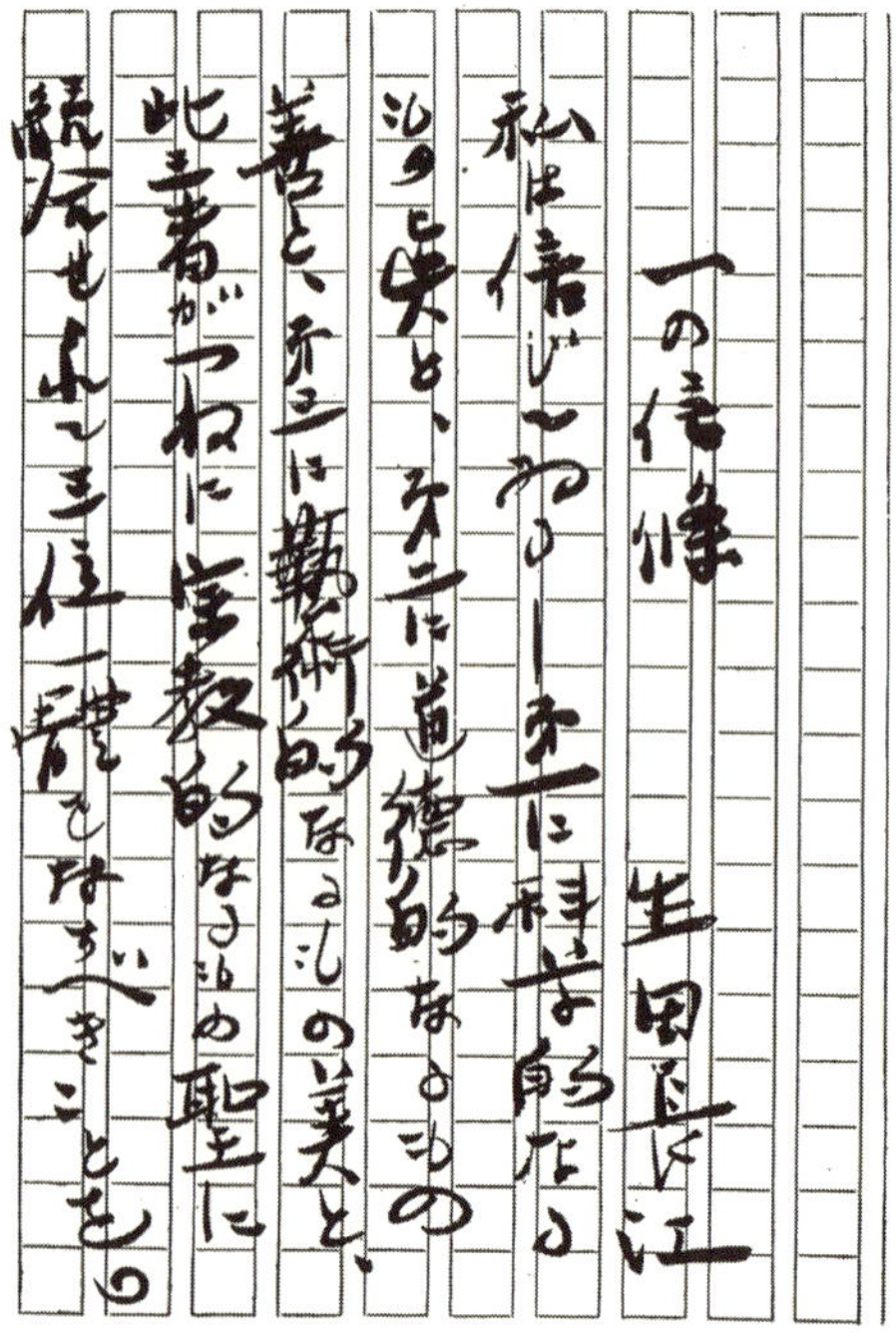
一の信條　生田長江

私は信じてゐる——第一に科學的なるもの真と、第二に道徳的なるもの善と、第三に藝術的なるもの美と、此三者がつねに宗教的なるもの聖に統合せられて三位一體をなすべきことを。

長江直筆（「一の信条」）
私は信じている——第一に科学的なるもの真と、第二に道徳的なるもの善と、第三に芸術的なるもの美と、この三者がつねに宗教的なるもの聖に統合せられて三位一体をなすことを。（「生田長江全集」第９巻　口絵より）

生田長江とは何者であろうか。彼の生涯は、彼が亡くなった翌日（昭和十一年一月十二日）の「報知新聞」の訃報に凝縮されている。

生田長江氏逝く／ニイチェ紹介者
文壇の耆宿生田長江氏はかねて胃潰瘍を病み渋谷区代々木山谷町三一四の自宅で療養中のところ、気管支肺炎を併発し十一日午前零時十分逝去した、享年五十五、葬儀並びに告別式は十四日午後二時から三時まで本郷帝大赤門前喜福寺で佛式により執行する
同氏は本名弘治、鳥取県日野郡根雨町に生れ、東京帝大文科を卒業し文芸評論家として著名であつた『ニイチエの生田か、生田のニイチエか』といはれ、我文壇におけるニイチェ紹介者として大きな功績を残し、殊に後進の指導を忘れず、かの島田清次郎の如きも長江氏によつて文壇に推薦され、門下から佐藤春夫氏等を出してゐる、つとに夫人を失ひ家庭的に恵まれず、三年前から視力をなくし失明状態で、一粒種の愛娘まり子さん（二四）が良きアシスタントとして父の原稿の口述筆記に当つてゐたといふ涙ぐましい佳話がある、最近十余年間は小説『釈尊伝』の執筆に没頭し、第一巻は既に成り、本年中には千二百枚の長篇脱稿の予定であつたが、その急逝は惜まれてゐる

この記事には、眼鏡をはめた端正な顔立ちの顔写真も掲載されている。何だか、実直な銀行員にも

見える。わずかに、鼻の下のカイゼル髭が威厳を漂わせている。長江は、訃報の見出しにもあるように、十九世紀最大の思想家といわれたドイツの哲学者・ニーチェの翻訳者として、また文芸評論家としても知られていた。

長江の文壇へのデビューは早かった。当時の人気作家・小栗風葉（明治八年生）を論じた「風葉論」を「芸苑」（明治三十九年三月号）に発表して文壇に颯爽と登場したが、このとき弱冠二十三歳。まだ東京帝大の三年生であった。

昭和六十二（一九八七）年から翌年にかけて、明治三（一八七〇）年から昭和五十年までの近代名作千十七作を選んだ『日本文芸鑑賞事典』二十巻が刊行されたが、長江の作家論の集大成ともいえる『最近の小説家』（春陽堂・明治四十五年）は、第四巻に収録されている。

この項を担当した上村希美雄氏は、「風葉論」について、〈長江の論壇へのデビューを飾ると同時に、明治の文学界に初めて登場した本格的な作家論と呼ぶにふさわしいものでした。日本の文壇人たちは、自国の同時代の作家が進めつつある文学上の仕事を直接的な対象として、自己の文学・芸術観を語ろうとするこのような批評の方法があることに、はじめて眼を見開かされたのでした。〉と書いている。ちなみに『最近の小説家』には、「近代文芸評論史の中で作家論の分野を確立した作品」のリードがついている。

この後、長江は次第に作家論を離れ、文芸批評に軸足を移していくが、文芸評論家の桶谷秀昭氏は、〈明治以降の文学史において、文芸批評といふものを、独立した創造行為として自覚したのは、生田長江がおそらく最初の人であつた。〉（「生田長江――文芸批評を確立した多才の人」）と書いている。もちろん、長江の前にも斎藤緑雨や内田魯庵や北村透谷や高山樗牛のように、創造的批評の名に値する仕事をした人はいるが、〈西欧近代思想と無縁な緑雨は別として、彼らの批評文は、人生論や文明批評とわかちがたい性質のもので、彼らは文芸の批評家である前に、明治新文芸の啓蒙家であることを強ひられてゐた。〉(「同前」)とみられている。

われわれは長江のことをすでに忘れてしまったけれど、とにかくその活躍ぶりには驚かされる。日本文学に造詣が深く、平成二十(二〇〇八)年に文化勲章を受章し、二十四年三月に日本国籍を取得したドナルド・キーン氏は、〈大正期の作家の中でも特に文芸批評で知られる作家として最も目立つのは生田長江である。〉(「生田長江」『日本文学史 近代・現代篇八』)と書いている。

同時代に活躍し、大正十二(一九二三)年に「文藝春秋」を創刊し、芥川賞と直木賞の生みの親である作家の菊池寛(明治二十一年生)の長江評を読めば、さらにその偉大さがわかるだろう。菊池は、長江の一高の後輩で、長江よりも六歳年下である。

明治大正昭和にかけて、生田長江氏は、文壇のよきパイロットの一人であつた。氏は、最も正統なる文学的教養と思索とに依つて、その間に起伏せる文芸上の諸主義に対し、常に適切なる批判を下し、日本文学の発展に力を尽したと言つてもよい。

よき文学の芽を見付けるのに、敏感な氏は、その間に多くの新進作家を推薦した。文芸批評家として、生田氏ほど長期に亘つて活躍した人はないであらうが、批評家が常にさうであるやうに、その功績に対して、報ひられる事が、甚だ少かつたことは、いかにもお気の毒であつた。せめて氏の死後に於ける全集が一部でも多く江湖に行はれることを、私は切望して止まない。恐らく氏の全集は、明治大正昭和に於ける文芸思想史として、永く保存されていいものではないかと思ふ。(『生田

長江全集』内容見本）

長江は、明治の終わりから昭和の初めまで活躍した文士であった。菊池は、〈文壇のよきパイロットの一人〉と書いているが、実際長江は長い間、文壇の第一人者、あるいは権威者とみられていた。もう一人、同時代の思想家で評論家の三木清（明治三十年生）の長江評を紹介しよう。

> 生田長江氏は本格的批評家であつた。その教養は文学の正統を継ぎ、終始人生の根本に相渉るといふ厳粛真摯な態度があつた。その評論は単に印象的でなく、思想によつて裏打ちされてをり、また文明批評家的眼光をもつて貫かれてゐる。氏の評論の態度はブランデス的であつたともいへるであらうか。最近の文壇において本格的批評の欠乏が歎ぜられてゐるとき、氏の評論の如き範とすべきものが多いであらう。文壇の時流に迎合せず、自ら恃むこと極めて厚かつた氏の文章は稀なる気魄を有し、独特の風格を具へてゐる。しかし氏は、皮肉家でも冷笑家でもなかつた。氏の文章が心を打つのはその人道主義的熱意によつてである。（『生田長江全集』「大阪朝日新聞」昭和十一年四月十八日）

三木も、時流に迎合せず、常に孤高を貫いた長江の姿をくっきりと捉えている。文は人なりというが、〈稀なる気魄を有し、独特の風格を具へてゐる〉長江の文章は、彼そのものであった。また、三木がわざわざ〈皮肉家でも冷笑家でもなかつた。〉と書いたのは、長江のことをそんなふうにみる人が少なからずいたためだと思われる。

ただ長江は、われわれのイメージする文芸評論家の枠にスッポリと納まる人ではなかった。三木や、少し後に紹介する平塚らいてうの文章にもあるが、文明批評家でもあった。長江の文明を洞察する目は鋭く、大正十四年には「近代」の行きづまりを予知し、「超近代」を提唱していた。こんな人物が他にいただろうか。

また思想家の側面ももっていた。詩人の萩原朔太郎（明治十九年生）は、次のように評価している。朔太郎は長江の四歳年下である。

日本で思想家といはれる人々は、概ね商業ジャーナリズムの手先であり、マルクスが流行ればマルクスを、人道主義が流行れば人道主義を、しかも外国学者の受売りで無批判に紹介し、独創のない安智識を見せびらかすやうな仲間にすぎない。でなければ月々の文学雑誌に、文壇時事問題の際物的興味をねらつて、いはゆる「文芸時評」の類を能事とする仲間にすぎない。真に自我に立つて人生の意義を深く考へ、身を以て真理の求道に殉ずるやうな人や、トルストイの如く真面目に文学の本質的意義を考へ、芸術の究極を探つて終生倦まないやうな人々は、日本の思想家には殆んど居ない。ただ独り生田長江先生だけが真に真面目な唯一人の思想家だつた。（「長江先生のこと」「現代詩」昭和十一年四月号）

いつの時代にも優れた文芸評論家はいる。けれどもたいていが、新しい文芸思潮の紹介者として現れ、その思潮が消えると同時に輝きを失う人たちばかりだ。長い間、第一線で活躍できる評論家は稀である。なぜ長江は稀な評論家になれたのか。それは、彼が時代を見据えることのできる物差しを持っていたからである。

我は一《ひとつ》の磁石なり、
つねに謙遜に南北をさし、
忠実に、頑強に南北をさし、
まつたく宿命的に南北をさし示す。

これは、長江の詩「我は一の磁石なり」の冒頭の一節であるが、彼自身が一つの磁石だったのかもしれない。
長江は優れた評論家であったが、同時に詩、戯曲、小説とさまざまな分野の創作にも取り組んでいる。彼が一番大切にしたのは詩である。
太宰治（明治四十二年生）が、「日本浪曼派」に連載した「もの思ふ葦（四）」（昭和十年十二月号）の最初の『衰運』におくる言葉」の冒頭に掲げているのが、長江の次の短詩である。

ひややかにみづをたたへて
かくあればひとはしらじな
ひをふきしやまのあととも

太宰は、〈右は、生田長江のうたである。「衰運」読者諸兄へのよき暗示ともなれば幸甚である。〉

の言葉を添えている。短いが、含蓄のある詩である。孤高を生きている長江が、このころの太宰には眩しく見えていたのかもしれない。長江は、折に触れて心に沁みる詩やウイットに富んだ詩を発表している。

また現代性、社会性のある九編の心理劇を発表して一世を風靡している。このうちの何編かは上演され、好評を博している。小説も『環境』（のち『哀史』と改題）や『落花の如く』などあるが、これらは大衆的な作品が十分に芸術的であり得ることを実証する目的で書かれたものである。これらの作品は、彼が卓越したストーリー・テラーであることも証明している。そして、最大のものが十年余の歳月をかけて準備した『創作釈尊』であったが、急逝のために釈尊が出家するまでが一冊になったのみで中断している。

さらに卓越した才能を発揮したものがある。翻訳である。冒頭の訃報でも触れていたが、ニーチェの翻訳家としても著名であった。

ニーチェの代表作の一つ『ツァラトゥストラ』をわが国で最初に完訳したのは、長江だった。新潮社から刊行されたのは明治四十四年一月。このとき彼は二十八歳。夏目漱石（慶応三年生）や森鷗外（文久二年生）の指導を仰ぎながら一年半かけて取り組んだ仕事で、刊行されると大きな反響を呼んでいる。

長江はその後、『ニイチエ全集』にも挑戦している。こちらも新潮社から刊行されたが、大正五年から始まり、全十編が完結したのは昭和四年のことであった。これはわが国はもちろん、ドイツ語圏外でも初の快挙であった。このときニーチェは、日本の読書界に全貌を現したのである。

さらに昭和十年から十一年にかけて、新訳決定普及版『ニイチェ全集』全十二巻が日本評論社より刊行されている。すでにこのころ失明していた長江は、口述筆記でこの大事業を成している。

長江のこれらの仕事が、近代日本の精神界に与えた影響は計り知れない。同時代を生き、作品に生田訳の影響を強く指摘されている前出の萩原朔太郎は、〈生田長江氏が、日本にニイチエを紹介されたことは、何物にもまして偉大な功績であつた。僕は氏の全訳によつて、始めてニイチエを知り、ニイチエを読んだ。この意味に於て、長江氏は僕の間接の先生であつた。〉（「長江先生のこと」）と書いている。

同じく詩人の日夏耿之介（明治二十三年生）は、〈ニイチェ全集は明治文化史上に永久に残る好い記念だ。翻訳も氏の訳案中ではあれが一番よい。もつと広く深く読まるべき古典だ。私も若い頃氏のツァラツストラ訳本によつてニイチエに入り、英訳と対照し乍ら、訳本の措辞を一々私らしい文字に訂正して全篇にわたり雌黄を加へた事があつた。それがもとで愈よニイチエが好きになり、今尚トルストイよりも体質的に神経的に思想的に感情的に杳かに杳かにニイチエを喜《この》んでゐる。〉（「生田長江氏」・「現代詩」昭和十一年四月）と書き、生田訳がニイチェに入るきっかけであったことを明かしている。

また魯迅（明治十四年生）が「ツァラトゥストラの序説」の中国語訳を試みているが、参考にしたのが長江訳であった。前出の太宰治も愛読者だったようで、友人の檀一雄は、太宰の蔵書は少なかったが、〈登張竹風の「如是説法」、生田長江の「ニーチェ全集」は、これは太宰の最大の蔵書であった。〉（『小説太宰治』）と書いている。

多くの同時代人たちに影響を与えた長江訳のニーチェであったが、ニーチェを養分にして誰よりも成長したのは、訳者自身ではないかと思われる。東大名誉教授で、ドイツ文学者の手塚富雄（明治三十六年生）は、自身が責任編集した『世界の名著46　ニーチェ』（中央公論社・昭和四十一年）で、〈生田長江は実存的に最も深くニーチェに親しんだのではないかと思う。ニーチェについては、論述より翻訳に力を注いだようで、それは特異な張りのある文体だった。長江は、どう控え目に見ても、ニーチェのいわゆる高人に列する人である。〉と書いている。

しかし、彼の翻訳はニーチェだけにとどまらない。マルクスの『資本論』(第一分冊)、ダヌンチオの『死の勝利』、トルストイの『我が宗教』、フローベルの『サラムボウ』等、多くの作品を世に出している。『サラムボウ』の口語的文体が、横光利一(明治三十一年生)の『日輪』の文体に大きな影響を与えたことは、多くの研究者が指摘していることでもある。

前出の桶谷秀昭氏は、〈訳業においてその文体が後代の作家、詩人に影響を及ぼしたのは、長江の他に二葉亭をかぞへるだけである。〉(「同前」)と指摘している。

彼の仕事は、活字になっているものだけではない。後進に温かい愛情を注いだのも彼の特徴の一つである。

先の訃報では触れていなかったが、明治末に生まれた平塚らいてう(明治十九年生)の「青鞜」の誕生にも大きく関わっている。現在、「青鞜」は、女性解放運動の先駆的な役割を果たしたものと位置付けられているが、彼女に女性だけの雑誌の発行を提案して名付け親になったのも彼である。彼女は、長江について次のような文章を書いている。

わたくしは生田長江氏を可成り根本的な意味で道徳的な人格として尊敬してゐます。社会批評家若しくは文明批評家としての氏も得やすからぬ方だと思ひます。氏の婦人論、恋愛論、貞操論などはいつも多くの共鳴を見出してわたくしにとつてはたいへん愉

快なものです。（「はがき評論」「不同調」大正十五年四月）

訃報に名の見えた島田清次郎（明治三十二年生）は、大正時代、弱冠二十歳で『地上』を引っ提げて登場し、瞬く間に時代の寵児となった作家であるが、彼を発掘し、版元の新潮社に紹介したのも長江である。この島田を始め、彼の推薦を受けて世に出た作家は数知れない。

また多くの門人を育てている。その筆頭が、大正・昭和の文学界に大きな足跡を残し、昭和三十五年に文化勲章を受章した作家・佐藤春夫（明治二十五年生）である。詩、小説、戯曲、随筆、評論、翻訳と多岐にわたった仕事の間口の広さや、門弟三千人といわれ、井伏鱒二（文化勲章）、井上靖（文化勲章）、柴田錬三郎（直木賞）、檀一雄（直木賞・日本文学大賞）等の作家を育てた佐藤の姿は、長江の姿でもある。

この佐藤を筆頭に、詩人・翻訳家・作家の生田春月、詩人・評論家・書家・宗教家の伊福部隆彦（隆輝）、詩人で曹洞宗の高僧の赤松月船、読売巨人軍代表の佐々木金之助、思想家で文芸評論家の新島繁（本名、野上巌）、詩人・評論家・女性史研究家として大成した高群逸枝、『橋のない川』で部落差別問題を告発した作家・住井すゑ、京都国立近代美術館の館長で美術評論家の今泉篤男、花形評論家となった杉山平助、「岸壁の母」や「浪花節だよ人生は」等の作詞家として、また著作権問題にも取り組んだ藤田まさと、童話作家・婦人、平和運動家で日本婦人団体連合会の初代事務局長の浜田糸衛など、多くの門人を育てている。

明治以降多くの女流作家が生まれたが、今なお人気が高い与謝野晶子（明治十一年生）も、次のような感謝の思いを書いている。

生田先生は、先生がまだ大学生でおいでになつた頃からいろいろと私を励まして下さいましたので、永くその御恩を忘れないで居ます。先生の御教へになるものには、只今も益を受けて居ます。先生は理性の鋭いさうして、きびきびした論調で、いつも若々しい論文を御書きになりますが、それには奥に情熱の火が断えず熾んに燃えてゐるからだと思ひます。評論家と云つても、詩人の素質の豊かな評論家で入らつしやると存じます。（「はがき評論」同前）

すでにお気付きのことと思うが、晶子は長江よりも四歳年上である。長江は彼女に英語を教え、姉と弟のような関係を結んでいる。もちろん、彼女が長江の著作物から影響を受けたことは間違いがない。彼女は長江の著作について、〈内から湧く幻覚とか、空想とかの姿で、はつと驚いて平生の心もちから、一尺も二尺も乃至幾百尺も躍り上つた感情を経験されるに違ひない〉（『生田長江全集』内容見本）と書いている。

前出の菊池寛も、生田の訃報を聞いたとき、〈生田長江氏が死んだ。僕の出世作「忠直卿行状記」を推賞してくれた人である。一宿一飯の恩を受けた人である。その晩年不遇であつたのは、気の毒であつた。〉（「話の屑籠」）と書いている。長江の後進に寄せた功績がいかに大きかったか、理解いただけると思う。

また長江は、講演の名手でもあった。論争の達人としても名を馳せ、近代文学の論争史のあちこちに顔を出している。著作家協会や著作家組合の創設にも尽力し、リーダーの一人としても活躍している。大正デモクラシーの時代には、時代の先頭に立って大きく旗を振った。長江の仕事は膨大で多分野にわたり、時代（社会）と大きく関わっていた。

先の訃報には享年五十五とあるが、満年齢に直すと五十三になる。五十三歳で、これだけの仕事を成し遂げていたのである。まさに〝知の巨人〟ともいえる人なのに、彼の本格的な評伝は皆無で、今ではその名さえほとんど知られていない。なぜ長江は忘れられてしまったのか――それは長江の病気のためである。

訃報には長江の肉体を蝕んだ本当の病名は明記されてはいない。当時は、その差別偏見のために病名が明記できなかった。長江の生涯は、その病気抜きには語れないのである。彼の生涯に正当な光が当てられるためには、その病気への差別偏見が消えるまでの、半世紀を越える長い歳月が必要であった。

序章　鎌倉長谷寺

生田長江墓（中央・著者撮影）

鎌倉長谷寺

生田長江の墓は、鎌倉の長谷寺にある。私が長江の墓参りに行ったのは、平成十八（二〇〇六）年の秋のことであった。

鎌倉駅で江ノ電に乗り換えると、三つ目が長谷駅である。ホームに降り立つと、やわらかな潮の匂いがした。電車の走り去った左手の先が海岸のようだ。

ホーム前の、線路と交差している鎌倉彫の店が連なる一本道を、海岸を背にしてしばらく歩くと左手に長谷寺入り口を示す大きな看板が見え、そこを左折すると、遥か彼方に海光山に抱かれた長谷寺が見えた。山門前の朱色の提灯が鮮やかである。

山門右手の寺務所で用件を話すと、お坊さんが案内してくれることになった。

まず初めに案内してくれたのは、受付のある普門寮の後の高山樗牛（明治四年〜明治三十五年）の住居跡を示す碑であった。地面からニョキッと生えた栗鼠のシッポのような石碑の中央に、「高山樗牛／ここに住む」と刻まれている。明治の若者に圧倒的な支持を得た思想家・高山樗牛は、一時この寺に住んでいた。長江が、この寺を終の棲家に決めたのは、妻の藤尾が、墓は海の見える所に建ててほしいと希望していたというが、敬慕する樗牛縁《ゆかり》の寺でもあったからだろう。

境内は、観光客でごった返している。ここは、十一面観世音菩薩を祀る観音霊場で、古来より坂東三十三所の第四番札所として観光スポットの一つとなっているのだ。

人波に押されるようにして右手の大きな池を見ながら階段を上り、右手に現われた地蔵堂の前の階段をさらに上ると、いくつもの屋根瓦を重ねた荘厳な観音堂を挟んで、右手に阿弥陀堂、左手に大黒堂と宝物館が姿を現した。後で観音堂に安置されている観音様を拝観させていただいたが、金色に輝く巨大な観音様の前に立っているだけで、思わず手を合わせたくなるような有難い気持ちになったのだった。

長江は子どものころ、母に連れられて安来節の本場安来《やすぎ》市の清水《きよみず》観音によくお参りしている。彼がこの寺を選んだのは、そんな母との思い出に導かれたのかもしれない。

大黒堂左手に階段がある。お坊さんに続いて数十段上り、さらに斜め右に少し上ると、前方にこじんまりとした墓地が見えてきた。墓石が、碁盤の目のようにきちんと整列している。そのまま真っ直ぐ進み、突き当り一本手前の道を左に折れると、二区画目が生田家の墓地であった。藤尾を葬ったのは、彼女の希望通り海の見える高台であったが、震災で崩落したために現在の場所に移したようだ。

生田家の墓は、中央に三段の墓石が置かれ、上部の石柱には「聖伝院長江棹舟居士／慈妙院貞室智性大姉」の戒名が、石柱の右側面には、佐藤春夫の文案になる長江の略伝が刻まれている。

居士ハ明治壬午《みずのえうま》三月二十一日鳥取県日野郡根雨町ニ生ル　長江ト号シ簡潔ノ筆ニ高邁ノ志ヲ述べ俗論ヲ弾劾スルモノ多年孤高ヲ楽シムガ如シ　夙ニフリイドリツヒニイチエヲ喜ビソノ全集ヲ移植セシモ晩年深ク釈尊ニ帰依シコレガ立伝ヲ発願シ業将ニ成ラントシテ昭和十一年一月十一日東京市渋谷区代々木山谷町三百十四番地ニ歿ス
寿五十五歳　妻藤尾ハ亀田氏也

門人　佐藤春夫　撰併書

この石碑の右側に上部が山形でひらべったい焦茶色の石があり、中央に「生田家の墓」の文字が刻まれていた。

ああ、やっと来たのだ。数年来の思いが叶ったのだ。胸の奥から熱いものが込み上げてくる。地蔵堂の前の無人の販売所で買い求めた蘭の花を飾り、線香に火を点け、静かに祈った。

私は以前、縁あって昭和初期に活躍したハンセン病（当時癩病）の歌人・明石海人（明治三十四年〜昭和十四年）の生涯を書き、ハンセン病の世界を知った。その過程で、私の郷土静岡県が生んだ作詞家・藤田まさと（明治四十一年生）が「終生の師」と仰いでいた長江が、同じこの病者であることも知った。長江の生涯が正当に評価されるためには、ハンセン病への差別偏見が消えるまでの、半世紀を越える長い歳月が必要であることも理解したのだった。

第一章　長江の故郷

大阪時代の長江（後列左,「こんにちは長江先生」より）

長江の故郷

鳥取県の地図を広げると、この県は右を向いたコリー犬が飛び跳ねているような形をしていることに気づく。背中が海岸線で、その上が日本海だ。

前章の訃報に長江の生誕の地として紹介されていた根雨《ねう》町は、昭和三十四（一九五九）年五月に黒坂町と合併して日野町となっている。日野町は、後ろ足のくるぶしの辺りである。

岡山駅から伯備線の特急に乗ると、二時間弱で根雨駅に着く。鄙びた田舎の駅である。この地は、松江藩が参勤交代に通った出雲街道と、備後に通じる日野路との交差点にあたり、古くは宿場町として栄えてきた。近年は、十一月から翌年の三月まで、おしどりが飛来する町として知られるようになっている。

この根雨駅の背中を国道一八一号線と川幅が百メートルはあろうかと思われる日野川が平行して流れているが、長江が生まれ育った集落は、ここから二キロほど下流の貝原である。

私は平成十八（二〇〇六）年の晩秋に訪れたが、山々に挟まれた平地の中央を国道が走り、道路沿いに寄り添うように二十軒ほどの家々が肩寄せ合っていた。喫茶店や自動車整備の店もあって、民家は十軒ほどである。その右手には伯備線と畑が広がり、山裾にも十軒ほどの家々が並んでいた。

『日野町誌』に掲載されている貝原の世帯数を辿ると、寛政八（一七九六）年十五戸、弘化三（一八四六）年十七戸、明治五（一八七二）年十七戸、昭和三十五（一九六〇）年十七戸、昭和四十年十七戸と、江戸時代からほとんど変わっていない。

国道の左手の家々の後には刈取りの終わった田圃が広がり、その横を水嵩が増した日野川がゆったりと流れていた。

長江が生まれ育った屋敷跡は、国道沿いの集落のほぼ中央にあった。住所を事前に日野町役場総務課の神崎猛さんに確認すると、日野郡日野町貝原二五九番地、二五六番地及びその周辺ということであった。

かつての屋敷跡は、国道を挟んであったそうであるが、国道右手は他家が建ち、左手の屋敷跡は枯草に覆われていた。隣家の福原の小母さんに聞くと、遺族はかつてこの地に住んでいて、時々ピアノの音が聞こえてきたという。遺族が引っ越した後も、近年まで小さな長江文庫があったという。なおこの長江文庫には、長江の書籍やノート等の資料が保管されていたが、平成三（一九九一）年十二月に神奈川近代文学館に寄贈されている。

先に生田家のルーツに触れておこう。現在、貝原（生田家の屋敷跡から八十メートルほど山側）にある生田家の墓石の碑文をたどると、生田家の歴史がみえてくる。ここで貝原の生田家の墓石の碑文の筆記は、すべて地元の長江研究家の河中信孝氏の協力を得た。

明治十九年に川側にあった墓地流失のために、長江の長兄の虎次郎が明治二十八年に建立した墓石には、当家は、初め池田姓を名乗っていたが、のち藩主に池田侯がなると、はばかって田子姓に改称し、のち生田姓にしたという履歴が彫られている。

長江の祖父の文八の墓石には、〈明治二十九年四月三日／拾壱代　生田文八／行年　八十七〉とある。祖父の代で十一代。長く続いた家だったようだ。

平成二十三年春他界された、生田家と遠縁の三好雅美（大正三年生）の「生田長江の周辺」は、長江の曾祖父義民啓助の話も伝えている。

平成三年十月、総社市に居た虎次郎の四男雄吉さん（長江の甥）から私に次のような依頼があった。（中略）

自分が少年の頃から度々聞かされてきたことは、凶作のため塗炭の苦しみにあえぐ農民に対する藩の苛政を糾奏する高札が、日野・汗入の郡境に立てられ、その文章文字等により貝原村の啓助と見破られ、啓助は役人にひっぱられて行き、後には未だ若い妻と一子文八が残された。その後、全く様子が判らず墓碑には啓助が連れ去られた文政二年十一月十三日を命日として刻んでいる。

長江が「義民啓助」と称した人物の流れを汲む者として、その終生の一端でも探り出すことは出来ないものであろうか。

文中の〈長江が「義民啓助」と称した〉というのは、長江が甥たちにそのように話していたし、長江が建立した父親の墓にも〈祖父義民啓助〉と彫られていることを指している。

以上の依頼を受けた三好は、八方手を尽くすと、境港市図書館の畠中弘館長から「刊行物には見当たらない。県立博物館にある未刊行の〈御国日記〉を調べるように」との示唆があった。その旨を雄吉さんに伝えると、彼が鳥取市の縁者を通じて調べた結果、文政二年十一月十四日の記事に、「昨夜病死」の記載があったという。このコピーを見た三好は、〈これは墓碑に刻まれている死亡の日と一致するから、伝えられていた話には何かの誤りの部分があったのであろう。〉と記している。どうやら死亡した日と連れ去られた日とを混同してしまったようだ。

〈御国日記〉とは、どんな日記なのだろうか。鳥取県立博物館に問い合わせると、担当の来見田博基氏の調査の結果、啓助の病死が記されたのは、家老の日記である〈御国日記〉ではなく、「御目付日記」であった。「御目付」とは、藩の監察・警察業務を担当した役職なのだという。該当箇所は来見田氏によると以下のようである。

十一月十四日晴天／牢舎の啓助については、当月初旬より病気を煩い、薬を飲んでいたが、昨日の朝に牢屋内で死亡した。検死の結果、病死に間違いなく、牢番と医師中井宗宜が容体書を差し出した。啓助は罪が確定していない身であるため、死体の処置については、家老に確認のうえで、谷に取り捨てた。

啓助の「高札」の件は、やはり見つからなかったという。

さて、生田長江こと生田弘治は、明治十五年三月二十一日にこの地に生まれた。長江は、昭和五年に改造社から刊行された『現代日本文学全集　第二十八篇』に寄せた年譜（以下「改造社年譜」）に次のように書いている。

明治十五年（一歳）／三月、父喜平治、母かつの三男として鳥取県日野郡根雨町字貝原に生れる。兄二人、姉一人の末子である。御大師様の御縁日に生れたといふので、祖父が弘治《こうじ》と名をつけてくれた。

祖父文八は、弘法大師から「弘」の字を、父の喜平治から「治」の字をとり、弘治と名付けている。長江が生まれたころの住所表記は、日野郡貝原村四番屋敷である。(なお前出の神崎さんによると、先の年譜にあった昭和五年の住所表記は、「字」ではなく、「大字」であったという)

家族は、祖父・文八(文化七〈一八一〇〉年三月十二日生)七十二歳。祖母・きよ(文化十〈一八一三〉年六月十日生)六十八歳、父・喜平治(天保十一〈一八四〇〉年十二月六日生)四十一歳、母・かつ(弘化四〈一八四七〉年六月十日生)三十四歳、長兄・虎次郎(慶応二〈一八六六〉年十月二十八日生)十五歳、姉くま(明治二年八月十八日生)十二歳、次兄・貞次郎(明治九年四月一日生)五歳。それに弘治の八人家族である。

『日本現代文学全集46』(講談社版)に、父・喜平治と母・かつの晩年の着物姿の写真が掲載されている。喜平治は、骨太で実直な印象である。かつは、頬が瘦《こ》けてほっそりとしているが、その目に意志の強さを感じる。長江は、母親似である。ちなみに長江が生まれた年の三月に、大隈重信が立憲改進党を結成している。鹿鳴館が完成したのは、翌年(明治十六年)の七月のことである。

長江は、先祖について次のように書いている。

> 私の家は五代十代とさかのぼつて見ても、土蔵の三つ四つ以上も立ちならぶほど、景気よくなつたことは無ささうだが、それでゐていつの頃からとも知れないほど久しく、氏神様の氏子総代の一人であり、檀那寺の檀家総代の一人であつた。(「宗教的な履歴書一通」昭和五年)

生田家は、小地主でこの地区の名望家であったようだ。父の喜平治は、『鳥取県議会史 下巻』によると、弘治が生まれた翌明治十六年二月に県会議員の補充員となっている。これは、議員が辞めた時のために副選で選ばれるもので、喜平治は同十七年十二月に補充員から議員に繰り上げられている。ちなみにこのころの日野郡の県会議員の定数は三名である。続いて同十八年六月には、ふたたび補充員に選ばれている。

また母親も大変優れた人だったようである。柔和な人で、村に困り事が起こった時など彼女が出かけていくと円満に収まったという。

長江自身も晩年、〈臆面もないことを書くやうだが、事実、自分の母を婦人の中の一番賢い婦人として、今尚崇拝してゐられる幸福な私は、母その人と観世音菩薩とがごつちやになつた幻を夢にも見、現にも見ながら成長して来た。／過去五十年に近い生涯に於て、如何なる場合にも私が、女性そのものを軽蔑したり、宗教そのものを否定したりする様な気持になり得なかつた第一の原因は、恐らくあんなにも申分のない母を与へられた私の好運に存するであらう。〉（「宗教的な履歴書一通」）と書いているくらいだ。

この生田家は、先に長江自身が、自分の名は祖父が弘法大師にちなんで付けてくれたと書いていたように、とても信仰深い家族であった。

母親が、安来の清水観音にお参りしていたことは先に紹介したが、父親も大変信仰深い人で、毎晩灯明を上げ、祭日ごとにお神酒を供えたり合掌したり柏手を打ちながら三、四十か所の仏壇や神棚を礼拝して廻っていた。そして、その手伝いをするのが子供の役目で、弘治少年は九つ位から手伝わされたという。

ただ、子どものころの長江は、仏教にはあまりいい印象はもっていなかったようである。〈神様に関係した事物は、秋の祭やお正月の儀式なぞに象徴されてゐる如く、何となく賑かで朗かで清潔であつたし、佛様に関係したものは、葬式だとか墓地だとかに最もよく象徴されてゐる如く、妙に陰気な無気味なしかも不潔なところを有つてゐるやうに思はれた。〉（「宗教的な履歴書一通」）と書いている。

さて、長江はどんな子どもだったのだろうか。長江の門弟の一人、伊福部隆輝は次のように書いている。

先生の子供の頃、男の子は兵隊ごっこをして遊んだようですが、先生は嫌いで近寄らなかったそうです。先生はむしろ女の子たちと愉快に遊ばれたようです。そして一番多くの時間は、家が農家だったのでお母さんに連れられて山や田圃に行き、自分は一人、田の畦や山の原で草花を摘んだり蝶を追っかけたり、また蜂が蜜を吸っているのを見たり、小流れを引いて小さな池をこしらえてみたり、笹船を浮かべてみたり、自然児らしい遊びをしたようですよ。（「人としての生田長江氏」）

明治は、富国強兵の時代であるが、弘治少年は兵隊ごっこに背を向けている。どうやら、この少年の中には、子どものころから反骨と孤独の虫が棲みついていたようだ。

明治二十二年四月、七歳になった弘治少年は、一里（約四キロ）ほど離れた武庫簡易小学校に入学している。この学校は、長屋一棟を借り受けた学校で、日野町に隣接する江府町の曹洞宗萬福寺付近にあり、武庫や貝原の子どもが通っていた。

ところが、翌明治二十三年一月には、弘治少年は根雨簡易小学校に転校している。一里も離れた学校では、通学が大変だったからであろうか。この学校の場所は、現在の根雨六七六番地付近にあったという。現在、根雨駅のすぐ前に日野町役場があるが、ここの住所が日野町根雨一〇一番地である。ここから歩いて五分ほどの場所である。貝原から歩いて三キロ弱であろうか。

実は、この学校の創設には、長江の父の喜平治が大きくかかわっている。明治五年発布の学制に基づき、この地区は延暦寺の本堂を校舎にしていたが、明治八年の大火で焼失してしまった。そこでこの近辺の有志、根雨宿の近藤喜八郎、飛田丈五郎、貝原村の生田喜平治、高尾村の鷲見忠吉の五氏は、自己所有地を担保に十五年年賦で官金三百五十円を借り入れ、また近藤喜八郎が百円、近藤益蔵が十円を寄付して建築費が集まり、新築されたことが『日野郡史上巻』に記されているのである。

この根雨簡易小学校は同年三月に、根雨尋常小学校と改称されている。弘治少年は、同年四月、本来なら二年に進級するところを一年飛び、三年に進級している。優秀な子どもだったようだ。そうすると、弘治少年が武庫簡易小学校から根雨尋常小学校に転校したのは、根雨簡易小学校がすぐに根雨尋常小学校に改称されることを見越しての行為であったことが推察できる。

そして翌明治二十四年の秋には、日野郡高等小学校に入学している。この学校には、郡内各地から優秀な子どもたちが集まってきたようだ。教育学者として大成した入沢宗寿（明治十八年生）もこの学校の出身である。場所は、現在の根雨駅前の役場付近にあったという。

日本が清国に宣戦布告して日清戦争が始まったのは、この三年後の明治二十七年八月のことだ。長江は明治二十八年の年譜に、《高等小学校卒業後、将来の方針をさだめかねて、百姓の真似事をしたり、延暦寺の松本大典和尚に漢籍を教はつたりしながら一年半ばかりを過ごした。》（「改造社年譜」）

と記している。

曹洞宗長伝山延暦寺は、根雨駅を背にして左前方にあった。入口に、白地に墨で「生田長江先生碑延暦寺」と記された角柱が立っていた。急な坂を上ると墓地が広がり、その上の左手に本堂、右手に庫裏があった。ちょうど法事が終わったばかりのようで、住職がおられた。

実は、十五世住職の飯田頼昭師とは、それまでに電話で何度か話している。私は平成十八年九月末、「静岡新聞」に長江と藤田まさとの師弟愛をテーマにしたエッセイ「終生の師は生田長江」を発表したが、その際、編集長から長江の遺族の了解を得ることを求められた。長江の病気に触れていたからである。

私はすぐ日野町役場に連絡したが、個人情報保護法を盾に情報提供を拒否された。それで長江に縁のある延暦寺に連絡すると、頼昭師は遺族を知っている「生田長江の会」会長・河中信孝さんを紹介してくださり、その結果、長江の孫の生田夏樹氏（昭和二十五年生）と連絡が取れたという経緯があったのである。そのとき夏樹氏は、病者や障害者を励ます趣旨で書かれたものなら反対する理由はない、という意思表示をされた。

「遠路をはるばるご苦労さまです。今日は、今年一番の寒さだそうですので」

住職は、そう言いながら本堂に二つのストーブを運び、火を入れてくださる。電話では私より年上の人だと想像していたが、実際は少し若い人だった。背が高く澄んだ目が印象的だ。小柄で愛想のいい奥さんの美佐子さんが、すぐにコーヒーを入れてくださった。

長江が漢籍の講義を受けた大典和尚は、漢学の大家としてその名も高く、論語、四書等、漢学の指導を受けるために多くの人が門を叩いたという。その大典和尚の書が一幅梁に架けられていたが、重厚な性格を映し出していた。

この寺は何度も火事にあい、当時の建物ではないという。本堂の場所も、現在の庫裏のあたりにあったという。ここで弘治少年は、大典和尚から漢籍を習ったのだ。神妙な顔をして学ぶ弘治少年の姿が見えて来るようである。大典和尚は、すぐにこの少年の図抜けた頭脳に気づいたはずだ。この少年は、この地に縛りつけておくよりも、もっと広い世界に出してやるほうがいいだろう。大典和尚から、生田家にそんなアドバイスがあったのではないか。この寺の本堂に座った時、ふっとそんな思いが脳裏に浮かんできた。

延暦寺に通ううちに、弘治少年の仏教に対する印象も変わったようである。〈まあまあ余り不気味でもなく不潔でもない処になつて来たのである。〉（「宗教的な履歴書一通」）と書いている。

暗い影

少年の日の長江に、早くも暗い影を落としている出来事がある。彼の戸籍の操作が行われているのである。

森本修氏の「生田長江」（『日本近代文学大辞典』第一巻）に、次の記述がある。

戸籍謄本には、明治二四年一一月に根雨村大字貝原村の生田卯平（天保一一・八・八〜？）と養子縁組を結び、二九年三月に協議離縁したむねの記載があるが、この間の事情については明らかでない。また戸籍謄本には「原戸籍ニ因リ出生事項ヲ知ルコト能ハザルニ付其記載ヲ略ス」とあり、「明治一五年四月二一日生」とあるほか、出生地などは記されていない（従来の大方の年譜が三月二一日生れとしているのは誤りである）。

先に生年月日の誤りについて触れておこう。森本氏の、戸籍イコール本当の生年月日という発想は短絡的ではなかろうか。私が幼少のころでも、学校の入学の関係や、病弱で生き続けることができるかどうかわからないため、様子を見てから届け出たという例は多い。長江の場合、そのころはひ弱な感じがするので、このまま生きることができるかどうかを見定めてから届け出た可能性が高いのではなかろうか。

また戸籍の操作であるが、赤松昭氏と西条和子氏の執筆した「生田長江」（『近代文学研究叢書』）には、〈生田幸喜氏によれば生田卯平なる人物は実在しなかったという〉とある。生田幸喜は長江の甥（長兄の三男）であるから、信憑性が高い証言ではなかろうか。

ここで、長江の戸籍から出生地を消す作業が行われている。これは、何を意味するのだろうか。長江は後に、次のように書いている。

私の長兄はアルコール中毒で命を取られるものと自他共に予期してゐたのだが、十年ばかり前の秋、宵祭の愉快な酒を飲んでの帰り途に、その千鳥足で崖縁の狭い路をふみ外し、五六丈も下の一枚岩へ顚落して大往生をとげた。その兄の巻く管に家人がくたびれて逃げ出すと、兄は三度に二度ぐらゐ外へ出て行くこともあつたけれど、あとの一度は佛壇の前に坐り込んで、曾祖父手写の法華経なぞを呂律怪しくも読み上げ読み上げ、時には興奮して涙をハラハラと流しながら、殆ど果しなく続けたものである。（「宗教的な履歴書一通」）

特効薬がなく、ハンセン病が不治の病であったころは、多くのハンセン病患者やその家族が神仏にすがっている。彼らが目にしたら、自分たちと長兄の姿が重なって見えたはずである。長江が、この戸籍の操作に気づいたのは、いったい何時であろうか。その時、何を思ったろうか。

さて、弘治少年にも旅立ちの季節がやってきたようだ。学校を出てから一年半の歳月が流れ、やはりこの少年には山仕事や畑仕事は無理だということがわかったはずである。と同時に、図抜けた頭脳を惜しむ声もあり、もっと広い世界に送り出してやることにしたのであろう。このころ、長兄の虎次郎は、根雨で測成社の看板を掲げて測量や製図の仕事をしていたと思われる。そんなわけで、弘治少年はエンジニアを志したのであろう。大阪工業学校に進むことが決まった。

明治二十六（一八九三）年七月、東京郵便電信学校を卒業した次兄の貞二郎は、このころ大阪の逓信関係に勤務していた。この兄の招きで、十四歳になった弘治少年は、明治二十九年十二月、青雲の志を抱いて大阪に向かった。

大阪

四十曲の峠を越えて、旭川を川船で下った弘治少年は、岡山で一泊している。

その晩、弘治少年は旅館の前の往来で、奇怪な行動をする不思議な男女の一団を見かけている。奇怪な鳴物を鳴らしながら、奇怪な言葉や抑揚で歌ったり喋ったりしている。しかも、その中に西洋人が二人も混じっているのだ。番頭さんに聞くと、「耶蘇」（キリスト教徒）だと教えてくれた。弘治少年は、初めて見る不思議な光景に興奮してよく眠れなかったのではなかろうか。

長江はのちに、〈おぼろげな私の記憶によって判断すると、それは渡来後まだ間もない救世軍であったらしい〉(「宗教的な履歴書一通」)と書いている。

イギリスから救世軍のライト大佐以下十三名が横浜に着いたのは、明治二十八(一八九五)年九月三日の夕方である。そして同月二十二日(日)の夕方には、東京神田のキリスト教青年会館で日本における最初の集会が開かれている。その後、各地へと活動は広がっていったが、弘治少年は、本当に渡来まもない救世軍と出会ったのである。

翌朝、弘治少年は大阪に向かった。大阪に着いた弘治少年に、運命の悪戯があった。大正五(一九一六)三月に「新潮」に発表された彼の年譜(以下「大正五年年譜」)から知ることができる。

二十九年十二月、大阪工業学校に入学の目的を以て、大阪に出づ。願書受附の期日に十日間遅れし為め、入学の機会を失す。(大正五年年譜)

もしこの学校に入学していたら、後の長江は生まれていなかったかもしれない。人間の運命は、ほんの小さなきっかけで大きく変わっていく。

続いて、昭和五年の年譜に目を移してみる。

明治二十九年(十五歳)/十二月、次兄貞二郎のあとを追うて大阪にゆく。数学を数理義塾に、英語を次兄に学びながら、中学への編入試験の準備をする。

明治三十年(十六歳)/五月、大阪桃山学院(後年桃山中学校と改称)第二学年へ入学。(「改造社年譜」）

この桃山学院の跡地に立ってみたい。そう思ったけれど、はじめはさっぱり見当がつかなかった。ところが、ずっと後に登場する社会主義者・堺利彦の全集を読んでいるとき、手がかりを得た。大正八年の秋、堺と長江の二人は日本労働新聞社の招きで大阪に赴き講演をしているが、その前に桃山学院の跡地を探して散歩しているのである。〈桃山学院の旧跡はかいもくわからない。一面の桃畑に囲まれた綺麗な西洋館のまぼろしは眼の前に浮かんでいるが、それらしい地形も見つからない〉（「京阪講演旅行の記」）。そのため、二人を追跡して来た尾行に聞くと、〈さっき通ったアノ赤十字病院だらうという〉（「同」）とある。この後、二人は四天王寺まで足を延ばしている。

どうやら四天王寺の近くで、赤十字病院の一角のようだ。大阪市立中央図書館の沢谷さんによると、それは現在、阿倍野区昭和町にある桃山学院の前身なのだという。『桃山学院百年史』及び『桃山学院100年のあゆみ』によると、かつて天王寺区筆ヶ崎町の日本赤十字病院南西部の一角にあったが、その後、同病院に売却したという記述がある。そして大阪赤十字病院は、現在も同じ場所にあるという。

大阪駅で環状線に乗り換え、七つ目の鶴橋駅で下車すると、西側に大阪赤十字病院がある。改札口を出て迷路のような長い商店街を抜け、しばらく歩くと大きな病院の建物が目に入るが、当時の面影を知ることはできない。

かつてこの場所に広大な桃畑が広がり、西洋風の学校があったはずである。私はこの場に佇み、当時の弘治少年に思いを馳せた。

大阪で暮らし始めたある日、弘治少年は兄に岡山で見た奇怪な「耶蘇」の話をした。すると兄は、思いがけない顔をしながら、

「変なものではないよ。この本を読んでみればわかる。お互い偉い人間になるためには、第一に読まなくちゃならない本なのだから、そうだ、すぐにでも読んでみるといい」

そう言って、分厚い本を弘治少年に渡した。それは『バイブル』（聖書）だった。弘治少年は、牛肉をまだ食べなれないうちに切支丹伴天連《バテレン》のお経を読まされるのは、何だか末恐ろしいような気がしたが、恐いもの見たさで読んでみたものの、まったく理解できなかった。

一か月後、兄に誘われて日曜ごとに教会に通うようになり、牧師の話を聞くうちに、だんだんとキリスト教を理解するようになった。そしてキリスト教に対する迫害を、迫害された者の立場になって憤慨するようになった。

弘治少年がこの地にあった学校に通い始めたのは、明治三十年五月のことだ。この学校は、英国聖公会宣教協会が派遣した宣教師たちによって、明治十七年に川口外国人居留地（大阪市西区川口）にあった聖三一教会内の小部屋で誕生している。開校当時の生徒数は、わずか十一名であった。

その後、明治二十三年一月に、高等英学校を西区江戸堀南通五丁目に設立したが、翌年、あたり一面桃畑で、校名の由来となる桃山の地に英国風の洋館を建て、移転開校している。校名も、明治二十八年に高等英学校から桃山学院に、翌年には桃山学校と改められている（桃山中学校に改名されたのは大正九年四月のことである）。そんなわけで、長江の年譜にある「桃山学院」は、「桃山学校」の記憶違いだと思われる。

『桃山学院百年史』に「入学者数・卒業者数」が掲載されているが、弘治少年が入学した明治三十

年は、入学者は年間合わせて五十二名である。退学する生徒が多いようで、卒業者は明治二十九年と三十年は、三名ずつ。三十一年はゼロという状態である。

この厳しい学校で、弘治少年は宣教師たちを通じて西洋と出会ったはずである。英語が得意になったのも、直接彼らから学んだからであろう。そして、徳富蘇峰（文久三年生）をはじめ民友社同人諸氏の著作や、内村鑑三（万延二年生）の本を読むことによって、さらに世界が広がっていった。

牧師・吉村秀蔵によって洗礼を受けたのは、明治三十一年の秋のことだ。このころ、兄の貞二郎が上京し、一人になった弘治少年は学校の寄宿舎に入り、日記を付け始めたことが、後に書いた日記からわかる。

貞二郎が上京したのは、彼の墓碑に〈三十六季四月〇政大学を出ズルヤ弁護士試験ニ及第シ〉とあることから、大学に入るためであったと思われる。ちなみにこの〈〇政大学〉とは、私立法政大学だと思われる。というのは、当時の学校で「政」の字の付くのはこの学校だけなのである。

またたく間に二年余の歳月が流れていった。明治三十二年四月、弘治少年は、次兄のいる東京に向かった。

第二章　長江誕生

東京帝国大学文科時代の長江（明治 36 年ごろ。『新潮日本文学アルバム　与謝野晶子』より）

青山学院中学部五年に編入

故郷を離れて大阪で二年あまりを過ごし、今またさらに自分の可能性を求めて飛躍しようとする弘治少年の心は、いかばかりであったろうか。恐らく、自分では抱えきれないほどの野心を抱いていたに違いない。

明治三十二年（十八歳）／四月、上京、青山学院中学部第五学年へ入学。和田幾先生、岡田哲蔵先生、服部廣太郎先生などの教を受ける。故人文学博士木村泰賢君、頑鉄橋戸信君などはその時分の級友である。秋の文学会に、来賓徳富蘇峰先生を前にして、先生の所謂『変節』を攻撃した小生意気さを、今でも冷汗と共に想起する。（「改造社年譜」）

この学校については、昭和四十（一九六五）年に刊行された『青山学院九十年史』から知ることができた。中に明治三十五（一九〇二）年の職員たちを紹介したページがあり、「和田正幾」と「岡田哲蔵」の名前があった。長江の年譜では「和田幾」になっているが、記憶違いか誤植であろう。

営団地下鉄の表参道駅、B１の出口から外に出ると、幅広の青山通りがまっすぐに伸び、通りの両側にはカラフルでお洒落なビルが林立している。渋谷方向にしばらく進むと、焦げ茶の煉瓦塀がはるか彼方まで続いている。この塀に囲まれた広大な敷地内にあるのが、青山学院である。上京した弘治少年が通った青山学院は、この学校の前身で、同じ場所にあった。このあたりは、渋谷区渋谷四丁目である。

青山学院も桃山学校同様のキリスト教系の学校で、生徒数が極端に少なく、明治三十三年の尋常中学部の卒業生は三十六名である。桃山学校同様、外人の教師が多いので、弘治少年の英語力が鍛えられたことは間違いない。『九十年史』に掲載されている卒業生の手記を読むと、当時は都心から遠い場末の町という感じであったという。

この本の「序」で、学院長の大木金次郎氏が、〈皇国思想に基づく臣民教育を絶対視する国家主義的官僚統制の極めて強かった戦前において、キリスト教信仰に基づく教育を守り育ててゆくことは決して容易なことではありませんでした。（中略）こうして、青山学院はわが国の近代化に必要な、愛と奉仕の精神にみちた自主独立の国民を育成するという役割を、小さいながらも果たしてまいりました。〉と書いているが、浮かんでくる人物像は、まるで長江のようでもある。

先の年譜で、秋の文学会で長江が徳富蘇峰を攻撃した話は、それまで藩閥政治を批判してきた蘇峰が、明治二十九年に松隈《しょうわい》内閣が誕生すると内務参事官となったことを〈変節〉だと攻撃したのである。弘治少年の反骨の虫は健在のようだ。

このころの事を、長江は後に出会った中村武羅夫に次のように話している。

僕は、中学を卒業するまでと云ふものは、文学者にならうなどゝは一向考へて居なかつた。政治家にならうと思つて馬場辰猪氏を崇拝したり、グラッドストン、ヂスレリーの肖像を壁へ掛けたりして居たこともある。／演説の稽古も折々やつた。／それから新聞記者にならうとも思つた。僕は元来理屈ツぽいものが好きで、数学の先生などに特別に可愛がられ、数学を専門にやらうなぞと考へたこともある。それに早くから生噛りに国民の《ママ》友や、世界の《ママ》日本や、独立雑誌なんどを読んで居た影響もあらう。一般思想上の大偉人にならうなぞと云ふ考もあつた。〉（中村武羅夫「如何にして文壇の人となりしか」『現代文士二十八人』明治四十二年刊）

政治家、新聞記者、数学者、一般思想上の大偉人。弘治少年の前には、果てしない未来が広がっていた。上京した弘治少年は、九段下のユニバーサリスト教会に兄と二人で、またある時は一人で通い始めている。

一高文科に入学

文京区の弥生一丁目から本郷七丁目にかけて、本郷通りに面して広大な東大キャンパスが広がっている。言問通りを挟んだ北側にあるのが、農学部のキャンパスである。昭和十（一九三五）年に駒場から農学部が移ってくるまで、この場所に第一高等学校があった。

農学部正門を入ってすぐ右折すると、突き当たりのフェンスの前に、第一高等学校跡を示すずんぐりとした将棋の駒の形をした向陵碑が建っている。当時の一高は、横に長い、中央の玄関の上に時計台のある校舎であった。

明治三十三年（十九歳）／四月、中学卒業の後、第一高等学校の文科にはひるべきか、それとも理科にはひるべきかについて随分迷つたが、願書提出の締切間際に至つてやつと文科にゆくことに決定した。九月、一高寄宿舎東寮八番へはひり、一年間をそこに過ごす。同室に東北帝大の大類伸君、東京帝大の呉健君、宇都野小児科病院の宇都野研君なぞがゐた。(「改造社年譜」)

明治三十三(一九〇〇)年九月、長江はこの場所にあった一高に入学している。「官報」(明治三十三年九月四日)の「学事」欄が、入学を許可された生徒の氏名を掲載している。これによると、入学者は三百三十名。文科の欄に、〈鳥取県平民　生田弘治〉とあった。文科は四十一名。士族十五名、平民二十六名である。順列は成績順であるが、長江は十八番目に登場している。

当時の一高には、後に頭角を現す俊英たちが顔を揃えている。後に長江の親友となる同級生の森田草平は、〈一高時代には、私どもの前の級には小山内薫君があり、武林夢(無)想庵君があつた。又後の級には阿部次郎君を初めとして、安倍能成、小宮豊隆、和辻哲郎の諸君が次々に追ひかけて来た。その中間にあつて、私どもの級には生田君を始めとして、後に逓信省の管船局長になつた、五島駿吉君(ペンネーム梧桐夏雄)精神病医に鞍替をした中村古峡君なぞが揃つてゐた。〉(「長江君逝く(上)」)と書いている。

当時の一高についての規則や成績順などは、『第一高等学校本部一覧／自明治三十三年／至明治三十四年』、『第一高等学校一覧／自明治三十五年／至明治三十六年』、『同前／自明治三十六年／至明治三十七年』等から知ることができる。

長江は一年間寮に入っているが、基本的には全寮制であった。理由があれば、自宅から、あるいは下宿先からの通学も可能であった。授業料は、一年の時は年間二十円。二年から二十五円になっている。

明治三十四年（二十歳）／此頃清澤満之先生の書かれた物を読んで、大きな感化を受ける。／同級生森田草平君、中村古峡君、栗原古城君、川下江村君なぞと廻覧雑誌をつくる。文学をも真面目にやつて見ようと志したのは、これから後の事である。（「改造社年譜」）

清澤満之は、文久三（一八六三）年生まれの思想家であり、仏教系の宗教哲学者である。彼は、明治三十四年一月に「精神界」を創刊して精神主義を提唱している。長江は友人のところでこの「精神界」を読んで衝撃を受け、以後「末燈鈔」や「歎異抄」をはじめ、浄土門を中心にした仏教方面の深刻な体験の記録に親しむようになっている。と同時に、聖書の理解にも身を入れるようになっている。長江は、同級生たちと回覧雑誌を作ったのを明治三十四年としているが、翌年の記憶違いである。投稿雑誌の「新声」に、知識と信仰について論じた評論「無智の安立」（生田弘治）が掲載されたのは、三十四年の十二月のことである。「新声」は、秋田県出身の佐藤儀助（のちの義亮　明治十一年生）が明治二十九年七月に創刊したもので、現在まで続いている「新潮」の前身である。

当時の文壇は、どのようなものであったろうか。当時、「新声」の記者であった高須芳次郎（梅渓・明治十三年生）が、「人物雑誌」（昭和八年十二月号）に発表した「文芸雑誌華かなりし頃――文庫時代の回想」で、次のように書き残している。

文庫時代！　かう云つても、今の読者のうちには、「それは一体、いつ頃の事か」と云はれるかも知れない。が、明治二十九年頃から三十五年頃まで、文壇の一角に占拠して、相当に勢力を青年文士の間に持つた雑誌『文庫』を知つてゐる人たちなら、すぐに、それとうなづける事と思ふ。

当時の文壇情勢は、今日と余程ちがつてゐた。一種の文閥なるものがあつて、硯友社に接近するか、或は赤門（今日の帝大）早稲田などの学校を卒業しないと、容易に認められぬ傾きが強かつた。

（中略）

文閥打破！　かうした叫びが、先づ無名の青年文学者の間に起つたのは偶然でない。雑誌『文庫』は、つまり、左様した目的のために出た。それに続いて生れたのが、今の『新潮』の前身、『新声』である。


ここに出てきた硯友社は、明治十八年二月に、尾崎紅葉（慶応三年生）が山田美妙、石橋思案、川上眉山らと結成した文学上の結社である。

これを読むと、文閥に支配された当時の閉鎖的な文壇が目に見えるようである。文壇打破のためにいくつかの投稿雑誌が生まれ、その中で目立ったのが「文庫」と「新声」だったようだ。ちなみに「秀才文壇」の創刊は明治三十四年で、「文章世界」は明治三十九年である。

「文庫」は、伊良子清白、北原白秋、横瀬夜雨ほか十数人の詩人を輩出し、「新声」からは生田長江、片上伸、河野省三、内藤濯らの評論家、土岐善麿（哀果）、吉植庄亮、岡稲里、武山英子らの歌人が出た。それらを回想した後、高須は、〈それらの日、生田長江君は、最初、星郊と号し、「新声」の懸賞論文に応募した。その時の選者が私で、同君のを一等とした。〉と書いている。

はたして長江は、評論で一等になったのだろうか。これは彼自身の年譜にも、また彼についての文献にも書かれていない。

「新声」を調べると、高須が新声社の編集部に参加した明治三十年の冬から同社を去る明治三十六年九月ごろまでの間、三度の懸賞募集が確認できた。明治三十一年六月、明治三十三年一月、明治三十四年六月である。

この中で、最初のには論文の募集がない。二度目は論文の募集はあるが、当選者の中に彼の名前はなかった。三度目は論文の募集はあるが、当選発表の九月号で発表されたのは小説のみであった。巻末に「懸賞論文について」という一文があり、小説の一等は載せたが、諸般の都合でその他は別に一冊を出す旨が記されていた。

別の一冊が出されたかどうか確認することはできなかったが、選者が断定しているので、長江が一等になった可能性は高いのではあるまいか。同年輩の若者たちの中でも、彼の評論は群を抜いていたようだ。

さらに翌明治三十五年三月の同誌には、現代文士たちの生活を批判した「突飛なる文士生活論」（生田星郊）が掲載されている。

この二か月前（明治三十五年一月）、丸善の「学燈」が「十九世紀に於ける欧米の大著述に就ての諸家の答案」を掲載した。七十三氏の回答が掲載されているが、彼が比較的尊敬している諸先輩諸氏の回答を見ると、一方はマルクスの『資本論』を挙げ、もう一方はニーチェの『ツァラトゥストラ』を挙げていたが、面白いことに両方を挙げている人はいなかった。そこで自分は、この二つの国を併合した第三国を、自分の国土と呼び得るものを創建しようと志したという。長江の高い志がうかがわれるエピソードである。

この企画は、「文芸学術諸科学を通じて十九世紀中の最大著述」など六項目にわたっているので、一人で数十冊挙げた人もいるが、マルクスを挙げた人は五名（安部磯雄、桑田熊三、高木友枝、戸水寛人、浮田和民）、ニーチェはわずかに三名（大塚保治、高山林太郎（樗牛）、上田敏）のみである。膨大な書籍の中、この時点で彼が二十世紀の思想界に大きな影響を与えるこの二冊に着目していたことに、驚かざるを得ない。

ドイツの哲学者のニーチェがわが国で最初に論じられたのは、前年の明治三十四年ごろ、登張竹風（明治六年生）や高山樗牛たちによってであるが、長江はこれらの情報を見逃してはいなかったのである。

順風満帆にみえる長江であるが、この一高時代、彼は大きな試練に直面していた可能性が高い。というのは、彼が自分の病を自覚したのは、このころのことだと思われるのである。

山口大学教授であった佐野晴夫（昭和十一年生）は、〈知覚異常をともなう斑紋、結節、神経肥厚、筋肉萎縮の初期症状を自覚した長江が医師から診察されたのは、一高在学中のことである。〉（「生田長江と生田春月のニイチェ(5)」山口大学「独仏文学」第八号　昭和六十一年）と書いている。

しかし、出典は不明である。佐野は、昭和五十八年に長江文庫を訪れ、長江の遺族（甥の生田幸喜）に会っているので、そこで聞いたのかも知れない。私は佐野に教えを乞おうとしたが、すでに平成十四（二〇〇二）年、鬼籍に入っていた。

長江が自分の病気を自覚したのは、一高時代だと書いている人がもう一人いた。筆者は仏教徒の好村春基（明治三十三年生）で、文章は、長江の死の直後に「読売新聞」に連載された「宗教人としての／生田長江氏」である。

好村は、先に〈この宗教的な最後の安住境こそ生田氏の長年の文明批評家的思想生活の結論であったのである。〉（「宗教人としての／生田長江氏(2)」）と書いた後、次のように続けている。

　生田氏が人生観上、かうした結論に達した内因として、僕は氏の不治であつた病気が大きな迫力となつてゐたことを敢て指摘する。氏の論文集『宗教至上』（昭和七年新潮社発行）の中の「宗教的な履歴書一通」に於て、氏自身はそのことを左の様に発表してゐる。

「その私が一高の文科へはひつた後、二十歳前後の青年に免れ難い不健康や憂鬱と、漸く解りかかつて来た、或は不幸な、或は幸福な少しばかりの現実とが一になつて、私の内部生活の上に働きかけ、それまで単なる娯楽程度にしか見てゐなかつた文学を、決然将来の職業として選ぶ位にまで、真剣に考へ直させるに至つた一方、それまで主として論理的遊戯の道具の如きものにすぎなかつた宗教をも、全然新しい目で見ることが出来るやうにしてくれた。」（加点は好村がなしたもの。筆者注原文と異なる個所は訂正した）

　自己の肉体が病魔によつて一日一日と虫《ママ》ばまれて行くことを自覚した時、普通人であれば自殺か自棄的頽廃生活に陥るのが常であるが、生田氏にあつてはその中で無限の希望と歓喜を持ち、むしろその逆縁を幸福として感謝さへしてゐるのである。（「宗教人としての／生田長江氏(3)」）

　好村も、長江の最晩年、原稿依頼に生田家を訪れ、長江の甥の生田幸喜と会っている。しかも、彼は東京帝大の長江の後輩になる。心を許した幸喜が、話した可能性は高い。

　佐野の文章だけだと信用することは難しいが、横に好村の文章を並べると、二つの文章が次第に重さを増してくる。そんなわけで、長江が自分の病気を自覚したのは、このころの可能性が高い。ただ、この長江の「宗教的な履歴書一通」は、晩年の達観した目で書かれたものなので、当時彼が、〈或はいかいいいいな幸福な少しばかりの現実〉という心境になれたのかどうかはわからない。というのは、「中学世界」（大正七年一月号）の「予が二十歳の頃」のアンケートに、〈十九歳で青山学院中学部を卒業、二十二歳で第一高等学校を卒業して帝大文科へはいりました。此時代からです――神経衰弱になつたり、学校勉強がきらひになつたり、文学者にならうと思ふやうになつたりしたのは。〉と答えているのである。

先に紹介した「如何にして文壇の人となりしか」にも、〈藤村操は僕と同じ科の次のクラスであつたさうな。其藤村操が華厳の滝へ飛び込むより一二年乃至、三年前に、僕の思想は大変動を来した。其時は性格まで変つたかと思つた。／それからである。僕が単なる学者を以て終始しやうと云ふ希望を抛つたのは。〉とあるが、思想が大変動を来したのは病気の自覚と関係がありはしないか。

一高生であった藤村操が、「巌頭之感」の一文を残し、華厳の滝に投身自殺をしたのは、明治三十六年五月のことである。もしそうなら、長江が自分の病気を自覚したのは、一高生になって比較的早い時期であったようだ。

ハンセン病の症状

長江がかかった病気が、忌み嫌われ、差別の対象となっているのは、その症状の悲惨さによるところが大きい。まず眉毛や頭髪を奪い、果ては嗅覚や痛覚が失われる。顔や手足をも変形させ、患者は生きる屍と化してしまうのである。

私がハンセン病の歌人・明石海人の生涯をたどる『よみがえる〝万葉歌人〟明石海人』を執筆する

際に参考にした明石の主治医・内田守人は、この病気の三大受難を次のように指摘している。一つは発病の宣告。これは社会からの追放を意味する。二つめは失明。病気が進み失明すると、暗黒の世界に入る。三つめは咽喉切開である。咽喉が詰まって手術をすれば、命と引き換えに声を失ってしまう。内田が「文芸」（昭和十四年）に発表した「明石海人」では、失明は全患者の十〜一五パーセント、咽喉切開は二〜四パーセントとしている。明石海人はすべてを経験したが、長島愛生園に入るときには発狂している。

『いのちの初夜』で知られるハンセン病の作家北條民雄（大正三年〜昭和十二年）も、日記（昭和十二年三月二十二日）に次のように書いている。

先づ盲目になる。それから指も足も感覚がなくなる。続いて顔、手、足に疵が出来る。目玉をえぐり抜く。指の爪が全部落ちる。頭のてつぺんに穴があき、そこから膿がだらだらと出る。向う脛に谷のやうな深い長い疵が出来る。包帯の間にフォークを挟んで飯を食ふ。鼻血がだらだらと茶碗の中に流れ落ち、真赤に染まつた飯を食ふ。さてそのうちに咽喉がやられカニューレで呼吸をする。毎日々々金魚のやうにあつぷあつぷと苦しがりながら寝台の上で寝て暮す。夏ともなれば蛆が湧き、冬ともなれば死んぢまふ。それ、焼場で鐘が鳴つてゐる。北條民雄が死んだのだ。

この病気が不治だと思われていた当時、多くの患者がこのような幻想に悩まされ、同時に差別を受けていた。私は以前、嫁ぎ先からハンセン病患者が出たために、自分の縁戚から縁を切られ、また自殺者も出たという女性から電話をいただいたことがある。

悲惨な症状もそうだが、仏教（法華経）の因果応報の見せしめにされたと指摘する人も多かった。仏教が差別を助長しているとは信じがたいが、『法華経』（岩波文庫）には次のような箇所がある。

——若し人ありて、これを軽《かろ》しめ毀《そし》りて『汝は狂人なるのみ、空しくこの行を作して終に獲《う》る所なからん』と言わば、かくの如き罪の報は、当に世世に眼《まなこ》なかるべし。若しこれを供養し讃歎する者あらば、当に今世において現《まのあたり》の果報を得べし。若し復《また》、この経を受持する者を見て、その過悪《あやまち》を出さば、若しくは実にもあれ、若しくは不実にもあれ、この人は現世に白癩《びゃくらい》の病を得ん。若しこれを軽笑せば、当に世世に牙・歯は疎《す》き欠《か》け、醜《みにく》き唇《くちびる》、平《ひら》める鼻ありて、手脚は繚《もつ》れ戻《まが》り、眼目《まなこ》は角睞《すが》み、身体は臭《くさ》く穢《きたな》く、悪しき瘡《できもの》の膿血《うみち》あり、水腹《すいふく》・短気《たんけ》、諸の悪しき重病あるべし。（下巻　三三四ページ）

この経典を極める僧たちは、現世および来世で果報があるが、「最高の経典を護持する僧たち」を誹謗中傷すれば、恐ろしいハンセン病になる——と警告している。仏教はその病気を前世の罪に転嫁することによって、病者にある種の救いを与えたことは間違いない。しかし同時に、病者を差別の対象とみていたことも否定できない。このような法華経の教えが、長い間人々の間に浸透していったのだろう。

家を追われた病者が、神社や仏閣にたむろするようになったのは、このような理由があったからである。

しかしそれまで遺伝病だと考えられてきたこの病気が、伝染病だと立証されたのは一八七四（明治七）年、ノルウエイの学者ハンセンによってであるが、専門家たちが改めて伝染病だと認識したのは、明治三十年に第一回癩会議がベルリンで開催されてからであろう。この会議は、ドイツ東部のメーメル地方に二十数名の癩患者が発生し、その対策について各国に呼びかけて開かれたもので、日本からは土肥慶蔵、北里柴三郎の両博士が出席している。この会議において、ハンセン病が伝染性疾患であることが確認され、その隔離が予防対策として提唱されている。ただ日本で法律「癩予防ニ関スル件」が成立するのは、もう少し後のことである。

長江がハンセン病の初期症状をどのように理解していたのか、このことを文献上で知ることは現時点では私の力は及ばない。

馬場孤蝶との出会い

明治三十五年（二十一歳）／栗原古城君に伴はれて、はじめて馬場孤蝶先生を飯田町にお訪ねした。爾来今日に至るまで、何かにつけて先生の御指導をいただき、御厄介になつたことは言語に尽しがたい位である。（「改造社年譜」）

長江の生涯の師であり友人でもあった馬場孤蝶との出会いは、このころであった。孤蝶は、長江が中学時代から崇拝していた急進的西欧派知識人で、自由民権運動家の馬場辰猪の弟である。

孤蝶は明治二年生まれなので、長江よりも十三歳年上で、明治学院卒業後、高知市の英語専門学校・私立共立学校をはじめ、彦根中学や浦和中学勤務等を経て、このころは日本銀行の文書課に勤務していた。

先に触れたが、長江が仲間と回覧雑誌を発行したのは、この年のことである。雑誌の名は「夕づゝ」。この雑誌の三号と四号は、先年、中村古峡の遺稿を整理していた当時日本大学教授の曾根博義氏によって発見されている。その際、中村古峡の日記もあることがわかり、生徒たちと共同で、この回覧雑誌のほぼ全容が解明され、『翻刻・注釈・解題『夕づゝ』第三号』、『同第四号』（「中村の日記抄」収録）として刊行されている。

この回覧雑誌の発端を、中村は日記に次のように書いている。〈四月二十八日（月）／五島君と森田君との発起により文章会を起し余と生田君と栗原君とを会員に薦む。放課後五人秘密に五島君の宅に集まり、大に団結して事をはからんを盟ふ。雑誌を夕づゝと命名す。六時散会。〉

「夕づゝ」は、この年の五月に創刊され、翌三十六年一月までに五冊が出ている。同人は、日記にあったように長江の他、同級生の森田草平（本名・森田米松）、中村古峡（中村翁）、栗原古城（栗原元吉）、梧桐夏雄（五島駿吉）の全部で五名である。なお彼らのペンネームはいくつもあり、紛らわしいので後年の一番著名なものを示した。

森田は、岐阜県出身で長江よりも一つ年上の文学青年。中村は、大阪府大和国平群郡（現・奈良県生駒市）出身で、やはり森田同様一歳年上である。栗原は長江と同年で、埼玉県大宮生まれだ。五島も長江と同年で東京の士族の出身である。

三号の表紙は、ベージュを基調としたもので、茶色の線で左右対称の花と葉が描かれている。そして中央に〈ゆふづ、　まきの三〉と印されている。長江は、この号に評論「文芸鑑賞家としての吾人の態度」と美文「幸多かれ」、課題文学「空」を発表している。評論の、〈吾人は先づ、文学とは信念ある人の人生観なりと云へり。〉という主張に会員の批判は多いが、美文の方は、故郷の思い出話で、貧乏故に姉を売られてしまった妹の幸多かれと祈る抒情文であるが、会員たちは長江の両刀使いぶりに驚いている。

四号は、表紙の中に夕暮れの河岸の絵が描かれており、その絵の中から九羽の鳩が飛び出している斬新なもので、中央下段に〈ユウヅ、四のまき〉と印されている。表紙の作者は前号同様五島である。長江は、アンデルセンの翻訳の「花物語」と課題文学「闇」を発表している。

彼らの交流は活発だ。〈十一月二十六日（水）／夕飯后生田君の宅にて同人五名集会、豚を煮て十時までかたる。〉〈十二月二十三日（火）午後生田君の宅に会す。豚肉のコンパニー他。〉〈明治三十六年一月十七日（土）／夜五時より生田君方にて夕づゝ会新年会あり。酒まで求めて森田先生大喜び、浄瑠璃をきかす。吾も京の四季其他例の追分など所望にてうなる。〉〈一月十九日（月）／栗原、生田等に誘はれ、午後昼飯后市村座へ行き、森鷗外氏の新浦島演劇一切を見る。〉

中村の日記を読んでいると、彼らの、文学を神の如く崇める青春が浮かび上がってくる。夕づゝ会は、その後会員の拡張をして十三人となり、紫濤会と名を改め回覧雑誌「海原」を創刊し、明治三十六年二月に一号が、四月に二号が出ている。

中村の日記の、明治三十六年六月二十四日（木）に〈哲学館の側より小石川の表町へ行き生田兄を訪ふ〉とあるので、このころ長江は、小石川表町（現・文京区小石川三丁目）に住んでいたことがわかる。長江は東大に入ってからは、小石川表町にある、鳥取県の旧藩士の子弟たちの自治寮・久松学舎に住んでいることが確認されているが、このころから久松学舎に住んでいたのかも知れない。

話が少し進み過ぎてしまったようだ。少し戻ることにする。

（明治三十五年）森田草平君が渋谷の与謝野寛氏同晶子女史の処へつれて行つてくれたのも此頃の事と記憶する。その後、「明星」誌上に折々つまらない「美文」や「論文」なぞを書かしていただいた嬉しさは忘れ難い。（「改造社年譜」）

「明星」は、これより二年前の明治三十三年四月に与謝野鉄幹（寛・明治六年生）によって創刊されている。和歌革新を旗印に創刊された「明星」は、やがて若者たちの心を捉えはじめ、浪漫主義運動の拠点となっていった。鉄幹率いる新詩社には、先に名前の出た馬場孤蝶をはじめ、後から登場する上田敏（明治七年生）や森鷗外らが顧問格として名を連ねていた。

後で触れるが、長江は早い段階で晶子に自分の病気を打ち明けたと思われる。晶子は、病気に負けることなく強く生きるように励ましたに違いない。自分の秘密をしっかりと受けとめてくれた人がいる。長江にとって、どんなに心強いことであったろうか。この時、二人の間に強い絆が生まれている。

ちなみに、〈やは肌のあつき血汐《ちしお》にふれも見でさびしからずや道を説く君〉や〈乳ぶさおさへ神秘《しんぴ》のとばりそとけりぬここなる花の紅《くれなゐ》ぞ濃き〉等、性愛を大胆に歌った鳳（後の与謝野）晶子の歌集『みだれ髪』が出たのは、明治三十四年八月のことである。

長江の作品がはじめて「明星」に掲載されたのは、明治三十六年三月のアンデルセンの翻訳「花物語」である。同年八月に発表した「軽佻の意義」では、ニーチェを精神病患者・狂人で、現存の文明を否定し呪詛しているので読むに値しないという人は多いが、決してそんなことはない。ニーチェは大いなる天才であるとして、ニーチェを擁護している。

両親が牧師の家に生まれたニーチェ（一八四四〜一九〇〇）は、頭脳明晰で若くして頭角を現し、二十四歳でバーゼル大学古典文献学科教授に招かれたが、この時すでに自己の思想が一学問内に留まり得ないことを予期していたようだ。やがて頭痛や嘔吐等の症状が出て七九年には正式に退官している。以後、十年間は漂泊の生活を送りながら思索を深めるが、八九年初頭に精神の病に倒れ、母と妹に看病されながら十年を過ごした。この間、彼の思想がヨーロッパに大きな影響を与えはじめている。

『広辞苑』に、〈キリスト教倫理思想を弱者の奴隷道徳とし、強者の主人道徳を説き、この道徳の人を「超人」と称し、これを生の根源にある力への意志の権化と見た。〉とあるように、死後に希望を与えるキリスト教を批判し、現世に生きる人のための哲学を樹立した。

ただ、当時ニーチェを危険視する人は多かったようで、登張竹風は、ニーチェの超人思想を説いたことが不敬にあたるとして圧力がかかり、明治三十九年に東京高等師範学校の職を辞している。

やがてニーチェは、実存主義の先駆者として二十世紀のわが国にも大きな影響を与えるが、この時点でニーチェの偉大さに気づく人はわずかだったようだ。

再び長江の文学仲間の話に戻る。彼らの中で、小説で一番初めに頭角を現すのは森田草平である。この年（明治三十六年）の四月、「恋の曲者」が「文芸倶楽部」の第二回懸賞短編小説の第三等に入選している。この時には、本郷江知勝（湯島切通しの牛屋）で、森田を囲んで長江、五島、栗原、中村らが祝賀会を開いている。続いて七月にも森田は同誌で「仮寝姿」が一等に入選して賞金二十円を得ている。

しかし、長江も負けてはいない。この年の八月に、栗原元吉との共著『成功の福音』（内外出版協会）を出版しているからである。これは、世界の鋼鉄王アンドリュー・カーネギーの伝記で、長江にとっては初めての本だと思われる。

私がこの本の存在に気づいたのは、国立国会図書館の長江の蔵書をチェックしていた時であったが、彼の記憶には残らなかったようだ。というのは、後年発表された二つの年譜のどちらにも記載されていないからである。

さて長江の孫の夏樹氏によれば、「第一高等学校の時代、遊びで野球をやっていた。当時は草履ばきでグラブもなく、素手で打球を処理していた」と父から聞いたことがあるとのことである。長江は、スポーツマンでもあったようだ。

東京帝国大学文科哲学科に入学

明治三十六年（二十二歳）／七月、一高の文科を卒業。東京帝国大学文科の哲学科に入る。はじめケエベル先生や、村上専精先生や、森槐南先生や、姉崎正治なぞの講義を聴く。（「改造社年譜」）

此の頃より金港堂に関係し、「社交辞典」の編纂を助く。（大正五年年譜）

明治三十六（一九〇三）年七月、長江は一高を卒業した。長江の卒業時の成績は、上級生を除いて二十五番。入学時より成績が下がったのは、病気への煩悶が影響していたのかもしれない。ちなみに、他の友人たちの入学時と卒業時の成績順位は次の通り。森田（二十一番↓七番）、栗原（二十九番↓十八番）、中村（三十七番↓二十三番）、五島（三十八番↓九番）。友人たちの中で、成績が落ちたのは長江だけである。

農学部正門横の言問通りを横切ると、煉瓦塀に囲まれた広大な敷地に、東大の工学部や法学部等が整然と並んでいる。煉瓦塀に沿った歩道をしばらく行くと正門が、またしばらく行くと時代劇に出てくるような赤門が見える。

長江が、東京帝大文科哲学科に入ったのは、二か月後の九月のことである。

こちらも「官報」（明治三十六年十月十四日）の「学事」欄が、入学宣誓式に出席した学生の名前を掲載していた。これによると学生数は九百八名で、うち大学院生が百五十二名。学校別の人数も掲載されているが、一高が圧倒的に多く二百四十二名。二高が百三十一名。三高が八十八名と続いている。これらを見ると、一高が超エリート校であったことが改めてよくわかる。長江の入った哲学科は五十二名。長江は二番目に登場しているが、これはイロハ順のようである。ちなみに森田、中村、栗原は、同大学の英文科に、五島は法科に進んでいる。

天野郁夫著『大学の誕生（上）』によると、当時大学というと帝大を指していたという。これは、明治十九年に交付された帝国大学法に基づいたもので、最初は帝国大学は東大のみで、明治三十年に京大が帝国大学となったが、長江が入学したころは正式な大学はこの二校だけであった。その後、いくつか帝国大学もできるが、他の大学は大正七（一九一八）年に「大学令」の交付が出るまでは、専門学校の扱いであった。

かつて長江が学んだころの校舎はないが、当時の校舎も現在と同じ場所にあった。赤門を入り、左折すると、大きな総合図書館が見えてくる。伊福部隆輝が述べている。

「帝大時代の話を先生から聞いたことがあります。帝大の図書館の、殆ど誰も手をつけない美学の書物を読んでゆくと、それに書き込みがしてあるのだそうです。見ると、それは樗牛のものなのだそうです。ああ樗牛もこの書物を読んだのかと懐かしく思い、また結局は、樗牛と自分だけがこうして勉強しているだけかと思ったりしたそうです」（「人としての生田長江先生」）

書物のあちこちに樗牛の足跡を見つけることで、樗牛がより身近になっていったはずである。ちなみに高山樗牛は、前年（明治三十五年）の十二月二十四日に逝去している。享年三十一。長江は中村古峡と共に、その死を悼んでいた。

さて、「夕づゝ会」が「紫濤会」に発展したことはすでに触れたが、東大に入っても彼等の友情は変わらず、この年の秋に最初の「夕づゝ会」の五人に「紫濤会」から川下江村（喜一）と辻村黄昏（鑑）の二人を仲間に入れて「花雲珠《はなうづ》」を出している。「花雲珠」と命名したのは、与謝野寛のようだ。「花雲珠」二号が出たこの年の冬、森田は本郷区丸山福山町四番地（現・文京区西片一丁目十七番八号）の伊藤ハル方に引っ越した。やがて晩年の一葉と交遊のあった孤蝶によってこの家は樋口一葉（明治五年〜明治二十九年）が最後に住んだ家だということがわかり、花雲珠会主催の一葉会が、翌明治三十七年二月七日に開催された。

現在、この地には白山通りに面して紳士服のコナカが建っている。この建物の正面右端に、文京区指定史跡の一葉の記念碑や説明板が設置されている。

一葉会の当日は、長江たち「花雲珠」同人七名の他、蒲原有明、与謝野夫妻、小山内薫、小山内（のち岡田）八千代、樋口邦子、樋口悦、上田敏、河井酔茗、馬場孤蝶等が集まった。この時の写真は、「明星」三月号に掲載されている。この一葉会は、三度ほど開催されたようだ。ちなみに、第一回一葉会が開催された三日後の二月十日に、日本はロシアに宣戦布告をして日露戦争が始まっている。

それまで反戦の論陣を張っていた「万朝報」が、開戦やむなしという論調に至った前年（明治三十六年）の十月、三人の記者が抗議して同社を退社した。社会主義者の幸徳秋水と堺利彦とキリスト教徒の内村鑑三である。幸徳と堺は、平民社を設立し、自分たちの主義を訴えた週刊新聞の「平民新聞」を同年十一月十五日から発行している。

再び長江の話に戻る。「花雲珠」の同人会が森田の家で開かれたころ、長江は伝通院の裏手の藩の寄宿舎・久松学舎に住んでいたようだ。地図を見ると、伝通院は、文京区の小石川三丁目にある。孤蝶は一、二度ここを訪れ、長江と一緒に森田の家に行ったことがあるという。

さて、このころ発行したと思われる回覧雑誌「花雲珠」の一部分が現存することを、このたび初めて確認することができた。鳥取県立図書館郷土資料課の渡邊仁美さんから平成二十三年の暮れ、早稲田大学中央図書館に長江の書簡があるらしいというお電話をいただいた。ここは、一般人のレファレンスは受け付けていない。そこで静岡県立中央図書館一般調査課の佐藤れい子さん経由で調査を依頼すると、「細田源吉宛諸家葉書」の中に長江の葉書が一通、また「生田星郊等原稿」があるが、内容について答えることはできないので、研究者が直接見てほしいという返事があった。さっそく早稲田大学中央図書館に十二月十九日にうかがうと、葉書については後で触れるが、「生田星郊等原稿」は、同館が所蔵する本間久雄文庫に眠っていた。本間久雄（明治十九年生）は、長く早大の教授を務めた人で、長江との共著も何冊かあり、長江の全集の「内容見本」にも推薦文を寄せていた。そんなわけで、長江の遺族が形見分けに贈った可能性が高い。

「生田星郊等原稿」は、切り取られた回覧雑誌の後半で、二十四枚（片面十二行）の松屋の用紙と、中に雑誌の切り抜き五枚が綴じられたものであった。まず、星郊生（生田）の美文「善き人の迫害」二ページがあり、古城の小説「幻住」の四、五、六と続き、題名のない星郊生の美文二ページ、中村胆山（古峡）の雑誌を切り抜いた「老船頭」、その後、胆山（古峡）の「同人諸兄」と編集者の感想、連絡と続いている。古城と古峡の作品の後には、「たそがれ」（辻村）の講評が赤字で入っているが、長江の作品への批評はない。

長江の「善き人の迫害」は、〈氷の如く清かなる感情と、鉄の如く強固なる意志と、更るかの運命の支配を超越し得むほどの奇しき力とを持てるもの、是れなり、げに是れなり、今我が歓びて迎へむ事は唯だ是のみなり。〉という文章から始まる、哲学的な洞察力に満ちたものである。後の題名のない作品も、この作品と共鳴しているものである。

古峡の「同人諸兄」に、〈活字になった者《ママ》を、花雲珠に寄せることは〉とあり、この回覧雑誌が「花雲珠」であることがわかる。古峡は、この作品は、昨年の四月に完成して当時すでに二、三の諸氏の批評を仰いだが、新たにほとんど改稿したので再び読んでほしい旨を書いている。またこの雑誌の刊行時期は、この「老船頭」が、「新仏教」四月号に掲載されたものなので、この直後ではなかったかと思われる。

編集者の感想を読むと、この回は、二十五絃君（草平）が三十八枚の清書を出してくれ、近頃に無い大冊になった、という感謝の言葉も書かれている。そんなわけで、前半は草平に返された可能性が高い。おそらくこの回覧雑誌は、「花雲珠」第三号ではないかと思われる。

さて、やがて「花雲珠」の同人たちは、西片町に住む上田敏の家で月一回ほどの研究会を開くようになっている。上田はこのころ、東大の講師であった。

このころ、長江の次兄の貞二郎は、鳥取県の米子で弁護士をしていたが、この年（明治三十七年）の春から秋にかけて長江が兄に出した八通の手紙の控「浮き世のさゞ波」が、神奈川近代文学館に残されている。

これらを読むと、金銭的に追い詰められている長江の姿が見えてくる。兄に無心する長江の手紙を読むのは、切ない。二通目（五月十四日）に次の箇所がある。

○食費、舎費は二月以来（二月分以来）一度も払はず
○友人に五円ほど借金あり
○第三学期授業料（定納期四月二十三日）未納
○洋服屋度々来る
○小遣銭大抵いつもなし

このころ（明治三十七、八年）、久松学舎の四畳半に机を並べて寝起きを共にして早稲田大学に通った松下政蔵は、長江がたえず創作に励み、後に博文館から出版される『明治時代文範』を執筆していたことを目撃している。長江は、東大入学と同時に金港堂と関係して『社交辞典』の編纂の補助をしていたことを年譜に記していたが、勤労学生だったようだ。

この明治三十七年には、さらに新しい出会いがあった。


上田先生からの紹介状を携へて、森田君と共に坪内逍遥先生をお訪ねした。／夏目漱石先生も帰朝されたので、はじめて其講義を聴く。（「改造社年譜」）

このころ、坪内逍遥（安政六年生）は演劇革新の実践者として活躍していた。また逍遥の妻のセンは、苦界にいた人であった。精神性の強い逍遥の姿は、長江の心に強く印象付けられたはずである。

坪内逍遥は、また早稲田大学と縁が深い人物である。この出会いがきっかけとなり、大陸の新しい思想書や文芸家のものを大量に所蔵していた早稲田大学の図書館への出入りを許可され、長江はたびたび通っている。

漱石が留学を終えて帰国したのは、前年（明治三十六年）の一月のことである。そして、同年三月三日から本郷区千駄木町五十七番地（現・文京区向丘二丁目二十番七号）で暮らし始め、四月十日に第一高等学校英語嘱託及び帝国大学講師に就任している。

ただ、長江たちが漱石から教えを受けるのは、東京帝大に入ってからである。長江は漱石を訪ねたようだ。

「新声」を創刊した佐藤儀助が、資金難から「新声」を売却し、新たに設立した新潮社から現在まで続いている「新潮」を出すのは、この年（明治三十七年）の五月のことである。儀助は、この時から義亮を名乗っている。

河盛好蔵の執筆した『新潮社七十年』によると、「新潮」になってからも「新声」にあった辛辣な六号コラム「甘言苦語」はしばらく続き、やがて「不同調」に発展したが、最初のころは義亮や生田長江が執筆していたという。義亮自身も、のち雑誌「不同調」に、〈何しろ不同調といふのは、元来が雑誌新潮の呼び物であつたのだし、昔は、不同調の前身たる卓上語には、自分も特別に力を入れて生田長江氏などには、原稿料はいくらでもいいから、極く辛辣なところを書いてほしいと頼んだこともあつた。〉（「諸方面の不同調観」〈「不同調」大正十四年九月号〉）と書いている。このころから長江と新潮社との親密な関係が始まっていたようだ。これも、学費を稼ぐ手段の一つであったに違いない。長江の貧乏が、彼の批評眼を磨いていることに驚かざるを得ない。

与謝野晶子が、出征中の弟への思いを歌った「君死にたまふこと勿れ」を「明星」に発表したのは、同年九月のことである。

ああ、弟よ、君を泣く、
君死にたまふことなかれ。
末に生れし君なれば
親のなさけは勝りしも、
親は刃《やいば》をにぎらせて
人を殺せと教へしや、
人を殺して死ねよとて
廿四までを育てしや。

この作品に対し、大町桂月は雑誌「太陽」十月号で非国民と非難している。けれども晶子も負けてはおらず、「ひらきぶみ」(「明星」十一月号)で反論している。〈私が「君死に給ふこと勿れ」と歌ひ候こと、桂月様太相危険なる思想と仰せられ候へど、当節のやうに死ねよ〳〵と申し候こと、又なにごとにも忠君愛国などの文字や、畏おほき教育御勅語などを引きて論ずることの流行は、この方却て危険と申すものに候はずや。〉

この騒動は、与謝野寛と新詩社同人で弁護士の平出修が大町に談判することで終息を見ているが、この席に長江も立会人として参加している。

ポーツマス日露講和条約の調印に反対する民衆による日比谷焼き打ち事件が起きたのは、明治三十八年九月五日のことである。このころより、民衆の政治運動が無視できなくなっている。

長江が、校内に美学会を立ち上げたのもこのころである。大塚保治先生を顧問格にした勉強会で、後に評論家として頭角を現す一級下の阿部次郎も参加している。

冬、「青春」執筆中の小栗風葉に面会。（大正五年年譜）

小栗風葉は、尾崎紅葉門下の人気作家である。長江は後、小栗風葉を論じた「風葉論」で文壇に登場するが、そのための取材であろうか。

この風葉に俊という妹がいた。長江は、小栗家に出入りするうちに俊に恋したが、失恋してしまったようだ。というのは、俊に育てられた哲学者の梅原猛氏が、〈なお、母がこんなこともあったと半分恥ずかしそうに、半分得意そうに語った話に、長江が母を好きになって、結婚を申し込んだという話であります。小栗家が母を急いで半田へ帰らせたのは、文学者などというものは皆道楽者で、親戚に道楽者は一人でたくさんだ、悪い虫のつかないうちに田舎へ帰そうという配慮があったとのことです。〉（「私と小栗風葉」）と書いていることからわかる。

後に長江は次のような詩を作っている。

ひとなみに

ひとなみに
われもまた
わするるときの
いまかいまかと
ほほゑみて
まちたまふ
きみゆえに
かなしかり

この詩の「きみ」とは、俊のことであろうか。

青春を謳歌する長江であるが、十二月の末（あるいは翌年の初めか）、彼のもとに非情な訃報が届いた。米子で弁護士をしていた次兄の貞二郎が、十二月三十一日に急性肺炎で急死したのである。享年二十九。家族の中で、初めて都会に出て今までの自分の道筋を付けてくれたのが次兄なのである。彼の分まで強く生きることを誓ったに違いない。

長江誕生

長江を文壇に押し出すことになる「芸苑」が発行されたのは、明治三十九（一九〇六）年一月のことである。

「花雲珠」の同人たちが月一回ほど、本郷区西片町の上田敏のところに集まり始めたころ、雑誌を出そうという話になり、与謝野寛の仲介で馬場と上田が明治書院に交渉したが、この時にはまとまらなかった。

ところが信州から出て来た島崎藤村（明治五年生）に馬場が話をすると、彼の知り合いの銀座の細川芳之助に話してまとめてくれた。

やがて雑誌の方針について話し合った結果、紆余曲折の末、「花雲珠」同人たちが文壇に打って出る機関にすることに決まった。雑誌名は、上田や平田禿木が以前やっていた「芸苑」の名をもらうことにした。リーダーは上田敏だ。

第一号には、島崎藤村、上田敏、馬場孤蝶たちに混じって、「花雲珠」の同人たちも気を吐いている。長江は、續弦膠の筆名で文壇の近況を報告した「地方の人に文壇の近況を報ずる文」を発表している。

長江に大きなスポットライトが当たるのは、三号が出た時である。この号に彼の「風葉論」が掲載されていたのである。「一、序論」「二、風葉の芸術的良心」「三、外来思想の影響」「四、作物の主観的傾向」「五、意味ある物。倫理問題」。以上の内容からなる二段組三十ページにわたる本格的な作家論で、文壇の大きな注目を浴びている。

この時、長江は初めて長江のペンネームを使っている。これは彼が上田敏にお願いして付けてもらったもので、友人の森田は、〈かの長江の如く滔々として流れるという意味から取られたものらしい。〉（「長江君逝く」）と書いている。もちろん彼の弁舌からとられたものに違いない。

ここに一人の文士が誕生した。本格的な作家論は、文壇だけでなく読者にも強く印象付けられたはずである。

時を同じくして、東大関係者によって発行されている「帝国文学」(三月号)に「国民的叙事詩としての平家物語」の連載を始めている(初回は巻頭に掲げられている)。これ以降、「帝国文学」が主な作品発表の場の一つとなっている。

孤蝶によると、長江は「芸苑」が出たころには、本郷の台町(現・文京区本郷四丁目)の崖の上の環翠館という下宿にいたという。この地は、東大のすぐ近くである。そして、後に妻をここに迎えたという。

この年(明治三十九年)の七月、長江は「悲壮美論」という卒業論文を提出して哲学科の美学科を卒業している。

(卒業と)同時に成美女学校の英語の講師となる。ユニバーサリスト教会附属の女学校にて、教会の関係により頼まれしものなり。(大正五年年譜)

実は長江は、寄宿舎の舎監の堀から、卒業後藩史の編纂を頼まれたが、「つまらんから断った」と話したことを、甥の幸喜が「叔父と私」に書き残している。この時、長江の脳裏には、無残な曾祖父啓助の姿が甦っていたのかもしれない。

長江が勤めることになった成美《せいび》女学校の住所は、麴町区飯田町四丁目五。現在の、千代田区九段北一丁目十番である。

東京メトロ東西線の九段下駅で下車すると、靖国通りに出る。この通りと交差している目白通りを飯田橋方向に二百メートルほど行くと、右手の新光ビルに「九段北一丁目十一番」の標識があった。「一丁目十番」の標識は見当たらなかったが、ホテル・グランドパレスの向かいが一丁目十番で、成美女学校はかつてこの付近にあった。

長江が成美女学校に就職したころ、のち文壇で好敵手となる相馬御風（明治十六年生）も早大を卒業してこの学校に就職している。ただ御風は、一年ほどで退職したようだ。

さて、ほどなく「芸苑」のリーダーの上田敏に対して、長江、森田、川下たちから不満が出はじめた。川下の論文が激越に過ぎるというので、上田が書き直しを求めたのがきっかけであった。そこで馬場が皆に上野の三宜亭に集まってもらい、編集を長江にまかせることに決めてしまった。長江なら上田の誇りを傷つけることなくうまくやってくれると思ったからだろう。そんなわけで、この年（明治三十九年）の秋ごろから長江が主導権をもつようになったようだ。

ちなみに馬場孤蝶は、この年の九月で日本銀行を辞め、慶応義塾大学の文学部の講師となり、欧州文学を論じている。懐が広く、包容力のある孤蝶の周りには、学閥や派閥を超えて多くの若い人たちが参集している。

長江は、さっそく翌年の初め、童謡「赤とんぼ」の作詞で知られる詩人・三木露風（明治二十二年生）をデビューさせている（三木の掲載作品。二月、「雨ふる日」他四編。三月、「麗日」他二編。四月、「朝空」他七編）。これらの作品で、露風は新進の詩人として注目されている。

伊福部隆輝はいう。

「その話は、先生から聞いたことがあります。先生が帝大を出て文芸批評家として売り出しの頃ですから、明治四十年の頃の事だと思います。当時、小石川の伝通院の近くに、旧鳥取藩の学舎、久松学舎というのがあり、ここは旧藩士の子弟で東京に遊学している学生たちの自治寮であったのですが、そこの舎監をしていた旧藩士の某氏が、一日先生を訪ねて見え、『実は私の甥に、とんでもない自称天才がいて、生意気で、誰の言うことも聞きません。そこで、お前は誰の言うことなら聞くのか、と言いますと、生田長江の言う事なら聞いてもいいというのです。そんな訳ですみませんが、一つ面倒を見て下さいませんか』と頼まれたのだそうです。それが三木露風だったのだそうです。」(「生田長江先生と三木露風」)

長江は、その後、多くの新人を世に出しているが、この三木露風が新人売出しの第一号だったようだ。三木も、自伝『我が歩める道』で、〈其の当時、我が文壇で、最も高級な文芸雑誌は『芸苑』であった。/『芸苑』は、故上田敏博士が主幹で、生田長江君が編集してゐた。私は其の雑誌に十数篇の詩を発表した。〉と触れている。

三木の目に、「芸苑」は、文壇で一番高級な文芸雑誌に映ったようだ。ここには、長江への感謝の言葉はないが、掲載されて誇りに思ったことは間違いがないだろう。

再び「芸苑」の話に戻る。長江はユニバーサリスト教会で、講演と演奏をドッキングさせた新しい試みも実施している。

「芸苑」の明治四十年一月号に、「芸苑社第一回講演会」の広告が出ているが、〈芸苑社同人時勢の必要に鑑みるところあり、自今、純文芸に関する月次講演を開く。〉とある。広告の左上に三角の入場券が付いていて、これを持参すればタダであるが、ない人は十銭である。

第一回の芸苑社講演会は、一月十二日、午後六時から開催された。講演に先立ち、長江が本会開催の趣旨を述べた。講師と演題は、上田敏の「希臘古劇論」、新帰朝者・平田禿木の「沙翁伝の研究」、馬場孤蝶の「時勢の推移」であった。講演の合間には東儀哲三郎と吉沢重夫のバイオリン二部合奏や澤田柳吉のピアノの独奏等を挟んで、二、三百名を収容する会場の雰囲気は好ましいものであったという。そして十時に散会している。

以下、五回までの予告が「明星」にも出ているが、二回目は、「東京朝日新聞」（二月九日）の「集会（本日）」の欄にも掲載されている。

〈▲芸苑社　午後一時九段中坂下ユニヴァアサリスト教会に於て第二回講筵開始（種を播く人、島崎藤村△舊約書の文芸上価値、上田敏△当今の劇界、川下江村△音楽合唱、女子音楽学校生徒△ヴァイオリン独奏、東儀哲三郎△ピアノ独奏、澤田柳吉〉。

この回の講評が「読売新聞」（二月十七日）に出ているが、藤村の講演が一番おもしろかったようだ。長江は、三回目に登場する。他の講師は、上田敏と戸川秋骨である。ちなみに長江の演題は、「当今の詩壇」である。以後の新たな講師は、登張竹風、与謝野寛、島村抱月等である。

長江が第一回芸苑社講演会を開催したころ、成美女学校の生徒になった女性がいる。後に「青鞜」を出す平塚明《はる》（後のらいてう）である。彼女は、明治政府の少壮官吏の父、平塚定次郎と母、光沢《つや》の三女として明治十九年に生まれた。長江よりも四歳年下である。明治三十九年の三月に日本女子大を卒業して津田梅子の英学塾に入ったが、校風になじめず転校してきたのだった。

成美女学校は、美しいステンドグラスを使った教会の建物の内部にあって、小さな教室がいくつもあった。女学校卒業者が中心で、明が入った一番上のクラスは、十人ほどのこぢんまりとしたクラスであった。

明が初めて教室のドアを開けた時、あまりに若い先生がいるのに驚いている。色白で痩せて眼鏡をかけている先生の顔は、一見非常に淋しいものに見え、取り澄ました態度は冷ややかに見えたが、少しの濁りもなく、細くきれいに澄んで通る弾力のある声は、快い刺激に感じられた。

明が、授業が終わるのを待ち兼ねて隣席の生徒に先生の名前を尋ねると、生徒は、「生田先生」とだけ教えてくれた。そして、ほどなく彼が帝大の文科を出て間もないことを知り、続いて長江の名前を雑誌に見出した時には、貪るように読み始めている。

さて、長江は、成美女学校に勤めながら、新たな仕事も始めたようだ。

（明治三十九年の）冬、上田萬年先生からの御口添へで、佐々醒雪《さっさせいせつ》先生の「家庭文芸」といふ雑誌の仕事を手伝はして頂くことになる。（「改造社年譜」）

長江は、さっそく漱石のもとに出かけている。漱石の同年十一月六日付の森田宛の手紙に、〈生田先生が金港堂へ這入つたので何か書いてくれといふて来た。二十五円だから君より三円なにがし多い事になる。〉の箇所がある。

森田の二十二円は、翌明治四十年四月より漱石と先輩の松浦一の斡旋で天台宗の宗教学校の英語教師をしているので、ここの給料だと思われる。

この時、長江が漱石に依頼した原稿の題名は「家庭と文学」。しかし、約束の十一月十二日に長江が訪れても原稿はできていなかった。そこで長江は、漱石にインタビューしながら筆記している。そんなふうにして出来上がった作品は、翌明治四十年二月号の「家庭文芸」に掲載されている。

この年の同誌の一月号に馬場孤蝶の「露西亜浦島」や森田白楊（草平）の「唖者の恋」も掲載されているが、これも長江が依頼したものであろう。長江は、三月でこの仕事を辞している。後は、友人の栗原古城にバトンタッチしたようだ。

明治四十年三月十四日の「東京朝日新聞」は、〈第八回文芸講演会〉の見出しで、大町桂月と松本道別の主催する第八回文芸講演会が二十二日の午前零時三十分より神田橋の和強楽堂にて開催されるが、弁士は登張竹風、小栗風葉、国木田独歩、沼波瓊音、生田長江、大町桂月であることを伝えている。

長江も、客の呼べる花形文士の一人と目されてきたようだ。

先に触れた「癩予防ニ関スル件」が帝国議会で可決されたのは、明治四十年三月のことである。この年の七月に患者を隔離救護するための療養所が全国五か所に設置されることが決まり、明治四十二年に開所されている。目的は、市中を徘徊する浮浪病者の収容が主であった。

第三章　戦いの始まり

長江と妻藤尾（明治 40 年。「こんにちは長江先生」より）

結婚

中央線の千駄ヶ谷駅で下車して駅前に立つと、前方左手に銀色に輝く巨大なカーボーイ・ハットみたいな東京体育館が見える。

駅前の広い通りを渡り右折すると、道路に沿って銀杏の並木が続いている。しばらく歩くと代々木病院が見えてくる。この病院の手前を左折してまたしばらく歩くと、右手の駐車場の隅に「東京新詩社跡」と記された小さな角柱が立っている。かつて与謝野寛・晶子夫妻が住む家(東京府豊多摩郡千駄ヶ谷村字大通五四九番地・萩の家、現・千駄ヶ谷一丁目二十三番)は、この場所にあった。

春、結婚して千駄ケ谷の与謝野寛氏のお隣に居を構へ、同氏夫妻から一方ならぬ御好意をいただく。(「改造社年譜」)

明治四十(一九〇七)年四月、結婚した長江夫妻が結婚生活を始めた家は、与謝野家の隣にあった。長江がこの家に住むようになったのは、与謝野夫妻の斡旋であろう。

妻は、鳥取県日野郡米原村大字大河原村の亀田平重の三女藤尾。明治二十年六月十五日生まれなので、長江よりも五つ年下である。平重の長女亀野が、長江の長兄の虎次郎と結婚しているので、この結婚は親同士が決めた可能性が高い。

このころの二人の写真が残されているが、着物姿で髪を銀杏返しに結った藤尾は、清楚な感じのする美人である。

ただ、一つだけ気になることがある。それは、結婚当初、妻の入籍がなされていないことである。戸籍にとらわれない新しい生き方の実践なのだろうか。それとも、もし自分が発病して別れなければならなくなったとき、妻の戸籍を汚さないための配慮なのだろうか。どうも後者の色合が濃いような気がする。

漱石は、愛弟子の結婚を祝って、中国人が書いた「月落烏啼霜満天」の石刷りの掛軸を贈っている。順風満帆な長江であるが、残念なことに「芸苑」が五月で廃刊となっている。発行先が、出版業から手を引くことになってしまったのだ。

しかし、長江の意気は軒昂である。

秋、馬場孤蝶先生等と共に、与謝野晶子女史を中心にした閨秀文学会なるものを作る。（「改造社年譜」）

今度は、成美女学校の中に、「閨秀文学会」を設立したようだ。「閨秀文学会」の詳細は、同年五月二十五日の「読売新聞」の「よみうり抄」が触れている。

閨秀文学会の設立　今回設立せられたる同会は通俗平易に内外の文芸を講述して一般の婦女子に文学趣味を鼓吹し、兼て女流文学者を養成する目的にて、毎日（土曜日曜を除く）午前八時より同九時まで、九段中坂下成美女学校内に於て、与謝野晶子女史馬場孤蝶氏、森田文学士、生田文学士の講演あり、来る六月十四日より始業の筈

「明星」六月号にも会員募集の広告が出ているが、月謝は一円で、六月に限り五十銭である。「明星」七月号では講師に上田敏が、八月号では平田禿木、満井信太郎、与謝野寛、川下江村、和田英作、三宅克巳、戸川秋骨、赤司繁太郎（牧師）の八名が増えている。時間は三時半から五時半になっている。この会の聴講生の中に、平塚明や青山菊栄（明治二十三年生。のち、社会主義者・山川均と結婚して山川姓。評論家として活躍）らがいた。

さて、この閨秀文学会であるが、孤蝶の「『芸苑』の出た前後」によると、閨秀文学会で講義録出版の話が持ち上がったが、挫折してしまったので森田の意見でいったん解散した（この「講義録」の広告は、「明星」八月号に出ている）。そののち、長江と森田は金葉会を発足して閨秀文学会の仕事を続けていたようだ。

このころの長江の執筆活動も盛んである。この年、翻訳本や共著を入れて六冊もの本を出している。〈①六月、翻訳『読書の趣味　前編』内外出版協会／②七月、『同　後編』同社／③十月、『同　合本』同社／④十一月、『草雲雀』（森田、川下との共著。序、夏目金之助、上田敏）服部書店／⑤十一月、『文学入門』（序、夏目金之助）新潮社／⑥十二月、『明治時代文範』博文館〉

『草雲雀』は、漱石の斡旋で刊行されたもので、漱石の序文が付いている。

草雲雀の著者森田、生田、川下の三君が揃って大学を出たのは去年の事である。従って此集は三

君が在学中の余暇になつた短篇のみを収めたものに過ぎぬ。
然し在学中の余暇になつたものには、人の知れぬ苦心と労力が籠つてゐる。寸陰を惜み分陰を偸んで漸くに草し得た一句一行は、閑居平日の縷々数万言よりも貴重である。従つて最も切実な言語より外は臚列せぬ事となる。草雲雀は三君に取つて実に此種の感懐に富んだ作物のみであらうと思はれる。即ち講学の煩しき朝夕にさへ、抑へんとして抑へがたき多意味なる内面生活の一端が、文学の力を藉りて、実世界の表面に発揚した自己の本色と云ふても差支なからう。此点から見ても草雲雀は只一片好奇の念に駆られた閑文字ではない。又は茫漠たる過去を忘れぬ為めに一冊の形に纏めた記念でもない。真摯なる述作である。之を世に公にするのは単に三君に取つて有意義なるのみならず、又世間に取つて有意義である。（中略）
三君は在学中から「明星」に「芸苑」に相携へて寄稿もしくは編輯の筆を執つて居られた。但し専門は三君共違ふ。森田君は英文学で、生田君は美学で、川下君は独文であつた。然し卒業も同年で、交際も伯仲で、出処も如一で、文芸上の趣味も主張も共通であるから森田君に就て云ひ得る所のものは余の二君に就ても云ひ得る訳である。三君の作物を一巻に纏めるのは尤も其当を得たもので、三君の作物を纏めた草雲雀は前に云つた意味から公けにして世に問ふ価値のある短編集である。
世事意の如くならず卒業後の森田君は英語の教科書を抱へて電車の昇降に忙はしく、生田君も亦翻訳雑纂の業に役々として明窓浄几の暇なきを嘆じてゐる。川下君に至つては空しく志を九原に齎らして客舎に永眠された。三君の自得し、自証し、或は観察し得たる人生の叙述は、此短篇にとゞまる訳ではない。否森田生田二君に在つては是からが実に文芸上の生命である。然し以上の如く二君は齷齪の活計に遑なく、残る一人は既に亡き人の数に入つたとすれば、此際「草雲雀」を出版するのは二君の面影を今日に、逝ける人の精神を永久に伝ふる好方便である。余は三君の友人として喜んで一言を草雲雀の巻頭に序するものである。

明治四十年十月　　　　　　　　　　　　　　　　　　　　　　　夏目漱石

門弟たちに対する、漱石の愛情が籠った文章である。長江は、この集に「軒昂」の総題で、小説「水平動」、小説「臨終」、美文「死ぬと思ふに」、翻訳「あだなみ」、翻訳「花物語」、美文「詩歌のわづらい」、美文「友に」、小説「弟」の八編を収録している（漱石も触れていたが、劇作家として将来を期待されていた川下江村は、この時点で早世している。川下と縁が深い「帝国文学」九月号が半ページほどのスペースで「川下江村氏の永眠」を掲載していたが、八月十三日に小田原で亡くなっている。喀血による脳貧血症だったようだ）。

『文学入門』にも漱石の序文が付いている。

学と名のつくものは世の中に沢山あるが、大抵は其性質と範囲も研究の態度も方法も目的も一致してゐる。従っていくら門外漢でも多少の教育さへあれば、こんなものだらう位の想像はつく。所が文学になると同じく学の字はついて居るが、理学科学動物植物の諸科学とは丸で趣を異にして極めて曖昧なものになってゐる。学と云ふ名はあるがどこが学だか薩張り分らない。

普通の諸科学はある現象の研究から出立して此現象と彼現象との関係を明瞭に抽出するものである。では文学では何の現象を研究して居るかと云ふと一寸返事に困る。では何にも研究してゐないのかと云ふと大に研究して居る。小説でも詩歌でも戯曲でもみんな人間と自然の研究から出来たものである。たゞ研究の態度が普通の諸科学と趣を異にして居るのみである。たゞ此態度が複雑なため区域の判然せぬ為め、研究者自身も此態度をとりまとめて人に話す事が出来ない。だから自身は述作の際此一種の研究を実行してゐるにも拘らず、一旦質問に出逢ふと満足な返事が出来ない。文学が曖昧な原因の一つは全く茲にある。（中略）

生田君の著書は其名の示す如く文学入門である。入門ではあるが以上の如く此種の著書が払底の今日、ことに人事百般の新智識の要求が熾なる今日の日本に在つては非常に有益なものと信ずる。余も色々な意味に於て文学の研究者である。ことに生田君の著はされた書物の内容の如き問題に就ては少からぬ興味を有して居る。因って数言を巻頭につらねて刊行の主意を賛成すると共に大に之を江湖の青年の学徒に推薦するのである。

明治四十年十一月　　　　夏目金之助

この文章にも、門弟の長江に対する漱石の熱い思いが籠っている。これは、のちに登場する佐藤春夫の愛読書でもあった。

『明治時代文範』は、さまざまな視点から明治の文学を見つめたものである。この中に漱石や高濱虚子等の文章が引用されているが、長江は森田を通じて漱石の承諾を得ている。漱石は、虚子に手紙を書いて許可をもらっている。いずれにしても、これらの本の刊行には、さまざまな形で漱石の力が大きく働いている。

長江の活動は、本の出版ばかりではない。評論も毎月のようにあちこちの雑誌や新聞に掲載されている。長江は、すっかり売れっ子評論家になってしまったようだ。

先に長江の友人の川下江村が早世したことに触れたが、同年十月十二日の「東京朝日新聞」は、「故川下文学士紀念文芸講演」の見出しで、将来有望な劇作家として一部芸苑界に注目されていた川下の死を悼み、長江と森田が尽力して今十二日、午後一時より神田橋の和強楽堂において紀念講演会が開催され、弁士は登張竹風、上田敏、上田万年が務め、入場料の収入は、ことごとく故人の遺族に寄贈されることを伝えている。

長江が、先の芸苑社講演会にならって成美講演会を開催するのは、翌年（明治四十一年）の三月からである。第一回の広告が「明星」三月号に出ている。毎月一回で、一回目は三月八日（日曜）午後一時から。場所は成美女学校で、会費は十銭。第一回の講演会は長江の他、戸川秋骨、相馬御風、島村抱月（明治四年生）である。

第二回の講演会については、「読売新聞」（四月四日）の「よみうり抄」が触れていた。

第二回成美講演会　来る十二日午後一時より九段中坂下成美女学校にて開催し其の題目は左の如し／△新理想の憧憬（小栗風葉）△露西亜文学研究（馬場孤蝶）△演題未定（片上天弦）／△当今の詩壇（与謝野鉄幹）△芸術と天才（生田長江）△誤解されたる自然主義（相馬御風）。

なお、長江の「芸術と天才」の速記録は、「明星」五月号に掲載されている。以下は、不明である。同年三月には、代表作の一つと見られている「自然主義論」を「趣味」に発表している。これは、自然主義を容認しながらも、日本の自然主義を批判したものである。

同三月一日の「読売新聞」の「日曜談叢」には、〈生田長江氏は此度正式に風葉氏の門下生となり大に創作に従事する由又氏は先頃片上天弦氏を訪問し今の批評家の無見識を慷慨したさうだ。〉とある。このころ、長江は創作にも意欲をみせていたようだ。片上天弦を訪問して評論家の無見識を慷慨したという話も長江らしい。

同月、長江と森田と星野久成の共著で、農学博士の鈴木重禮監修の『中学英文法講義』が東華堂書店より刊行されている。長江の活躍には目を見張るものがある。

塩原情死未遂事件

「東京朝日新聞」に塩原情死未遂事件が大きく掲載されたのは、明治四十一（一九〇八）年三月二十五日のことである。

「自然主義の高潮▽紳士淑女の情死未遂▽情夫は文学士、小説家▽情婦は女子大学卒業生」の見出しで詳細に伝えている。事件を起こした男の名前は森田草平、女の名前は平塚明。二人の似顔絵も出ているが、明はまるで毒婦という感じである。馬場孤蝶、与謝野晶子、夏目漱石、女子大の学監・麻生等の談話も掲載されている。最高学府を出た男女の醜態である。森田には、故郷に妻と一児がいた。また下宿先の伊藤ハルの娘の踊りの師匠の岩田さくとも深い仲になっていた。世間が注目したのも無理はない。

二人の情死未遂事件の経緯はこうである。金葉会で長江の発案で回覧雑誌を作ることになった。平塚明が「愛の末日」という小説を発表したとき、明に森田から長い手紙が届いた。このころ、森田はもがいていた。女性関係にも行き詰まっていた。職場にも身が入らず、首になっていた。作家への道は遠のくばかりだ。現在の生活から脱皮したいけれど、どうすればいいのかわからない。そんなとき、明の小説を読んで、自分と同じようにもがいている姿を見つけた。

明も良家の子女として育ったが、現実に飽き足らないものを感じていた。禅に打ち込んでみたが、心が満たされることはなかった。二人は、磁石に引き寄せられるように急接近していった。そして、死に向かって歩きはじめている。

この事件について、ダヌンチオの『死の勝利』の影響を指摘している人は多いが、森田自身も後にこの作品の影響があったことを話している。主人公ジョルジオは恋する故に生まれる猜疑心や嫉妬心から自由になり、永遠に恋人のイッポリタを自分のものにするために、彼女を道連れに断崖から飛び降りて心中するという粗筋である。

二人が向かった先は、栃木県の塩原温泉。旅館・満寿家の主人が異変に気づいたのは、三月二十三日の夕刻であった。朝出かけた若い男女が戻ってこない。そう言えば、思いつめた様子だった。出入りの人力車夫に聞くと、温泉のはずれで下りて、峠のほうに向かったという。主人はあわてて駐在に知らせた。

そのころ、二人は雪の尾花峠をさまよっていた。

「私は、あなたを殺せない、私を愛してもいないあなたを殺すことはできない……」

明から渡された短刀を、森田は谷底に投げ捨ててしまった。二人はなおも助け合いながら雪山を登ってゆく。このとき二人は、今までの自分たちから脱皮したのかもしれない。

駐在や若い人たちで構成された捜索隊は、翌日の早朝に出発した。捜索隊は、途中に立ち寄った炭焼き小屋の番人の話や足跡を手がかりに、二人を見つけた。

この事件を知った長江が張り切ったことは言うまでもない。おそらく、駅の切符売りから聞いたと思われるが、塩原と目星を付けた長江は、漱石宅を訪れて旅費を借り、平塚の母とともに現地に向かった。そして森田に、ひとまず漱石を頼ることを勧めている。

長江の後からおずおずと付いて行く森田を、漱石は優しく迎えた。二週間後、森田は友人の紹介してくれた牛込筑土八幡町の下宿に引っ越している。この事件を書いてみようと思ったのである。

森田は故郷に帰って屋敷を処分して当面の生活費を作った。そして、筑土八幡町の下宿から横寺町の正定院の本堂横手の六畳間に移り、書き始めた。

やがてこの作品は、漱石の推薦で「東京朝日新聞」に連載されることになった（漱石は、前年にこの新聞社に入社し、この社の専属となって小説を書いていた）。明治四十二年の元旦から掲載されたこの作品「煤煙」は、大きな反響を呼んだ。森田は新進作家となって世の中に躍り出ていった。

この作品は、後に岩波文庫の一冊となり、数年前まで書店の棚に並んでいた。明治の若者たちの純粋さがとても眩しい。交わることのない男女の思いが切ない。ちなみに長江は、主人公小島要吉（森田）の友人神戸として登場する。少し気障でシャイな彼の姿が活き活きと描写されている。

一枚の写真

『新潮日本文学アルバム』（新潮社）の別巻として出ている『大正文学アルバム』に、二十名の文士たちに混じって長江が写っている一枚が掲載されている。写真には、〈二六新報社の集まり。前列左より昇曙夢、戸川秋骨、馬場孤蝶、長谷川天渓、児玉花外、後藤宙外、岩野泡鳴、田山花袋、島村抱月、樋口龍峡、後列左より2人目、片上伸、生田長江、堺枯川、大町桂月、1人おいて平田禿木〉のキャプションが付いている。

撮影年月日は記載されていないが、この写真はいつ、どこで撮られたものなのか。そこで編集協力している日本近代文学館に問い合わせると、〈二六新報の主催で、上野精養軒で開催された会合らしいが、詳細は不明〉という返事をいただいた。しかし、その後の調査で詳細が把握できたので、そのことを書いておきたい。

この写真が、大正時代ではなく、明治時代に撮られた可能性があることに気づいたのは、写真に写っている堺枯川（利彦・明治三年生）が「反響」（大正三年四月創刊号）に発表した「諸君と僕」を読んでいるときであった。堺が、「ルソー誕生二百年記念会」の講師の依頼に長江を訪れると、堺は初対面だと思っていたが、長江は前に一度、上野精養軒で開催された二六新聞の文士招待で会ったことがあるという。「ルソー誕生二百年記念会」が開催されたのは、明治四十五（一九一二）年六月二十八日なのである。

そこで、写っている人たちの資料を調べると、『定本花袋全集』別巻に掲載されている田山花袋（明治四年生）の年譜に、〈(明治四十一年四月）十六日、上野「精養軒」での二六新聞の文士招待会出席。この席で、島村抱月に初めて会った。〉とあった。この写真には、島村抱月も写っている。写真の花袋は若々しいが、このとき三十七歳。やはりそのくらいの年齢に見える。

その後、馬場孤蝶にもこの会合に触れているものがあった。

堺利彦君に初めて会つたのは、何んでも明治四十一年頃であつたと思ふ。その時分は神田新石町にあつた二六新報社が紙面に文芸欄を設けるので、その内相談といふ意味であつたらう、樋口龍峡、岩野泡鳴、生田長江、平田禿木、大町桂月、戸川秋骨、児玉花外といふやうな人々と共に、僕も呼ばれて、上野精養軒へ行ったが、堺君も同じく呼ばれた一人であったので、その時初めて顔だけは合はせた。(「堺利彦君」『明治文壇回顧』)

これを読むと、明治四十一年ごろで、登場人物がすべて写真に写っている人物と重なるので、やはり田山花袋の年譜にあった明治四十一年四月十六日であった可能性が高い。

これだけの文士を集めた会ならば、きっと新聞に掲載されているはずだ。調べてみると、やはり同年四月十八日に〈二六新聞社の主催　文星上野に聚まる……月に輝く万朶の桜……人は皆当代の文豪……〉の見出しで、同じ写真とともに大きなスペースで掲載されていた。記事に〈一昨夜夕〉とあるので、四月十六日に間違いがない。

この会は、二六新聞社が「時代文芸」欄を設けるので、活躍してくれそうな文士を招待したもののようだ。このころ、長江は、すでに押しも押されもしない新進の文士だと認められていたようだ。ちなみに、招待をされたが、病気や旅行などの止むを得ない用事で出席できない人が十二名ほどいた。その中には、島崎藤村や与謝野夫妻の名前も見える。

それから、先の孤蝶の文章を読むと、社会主義者であった堺は浮いた感じで、誰とも話をしなかったようだ。やはり敬遠されていたのである。しかし、長江が堺の横に立っていることが興味深い。以後、二人は急接近してゆくが、何だかそれを暗示しているようでもある。一枚の写真は雄弁である。

啄木の日記

同時代を生きた石川啄木(明治十九年生)が、北海道を経由して上京したのは、この年(明治四十一年）の四月末のことである。そして、与謝野家に落ち着いた啄木の日記に長江が登場するのは、五月一日のことである。

朝、隣りの生田長江君を庭伝ひに訪ねる。昔に変らぬ弁舌のさはやかさ。カイゼル式の短かい髯を撚るのが一種の愛嬌を現はす。新夫人は銀杏返しを結つて居た。

それはそれは元気のよい気焔で、話が我知らずはづんだ。クラシカルな態度から急変して、二三ケ月前に長い自然主義論を書いた此人は、今日は頻りと英雄崇拝主義——天才主義をとなへて、来るべき新ロマンチシズムの鼓吹者は自分だと云つた。〝僕は必ず次期の新機運を起します。〟と胸をそらした。真山青果の経歴なども話した。予は此人の此日の議論によつて益せらるる所は少しも無かつたが、対新詩社の関係や其他についての親切なる語には感謝した。

長江は、同趣旨の「自然主義より象徴主義へ」を「新声」の六月号に発表しているので、この構想を話したものであろう。また、カイゼル髭は、ニーチェを真似たものと思われる。啄木の目には、元気いっぱい、幸せいっぱいの長江が映っていた。

先に「プロローグ」で長江が与謝野晶子に英語を教えたことに触れたが、それはこのころのことである。同年六月二十八日の「東京朝日新聞」が、「新道風物語／▽詩人六十の手習」の見出しで触れている。記事の概要は、海外の思潮がどんどんわが国にも流入するので、外国語ができないと今日の文壇に立っていけなくなった。そこで小栗風葉、与謝野夫妻、河井酔茗、三島雲朗たちは申し合わせて生田長江に頼んで金曜日の夜に長江宅で英語の講義をしてもらうことにした。今のところ小栗は欠席しているが、他の人は真面目に出席している、というものである。

生田春月

長江夫妻が、千駄木林町一九三（現・千駄木五丁目二十七番）に引っ越したのは、明治四十一（一九〇八）年八月のことである。

団子坂を上ると、左手に文京区立鷗外記念本郷図書館が見えてくる。これは、森鷗外が住んだ観潮楼跡地に建てられたものである。この少し先の右手に巴屋というお蕎麦屋さんがあるが、この横の路地を百メートルほど歩くと突き当たる。ここを右折して十メートルほど進み、今度は左折して二、三百メートルほど進むと家屋の塀の〈千駄木五丁目二十七番〉の標識が目に入る。長江が引っ越したのは、この付近である。この辺りは、静かな住宅地である。路地右手に高村光雲の住居跡を示す案内板が設置されているが、長江の家の向かいに高村光雲の家があったことは、後に登場する佐藤春夫が『詩文半世紀』に書いている。

高村光太郎（明治十六年生）は、光雲の息子である。彼も新詩社に出入りしていたので、当然長江とは面識がある。このころ、光太郎は日本にいなかったが、長江は彼からこの家の情報を得ていた可能性は高い。高村家のルーツを遡れば、鳥取藩士にゆきつく。光太郎が、鳥取県出身の長江に親近感を抱いていたのは間違いがない。

長江の家は、回り縁のある六畳の座敷に四畳半の茶の間のほか、三畳の玄関、それに納戸の四部屋で、家賃は五十五円。下町の商家の旦那が、ご隠居用に建てた家だという。こぢんまりとした家である。先の、長江が与謝野夫妻たちに金曜日の夜英語を教える話は、長江が新詩社に出講して続けられている。

四十一年六月、万朝報社に入り、一面記者となる。此の夏より翌年春にかけてモルモン教典飜訳の顧問となる。――九月「外国文学研究法」を新潮社より出版――十二月、万朝報社を退く。（大正五年年譜）

長江は、六月にこの朝報社（長江の万朝報社は、朝報社の誤り）に入り、一面の記者になっている。朝報社は、当時京橋区弓町二十一（現・中央区銀座二丁目三の六）にあった。長江は、朝報社に通うために、この地に引っ越したと思ったが、当時の「東京市電車線路図」を見ると、近くなったとは思えない。おそらく、敬愛する鷗外の家に近いのが魅力であったのだろう。

「万朝報」は、探偵小説家としても名を残した黒岩涙香（文久二年生）が、明治二十五年に自力で創刊した新聞である。縮刷復刻版が刊行されているが、四面で、六面のときもあった。一面の上段に社説ともいえる三段程の「言論」のコーナーがあり、中段は文化的な短信で下段は広告で埋まっている。紙面を眺めると、六月七日の「言論」の「病的文学」は、わが国の文芸が二十世紀初めより病的になっていることを指摘したものであるが、ニーチェも登場するので長江が書いたものであることがわかる。同月二十日の「言論」欄の「二十世紀の美学」や二十一日の「美に関する善の福音」や二十二日の「美の要素としての道徳」等も長江の可能性が高い。ただ、六月から十二月までを眺めると、他人の署名の入っているものもかなり多いので、長江の登場はかなり少ない印象を受ける。

また、〈長江生〉の署名記事は、明治四十一九月二十六、七日の「教育界と人材の欠乏（上）、（下）」

のみである。長江が七か月で退社したのは、長江が思う存分活躍するには、舞台が少し狭すぎたのかもしれない。逆にいうと、長江には新聞記者に求められる大衆性が希薄で、新聞記者には不向きであったのかもしれない。

人は、さまざまな夢に挑戦し、挫折し、自分の天職が何かを悟っていく。長江もこのとき、自分の進むべき道が、より鮮明に見えてきたのだろう。

先の年譜のモルモン教典翻訳の顧問になったのは、次のような経緯による。長江に依頼したアルマ・O・テーラーの「日記」によると、彼を含めた四人の宣教師は明治三十四年に横浜に到着した。そして『モルモン書』の翻訳を漱石に頼んだところ、客観的な分析力と文語体の文章に優れた長江を紹介され、長江は同四十一年八月から翌年一月までかけて完成させている。

「読売新聞」(十一月二十二日)の「日曜談叢」に、〈生田長江氏は米国人から依頼されてモルモン宗の経典を翻訳してるさうだが其の為め外国人から支給される報酬が莫大なので今では千駄ヶ谷に堂々たる家を構えて居るさうだ〉とある。このころ、長江は目立つ存在になってきたため、たびたびゴシップ記事に登場する。

長江が住んでいたのは千駄木林町なのに千駄ヶ谷になっている。報酬が莫大かどうかは確かめるすべはないが、一時生活が安定したことは間違いがないだろう。「新小説」(明治四十二年三月号)の「時報」欄が、〈生田長江氏は予て翻訳中のモルモン宗教典を先頃脱稿したり〉と触れていた。

この話には、後日談がある。日野町図書館・館長の松田暢子さんの話によると、平成二十二(二〇一〇)年三月九日、末日聖徒イエス・キリスト教会(モルモン教会)の広報ディレクターのデビッド・F・ロバートソン氏と関口治氏が日野町を訪れた。同年は、聖典『モルモン書』の日本語訳百周年であり、これを記念して当時と同じモロッコ革で装丁された特製本百冊が復刊されたが、そのうちの一冊が届けられたのだ。ちなみに同日、米子市立図書館にも同書並製版と当時の宣教師アルマ・O・テーラーの復刊された日記も寄贈されている（先に紹介したこの日記の翻訳は、同図書館・統括司書の大野秀氏の手になるものである）。

再び長江の話に戻る。この年（明治四十一年）の秋、長江と同じ鳥取県（現・米子市）出身の若者の訪問があった。生田春月（明治二十五年生）である。

春月は、酒造業を営む裕福な家庭に生まれたが、十歳のときに家業が破産してからは、辛酸をなめてきた。文士への思いやみがたく、この年の七月に上京したが、次第に所持金が乏しくなり、行き詰まった彼が最後に頼ったのが郷里の先輩の長江であった。

長江は、今までの春月の社会の底辺を這うような経歴を聞き、同情したに違いない。春月は、書生兼玄関番として生田家で暮らすことになった。

このころの長江の消息を知ることのできる漱石の手紙が、『漱石全集』に掲載されていた。宛名は春陽堂の本多直次郎で、明治四十二年二月十七日付である。

長江が『ツァラトゥストラ』の翻訳を思い立ち、漱石を通じて春陽堂に打診してもらったようだ。長江は、登張竹風が翻訳することを耳にして楽しみにしていたが、いつまで経ってもできないので、自分がやろうと決心したようだ。けれども、このときの交渉は成立しなかった。

長江と春月が啄木の日記に登場するのは、三月二十七日のことである。このころ啄木は、金田一京助（明治十五年生）とともに本郷森川町の蓋平館別荘に移っていた。

六時半頃湯に入ってると、生田長江君が生田春月といふ十八になるといふ無口な、そして何処か自信のありさうな少年をつれて来た、そして十時半まで喋つて行つた。新らしい結社！　少数でも自惚の強い奴許り集つて呼号する結社、それを起さうではないかといふ話。予は種々な消極的な理由が主で、大賛成した。ピストルと校正は引受ける、と予は言つた。森田草平君阿部次郎君鈴木三重吉君などが吾らの指に折られた。

どうやら長江は雑誌の発行を考えていたようだ。しかし、この話はこれ以上進んではいない。長江の身に大きな変化が起きていたからである。翌四月、勤務していた成美女学校が閉鎖となり、長江は職を辞している。

成美女学校がこの時期に閉鎖したのは、先の森田と平塚の心中未遂事件の影響が大きかったのではあるまいか。閨秀文学会の講師を森田に依頼し、事件のきっかけを作ったのは自分なのである。責任感の強い長江は、自責の念を感じたであろう。また、青年教師と教え子の若き女性たちの間には、当然、恋の花も咲き乱れる。彼女たちが長江の前から立ち去ったとき、長江は精神的に強い打撃を受けている。

春月が帰郷したのは、この年の六月のことである。春月は、帰郷することになった理由を「裏日本のひと夏ひと秋」に書いている。

親戚の家の養子になっていた従弟が死んだため、その後釜になるよう叔父に呼び戻された。大きな期待に胸を膨らませて上京したが、一向に生計の道が立たない。そんなある日、うがいをしているとき、血痰が混じっているのを発見した。神経質な彼は、肺病になったと思い込み、国に帰って静養しなければならないと思いはじめ、決断した。

ただ春月はここに書いていないが、長江が空気の抜けた風船みたいに萎んでしまっているのでは、これ以上の厄介になることははばかられたのであろう。

七月一日付の長江の春月宛の手紙が、米子市立図書館に眠っていたが、これを読むと、このころの長江の精神状態が伝わってくる。この手紙の翻刻は、後に出会った曾根博義氏にお願いした。


毎度の御手紙ありがたく、それに打絶えて御無沙汰ばかり、面目次第も御座なく候。

其后いよ〳〵御健在の趣き何よりの事に候。

君が帰つてからは毎日〳〵の雨、たまに森田が来る位より外は、人も来ず、自分も出掛けず、つまらなく日を送り居候。

仕事をしなければ食へない故、少しづゝはかき居候へども、当分興に乗つて筆を走らすなぞと云ふことは望みがたかるべしと存居候。

『フェリシテエ』は八月以后ならでは雑誌に出でざるべし。その后「帝文」へとて輓近英仏批評史概説と云ふのをかき候。七月号には間に合はず候ひき。

今月は「新声」に出るブリュンチエルのバルザック論訳と「新潮」の談話と丈けに候。

ニイチエの「ザラトゥストラ」いよ〳〵出版することに成り候（新潮社より）。此月より早速着手の筈には候へども、御承知の通りの精神状態故心元《ママ》なき限りに御座候。

独りし居れば涙に候。涙もろくなり候。

白百合も名古やに参居候。家の背に気味悪き古井戸あり、どうにかしてくれと頼んでもしてくれずと申候。

世の中はかなしきことのみに候。

しかし涙を流しながらも戦ふつもりに候。

かゝる戦をすべく生れ来りしものに候べし。

酒を断ちてより満一月、煙草を廃してより約二ケ月となり候。此のみにても事業に候。

君は自転車の稽古是非にし玉ふ可し、草花の種も取り寄せ玉ふ可し。いとよきことに候。

君の御手紙何ともかとも云へぬ面白き手紙に候。

当年の白楊が面影もしのばれ候。くりかへし二度三度拝見いたし居候。

小生も今ではこんな御無沙汰ばかりいたし居候へども其中に元気をとり直してもう少し勉強いたすべく候。

君が残して行った着物とやら、あのまゝでは送れぬ故、天気になり次第洗濯してと申居候。

僕の写真も其中焼増して御送り申すべく候。必ずと誓ひ置き候。

三木君、川路君、佐伯君など何れも一二度面会いたし候。春月君はどうしましたかと申候故、質屋の若旦那になりたりと申居候。

伊和子さんも招魂社の御祭以来ちつとも来ず、どうしてゐるやらと噂いたし居候。

君も東京の夢を見玉ふことと御察し申上候。

恋愛は何故に今日の如く卑まるゝに至りしか、真面目なる問題に候べし。

先づは是にて筆とめ申候。

七月一日夜

長江生

春月君

硯北

白百合の一件なぞ成るべく御手紙の中に御かき下さらぬやう願上候。小生のところへ来る手紙はいづれも荊妻の目に隠しがたく候故に候。

この手紙を読むと、『ツァラトゥストラ』の翻訳が、新潮社から出る確約ができたことがわかる。ようやく出版のメドが立って嬉しいはずなのに、長江の気持ちは少しも弾んでいない。何だか、長江の心の底には、鉛の塊が沈んでいるようでもある。それだけ、学校閉鎖や失恋の痛手が大きかったのだ。このころの長江には、病気の発病の予感、あるいは病気への恐れのようなものがあったのかもしれない。

そんなある日、長江夫妻は乞われて仲人役を果たしている。同年七月十日の「読売新聞」の「文壇はなしだね」のコーナーに、〈本年の早稲田文科の卒業者で、翻訳などをしてゐる加藤朝鳥氏は、新声誌上などでちょい〳〵名を見る高仲乱菊女と久しく同棲してゐたが、今度の卒業を期して先日結婚式をあげた。徳田秋声氏が仮親の役、列席した人は、河井酔茗、生田長江、松原至文等の諸氏で、席上長江氏は酔って「滑稽と皮肉との別を知らぬ者は近代的な人とは言はれぬ。」などと気炎をあげてゐたさうだ。〉とある。

加藤朝鳥（明治十九年生）は、鳥取県出身の苦学生であった。妻は、長野県出身の高仲きくよ（後の加藤みどり・明治二十一年生）。彼等が長江に仲人を頼んだのは、朝鳥が鳥取県出身であったからだと思われる。
このころの長江については、妻のみどりが、朝鳥と二人で仲人をお願いに行くシーンから書き残している。

二人は広い風流なお庭を前にした座敷に坐って居た。未だ結婚しない前。二人は媒介役《なこうど》をお願ひしに生田長江さんの許をお訪ねしたのであった。（中略）紅葉の植込が赤く燃えて居た。軈《やが》て私は初めて生田さんにお目にかゝったのである。全く先生と云はねばならない威厳を備へた方だと思った。広いお家と広いお庭、そこに静かに著作に耽って居られる学者の型を偲ばせたのであった。奥さんはお美しいお話の面白い、本当にいゝ気持をうける事の出来る方である。私等は奥さんの静かな、水の流れるやうなお話と、御主人の考へ深い御言葉とにすつかり魅せられて帰る事を忘れたのであつた。そして私は今思つても微笑まれる思ひ出を生田長江さんに持つて居る。それは私共の結婚の日、生田さんが、高砂を歌はうと仰しやつたので、それを一同待ち設けて居ると、豈計《あたはか》らんや、鞭声粛々夜渡河が始つたので、一座呆然、けれど却つて愛嬌が添つて大に喝采した事があつた。先生にして此の洒落があるかと思ふとつい微笑まれるのである。（加藤みどり「芸術家の印象―生田長江氏」）

加藤みどりの文章を読んでいると、落ち着きのある生田家の日常が見えてくる。長江は真面目一方ではなく、ユーモアのセンスもある。「高砂」を歌うはずが、「鞭声粛々……」に変わったのも、そんな茶目っ気のなせる技である。故郷の後輩に引っ張り出されて、長江の気持ちは少しは晴れたかもしれない。

紀州講演旅行　佐藤春夫との出会い

長江は、この年（明治四十二年）の八月十日から二十九日まで、与謝野寛と洋画家の石井柏亭とともに紀州に講演旅行に出かけている。

この講演会は、木本《きのもと》（現・熊野市）や新宮（和歌山県）に住む新詩社同人たちが、地元の新聞社や有力者たちに働きかけて実現したもののようだ。長江は、この旅行でのちに門人の筆頭となる佐藤春夫と出会っている。

このときの日記や手紙は、平成十一（一九九九）年に、『文学者の日記5』のなかに収録され、出版されている。なおこの日記は日本近代文学館に、手紙は米子市立図書館に収蔵されており、これらの翻刻は、すべて前出の曾根博義氏によるものである。

八月十日の夜行で東京を発った一行は、翌朝名古屋に着いた。ここで石井は別行動をとったようだ。与謝野と二人、伊勢神宮、二見浦を見た後、鳥羽から船に乗った。長江は、船の中で、香水を染み込ませたハンカチを顔にかけて寝ている。

そして、翌十二日の朝七時過ぎに木本に着いている。十三日には石井も合流した。そして、この日から講演が始まり、与謝野が一時間、長江が二十分程話している。その後、毎日のようにしゃべり、合間に観光を楽しんだり、歓待されたり、友人知人に手紙や葉書を書いている。びっくりするのは、相手に女性が多いことである。多分、恋人たちであろう。

十六日の日記に、春月宛の手紙を書いたことが記されているが、この手紙は現存している。

単なる旅行ではなく、講演を頼まれてやって来たのだ。

与謝野氏と石井氏も仝行。石井氏は画をかいて居る。

一昨日から始めた講義は「当代の思潮と文芸」。小学校の先生や中学生なぞを相手だから、どのみち子供だましに過ぎぬ。毎日一時間位、十九日までに一片付けて、二十二日から五日間、新宮でまたやる筈。

それから那知ノ滝を見て、舟行和歌浦へ上り、奈良に入つて一泊、京都にも一泊。それからどうするか分らない。

来る道にも、名古屋は朝の五時過ぎに通つた。乗換の四十五分間、市街の上に立ち迷ふいろ〳〵の煙を、プラットホオムから眺めて居た。

鶴枝子とは其後幾度も逢つた。園子の消息は知れて居るけれど、千枝子のことは少しも分らぬ。名古屋へ寄るとすれば、まづ千枝子に逢ひたいのだ。

此頃頻りに黒瀬川——黒潮の流がなつかしくなつた。暇ある毎に欄によつて沖を見る。時には浜へ出て、爪立ちしてまでも見る。

南より北へ、北へ、暖い潮が冷い北の海へ流れて行く。黒潮の愛ばかり悲しきはなく、黒潮の哀ばかり美しいものはあるまい。

君の現在の煩悶は十二分に理解し得られる。しかしそれを解決することは僕の力にも及ばない。僕自らが今日尚ほ同様の煩悶をくり返して居るのだ。仝じ問題に苦むで居ると云ふ此一事を切《ママ》めてもの慰藉として貰ふより外はない。

兎もあれ、君の生活を複雑にし、豊富にする為めに今暫く現在の境遇に停ることが必要であらうと思ふ。少くとも便利であらうと思ふ。

どのみち君も淀江で老いられる人でないことは知れて居る。僕のやうな人間とかゝり合になる丈けでも、君の運命の平和なるものでないことは預見し得られる。

お互に畳の上で死ねる人間ではないのだ。

戦はう、矢種の尽きるまで戦つて見せう。

現在を守ると云ふことが、時には一の戦である。


——此処まで書いて邪魔をされ、一日たつてまた筆をつゞける。

今日午后、鬼ケ城《ジヤウ》と云ふ岩窟へ行つた。下には鞺々と波が鳴つて居る。明日あたり一荒れ来さうにも見える空合で、広々とした凹みの中をワグネルの楽劇でもありさうな舞台として観た。ヹルレエヌの詩集と、ゲエテの自伝とは風呂敷を解かないで了つた。

僕は此頃読むことも書くことも出来ぬ。あまりに自由にされた感情と思想とは、四角八面に駆け廻つて、一寸の間も底止《ママ》するところを知らないのである。

東京の留守宅のことを思ふと、残酷極まることをして来たやうに感じて慄然とすることもある。殆んど純粋なる兄妹の情である。愛して居ることは千枝子よりも園子よりも、その数層倍も深く愛して居る。と、少くとも今は思ふ。しかしながら此愛は殆んど純粋なる兄妹の情となつて了つた。僕は永久に恋をして居たいのである。

与謝野寛君は悪人ではない、いやな男である。晶子女史の小説が拙いのも故あるかなと思ふ。一葉女史ならば、どんなことがあつてもあんな男に惚れはすまいと思ふ。

わざ〳〵女に惚れられやうとして懸命な努力をするのは森田米松君だ。惚れられるやうな人格を作つて置かうとするのは生田長江だと、こんな己惚は君の前で丈け言はして貰ふ。

何物をも恐れぬ——是が僕の根本的道徳である。之を艶つぽく飜訳すれば、男にも女にも惚れられるやうな人格を作ることになる。

人格を作り玉へ、惚れられるやうな人格を作り玉へ。これより以上の事業はない。

昔はよく「男を磨く」と言つた。武士道なぞよりかずつと気が利いて居るではないか。

今日は是で失敬する。二十五六日までは此地方に居るから、もう二三度位は少くとも手紙をかかうと思ふ。

八月十六日夜　　長江生

春月君

君が二十日を過ぎてから投函してくれる手紙は東京へ帰つてからでなければ読めない。だから藤尾が見て都合のわるいやうな手紙ならば、本郷丸山福山町四、伊藤方、森田米松宛、二重封にしてくれ玉へ。

この手紙で長江が寛を〈いやな男〉と書いているのは、何だか聡明な妻を持った寛に嫉妬しているようでもある。晶子の小説が拙いのは、彼女に小説の才能がないからで、夫の寛の人間性とは何の関係もない。自分だったら、もっとうまく指導できるのにという長江の思いが透けて見えている。

どうやら、長江が思いを寄せていた女性たちが出揃ったようだ。井上須摩子、千代子、藤岡伊和子、鶴枝子、園子、岡崎千枝子（閨秀文学会会員）。何と六人もいる。そして、長江が白百合と呼んでいる恋人が、岡崎千枝子であることも推察できる。彼女たちが長江のもとを去ったとき、長江の心にぽっかりと空洞ができてしまったのだ。

話を長江の日記に戻す。八月十九日。一行は、八日間滞在した木本を発ち、五台の人力車に乗って新宮に向かった。宿は宇治長で、三階の見晴らしのいい部屋である。この新宮で、生田は門弟の筆頭となる佐藤春夫と出会うのであるが、こんな海辺の町に眩いばかりの才能をもった少年がいることなど、夢にも思わなかったに違いない。


二十日、熊野川の川端から熊野地の辺をぶらついて帰り昼飯にする。河原の小屋掛町は大水が出ると直ぐに畳んで了ふのださうな。面白いロオカル・カラアである。

藤尾、賢吉君千代子さん、夏目先生、福光君、佐伯清十郎なぞへ絵葉書を出す。

晩に土地の色々の人が来た。沖野と云ふ日本基督教会の牧師さんや、大石と云ふ社会主義者も来た。

それらの連中が帰つてから石井君と二人でぶら〳〵と出掛け、絃声の間を縫ふて宇治長の横まで帰り、伊賀や？　と云ふへ這入る。

土地切つての姉さんと云ふしたゝか者も、先月末に東京から下つて来て、十日前から出たと云ふのも、そろつて拙《まづ》い面をして居る。二時頃帰つた。

藤尾から手紙が来て居た。


二十一日。地酒に中てられたのか昼迄頭が上らず。

夕方になつてもまだふら〳〵として居る。

がまんして夜の「大演説会」へ行く。

土地の弁士四五人の演説あつて、与謝野君の「文芸と女子教育」、石井君の「裸体画論」、それから真打として僕が「ハイカラの精神を論ず」をやる。聴衆三百人余り。

僕の演説は半ばあたりから油が乗つた。ソオシアリストの大石君なぞが頻りと拍手して居た。

帰りに伊達医学士の処へ引張り込まれ、御馳走になる。

先生の駄弁には参つたが、半玉はどれも〳〵可愛いゝ顔をして居た。半玉の趣味は今迄殆んど解しないで居たのである。

安〈阿〉部次郎君から手紙、国民中学会のことに就いてひどく憤慨して居るらしい。お詫をして置かなければならぬ。


二十日の日記に出て来た沖野という牧師は、沖野岩三郎。大石という社会主義者は、医師でもある大石誠之助。前年(明治四十一年)の七月、社会主義者の幸徳秋水は高知から上京する途中、新宮に立ち寄って熊野川で舟遊びをしているが、この二人も参加している。

このことが、のち世間を震撼させる大事件に発展することは、まだ誰も知らない。

翌日の大演説会の真打ちの役目は、無事終えたようだ。この夜のことは、二十四日の「熊野新報」

が触れている。

長江は聴衆は三百人と書いているが、こちらは二百人となっている。学生が多かったようだ。それぞれの要旨が紹介されている。

長江の主張は明快だ。欧化主義を取り入れる一方、従来の伝統文化を忘れてはいけないよ、というものだ。記事の最後の〈沖野君の演説と共に当夜の明星たらんか〉を読むと、長江の演説が際立っていたことがわかる。

長江は、〈土地の弁士四五人の演説があつて〉としか書いてないが、この中に新宮中学五年で十七歳の佐藤春夫もいた。

佐藤春夫は、明治二十五（一八九二）年四月九日に医者の父豊太郎と母政代の長男としてこの地に生まれている。正岡子規に私淑していた豊太郎は、〈よく笑へどちら向いても春の山〉と詠み、春夫と名付けたという。兄弟は姉一人と弟二人である。

春夫は恵まれた少年時代を送ったが、家業の医者になるつもりはなく、年少のころより文学者を志していた。前年（明治四十一年）の七月には、投稿短歌が一首「明星」の啄木選に入り掲載されたり、この年の一月の「スバル」創刊号には短歌が十首掲載される等、早熟な才能を現していた。

さて、この夜の春夫の演題は、「偽らざる告白」。学生生活を赤裸々に語った彼の演説は、この地方の教育界に物議を醸している。

佐藤が長江を師匠にと思ったのは、この夜のことだと思われる。講演会の後、有志の歓送迎会の後に開かれた懇談会の席上、佐藤は同席していた大石誠之助と論争をした。その論争を聞いていた長江が、その論争を仲裁的に解決した。それを聞いていた佐藤は、「この人なら師匠にしてもよい」と思ったという（『詩文半世紀』）。長江は、〈帰りに伊達医学士の処へ引張り込まれ、ご馳走になる。〉と書いていたが、この場でのことだろうか。

一方の長江が佐藤を意識したのは、新宮で中学生くらいの青年十数人を前に「天分と修養と」という演題で話しているときであった。そのとき、一人の青年が、率直な態度で長江の説を反駁した。その態度に、長江は凡庸ならざるものを直感した。その青年が佐藤春夫であった（「即興詩人として」）。

二十五日で、すべてのスケジュールは終了した。大演説会からこの間、長江と春夫はお互いを強く意識するようになっている。そして離れがたくなり、春夫は長江について京都まで行くことになる。京都には姉の婚家があり、新宮から京都に移住した歯医者がいるので、そこで歯の治療を受けようと思ったのだった。

二十六日に新宮を発った長江たちは、那智の滝を見た後、勝浦港から海路和歌浦に向かい、和歌山、大阪、奈良、京都と回り、二十九日の朝、東海道線で東京に向かっている。

長江と行動を共にした春夫は、京都駅で、

「上京の日には必ず立ち寄れよ」

「どこよりも早くお邪魔します」

そんな会話を交わして別れている。

さて、今まで紹介した日記には、「東海道上列車の中にて　生田長江」と書かれた別紙とともに、次の春月宛の手紙が添付されている。


先日は病気のように云つて居ましたが、直りましたか。

別紙十枚ばかりの日記、君に見せるつもりで書いたのでもないが、書きためて見た結果は、鴨川の水に流すことも出来ず、君に送つて平素御無沙汰の埋合わせとする。

戦はむかな。戦はむかな。

「憧憬」の旗幡を翻して戦はむかな。

八月二十九日午後

長江

春月君

講演旅行の日記は、この手紙とともに春月のもとに送られたようだ。

日記に添付されていた手紙の最後の、〈戦はむかな。戦はむかな。／「憧憬」の旗幡を翻して戦はむかな。〉の箇所を読むと、すっかり立ち直った長江が見える。この言葉は、春月に贈ると同時に、自分自身を鼓舞しているようにも思える。

自分の話を目を輝かせて聞いてくれた聴衆。才能のある佐藤春夫との出会い。また春月から寄せられる手紙に記された文学への熱い思い。それらに接しているとき、文学への情熱が再び長江の心を占めはじめたのだ。

長江の春月宛の手紙は、他に二通残されている。これらを読むと、長江が名古屋に寄らずに帰ったことがわかる。そして、春月に温かい眼差しで接していることもわかる。

春月が再び上京すべく淀江を後にしたのは、この年の十一月三日のことである。このとき、春月は初めて佐藤春夫の話を聞いている。

「紀州新宮に佐藤春夫君という、君と同年の素晴らしい少年がいるが、将来どんな発展をするかわからない。それにゲェテのようにいいお父さんを持っているのだから、君もゲェテのように偉くならなきゃあいけないよ、と言っておいた」

長江のその口吻には、その少年がゲェテのような天分をもっているごときものがあった。

その佐藤春夫が春月の前に現れたのは、それからほどなくのことであった。

佐藤は、先の大演説会で講演したことで、学校から無期停学処分を受けていた。しばらくして処分は解かれたが、その後に起こった同盟休校騒動の首謀者の嫌疑をも受け、嫌気がさして東京の長江のもとに逃げてきたのである。このとき、春夫に会った春月は、その早熟な才能に驚いている。

春夫は、春月の案内で上野の美術展覧会を見たり、通勤のため白山下の電車停留所まで馬で行く森鷗外の後姿を見たり、紅梅町の新詩社で与謝野夫妻に会ったりしていたが、数日後、家から帰郷を促す電報が来て、長江や春月との来春の再会を約束して新宮へ帰って行った。

第四章　忍び寄る病魔の影

「青踏」のメンバーと（前列左より長江，平塚らいてう，
後列右端藤尾。明治 45 年「こんにちは長江先生」より）

発病

新宮中学校を卒業した佐藤春夫が、上京して長江のもとに身を寄せたのは、明治四十三（一九一〇）年の四月のことである。

そんなある日、ふらりと花見帰りの真山青果（明治十一年生）がやってきた。小説家として売り出し中の青果はいかにも酒好きらしく、長江の家でもうまそうに酒を呑みはじめた。そして、春夫にもしきりに勧める。すると長江が、

「それはまだ箱入り息子で下戸だから呑ませないでくれ」

と、とりなしている。やがて青果は上機嫌で帰っていった。後を見送りながら、春月は春夫に次のような話をした。

「青果は小栗風葉の内弟子で、風葉の戸塚の家にいるのだが、風葉のところはまるで文壇の梁山泊で、中村武羅夫など新潮系の豪傑がたくさん集まって呑んでいる。戸塚組も先生も同じ新潮社につながりがあるし、その上先生が風葉を認めて『小栗風葉論』を書いているから、青果なども先生のところに来るのだ」

それを聞いた春夫は、春月が文壇の消息通なのに驚いたのだった。

近くの鷗外宅（観潮楼）の道路を隔てた反対側に下宿先を見つけた春夫は、十日ほどで生田家を出ていった。家が近いことから、春夫はたびたび顔を出している。また長江も散歩に出たついでに、様

子を見に訪れている。

社会を騒然とさせた幸徳（大逆）事件が起きたのは、この年の五月末のことである。

この事件は、信州明科の製材所に職工長として赴任してきた宮下太吉を中心に、幸徳秋水の愛人の菅野《かんの》すが、新村忠雄、古河《こが》力作の四人が天皇暗殺を企てた明科《あかしな》事件に端を発している。

当時の社会組織に疑問を感じていた彼らは、天皇に爆弾を投げつけ、天皇も赤い血を流す人間であることを証明して国民の迷夢を醒まそうとしたのだと思われる。もちろん幸徳も全然関係がないわけではなく、宮下らから相談を受けているので概要は知っていたと思われる。ところが、いつの間にか幸徳を首謀者とする全国的な一大陰謀事件にすり替えられてしまった。明治政府が、この明科事件をきっかけに、社会主義者や無政府主義者を一網打尽にしようとしたのである。このとき、数百人が検挙されている。長江が新宮で出会った大石誠之助も検挙されている（新宮では、先に触れた幸徳との舟遊びが、爆裂弾で天皇暗殺を企てた謀議ということになり、大石の他四人が逮捕されたが、沖野は無事であった）。長江と春夫の間で、この事件が話題になったのは間違いがない。

友人の弁護士の平出修からこの事件の真相を知らされた啄木は、「日本無政府主義者陰謀事件経過及び附帯現象」を書き残していた。

ちなみに、幸徳事件が発覚する一か月前の同年（明治四十三年）四月には、学習院の出身者たちによる武者小路実篤（明治十八年生）を中心に、各自の個性を主張する「白樺」が生まれている。

さて、佐藤春夫はこの年の九月から慶應義塾大学文学部予科に通いはじめ、永井荷風（明治十二年生）や馬場孤蝶の講義を受けている。それからは、級友の堀口大学（明治二十五年生）とともに生田家を訪れている。

長江は、一心不乱にニーチェの『ツァラトゥストラ』の翻訳に励んでいた。難解な箇所は、はじめは漱石に聞いたが、このころは鷗外を訪ねて教えを受けている。春月が校正をして、完成した原稿を新潮社に運んでいる。春月は昨秋から長江の世話で、新潮社の通信教育の文章添削の仕事も始めている。

しかし、そんな幸せな日々に、長江の中の病魔も姿を現しはじめたようだ。

佐藤春夫は、長江の病気を〈ロイマチス〉としているが、〈後年永く意地悪く先生を悩ましたロイマチスは『ツァラトゥストラ』に着手された頃からであつたらうか。その痛苦を按摩によつて治療して居られたのを記憶してゐる。〉（「長江先生を哭す」）と書いている。長江のハンセン病の発病は、このころではなかったかと思われる。

長江は、この年の八月五、六日と「読売新聞」に「感想断片」（上・下）を連載しているが、その中に〈畢竟するに人生は解脱し得られるものではない唯だ堪へ忍ぶべきものだと思ふ。〉とある。病気は堪え忍んでいかなければならない、という長江の静かな決意が伝わってくる。

漱石の反目

蜜月を続けていた漱石と長江の間に亀裂が入ったのは、このころのことである。

当時、森田草平は、「東京朝日新聞」に設けられた漱石の担当する文芸欄の実務を受け持っていた。七月十七日に、森田が長江に依頼した原稿を持って漱石の入院先の長与胃腸病院を訪ねると、漱石は載せることを拒否している。もちろん森田は親友の原稿であるから掲載しようとするが、それを察知した漱石は、自分が原稿を書いて新聞社に渡している。それが四回も続いたのである。

漱石の長江への反目は、このときが初めてではなく、前年に始まっていたのかもしれない。というのは、漱石は前年の六月二十七日から十月十四日まで、「東京朝日新聞」「大阪朝日新聞」に「それから」を連載しているが、その中に長江をモデルにしたと思われる寺尾を登場させている。

友人の森田は、〈先生が『それから』の寺尾に於て生田君らしく見える男を滑稽化して扱つてゐられるのは——作者は或ひは生田ぢやないと云はれるかも知れないが、代助の許へ翻訳の不明な箇所の相談に来た序に、金まで借りて行くやうに書かれてゐては、知つた者は皆さう思ふ——いささか同君に対して気の毒である。〉(『続夏目漱石』)と書いている。

『それから』で主人公の代助は、生活能力が欠落している男である。代助と対比させるために生活力旺盛な寺尾を登場させたのかもしれないが、やはり漱石周辺の人たちには、漱石が長江を排斥していると映ったのではなかろうか。もちろん長江は、不快な思いがしたはずである。

漱石の心中がわかるのは、翌明治四十四年一月三日付の森田宛の葉書だ。

正月早々苦情を申候。われ等は新らしきものゝ味方に候。故に「新潮」式の古臭き文字を好まず候。草平氏と長江氏はどこ迄行つても似たる所甚だ古く候。我等は新しきものゝ味方なる故敢て苦言を呈し候。朝日文芸欄にはあゝ云ふ種類のもの不似合かと存候

このとき、前年に漱石が長江の作品を拒否したことが蒸し返されたのは、森田が再び漱石に、長江の作品の文芸欄への掲載を要求したためと思われる。というのは、同月の十九日と二十日に長江の「一月の文学」(上・下)が掲載されているからである。

ただ、先の漱石の葉書を額面通りに読むことはできない。漱石と森田にしかわからない微妙なニュアンスが隠されているからである。〈草平氏と長江氏はどこ迄行っても似たる所甚だ古く候。〉と書いているが、森田は小説「煤煙」ばかりでなく後に小説「自叙伝」も連載している。また文芸欄に評論も「蒼瓶」や「草平」の筆名で何度も発表している。

熊坂敦子氏が、『漱石山脈』で「朝日文芸欄」への漱石門下生の執筆回数を発表しているが、漱石に続いて多いのが森田の五十回、以下、安倍能成三十八回、阿部次郎二十五回、小宮豊隆十八回、魚住折蘆九回、武者小路実篤四回と続いている。

彼らに比べて、長江の評論が劣るとでもいうのだろうか。この日（一月三日）も森田は文芸欄に「吾等は新しきものゝ味方なり」を発表していて、漱石の葉書の〈われ等は新しきものゝ味方に候。〉は、この題名に引っ掛けている。古くさいので長江の文章を拒否するのなら、併記している森田の文章も拒否すべきではないのか。それなのに、森田に対してはおかまいなしなのである。何だか、漱石が二人に格差を付け、森田だけを自分のほうにぐいと引き寄せているようにもみえる。

森田草平との心中事件の片割れであった平塚らいてうは、草平のこんな話を紹介している。「夏目先生という人は、女のひとをまったく知らず、それも奥さん一人しか女を知らないで小説を書くのだから、作中の女はみんな頭で作られ、生きている女になっていない。いつも弟子たちの、とくに女性についての話を注意深く聞いていて、そのまま翌々日あたりの新聞小説に書いたりする。女の使う言葉もまったく知らないから、わたくしが教えているのだ、などともいい、夏目先生の家庭のこと、奥さんの人柄などについても、森田先生はよく噂話をしていました。」（『平塚らいてう自伝／元始、女性は太陽であった（上）』）

森田は、漱石にとって必要不可欠な人物であったようだ。この明治四十二年一月二十五日から始まった文芸欄は、社内でも次第に漱石派と反漱石派との対立といった大きな騒動を巻き起こし、この年（明治四十四年）の十月十二日で廃止されているが、こんな事件も遠因にあったのではなかろうか。

さすがの漱石も、森田に押されてこのときは掲載を認めざるを得なかったようだ。それにしても、漱石はなぜ長江の作品を拒絶したのだろう。漱石は、森田と長江の仲のよさに嫉妬していたのだろうか。それとも、長江が鷗外のところに通っているのが面白くなかったのだろうか。あるいは、長江が自分の傘下に収まりきれないものをもっていることに怖れをなしていたのだろうか。そう言えば、漱石門下で漱石以上になった人は誰もいない。

一高講演会

ただ、漱石には反目されたが、長江への知的エリートたちの評価はますます高まっている。この年（明治四十三年）の秋、母校の一高で「校友会雑誌」の二百号記念講演会が行われたが、その講師に長江も依頼されているのである。

招かれたメンバーは、劇作家・演出家で文学士の小山内薫（明治十四年生）、このころ、京都帝国大学講師となっていた上田敏、哲学者で文学博士の桑木厳翼（明治七年生）。桑木は、当時京都帝国大の講師であったが、長江の一高時代の倫理及び心理の教師でもあった。続いて、物理学者・音楽学者で医学博士の田中正平（文久二年生）、ジャーナリストの三宅雪嶺（万延元年生）、それに長江の六名である。錚々たるメンバーである。長江は、一番年下なのに最後に登壇している。わが国で最初のニーチェの『ツァラトゥストラ』の完訳に挑んでいる長江は、知的エリートの彼らにとって、ヒーローに見えていたのかもしれない。

このときの講演の模様が、「校友会雑誌」(二〇〇号 明治四十三年十二月号)の巻末に「付録 二百号記念講演会筆記」として掲載されている。それを読むと、長江のものが一番長く、力が入っていると思われる。

長江は、「思想と官能と」という演題で話している。長江の前の三宅雪嶺の講演の最後のころ、突然電灯が消えてしまった。そのため、長江は蠟燭の灯りの中で話しはじめている。

長江が講演会場の嚶鳴堂に入り、ここの額を見たときの感慨を話すと、場内は喝采に包まれている。そして、次第にトルストイとニーチェの話になっていく。やがて話は佳境を迎えるが、〈社会のため個人のため、『危険なる思想』を含んでこそ、そこに進歩あり、発展あるのである。〉の箇所を目にすると、後に社会主義に接近しようとして行く長江の姿が重なりあう。

さて、この講演から四十七年後の昭和三十二(一九五七)年、詩人の堀口大学が鳥取県の「県政新聞」に「山上の思索」という一篇の詩を発表した。内容は、佐藤春夫と二人で長江のお供をして講演を聞きに行った話である。堀口は、〈明治四十四年晩春五月〉としているが、はたして翌年五月に再び長江が演壇に立ったのか確認することはできなかったが、内容からしてこのときの可能性が高いと思われる。

山上の思索　　堀口大学

その日

明治四十四年晩春五月のその日
土曜日の午《ひる》さがり
本郷は弥生町のからたち垣に沿う道を
生田長江先生は歩いてゐられた
三尺さがって（影を踏まないためだ）佐藤春夫がついて行く
これに追いすがるように堀口大学がついて行く（とり残されまいと大跨に）
長江先生は大きく両手を振ってゐられる
春夫は大切さうに黒革の折鞄を胸高にかかへている
大学はうやうやしく籐《とう》のステッキを捧げている
鞄もステッキも長江先生のものだ
形態こそはちがふが
横綱土俵入の露払と太刀持、まづあれだ。
三人とも口をきかない。

☆

長江先生はこれから一高文芸部主催の
文芸講演会に講師として出席されるところ。
先生は三十歳
春夫と大学は同年の十九歳　三田の文科の予科生だ
会場で春夫と大学は第一列に席を得た

やがて長江先生のお話が始った

☆

その日先生は超人の哲学について語られた
縷々一時間滔々たる雄弁だった
澄んだお声がよく通った
白皙のひたひ
つややかな黒かみ
紅潮した頰
締りのきびしい真紅の唇
先生はおっしゃった
――トルストイは平野で思索した
だがニイチエが思索したのは山上だった》とここが
　この日のお話のききどころだった
すくなくとも春夫と大学はそう感じた
そして互にうなづきあった
――僕等も山上で考える人間にならう》と

☆

芥川龍之介　菊池寛　久米正雄　山本有三　松岡譲の面々
後年大名をなすべき青年たちも

その頃一高生だった
当日は勿論主催者としてこの講演の席にあった筈
　四十六年前のこと

この詩に芥川や菊池が一高生だったとあるが、当時彼らは一高の一年生であった。長江の講演は定評があったのであろう。同じくこの年（明治四十三年）の十一月二十四日。今度は、慶應義塾大学の三田文学秋季講演大会の講師に呼ばれ講演をしている。メンバーは、長江の他、小山内薫、戸川秋骨、上田敏の合計四名である。

中村武羅夫の証言と『ツァラトゥストラ』刊行

この年（明治四十三年）の大晦日の夕方、新潮社の編集者中村武羅夫（明治十九年生）は、長江の奇妙な行動を目撃している。

中村が所用があって生田家を訪れると、長江は書斎で一人ビールを呑んでいた。突然の来客に喜んだ長江は、次のような話をした。

午後から呑み始めて、除夜の鐘が鳴るのをきっかけに一生禁酒する。ビールは、二ダースやら三ダースあるから、できるだけ長くつきあってほしい。

いたたまれなくなった中村は、長江が引き止めるのを振り切って八時ごろ家を後にしている。

後年、この行為を振り返った中村は、〈さう言へばそのころ既に、長江の外貌には、殊に眉毛などにはどうも病気の兆候が現はれてゐたやうに思ふ。つまり、その時限りで禁酒して、生涯酒盃を手にしまいと決心したのは――決心せざるを得なかったのは、長江としては単なる思ひ付きや、物好きや、また、何も思想上の問題からなどではなかつたのだらうと思ふ。自己の病気の兆候に対するハッキリした認識と、自覚とに基づいて、そこから固められた決意だつたのではないか。〉（『明治大正の文学者』）と書いている。

中村は、〈眉毛などにはどうも病気の兆候が〉と書いているが、眉毛が薄くなり、やがて抜けてしまうのはハンセン病の症状の一つである。

先の佐藤と、この中村の証言を重ねると、たしかに見えてくるものがある。

友人の森田草平が長江の病気を知ったのは、もう少し後のようである。

〈処で、同君は人も知るやうに、生れながらにして重き荊棘を背負つてこの世へ出て来た不幸な人である。その事は私も聞かされないから、当時は全然知らなかつた。二三年後になつて初めて知つたやうな次第である。〉（『続夏目漱石』）

〈二三年後〉というのは、文脈から漱石が長江の朝日文芸欄への文章を拒否した事件（明治四十三年七月）から、という意味なので、明治四十五（一九一二）年から大正二（一九一三）年ごろということになる。

先の佐藤と中村の証言に森田の証言を重ねると、先の二人の証言が真実味を帯びてくる。

明治四十三年の大晦日、除夜の鐘が鳴り終わったとき、長江は大きな決心をしたはずである。

鷗外の「沈黙の塔」を序文にした長江訳『ツアラトウストラ』が新潮社から刊行されたのは、翌明治四十四年一月のことである。

この鷗外の「沈黙の塔」は、「三田文学」（明治四十三年十一月）に発表された短い小説であるが、政府の幸徳（大逆）事件に対する痛烈な批判が込められたものである。この本の刊行で、長江の知識人における名声はさらに大きくなっていった。なおこの本は国立国会図書館が所蔵していたが、同年十月には再版が出ていた。また、日本近代文学館の所蔵本は、大正八年六月で九版とあった。

いくつもの書評が出たが、ここでは「報知新聞」（一月二十九日）と「早稲田文学」（二月号）の書評欄の巻頭に掲げられたものを紹介しよう。

ツアラトウストラ（生田長江訳）　晩近欧洲思想界の巨人を挙ぐる者必ず先づ指をトルストイとニイチエに屈す、而も前者は従来既に其幾分を紹介祖述せられたるに反し、後者は今日迄未だ其断簡零墨すら飜せられざる也、本書はかのダンテに於ける『神曲』の如く、ゲエテに於ける『ファウスト』の如く、ニイチエ一代の心血を注ぎたる代表的作品を以て見る可きもの、彼の深刻にして厳烈悲壮なる詩歌や哲学や宗教や悉く収めて其内に在り、此を訳するは即ち此文豪の一切を伝ふるものにして且つ此文豪を通じて複雑なる近代思想其物の精髄を伝ふる所以也、訳文の様式また森厳荘重を以て終始し其間潑溂たる清新の趣を加へて此種の神品を伝ふるに最も適へり、出版界近来の好収穫として汎く世上の文人哲学者宗教家教育家其他一切の高級読者に推奨するに憚らず。（総洋布製定価二円三十銭麴町区飯田町新潮社）（「報知新聞」）

ツァラトゥストラ　生田長江訳、新潮社一月発行、定価二円三十銭　トルストイと対立して十九世紀末の欧洲思想界に最も力ある波動を伝へた者はニイチエである。ニイチエの天才超人主義とトルストイの無抵抗無我愛主義とには、十九世紀末の世界思潮は概括されたと云つても好い。トルストイの無我無抵抗主義はその裏に強烈なる個人主義の精神をひそめ、ニイチエの破壊的個人主義は亦熱烈なる新社会建設の要求を裏付けて居る。此の二人は人間生活の其もの丶偉大なる権化であり、同時に新時代新文明建設の最も偉大なる先駆者である。生田長江氏が永き努力の結果として玆に訳出した「ツァラトゥストラ」の一巻はニイチエの偉大なる精神生活の代表であると同時に、又以て十九世紀末思潮の代表的宣言である。ニイチエの思想は最近欧洲の思想界に驚くべき動力を与へたのは云ふまでもないが、ゴーリキーの如きダヌンチオの如きを始として、ニイチエ思想に動かされて現れた近代作家も決して少くはない。ニイチエの思想は一面近代文芸の一大源泉を成して居る。わが国に於ても高山樗牛等を始めニイチエの思想を伝へやうと試みた人は少なくないが、而も多くはその精髄を撰んだものでない。而もその伝へらる丶時代やあまりに早きに過ぎた観がある。ニイチエの思想は最近自然主義思潮によつて覚醒されたわが思想界にして始めて之れを伝ふべきである。生田氏が「ツァラトゥストラ」の飜訳は誠に時を得たものと云はなければならぬ。わが現時の読書界は此の一書の出づるによつて如何なる反響を呈すべきかは大に見ものである。喜んで此の良書を迎ふ。（「早稲田文学」）

幸徳事件の判決が出て、幸徳秋水ら十二名の死刑が執行されたのは、『ツァラトゥストラ』が刊行されたのと同じ月の下旬のことである。

超人社

長江が、本郷区根津西須賀町二番地に越したのは、明治四十四（一九一一）年六月ごろのことである。今まで、いつ長江がこの地に来たのか不明であったが、「読売新聞」(六月二十五日)の「喫煙堂」のコーナーに、〈近頃根津西須賀町へ引っ越した生田長江君の家には一方の門に「超人社」と云ふ札が出てゐる▲其の家は蔵の様な又城廓の様な外観を呈してゐる▲そこで悪口や曰く成程超人の住む家は違つたものだなア〉と出ていた。

この地は、向丘一丁目の信号を根津神社に下る坂の途中、右手のオリエント美容室の建物に「弥生一丁目五番」の標識が見えるが、この辺りである。すぐ下に本郷消防署根津出張所があり、その下に根津神社の裏門が見える。長江が住み始めた家は、広い芝生があり、小高い丘の上に聳えたつ倉造りに畳敷きの半洋館であった。この家は、ヨーロッパの古城にも見えたという。

その少し前、湯島新花町の大阪者夫婦の二階四畳半に住んでいた佐藤春夫のところに、折り入って話があると長江が訪ねてきた。

何事かと思って佐藤が耳を傾けると、長江は次のような話をした。今まで住んでいた林町の家は、家主の都合で立ち退かなければならなくなった。そんなわけで、あちこち探したところ、根津権現裏の高台に素晴らしい家が見つかった。申し分ない家であるが、欠点は家賃が八十円と高いことである。自分が出せるのは、今までの家賃の五十五円が精いっぱいであるが、無理をして六十円出そう。あとの二十円であるが、春月に五円出させるとして、残りを佐藤に負担してもらって一緒に住まないか、という打診であった。佐藤は今まで十五円を払っていたので異存のあるはずもなく、すぐに決まったのだった。長江は、手元に佐藤をおいて育ててみたかったのかもしれない。

この家は、長江一人で借りたわけではないので、ニーチェにちなんで超人社と呼ぶことにした。超人社は、たちまち文壇のサロンと化していった。

長江は春夫に、詩と批評が文学者として大成する二大要素だと説いている。また、文学は自己の精神的種族の保護と拡大であり、そのためには、常に自己のために書くことである。読者のために書いて読者が喜ぶのは当然だ。作家自身のために書いたものを読んで喜ぶ読者を得てこそ、はじめて自己の精神の種族を得た喜びをもつことができるはずだ。その一方で、大衆は正直であり、また常に進歩するものである。大衆に通じる文学を心がけることをも説いている。

またあるときは、人から頼まれたことはできるかぎり引き受けること。積極的に生きること等も説いている。これらの教えは、文学者佐藤春夫の骨格となっていった。

長江の教育は、教えを説くだけではない。日々の暮らしの中で、春夫の長所を見つけだして自信をもたせるように仕向けている。また森田草平や阿部次郎が来たときには春夫の同席を許し、馬場孤蝶宅への訪問には連れて行っている。

その春夫が、超人社の盛況ぶりを次のように書き残している。

超人社には日々多くの客が出入した。先生は彼等を相手に談論四壁を驚かす風があった。日々の客には春陽堂や新潮社系のジャナリストが多かったが、勿論文学青年や文学中年もある。なかには時に文壇知名の士の去来もあった。文壇ゴシップは超人社を文壇の梁山泊と呼んでいたが、なるほどここに出入するのは知名と無名とを問わず文壇の野党的人物ばかりで、ほかには大杉、堺系の社会運動青年もまじっていた。

先生は来る者は青眼で迎え、去る者は追わないで清濁併せ呑む風があって、同県の出身者とは云えあまり才能も情操も無さそうな怪しげな人物の出入をも拒まなかった。ただ分を忘れて狎れる者だけは容さず、さもない者には先生から進んで親しむ風があった。

先生はこれらの立ち代り入れ替る人々と終日でも倦まないで談笑し、論議して、こういう談論の間に批評の題目を見出しその内容を思索しているかのように見えた。そうして先生は常に、愚論や俗論ほどわが執筆の欲望をシゲキするものはない。そういう意味で相馬御風氏の如き批評家も存在の意義は大きいなどと毒舌を振ったものである。御風氏は当時大モテの批評家で先生が文壇の風《ウエザア》見《コック》と呼んでいた人であった。

飜訳の筆は毎日午前中に執っているようであったが、その外、時折は四畳半裡に籠って執筆に余念のないように見える日も勿論あった。そういう幾日かの後には必ず一束の原稿を持ち出して来て、それを先ず我々の前で朗読し披露するのであった。その間或は自画自讃したり、我々の意見を参考に問う事なども無いではなかった。（「先師を憶う――不用意千万な生田長江小論」）

長江への仕事の依頼は、執筆や講演ばかりではない。同年（明治四十四年）五月からは、春陽堂から出ている「新小説」の懸賞文芸の「小論文」の選者を務め、初回に佐藤春夫の「「日本人脱却論」の序章」を一等に選んでいる。ちなみに「小論文」の選者は、大正元（一九一二）年十二月まで、十一回務めている。

与謝野寛が欧州に向かうべく熱田丸で横浜港を出航したのは、この年（明治四十四年）の十一月八日のことである。「明星」が、明治四十一年十一月の百号で終刊となり、気落ちしている寛を、妻の晶子が費用を工面して送り出したのである。

それに先立つ同月四日、森鷗外をはじめとして永井荷風、高村光太郎、北原白秋等百五十人が出席し、上野の精養軒で与謝野寛の渡欧送別会が行われた。鷗外と馬場孤蝶と長江が挨拶をし、最後に与謝野寛の挨拶があった。このときの記念写真が残されているが、長江は最前列に陣取り存在感を示している。

翌明治四十五年一月二十九日、鳥取県出身の詩人・高浜長江（明治九年生）が急性肺炎で死んだ。享年三十五。高浜は、明治四十一年に児玉花外と「火柱」を創刊しているが、長江も「火柱」に二度詩を発表しているので面識はあったと思われる。葬儀は、翌三十日に生前奉職していた青山学院の講堂で行われたが、長江が追悼演説を行っている。

話は変わるが、長江の教会での講演活動はこのころも続いていたようだ。というのは、この年の五月十六日の「読売新聞」の「よみうり抄」に〈生田長江氏の主宰せる演説研究会にては毎週金曜日の夜麴町中六番町の教会にて会合を催せる由なるがこの際会員の募集をなす〉と出ているからである。

再び超人社の話に戻るが、この超人社にはユニークな人たちが同居している。この年の六月には、「スバル」を編集していた江南文三が同居している。文三は一か月で出て行ったが、同年の秋には青鞜社の尾竹紅吉（明治二十六年生）が同居している。

この尾竹紅吉の妹ふくみに失恋した春夫が、組曲「ためいき」を書いていることは、春夫ファンならご存知のことと思う。恋も失恋も、作家のエネルギー源である。

先の佐藤春夫の証言に、相馬御風の名前が出てきたが、このころ、長江は御風と比べられることが多かった。「新潮」大正二年九月号に署名・青頭巾の「赤門派と早稲田派（其一）――長江と御風」が掲載されている。

何と云っても、早稲田と赤門とは現下文壇の二大勢力である。文士の型は、概ね早稲田型、赤門型の二つに大別する事が出来る。而して、御風は早稲田型の代表的文士であり、長江は赤門型の代表的文士である。御風と長江との対比は、従って早稲田と赤門との対比に外ならない。

これを読むと、先の佐藤の証言が少しも誇張でないことがわかる。

「青鞜」

平成二十三（二〇一一）年は、「青鞜」創刊百年の記念の年であった。これを記念して、各地で数々の催し物があったようだ。同年八月二十八日の「毎日新聞」は、「雑誌「青鞜」創刊100年／女性の自立考えよう」の見出しで、また九月三日の「朝日新聞」は、『「青鞜」の志継ぐ女性たち」の見出しでそれらの詳細を伝えていた。

「毎日新聞」によると、社民党党首の福島瑞穂さんが九月三日の東京港区の女性支援センターでの「いま、青鞜を生きる」の企画の呼びかけをすると、評論家の樋口恵子さんをはじめ三十名を越える女性たちが発起人として集まった。歌手・吉岡しげ美さんによる歌「山の動く日きたる」や、瀬戸内寂聴さんのビデオメッセージや詩人の伊藤比呂美さんの朗読、かつてのウーマンリブの伝説的な指導者の田中美津さんや貧困問題に詳しい作家の雨宮処凛さんのスピーチがあることを伝えている。

一方の「朝日新聞」のほうは、女性史の研究者らで作るNPO法人「平塚らいてうの会」が主催して、会長の米田佐代子さんが館長を務める「らいてうの家」（長野県上田市）で九月四日に平和コンサートを開くという。また、同月十日には、らいてうの出身校の日本女子大学で国際シンポジウム「今、世界が読む青鞜」の開催予定があるという。

先の平和コンサートの模様は、九月五日の「朝日新聞」の「長野東北信」版が伝えている。記事によると、地元や首都圏から、らいてうに関心を寄せる三百人が集まり、合唱や朗読劇を通じ、らいてうが訴えた女性の自立や平和の実現に思いを馳せたという。バルコニーのようなところで米田館長が挨拶し、眼下の草原に腰を下ろした参加者たちが米田館長を見つめている写真が掲載されている。

創刊から百年経っても、女性たちの中で「青鞜」は、ますます輝きを増しつつあるようだ。プロローグでも触れたように、この「青鞜」創刊にも長江が大きく関わっている。


塩原情死未遂事件の片割れの平塚明は、事件後、信州の友人を頼って旅立った。のちに再び東京に舞い戻ると、また長江の家に出入りして指導を受けていた。

そんなある日、明は長江から女性だけの文芸雑誌をやることを勧められた。初めは気にもとめずに聞き流していたが、「何ページぐらいのものを、何部刷って、印刷費がいくらかかる」「お母さんにお話しになればそのくらいの費用はきっと出してくださるでしょう」と、具体的なアドバイスがあった。しかし、明の決心は容易につかなかった。ある日、その話を平塚家の食客になっている姉の友人の保《やす》持研子《もちよしこ》に話すと、彼女はすぐにその話に飛びついた。明は保持の同意を得て、雑誌発行を決心した。費用は、長江の推察通り、明の母が出してくれることになった。

明は長江から、

「あなたは力がありながら、自分のその力を、人のため、世のために使わないから、今度のようなことになるのです。トルストイは、人間は他のためになることをしなければ、ほんとうの人生というものはわからないといっている。あなたも、これから人のためになにかなさるんですね」

という説教も受けていた。そんな長江の思いが、明の背中を押し続けていたのかもしれない。

明と保持は、喜び勇んで長江に報告に行った。長江は、二人が持参した規約草案に対してさまざまなアドバイスをした。二人が誌名について意見を求めると、長江は、

「いっそブルー・ストッキングはどうでしょう。こちらから先にそう名乗って出るのもいいかもしれませんね」

と言う。ブルー・ストッキングの語源は、十八世紀半ばごろ、ロンドンのモンタギュー夫人のサロンに集まって、さかんに芸術や科学を男たちと一緒に論じた新しい婦人たちが、黒い靴下が普通であった当時、青い靴下をはいていたことから、何か新しいことをやる婦人を嘲笑する言葉であったが、あえてこの言葉の日本語訳の「青鞜」を使うことにした。

女性の有名人や作家の妻たちを賛助会員として入れたらどうか、というのも長江のアイデアだ。無名の女性だけでは、単なる同人雑誌になってしまうという。

青鞜社第一回の発起人会は、六月一日に千駄木林町の物集《もずめ》和子の家で行われた。この時、平塚明、物集和子、中野初子、保持研子、木内錠子の五人が集まった。

やがて、彼女たちの熱い思いは、多くの同時代の女性たちへと波紋を広げていった。彼女たちの行動が注目されたのは、当時女性たちは酷い差別を受けていたからである。明治二十三（一八九〇）年に公布された「集会及政社法」で、女性が政談集会を開くことや、政社（政党）に加入することは禁じられていた。十年後の明治三十三年には、さらに強化された「治安警察法」が公布されていた。

「青鞜」創刊号が出たのは、明治四十四年九月一日のことである。表紙は、長沼智恵子（のちに高村

光太郎の妻）が担当した。クリーム色の地にチョコレート色でエジプトの女性が描かれたエキゾチックなものである。巻頭を、与謝野晶子の「そぞろごと」が飾った。

山の動く日来《きた》る。
かく云へども人われを信ぜじ。
山は姑《しばら》く眠りしのみ。
その昔に於て
山は皆火に燃えて動きしものを。
されど、そは信ぜずともよし。
人よ、ああ、唯これを信ぜよ。
すべて眠りし女《をなご》今ぞ目覚めて動くなる。

このような力強い断章が九ページにわたって続いている。明の、「元始女性は太陽であつた。――青鞜発刊に際して――」も掲載されている。明は、このときはじめて「らいてう」のペンネームを使っている。

元始、女性は実に太陽であつた。真正の人であつた。
今、女性は月である。他に依つて生き、他の光によつて輝く、病人のやうな蒼白い顔の月である。
偖てこゝに「青鞜」は初声を上げた。

現代の日本の女性の頭脳と手によって始めて出来た「青鞜」は初声を上げた。
女性のなすことは今は只嘲りの笑を招くばかりである。
私はよく知つてゐる、嘲りの笑の下に隠れたる或ものを。

このように格調高い宣言が十六ページにわたって続いている。二人の宣言文に、ツァラトゥストラが出てきたのには驚いてしまった。長江の『ツァラトゥストラ』が、知識人たちに大きな影響を与えたことがうかがえる。

巻末の「青鞜社概則」の第一条には、〈本社は女流文学の発達を計り、各自天賦の特性を発揮せしめ、他日女流の天才を生まむ事を目的とす。〉とある。虐げられてきた女性たちが、大きな共感を抱いたことは想像にかたくない。

第一号に名前を連ねている女流たちは、次の通りである。

発起人（いろは順）
中野初子　保持研子　木内錠子　平塚明子　物集和子
賛助員
長谷川時雨　岡田八千代（小山内薫の妹・岡田三郎助の妻）　加藤籌子（小栗風葉の妻）　与謝野晶子　国木田治子（国木田独歩未亡人）　小金井喜美子（森鷗外の妹）　森しげ子（森鷗外の妻）
社員
岩野清子（岩野泡鳴の妻）　戸沢はつ子　茅野雅子（茅野蕭々の妻）　尾島菊子　大村かよ子　大竹

雅子　加藤みどり（加藤朝鳥の妻）　神崎恒子　田原祐子　田村とし子（俊子・田村松魚の妻）　上田君子　野上八重子（弥生子・野上豊一郎の妻）　山本龍子　阿久根俊子　荒木郁子　佐久間時子　水野仙子　杉本正生（清沢閑子）

この後も、才能のある女性たちが続々と馳せ参じている。

「青鞜」を最初からめくっていくと、長江が大きな影を落としていることがよくわかる。明治四十五年五月号から「青鞜研究会」の案内が載っている。金曜日の講師が長江で、火曜日は阿部次郎（明治十六年生）。場所は、本郷区駒込蓬莱町萬年山（勝林寺）だ。実は、「青鞜」四月号の小説特集で荒木郁子の「手紙」が発禁処分になり、物集邸に事務所を置くことを断られてしまったため、この寺に事務所を移していた。

このころ、天真爛漫な尾竹紅吉の入社により、「五色の酒」、「吉原登楼」等のゴシップ記事が新聞の紙面を騒がせ、「新しい女」への非難と興味が高まっている。

大正二年二月号には、「青鞜社第一回公開講演会」の案内が載っている。二月十五日に神田美土代町の青年会館で開催される予定で、講師は長江、岩野泡鳴（明治六年生）、馬場孤蝶、岩野清子（明治十五年生）、阿部次郎（当日は出席したが風邪気味のため辞退）たちだ。

赤煉瓦のキリスト教青年会館は、神田区美土代町三丁目三番地（現・千代田区神田美土代町七番地）にあり、現在は住友不動産神田ビルが建っている。このビルの正面右側の敷地内に、跡地であることを示す小さな「ＹＭＣＡ会館記念碑」がある。

さて当日、会場は千名ほどの聴衆で埋まった。男女半々くらいであったようだ。保持白雨（研子）

の「本社の精神とその事業及び将来の目的」で始まり、伊藤野枝（明治二十八年生）の「最近の感想」に続き、長江が登壇した。

長江は、尾崎行雄の不敬問題から入り、社会問題に触れ、言論の自由を束縛するのに暴力をもってする現状を憂いた後、本題に入った。「独断かは知りませんが、新しき女とは古き思想、古き生活に満足することの出来ぬ人、従って婦人として従来の地位に満足せず、男と同等の、或はそれに近い権利を求めている人」と定義した後、女性には女性の特色があり、その特色を生かして初めて意味のあるものになるのではないか、という趣旨の演説をしている。演説の途中、会場から「や、そうだ」の掛け声が上がった。

次の岩野泡鳴の「男のする要求」の最中、彼の私生活の乱れを糾弾する野次馬、予言者として知られていた宮崎虎之助が壇上に駆け上がり、妨害演説を始めたが、すぐに岩野に突き落とされ、臨席の警官にすぐに場外につまみ出されるという一幕もあった。その後、馬場孤蝶の「婦人のために」、岩野清子の「思想上の独立と経済上の独立」と続き、最後にらいてうの「閉会の辞」で無事終了した。

「青鞜」三月号には、四月七日から開催予定の「青鞜社研究会」の案内が載っている。講師は、長江をはじめ、阿部次郎、安倍能成、岩野泡鳴、馬場孤蝶、伊庭孝、石井柏亭、高村光太郎たちで、ついでに研究会に出席できない地方の人たちに講義録も発行する予定であったが、会場探しに難航し、また世間の目を恐れて集まる人たちがいなかったため、中止になっている。

はじめは長江に頼っていた彼女たちであったが、さまざまな修羅場を踏むうちに自信をつけていったようだ。大正二年五月号の「編集室より」に次の記述がある。

〈生田先生（長江氏）が本社と特別に深い関係ある方のやうに世間の人々が考へてゐられるやうです

が、それは先生に於ても定めし御迷惑とせられることだらうと思ひます。ここに本社に関する一切の責任は最後まで只私共同人の上にあることを明にしておきます。〉

どうやら、雛鳥が巣立つときがきたようだ。長江も、望むところであったろう。長江は後に「予は賢母良妻主義者也」（「現代」大正十年四月号）を発表している。女性差別には反対するが、良妻賢母を望んでいる。長江の望む良妻賢母は、今までの月並な物質的拝金主義の良妻賢母ではない。しかし青鞜社の人たちは、良妻賢母をもぶっ壊そうとしている。両者が袂を分かつのは、時間の問題であった。先に長江が匙を投げていたが、それを受けての独立宣言であったろう。

このころから「青鞜」は、女性解放運動へと大きく舵を切っていく。世間は、彼女たちを嘲笑を込めて「新しい女」と呼んだ。しかし、彼女たちはそんな嘲笑に怖じけづくことなく、女性解放のために世間と戦った。そして、一人一人が大きく成長していった。

大正四年一月発行分から、主宰者がらいてうから伊藤野枝に替わっている。「青鞜」は、さまざまな話題を提供し、大正五年二月号で幕を降ろしている。

もし長江がいなかったら、もちろん「青鞜」が生まれることはなかったはずである。長江の女性たちに対する眼差しはとても優しい。「青鞜」と比較されることが多かった「新真婦人」（大正二年五月〜大正十二年九月）を発行する西川文子、宮崎光子、木村駒子らの新真婦人会にも大きな影を落としている。大正二年三月十六日に神田橋の和強楽堂で開催された第一回婦人雄弁会を聞きに行っている。やはり長江の存在は目立っていたのだろう、同月二十日の「東京日日新聞」には、「私も和強楽堂へいつて演説を聞きましたが先ず感じたのは曾て文壇に早稲田と博文館の自然主義運動が起つた時、春陽堂の「新小説」では後藤宙外等の諸氏が之に反抗して文芸革新会を起して真の健全なる文芸を叫んだのと同じように思はれました。即ち新真婦人会は文芸革新会と同じ位置にあるので其運命も或は似たものではありますまいか」という長江の談話が掲載されている。そして、同年五月に創刊された「新真婦人」には、西川文子が超人社を訪れて長江の話を聞いた「生田長江先生と語る」が掲載され、同会が大正四年五月十五日に神田キリスト教青年会館で開催した「婦人問題大講演会」にも講師として参加し、「貞操とは何ぞや」を講演している。

また、山田たづと生田花世を中心に生まれた「青鞜」の後継誌とも言える「ビアトリス」（大正五年七月〜大正六年四月）の賛助員にも名を連ねている。大正五年十月二十三日の「東京朝日新聞」が「「新しい女」の新しい団体」の見出しで大きく取り上げているが、〈新らしい女の参謀と云はれた生田長江氏は此社の為にも後盾となつて居る〉とある。この記事の通り、同年九月号の同誌に「感傷集（長詩）」を寄せ、同年十月十五日に芝の青松寺でビアトリス社が主催した「故女流作家追慕会」には孤蝶と共に出席し、講話をしている。

「夏目漱石氏を論ず」

長江が、「新小説」に「夏目漱石氏を論ず」を発表したのは、明治四十五（一九一二）年二月のことである。

それまで長江は、「漱石論」を二度、「漱石論の一部」を一度発表している。「漱石論」の一度目は、「中央公論」（明治四十一年三月号）に発表した「夏目漱石論」である。このときには夏目漱石の特集が組まれ、片山孤村や小栗風葉をはじめ、十三人が執筆している。長江の作品は二段組二ページ足らずの短いものであるが、冒頭の〈何と云つたつて、夏目先生位貫目のある人は少からう。〉を見てもわかるように、無邪気な漱石礼賛に終始している。

二度目は、「新潮」（明治四十四年一月）に発表した「夏目漱石氏と森鷗外氏」である。このときには二人を対比させることによって、漱石像を浮かび上らせている。

そして「漱石論の一部」というのは、「時事新報」（明治四十五年一月三、四日）に発表した「主観の老熟と若々しさと（漱石論の一部）上・下」である。近く発表する「漱石論」の一部に触れたものである。

そして決定打といえるものが、この「夏目漱石氏を論ず」である。三十七ページにわたる堂々たる論文である。


兎もあれ氏は、世間で想像されてゐるよりも、ずつと野心のない人である。而して野心家がきらひのやうである。

だから高山樗牛氏なぞのやうに、露骨にアムビシアスなる性格は、他の方面に余程の好い所があつたにしても、漱石氏の気に入ることはむつかしからうと思ふ。

漱石氏一味の『低徊趣味』は、人生の厳かなる大事をことさらに避け、何のあぶなげもなき部分に於て、極めて小規模に、極めて控目に芸術と人生とを混同して楽まうとする趣意らしい。

漱石氏から少しばかりユウモアを取去つて、それ丈けパッションを加へれば、ほぼ鏡花氏に近いものが出来上る。

漱石氏の世界観人生観は、幕末志士の尊王論の如く危険なるアイディアリズムでなく、馬琴の勧善懲悪の如く安全なるアイディアリズムである。

漱石氏は屢々新人の附焼刃を笑つて、希に旧人の嬌飾を咎める。習俗と歩調の合ひ易い人である。其思想には概念の改造がない。所謂価値の顚倒がない。

漱石氏の如きは、厳密に思想家を以て許されないものだらう。少くとも、思想家としての偉大を認めることは出来ぬ。

この論文からは、かつて長江が紀州へ講演旅行に行ったとき、春月に出した手紙の一節、〈何物をも恐れぬ——是が僕の根本的道徳である。〉が想起される。たしかに長江のペンは、何者をも恐れてはいない。それにしても、最初の無邪気な漱石礼賛の「夏目漱石論」から、この「夏目漱石氏を論ず」まで、わずか四年である。漱石の反目は、長江の批評眼を飛躍させたようだ。

やはり同時代人にも際立って見えたのであろう、相馬御風は、「読売新聞」(二月十三日)の「文芸欄に発表した「二月の評論(上)」で、〈「新小説」に出た生田長江氏の「夏目漱石論」は、氏の文芸家を論じた多くの論文のうちで最も傑れたものだと思つた。私の知つて居る生田氏が本当に近い生田氏ならば、生田氏位夏目氏を論ずるに適した評家は他に見当らない。学識の少くない漱石氏を以て長江氏に擬して居た私は今度の「漱石論」を読んでいよ〳〵それを確め得たやうな気がする。〉と触れている。

これを読んだ漱石が、不快感をもったのは間違いない。知人の赤木桁平への手紙（大正三年一月五日）に、長江氏の書いた漱石論も〈ブライアンの毛の生へたものに過ぎません〉と書いていた。しかし、確実に己を顧みさせられたはずである。というのは、漱石は文学に高い志を抱いていた。門弟の鈴木三重吉宛の手紙（明治三十九年十月二十六日）に、〈苟《いやしく》も文学を以て生命とするものならば単に美といふ丈では満足が出来ない。丁度維新の当士（志）勤王家が困苦をなめた様な了見にならなくては駄目だらうと思ふ。〉と書いているのである。

漱石が、学習院に赴き、生徒たちの前で「私の個人主義」の講演をするのは、大正三（一九一四）年十一月二十五日のことである。

このとき漱石は、「国家的道徳といふものは個人的道徳に比べると、ずつと段の低いものの様に見える事です。」と、自分の思想を明確に表明しているが、長江に背中を押された結果だと思うのは、短絡すぎようか。

長江は同月（明治四十五年二月）、それまで発表した作家論を集めた『最近の小説家』を春陽堂から出版している。目次は、次の通りである。〈夏目漱石氏と森鷗外氏と／田山花袋氏／島崎藤村氏／泉鏡花氏／徳田秋声氏／真山青果氏〉。

ここでは、「帝国文学」（明治四十五年四月）に出た書評を紹介しよう。

著者の批評には、鋭利な刃の切れ味がある。うまいなあと云はしめるやうな皮肉がある。さうしてもとより精細な客観の洞察があり、忠実な解剖がある、その間に一流のオリジナリティを生んでゐることは怪しむに足りないと、この書を読んで今更に思ふのである。この書は漱石鷗外花袋藤村鏡花秋声青果の諸氏を論じたものであるが、著者が一々各家の作品を読破し各家の経歴を疎外しないで品隲したのだから、そこに生ける批評が出来上つた、公正なる批判が出来上つた、興味ある評論が出来上つたのである。最近の小説家としての人選には異存がないでもないが、それは独著者が将来に補はれることと信じて、兎に角、この書が現代文芸叢書既刊の中の最も価値あるものの一であることを云つて置く。現代文芸叢書として評論はこれが始めだが、猶進んで、戯曲詩歌等にも及ばんことを望まざるを得ぬ。

プロローグで紹介したドナルド・キーン氏は、〈長江の作家論集とも言うべき『最近の小説家』（一九一二年）と『最近の文芸及び思潮』（一九一五年）では、夏目漱石、森鷗外、田山花袋、泉鏡花など同時代の作家が批評の対象になっている。取り上げられている作家の選択があまりにも適切で納得のいくものなので、つい次のことを忘れてしまいそうになるが、それは同時代に活躍している作家のうち誰が時代を越えて生き残るかを正しく言い当てることがいかに難しいかという事実である。それほど長江の眼は驚くべき正確さでこれを言い当てている。〉（「生田長江」『日本文学史　近代・現代篇八』）と書いている。

ルソー誕生二百年記念講演会

第三章で触れたが、キリスト教青年会館で、堺利彦・高島米峰（明治八年生）発起の「ルソー誕生二百年記念講演会」が開催されたのは、明治四十五（一九一二）年六月二十八日のことである。

発案者は、三宅雪嶺。この講演会に、堺に頼まれた長江も出席している。堺が長江に頼んだのは、長江がルソーの『懺悔録』を翻訳していると耳にしたからだ。前述したが、堺はこのときが初対面だと思っていたが、「二六新報」の文士招待で会ったことがあると聞いて驚いている。当日の「万朝報」に、広告が掲載されている。


ルソー誕生二百周年記念講演／六月二十八日午後七時より神田美土代町青年会館に於て開会（入場料金十銭）／▲新しき人ルソー　高島米峰▲文明史上ルソーの地位　生田長江▲教育史上のルソー　樋口勘次郎▲天民の先覚　福本日南▲ルソーと現代　三宅雪嶺▲二十世紀のルソー　堺利彦

発起人の一人の堺利彦は、高名な社会主義者である。国が社会主義者の撲滅を図った幸徳（大逆）事件以来、社会主義者は冬の時代を迎えていた（堺利彦、大杉栄、荒畑寒村たちが幸徳事件で検挙されなかったのは、別の赤旗事件で服役中だったからである）。堺は、文章の立案や翻訳等を請け負う売文社を興し、細々と自分と仲間たちの生計を立てていた。後で長江と対立する高畠素之も売文社の一員であった。もう一人の発起人の高島米峰は、仏教革新運動のリーダーで幸徳や堺の著書の版元でもあった。この会は、社会主義者の健在ぶりをアピールする狙いがあったようだ。

青年会館で講演会が始まったのは、七時からである。翌日の「読売新聞」が、「ルソー二百年記念」の見出しで晩餐会と講演会の模様を伝えている。講演会では、高島、生田、福本の三人の概要を伝えているが、長江に一番スペースを取っている。

〈次に生田長江氏は「文明史上に於けるルソーの地位」と云ふ題で、ルソーはえたいの知れぬ人である。其処が偉い所がある。併しえたいの知れぬ人と云ふ代りに預言者と云はう。……〉

講演会は、十銭の入場料を取ったにもかかわらず五百名もの人々が詰めかけ、立錐の余地もなかったという。会場の周辺には、百名余の警官が待機していたが、何事もなく十一時に終わっている。

このころから、長江と社会主義者たちとの交遊が始まっている。さっそく長江は、樋口伝次郎と西川光二郎が発起人となり、社会主義者たちが執筆している「人物」第二号（七月十五日発行）に「カントとルソー」を発表していることが、「書画骨董雑誌」（七月号）に掲載された人物社の広告からわかる。

また、大杉栄（明治十八年生）と荒畑寒村（明治二十年生）が大正元年十月に「近代思想」を創刊し、翌大正二年一月四日から毎月一回、日本橋蠣殻町のメーゾン鴻の巣で「近代思想」の会合を開いているが、この第一回のゲストとして長江は馬場孤蝶とともに招待されている。

超人社にも、社会主義者の姿が目立ち始めていた。

「重き病にありて歌へるものの歌」

長江訳のダヌンチオ『死の勝利』が、新潮社の「近代名著文庫」の一編として刊行されたのは、大正二（一九一三）年一月のことである。

新潮社の創業者佐藤義亮は、〈新潮社が翻訳出版として認められるに至ったのは、『近代名著文庫』を企て、その第一編として『死の勝利』を出してからである。〉（「出版おもひ出話」）と書いている。長江が、新潮社の翻訳物に大きな功績を残したようだ。

しかし、出版までには紆余曲折があった。というのは、もともとこの作品は、「趣味」発行所の易風社から出版の予定であった。易風社では、長江の翻訳が生硬なので小栗風葉に手直しさせてから出版の手はずとなっていたが、金を急ぐので何とかならないか、と長江が新潮社に持ち込んだ（小栗風葉は、一時文壇に大きな勢力を張っていたが、次第に文壇的にも生活的にも行きづまり、先に妻子を豊橋に帰らせて、一時大久保百人町に移転するが、間もなく明治四十二年五月に都落ちして帰郷していた）。そこで義亮が読むと大して生硬ではないし、翻訳物に外国語のできない人の名を冠することもおかしなことなので、新潮社からの出版を決断した。

この五年前に、森田草平と平塚明との塩原情死未遂事件があったとき、この作品の影響が噂されていて、翻訳物としては記録破りの売れ行きを示したようだ。

この作品には、友人の森田草平が序文を寄せている。「スバル」の同年三月号がこの本の広告を載せているが、〈売切又売切！　第四版印刷出来〉のコピーも見える。この本は、大正五年十一月には縮刷版が出ていて、日野町図書館がこの本を所蔵していたが、奥付を見ると昭和二（一九二七）年七月十二日で六十五版になっていた。

長江への講演依頼は、相変わらず多い。『死の勝利』が出た同月八日の夜には、新仏教会同志会の講話会が神田学士会館で開かれたが、招かれた長江は、「信仰の告白」を講話している。

同年三月十一日には、沼波瓊音（明治十年生）と野上臼川（豊一郎、明治十六年生）と村上静人によって設立された自由講座が始まっている。この講座は、自由の精神と自由の方法とをもって、新しき文芸を研究するために設けられたもので、火曜日と金曜日に開催予定で、一か月一円、長江も講師に名前を連ねている。当日は、本郷壱岐坂上本郷教会で五時より八時まで開催され、三百人が集まり盛会であったこと、講師は中沢臨川、馬場孤蝶、松居松葉（松翁）であったが、次回は松居、馬場の続講と長江の「ニイチェの研究」があることを翌日の「読売新聞」は伝えている。

また「自由講座第一号」（六月発行）が、それまでの歩みを綴っているが、長江は三月と四月に「ニイチェの研究」を担当し、会員以外を対象に月一回開催される五月二十三日の公開講座では「サラムボウ論」を披露している。そして、この「自由講座第一号」から第三号まで、フローベル「単純」の訳文を連載し、同年六月に発行された『「自由講座」講義録』に、鷗外訳や馬場孤蝶訳とともにこの作品も収録されている。また同年十一月に刊行された『自由講座叢書第一編』には、長江訳「サラムボウ」も収録されている。

上山草人（明治十七年生）たちが坪内逍遥や森鷗外を顧問格にして旗揚げした近代劇協会が、第二回公演で鷗外訳「ファウスト」を同年三月二十七日から五日間帝劇で上演して大当たりをとったが、この舞台稽古に長江がたびたび出向いて、「ファウスト」について語っているのを仏教史学者の鷲尾順敬（明治二十一年生）が『『生田長江全集』内容見本』に書き留めている。

多分、多忙で稽古に立ち会えない鷗外に依頼されたものではなかろうか。また、彼らが主催する楽焼の会に鷲尾が招待されて出向くと、長江もいて、彼が素焼きの大鉢に奇抜な書画を描いたことも紹介している。

同月、長江の身近で華やかな出来事があった。話題の主は、超人社に同居している尾竹紅吉。同年三月二十六日の「東京日日新聞」が、「巽画会への出品作『枇杷の実』完成」の見出しで報じている。一か月間、二階の部屋に閉じこもって打ち込んだ巽画会への出品作、六曲屏風一双「枇杷の実」が完成した。四月一日には、紅吉の知己たちが会場に乗り込んで総見をする。総見は、開闢以来の出来事なのだという。これは、派手好きな長江のアドバイスではなかろうか。

またこの記事には、紅吉が伯父尾竹竹波の後援で雑誌を出すことになり、初号は五月中旬に発行し、長江や鈴木三重吉（明治十五年生）や谷崎潤一郎等が執筆予定であることも記している。この記事には、長江が「青鞜」とも縁を切ったことにも触れているので、今度はこの雑誌に肩入れするというニュアンスも伝わってくる。この後、この絵は褒状一等になり、さらに世間の話題をさらっている。

長江の周辺は華やかである。けれども彼は、決して有頂天にはなっていない。

長江の遺品の中に、「詩集　玉石混淆」と題された一冊の小型のノートがある。一九一一（明治四十四年）年八月六日より始まっているが、一九一三年五月十三日の日付のある「賛美の歌」の次に、「重き病にありて歌へるものの歌」という詩が書かれている。

霊肉一にして二ならず
我等身に病あるは心に病あればなり
願くは我等もまづ
その穢れたる心をきよらかにし
その弱き魂をすこやかに強くして
いにしえの聖等の人々の上に行ひたまひし
いと大なる不可思議のわざを
我等自らの上になさむかな

長江が、自らのハンセン病と真っすぐに向き合っている詩である。このころは、キリストが長江の心の支えであることが推察できる。自分の病気を嘆くのではなく、何とか乗り越えていこうとする長江の姿がみえる。長江の気持ちは、山間の湖のようにしんと静まり返っている。

この年の秋、長江にとってさらに嬉しい出来事があった。大正二年十月二十二日に女児が誕生したのである。まり子と名付けたこの子が大きくなるまでは、病気に負けることはできない。長江は、そんな思いを新たにしたはずである。と同時に、自分の病気を知りながら子どもを産んでくれた妻に、大きな感謝の思いを抱いたに違いない。

先に触れたが、長江は、まり子が生まれた前日（十月二十一日）付で、妻・藤尾を入籍している。

生田春月の告白

佐藤春夫が、同居していた末弟と共に超人社を出て、牛込区（現・新宿区）矢来町に引っ越したのは、超人社に移り住んでから二年後の大正二（一九一三）年十月のことである。

生田春月が超人社を出て独立したのも、この年の晩秋のことだと思われる。新潮社の二階から降りてきた中村武羅夫が、バッタリ出会った春月から声をかけられている。

春月は、今日生田のところを出て横寺町に部屋を借りたことを話し、中村を誘った。これをきっかけに、二人は無二の親友になっていった。

彼らの前だと思われるが、同居していた尾竹紅吉も超人社を出て実家に戻っている。紅吉が実家に戻った理由を、平塚らいてうは次のように書いている。

やがて生田先生の例のご病気がいよいよ疑いないもののように思われてくると、その話をきいた紅吉の家では、御両親がそれこそ仰天され、大さわぎとなり、間もなく紅吉はもとの根岸の家へ引きあげました。(『元始、女性は太陽であった(下)』)

彼らが次々に長江のもとを逃げるように出て行ったのは、やはり長江の病気の噂が彼らの耳に入ったからだと思われる。

先の「東京日日新聞」が報じた尾竹紅吉の雑誌「番紅花」が創刊されたのは、翌大正三年三月のことであった。しかし、長江が執筆することは一度もなかった。

彼の病気を知る人は確実に増えている。文士の武林無想庵(明治十三年生)もそんな一人である。彼の養母が亡くなったのは、この年(大正二年)の三月六日のことである。このころからこの年の夏に北海道に渡るまで、彼は酒乱の日々を送っているが、乗り合わせた車の中で長江に、「君は癩病だってね」と言って抱きついて強引にキスしたのも、そんな日々のことであったと思われる。こちらには、病気になっても友情は変わらないよ、というエールが込められている。

さて、先の春月と中村武羅夫の話に戻る。二人が無二の親友になったある日、深酔いした春月から中村は次の話を聞いている。

「僕は、もう駄目だ。病気を感染させられてしまっている。あの病気は感染しても、潜伏期間が長いというから、まだ十年は大丈夫だと思う。だから十年したら死んでしまうんだ。もし、それまでにも病気の兆候が現れたら、それより早く死んでしまう。あんないやな病気になって、いつまでもぐずぐず生きてなんかいない」

嘘や冗談ではなく、神経質に暗い顔つきをして言うので、中村はギョッとした。春月は、長江が陰険で意地が悪い男だと言う。それは、自分で自分の病気をはっきり知り、感染することなども十分知っておりながら、わざわざ感染させようとしたのだという。例えば、自家の風呂に一緒に入らせて背中を流させるとか、自分の唇がふれた盃とかコップなどを人に差すとか、自分の食い残したものを食え食えと言って無理強いするのだという。何も知らないうちは、いたく感激して一緒に風呂に入って背中も流したし、長江の食べ残しも何度か食べた。だが、気のつかないうちは感激していたものの、後で誰かから長江の病気の話を聞くと、これはすべて長江の意地悪で、自分の病気を一人でも多くの人に感染させるために企んでやっているのだという。

それを聞いた中村は、

「なに、長江にそれほどの深い企みがあるものか。それは、あの病気になると神経が鈍感になって、妙に図々しくなるということだから、故意に感染させようとする企みというよりも、つまり思いやりとか、心遣いがないのだろう。それに潜伏期間だって二、三十年だということだから、十分に一仕事も二仕事もやれる間があるのだから、そう悲愴な気持ちになることはない」

と言って慰めている。

人の口に戸は立てられない、という諺がある。長江のハンセン病の噂は、人から人へと確実に広がっていった。

春月が、新潮社から詩集『霊魂の秋』を出版して大きな脚光を浴びるのは、このときから四年後の大正六年十二月のことである。

第五章　雑誌「反響」

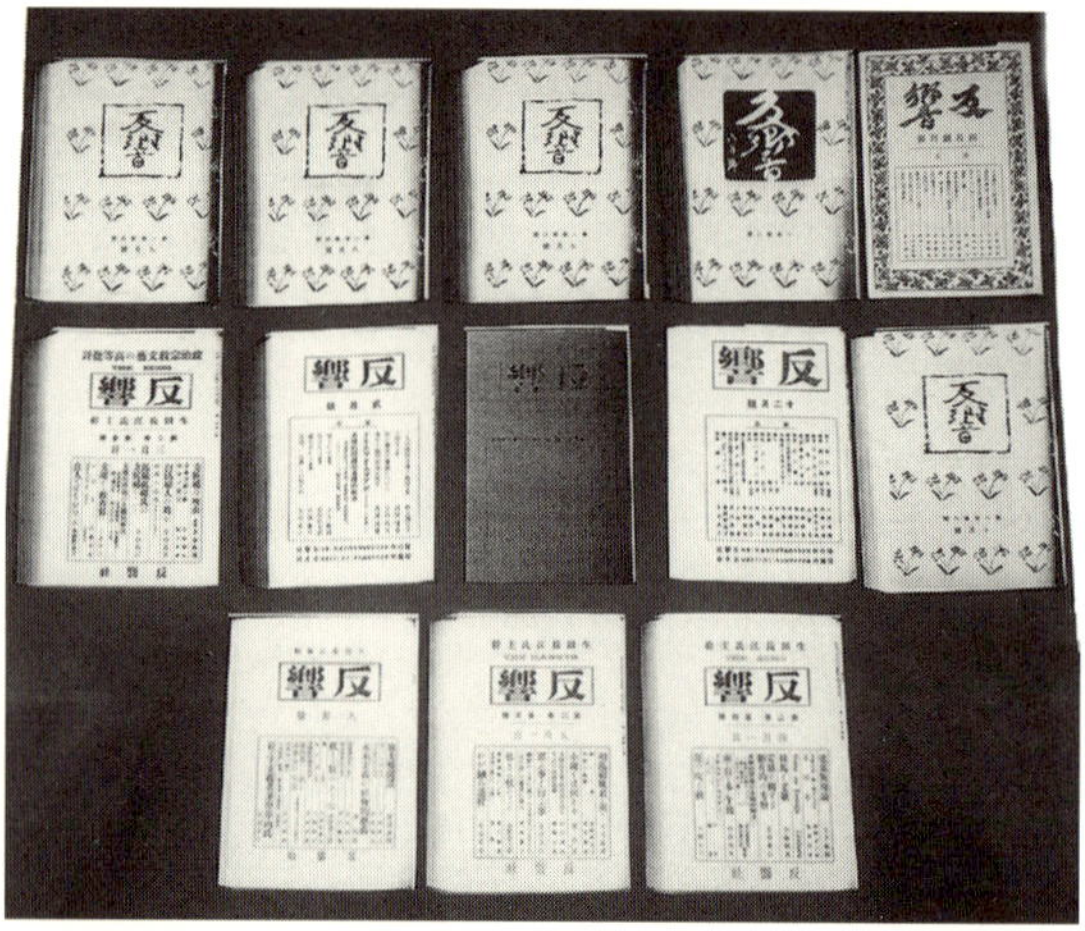

雑誌「反響」(著者撮影)

「反響」

「大正政変」といわれる、護憲派の数万の民衆が議事堂を取り巻き、桂太郎内閣が総辞職したのは、大正二（一九一三）年二月のことである。

このころ、国民の政治熱は高まり、藩閥政治から民衆政治を要求する動きが生まれている。そんな潮流のまっただ中で、わが生田長江も新たな一歩を踏み出そうとしていた。

大正三年三月十四日の夜、東京は雨だった。この夜、神田区錦町三丁目二十二番地（現・千代田区神田錦町二丁目十一番地）にあった料理店・三河屋には、気鋭の文士たちが勢揃いしていた。現在、この地には三洋安田ビルが建っている。

この日、長江と森田草平の発行する雑誌「反響」の披露晩餐会が開催されていたのである。このとき、長江は三十一歳。出席したメンバーは、津田青楓、徳田（近松）秋江、中村古峡、植竹喜四郎、小宮豊隆、岩野泡鳴、安倍能成、鈴木三重吉、岡田耕三、堺枯川（利彦）、万造寺斉、伊藤証信、沼波瓊音、和辻哲郎、阿部次郎、それに森田と長江の十七名である。いずれも招待状を出した面々で、欠席したのは漱石だけである。

メンバーの中に、社会主義者の堺利彦や無我愛運動の提唱者である僧侶の伊藤証信（明治九年生）が入っていることが興味深い。このことは、社会が新しい血を受け入れなければならないという長江のメッセージでもあろう。

スポンサーはこのメンバーの中にはいないが、愛知県碧海郡安城町（現・安城市）出身の僧侶・安藤現慶（明治十六年生）である。安藤は森田の知り合いで、彼の雑誌をやってみたいという希望を森田が長江に伝えたところ、実現したものだ。

この日、ちょっとしたハプニングがあった。食卓に着く前に、森田が山本写真館に電話をかけて八時ごろ撮りにきてくれるよう頼んだところ、六時半ごろひょっこり見知らぬ男が入ってきた。森田が生田に聞くと、二、三日前に新潮社に頼まれて自宅に写真を撮りにきた男だという。写真屋なら八時に来てくれと頼んだはずだが、と言うと、自分は六時半から七時までの間と聞いていると言う。来たものは仕方がないと思い写してもらうと、しばらくして新たな写真屋がやってきた。聞くと山本写真館から来たという。そして、一人一人厳しく注文をつけながら撮って帰っていった。このときの横二列に並んだ写真は、創刊号の巻頭に掲載されている。ただ、名前は明記されていない。

その後話題になったのは、前の写真屋はどこの回し者かということであった。このときは新潮社からだと決めてしまったが、しばらくして犯人がわかった。このときの写真が、「読売新聞」の三月二十九日の日曜付録版「文芸画報」のコーナーに掲載されたのである。犯人は、「読売新聞」であった。この写真は、食卓に全員が座っているもので、右手前が生田で、左手前が森田である。画面が不鮮明で顔を確認することはできないが、名前は全員記載されている。こんな形で掲載されたのも、彼らの行動が注目されていたからだろう。

新聞に掲載された名前と、創刊号の「消息欄」に掲載された出席者の名前が一致することから、当夜の出席者を確定することができる（現在、『日本現代文学全集46』（講談社）をはじめとして、横二列に並んだ写真が流布しているが、一部名前が間違っている。河上肇と安藤現慶の名前があるが、彼らは当夜出席していない。河上は全く関係ないし、安藤はまだ上京していなかった。また、名前が不明の何人かがいたが、このたび静岡県立中央図書館レファレンス係の協力で確定できた)。

さて、さっそく「新小説」四月号の「文界消息」欄が、〈雑誌『反響』の発刊　森田草平、生田長江二氏今四月より雑誌『反響』を発刊し文芸批評の為に尽力すべし。〉と伝えている。〈文芸批評〉のための雑誌のようだ。

創刊号が出たのは、四月十六日のことである。表紙の「反響」の文字は、漱石のものだ。弟子たちの新しい門出を喜んでいるような躍動した筆跡である。漱石は、最初は困っていたが、「東京朝日新聞」(四月十二日)に小さく広告が出ると、がぜん自信をもったという。しかし、漱石の文字を縮小したのではなく、印版屋が真似して書いたものだと草平が告げると、漱石は印版屋の仕事に感心していたという。表紙の絵は津田青楓だ。表紙に印刷された「要目」には、阿部次郎をはじめ十三人が名を連ねている。

創刊号に長江が発表した「不正直なる沈黙」は、小活字で二段組み五ページの長いものであるが、長江の強い決意が伝わってくる文章である。

　自らをより善くせむと思ふときにのみ自らを責めよ。いたづらに自らを責むるは愚なり。いたづらに悔ゆるは自らを汚すなり。醜き事なり。

　いかにとも詮方なしと言ふなかれ。これをほかにして詮方なしと言へ。

運命論は少くともこれを信ずる人々の上に真理なり。彼等はげに運命論を信ずるほどに意気地なしなるが故に、運命の手に飜弄さるゝの外なきなり。

境遇に妨げられて大なる事業を成すこと能はずと嘆ずるもの多し。それらの多くの人々に告ぐ、郷等のその境遇の拘束と戦ふも、また一の大なる事業に非ずや。初めに志されたる事業よりも、より大なる事業に非ずやと。

この文章の、〈自らを……〉や、〈運命論は……〉の箇所を読むと、因果応報の報いだと思い込み、自分の人生を諦めてしまっている病者たちへのメッセージのように思えてならない。
また次の〈境遇に……〉の箇所は、病気になっても自分は負けない、と世間に宣言しているようである。そして最後を次の文章で結んでいる。

作家にして論争にたづさわるを宜しからずとするものは、文壇の悪常識の最も排斥し去るべき一なり。

作家にして論争にたづさわるは、大抵の場合作家の為めに有利なる結果をもたらさず。利害の打算よりすれば言ひたき事をも、言ふべき事をも言はざるをよしとせむ。たゞこれのみ。利害の打算をほかにして、自己の表白の衝動に忠実なるは、芸術家の人格に何の累するところぞや。

この雑誌の創刊は、やはり当時の文壇に欠乏している批評を加えたいという長江の試みでもあることがよくわかる。彼の目からは、身辺雑事にしか興味をもたない文壇の大家たちが、文学という固い殻に閉じ籠っているようにみえたことだろう。

「反響」創刊号の巻末の「消息」欄に長江が、〈次号には一体に変つた顔触れの人々をも加へたいと思つてゐる。知名の女流作家四五人の方にもお願ひして置いてある。〉と書いているように、翌々月発売の第四月号には、「青鞜」の岩野清子、生田花世、森田草平の弟子の素木しづが健筆をふるっている。

この第四月号の巻末の「編輯ののち」に、〈「反響」も次ぎの七月号から保証金を積むことにいたしました。「早稲田文学」の広告にならつて言へば、一千金と云ふ大金を納めるわけなのです。これからは私共の言論が、政治上の時事問題に亘つても、単にその廉を以て御咎めを受けるやうなことはないさうです。〉とある。

今と違って、当時は言論規制があり、雑誌で時事問題を論じるには、保証金を積まなければならなかった。これは、明治四十二（一九〇九）年に公布された「新聞紙法」が雑誌にも適用されていたからである。

翌大正四年、長江はこの雑誌を舞台に政治的な動きをみせて、世間をあっと言わせているが、この時点で構想はできていたのかもしれない。このことは後述する。

またこの号の編集兼発行人が、生田清平（春月）となっているのも興味深い。長江が、春月を育てようとしていたことの現れではなかろうか。しかし、この号は森田草平の小説「下画」のために発禁処分を受けてしまった。そのため、長江は編集兼発行人の責任の大きさを痛感したのであろう、翌七月号から自分の名前に戻している。

さて、このころ長江は、「反響」の発行のみに専念していたわけではないようだ。友人の中村古峡と青年学芸社を興し、自身の翻訳（大正三年七月、『死の勝利』、八月、『カルメン』、『イリアッド』、十月『ファウスト第一部』、『ファウスト第二部』）と、古峡の何冊かの翻訳を出版している。

また「新小説」大正三年九月号の「時報」欄に、〈文芸通信社　馬場孤蝶、生田長江、尾木徳太郎、安成貞雄、堀清三郎等に由り設立されたる文芸通信社は、本郷浅嘉町六四に本社を置く〉とある。「文芸通信社」の詳細はわからないが、新たな挑戦を始めたようだ。

島村民蔵（明治二十一年生）が、坪内逍遥や森鷗外を顧問にして設立した大日本文学会が大正三年十月より「文章講義録」を発行して詩歌文章の通信教育を開始している。その広告が「新文学」（九月号）に見開き二ページにわたって掲載され、講師として三十名近くが名を連ねているが、ここでも長江は、「西洋文学講話」の講師として参加している。なおこの通信教育がいつまで続いたかは不明であるが、「新文学」大正六年十二月号に掲載された広告にも長江は名を連ねていた。

続いて十一月には、明治から大正初期文学の古典的名作を編纂した新潮社の「代表的名作選集」全四十四編の第一編、国木田独歩の『牛肉と馬鈴薯　外数篇』が刊行されているが、長江は、島村抱月、中沢臨川、相馬御風とともにこの編纂者となっている。ちなみに第二編は漱石の『坊ちゃん』、第三編は田山花袋の『蒲団』、第四編が北村透谷の『透谷選集』、第五、六編が島崎藤村の『春』（上下）である。第七編に、高山樗牛と樋口一葉が抱き合わせで入っているが、これは長江の意向が反映されたものだと思われる。『新潮社九十年図書総目録』によると、最初の数編を刊行するまでは故障百出で、一時は中断もやむないかと見られたが、次第に声価が高まり、大正九年十月の時点で総発行数百五十万部、増刷五十版以上を重ねたものが二十七編に及ぶという。

大正十五年に刊行された第四十四編は宇野浩二『苦の世界』であるが、彼はまだ大正三年の時点では文壇に出ていない。そんなわけで、選者の仕事は長く続いたと思われる。気鋭の文芸評論家の大東和重氏は、その著書『文学誕生』（講談社）の中で、〈現在イメージされる明治文学の主要作家は、円本が出版される以前、ここで地位を定めたといっていいだろう。〉と指摘している。

ちなみに、日本がドイツに宣戦布告して第一次世界大戦に参加するのは、この年（大正三年）の八月のことである。

再び「反響」の話に戻る。はじめは長江と森田の二人が責任を担っていたが、同年十二月号から森田が抜け、長江一人でやることが十二月の「編集ののち」に記されている。スポンサーの安藤現慶と長江はこの雑誌で初めて出会ったが、何号か出してお互いに気心が知れてきたので、これならいいだろうと森田が身を引いたのだ。また、この号から発売元が植竹書院から日月社に替わっている。日月社は、安藤現慶が独立経営する出版社だ。そして、「反響」の経済上の責任等一切の負担は長江が負うようになったようだ。

翌大正四年一月二十八日の「読売新聞」に安倍能成（明治十六年生）が「書斎と街頭と（上）」を発表した。社会と個人との関係を考えるとき、〈我々は社会に忠実に国家に忠実なるか否かを考ふる前に、先づ自己に忠実であるか否やを考へなければならぬ。自己の問題は先である。中心である。〉という趣旨の論考である。

これを読んだ長江は、「反響」二月号に「所謂一大事とは何ぞや——安倍能成君の『書斎と街頭と』に対して」を発表して反論している。長江の趣旨は、自己と社会を切り離してはいけない。〈自分をより善くすることによつてのみ、社会をより善くすることが出来、社会をより善くすることによつてくのみ、自分をより善くすることが出来る。〉というものだ。この論争は、この後「読売新聞」に舞台を移して続けられているが、結局は平行線で終わっている。

後に長江は、〈この私の標語の、特に後半を強調することによつて、当時の近代的個人主義思想自我思想の流弊を防がうとした。〉（「ルンペンの徹底的革命性」）と書いている。

この号の「反響」の広告が、二月十三日の「東京朝日新聞」に出たが、一番上に〈主幹生田長江氏〉と横組で入れている。長江の意気ごみが伝わってくるようだ。

翌三月号の「反響」に、長江の「馬場孤蝶氏の立候補について」と、馬場勝弥（孤蝶）の「立候補の理由」が掲載されている。

大正四年の三月二十五日に実施される第十二回衆議院議員選挙に、馬場孤蝶が出るのである。先に触れた、長江が仕かけた世間をあっと言わせた政治的な動きというのは、このことである。

長江の「馬場孤蝶氏の立候補に就いて」の冒頭の箇所を紹介しよう。

すべての人が、初めは青年であり素人である。青年が大人となり素人が黒人《くろうと》となるとき、青年で出来ない仕事をし、素人で出来ない芸当をして見せる。

しかしながら、大人はその内に老いぼれて役に立たなくなる。黒人は黒人になり過ぎて、屢々引き返しがたき邪路へ入り込んでしまふ。そのとき新しき青年があとから来て老人に代り、新しき素人が横合から飛び出して来て黒人を逐ひ斥けねばならぬ。

長江の文章を読んでいると、次第に胸が高鳴ってくる。次に孤蝶の「立候補の理由」に目を移してみよう。

現行の我国法では、我国民の総数の二分五厘、即ち、六千万人中の僅に百五十万人が、参政権を持つて居るに過ぎ無い。此の如き現状では、国民の大多数は、国政に対し何等の責任をも負はせられ無いが為めに、国民中の各個人は、自尊心を増促さるゝことが無い。此の如く、我国の代議士選挙の法は、国民の一般的活動に対しては、寧ろ障碍となつて居る。

当時の選挙権は、直接税十円の納税資格があり、一般の文士たちはほとんど選挙資格をもたなかった。孤蝶は、一部の人の支持しか得ていない人に政治を任せるのではなく、国民の総意に基づく人に任せるべきだと主張している。また、わが国ではほとんど人として取り扱われていない女子にも、ある制限の下に参政権を与えることも要求している。その他、陸軍の軍備の縮小や兵役年限の縮小、定期刊行物における言論規制の撤廃など、今からみれば当たり前のことを力説している。

孤蝶に出馬を進言したのは、もちろん長江である。この年の一月三日の「読売新聞」が、詳細を伝えている。ある日、長江がやってきて孤蝶に衆議院選挙に立候補する気はないか、自分が参謀長になって活動する、五票でも十票でも取れればいいではないかと言う。孤蝶が、四年後なら二千円や三千円の選挙資金ができる当てがあるが、と答えると、長江は、資金は自分たちが何とかするから孤蝶は演説さえやってくれればいいと言って帰っていった（「変つた候補者一　色気たつぷりな馬場孤蝶氏」）。

その気になった孤蝶は、手紙で堺利彦に相談した。それを知った堺は、売文社の高畠素之と小原慎三とを伴って孤蝶を訪れ、話を聞いて、「万朝報」（一月二十三日付）に〈衆議院議員候補に推薦す／

た。

孤蝶馬場勝弥君／東京社会主義者有志〉の広告を出した。これを契機に次第に孤蝶を推す声が高まっ

長江に資金の調達のメドがついたことは、二月十一日の「読売新聞」が伝えている。〈馬場孤蝶君の出馬は運動費調達の出来不出来によつて決せらるゝ事となつて居たが愈出来たと見えて九日調達委員長生田長江君の名を以て来る十二日午後二時より戦評定を開く、「馬場家の興廃この一挙に在り、必ず来り会す可きもの也」と云ふ命令が孤蝶門下の緒生に飛んださうだ。〉（「隣の噂」）

そして二月十二日の模様は、十四日の同紙「孤蝶君戦評定」が伝えている。この日、孤蝶宅に集まったのは、長江と与謝野寛と森田草平に安成貞雄（明治十八年生）の面々。安成が運動方針を説明しはじめたとき、「平民新聞」の大杉栄と荒畑寒村が傍聴にやってきた。この日、孤蝶の出馬が正式に決まった。そんなわけで、孤蝶の支持母体は、長江率いる反響社の面々と社会主義者たちである。

運動の詳細は、同二月号の「編輯ののち」で長江が触れている。

本号巻頭の拙稿に於て述べたやうな理由から、馬場孤蝶先生を代議士候補者に推すことになつた。それがいよいよやると決定したのは十日頃のことで、それから新聞で御承知の通り『現代文集』を主にして運動費を調達するやら、神田の仲猿楽町へ馬場孤蝶氏後援会事務所を置くやら、二十二日に青年会館で先生の政見発表演説会をやるやら、何やらかやら、さなきだに忙しい身体を、三つあつても四つあつても足りないほど忙しくされた。

先生の政見は夏目漱石先生はじめ二十人ばかりの方の御名前を列ねた推薦状と共に、『反響』号外として印刷し、有権者全部並びに知名の人々へ配布することになつてゐる。

僕達の選挙運動が新聞屋さんから滑稽視されてゐるのはあの通りだ。自然主義をすっかり出歯亀のシノニムにしてしまったほどの新聞屋さんから、僕達の運動が滑稽視されたところで、別に驚きはしない。只だ事実の報道を正直にやって貰へないことだけは少々閉口する。

神田区仲猿楽町の三国館の事務所には、孤蝶の門人の安成貞雄と、安成の友人の和気律次郎（明治二十一年生）が寝泊まりして応対している。毎日、誰や彼が訪れ、事務所はまるでお祭り騒ぎのようである。三月一日には、与謝野晶子が風月堂の栗饅頭を一折持って訪れている。

政見発表演説会は、先に長江が書いていたように、二月二十二日と三月十三日に神田の青年会館で行われた。初回は入りが悪いので、あわてて六時にサンドイッチマンを出して宣伝している。聴衆は百九十人。ほとんどが選挙権をもたない学生だったようだ。十銭を徴収する演説会はあちこちで話題になっている。三月十三日の演説会は、大雪のため、七十八人しか集まらなかったようだ。この後、三月二十四日の午後六時より最後の演説会があることを当日の「読売新聞」の「よみうり抄」は伝えている。

長江が書いている通り、彼等は、選挙資金を知人たちから原稿の寄付を受けて文集にし、その収益で賄おうと考えた。このとき、八十一名の作品が集まり、『孤蝶馬場勝弥氏立候補後援　現代文集』ができている。出版社は、野依秀市の実業之世界社。千百二十七ページの大作が一冊一円九十銭。発行日は三月十二日。作品を寄せてくれたメンバーは、次の通りである。

第一部、夏目漱石、北原白秋、正宗白鳥、昇曙夢、大町桂月、長田秀雄、長田幹彦、平田禿木、青柳有美、岡本綺堂、鈴木三重吉、岡田八千代、小宮豊隆、中沢臨川、よさの・ひろし、与謝野晶子、蒲原有明、高安月郊、成瀬無極、秋田雨雀、和田垣謙三、野口米次郎、高須芳次郎、野上臼川、野上弥生子、前田晁、若月紫蘭、柴田勝衛、戸張孤雁、小野賢一郎、栗原古城、田中貢太郎、沼波瓊音、佐藤春夫、石井柏亭、広瀬哲士、小川未明、茅野蕭々、長谷川天渓、西村渚山、加能作次郎、阿部幹三、川合貞一、内田魯庵、野依秀市、西本翠陰、松居駿河町人。

第二部、上司小剣、仲田勝之助、小山内薫、中村星湖、生方敏郎、佐藤緑葉、相馬御風、福永挽歌、伊原青々園、長谷川時雨、安成二郎、吉井勇、久保田万太郎、森田草平、仲木貞一、森下岩太郎、奥川夢郎、田中萃一郎、中村古峡、堺利彦、守田有秋、（平塚）らいてう、長尾素枝、田山花袋、徳永保之助、伊藤野枝、徳田秋声、田村俊子、（角田）浩々歌客、真山青果、片上伸、生田長江、和気律次郎、安成貞雄。

二部に分かれているのは、急ぐために一度に二つの印刷所で印刷したからである。漱石、白秋、正宗白鳥と続く名前を眺めていると、鎧兜に身を包んだ文士たちが、これから戦いに挑むために整列しているようにも見える。これらの人々は、漱石を大将とする門下生、与謝野夫妻を大将とする新詩社の人たち、らいてうを大将とする青鞜社の人たち、堺利彦を大将とする社会主義者の面々。その総大将として長江が君臨しているようにも見える。

ただ、推薦や作品提供の依頼を受けた文士のすべてが受諾したわけではない。それぞれ理由は違うが、鷗外や永井荷風や泉鏡花は断っているし、相馬御風と小宮豊隆は、作品提供はしているが推薦は断っている。

ちなみに漱石の寄付した作品は、前年に学習院で講演した「私の個人主義」であった。

これは、『大正デモクラシーの群像』の著者の松尾尊兊氏も同書に収録した「夏目漱石」で指摘していたが、漱石は大正三年九月四日付の津田青楓宛の手紙で、彼に「旅順の日記」を「反響」か「ほととぎす」に載せることを勧めている。「反響」は、長江が主導権をもっていることは、漱石も承知していたはずである。これは、漱石が長江を見直しはじめたとみていいのではなかろうか。

長江は、先に漱石が「東京朝日新聞」の文芸欄に長江の作品を掲載拒否した後も、媚びることなく毅然した態度で応対している。明治四十三（一九一〇）年の暮れには、漱石の入院先の長与胃腸病院を見舞いに訪れていた。このころ、漱石は長江の大きさに初めて気づいたのではないか。また漱石は、長江の漱石論を読んで不快感を抱いていたが、作家は、自分自身をも客観的にみる目をもっている。私は、漱石の内なる作家の目が、彼自身を変えたと思う。このころの漱石は、長江の活躍を眩しく見ていたはずである。「読売新聞」（二月十七日）には、〈夏目漱石君は従来一回も選挙に投票しないと云ふので有名だが、今度は馬場孤蝶君が立つたので仕方なく法律を破る事にしたやうだ〉（「隣の噂」）とある。記事の真偽は確かめる術はないが、漱石が協力したことだけは間違いがない。

孤蝶の選挙結果は、二十三票で最下位から二番目という惨めなものであったが、本来の目的である有権者でない人々の意識を大きく変えたことは間違いがない。

長江は、選挙結果が出た直後に発行された「月刊ローマ字世界」（四月号）の「近頃の感想」で、選挙の応援をした意味を明快に語っている。まず安倍能成との論争に触れた後、次のように述べている。

自分をより良くすることによってのみ社会をより良くすることが出来るということは、昔ならいざしらず今日ではコモンセンスもよほど黴の生えかかった考えである。こんなことを今頃叫びたてるのは、少々時候後れの気味がある。ところが、後の半分は実に忘れられた一大事で、これこそ大いに説かねばならない！　私が選挙運動に関わり馬場先生を助けるのも実にこの信念を実際に行おうとするのに他ならない。（原文ローマ字）

さて「反響」四月号の「巻末に一言」の欄に、三月の長江の行動が記されているが、一週間ほど広島へ出かけ、帰京後に京都で衆議院議員選挙に立候補した与謝野寛の応援演説をするために京都にも出かけている。結果は、与謝野も九十九票で落選した。馬場孤蝶の選挙応援もあったし、このころ、長江はかなりハードなスケジュールをこなしていたようだ。これらの行動は、「読売新聞」の「よみうり抄」でも逐一報告されている。

「反響」は、大正四年五月号から九月号まで飛んでいる。資金難のせいかもしれない。

ところで、長江本人及び研究者の作成した年譜のどこにも記されていないことだが、このころ長江は、引っ越しをしている。六月二十五日の「読売新聞」の「よみうり抄」が、〈生田長江氏の新居は巣鴨宮下一六四六なりと〉と触れていた。ただ、引っ越した時期は、もう少し早かったようだ。仲がよかった文士の岩野泡鳴の日記を見ると、大正四年四月二十九日に、〈生田（長）氏細君と共に来訪。〉（『岩野泡鳴全集　第14巻』）とある。当時岩野は、〈府下巣鴨村字宮仲二五一七番地〉に住んでいたが、引っ越し先を訪れた二人は、ついでに岩野を訪ねたのであろう。岩野の同年六月一日の日記に、〈生田（弘）氏より転居の通知。〉とあるので、五月末には引っ越したようだ。

同居していた佐藤春夫たちが出て行って反響社（超人社を改名）の家賃が負担になってきたので、

安いところに引っ越したようだ。引っ越し先の住所は、現在「南大塚一丁目二十一番、二十二番、四十六番付近（本命二十二番）」となっている。

山手線の大塚駅で下車して南口に出ると、地方都市のような東京が姿を現した。目の前に真っ直ぐ伸びている道路と、その道路を挟んで両手を広げたような二本の、あわせて三本の道路が目に入った。それらの道路に沿ってたくさんのビルや商店が林立している。

この左の道路を四百メートルほど歩いた所の信号を左折し、細い路地を二百メートルほど歩くと、ゴチャゴチャした住宅街の、あるブロック塀に、〈南大塚一丁目22〉の表示があった。長江は、この辺りで暮らし始めたのだ。

その後、堺利彦が発行している「へちまの花」（第十八号・大正四年七月号）の「消息」欄にも〈生田弘治君　転居、府下巣鴨町字宮下一六四六、電車は大塚辻町で下りて右へ入、三四丁ばかり、ヨロヅや酒店で御尋ね下さい〉とあるのにも気づいた。

なぜ長江はこの地に来たのか。長江も関わっていた文士たちの講座を開催していた自由講座の事務所が、〈府下巣鴨一六九三〉（「青鞜」大正三年十月号広告）に替わっていた。一時、この関係者を頼って移転したのだろうか。

さて、「反響」九月号は発行所が東京堂に替わって発行されたが、この号が発禁処分となり、幕を閉じている。「新小説」十月号の「文界消息」には、《『反響』の発売禁止　同誌九月号は風俗壊乱の廉により発売を禁止せられた。》とある。「反響」は、創刊当初から「東京朝日新聞」に広告を出していたが、大正四年三月号を最後に広告の掲載が見られない。そんなわけで、資金的に行き詰まってしまったのだろうか。

「反響」には、さまざまな人々が登場する。京大時代の菊池寛が草田杜太郎の筆名で二度戯曲を発表している。佐藤春夫、生田春月、堀口大学、奥栄一等の長江の門人、「青鞜」からは、先にふれた岩野清子、生田花世の他、伊藤野枝、加藤みどり、原阿佐緒、三ケ島《みかしま》葭子《よしこ》、富本一枝（尾竹紅吉）、野上弥生子、原田琴子、茅野雅子たち。与謝野寛、晶子夫妻。また久米正雄、江口渙、豊島与志雄、室生犀星、中川一政、川路柳虹、生方敏郎など、その後に活躍する人たちが名前を連ねている。長江は、千駄木時代に加藤朝鳥・みどり夫妻の仲人をしていたが、妻のみどりばかりでなく、夫の朝鳥や新宮で出会った牧師・沖野岩三郎にも誌面を提供している。また、芥川賞作家の西村賢太氏が師と仰ぐ藤澤清造も一度書いている。長江の周りに集まってくる人たちは、まことに多彩である。

森川町一丁目牛屋横丁一七八号

長江がまた引っ越しをした。今度は、東大正門近くの本郷区森川町一丁目牛屋横丁一七八号（現・文京区本郷六丁目五番九号）である。

東大正門を背にして立ち、少し両手を広げてみる。その左手の先の路地は、昔、牛屋横丁と呼ばれていた。近くに住む何人かに聞いたが、もう「牛屋横丁」を知っている人は誰もいなかった。

後に登場する金田一春彦が、〈東大正門のすじ向こうに煎餅屋があった。そこの角を入った横丁を牛屋横丁といい〉（『わが青春の記』）と書き残している。近くの鯨井表装店の大正生まれのご隠居さんが、路地の入口右手に「蛇の目」という煎餅屋さんがあったと教えてくれ、この露地だと確認することができた。

路地の左手は本郷郵便局である。少し入ると、右手に「森川町会」の掲示板があった。さらにもう少し歩くと、左手に何軒かの木造の家屋が続いていた。この付近に、長江が引っ越した家はあった。

今まで、いつ長江がこの地に来たのかを特定したものはなかったが、大正四（一九一五）年十月三十日の「読売新聞」の「よみうり抄」欄が、〈生田長江氏は本郷区森川町一中屋横百七十八号へ移転したり〉と、触れていた。また、前出の岩野泡鳴の日記の同年十月三十日にも、〈生田（長）氏より転居の通知〉とあるので、十月末までには引っ越してきたことがわかる。

三軒隣に東大卒でフランス文学者の太宰施門（明治二十二年生）の家があるが、単なる偶然であろうか。また近くに徳田秋声（明治四年生）の家（現・本郷六丁目六番九号）もあるが、彼に誘われたのかどうかはわからない。

ただこのころ、長江夫妻は大変な思いをしていたはずである。というのは、十月十五日の「読売新聞」の「よみうり抄」には、〈生田長江氏夫人は腹膜炎にて自宅療養中なり〉とあり、同月二十七日の同欄は、〈生田長江氏夫人は両三日前より某病院に入院治療中〉と伝えているからである。しかし、次第に快復したようだ。十二月一日の同紙同欄に〈尚ほ夫人は肋膜炎を併発したるも此程全快したり〉とある。腹膜炎の後、肋膜炎も病んだようだ。

長江は、雑誌発行に未練があったようで、「新小説」十二月号の「文界消息」欄が、〈生田長江氏は近く雑誌「熱想」を創刊する。〉と伝えているが、実現することはなかった。

このころ、長江は大きな仕事に挑みはじめたようだ。

大正四年（三十四歳）／「反響」廃刊の後、まもなく『ニイチェ全集』訳出の計画を立てる。（「改造社年譜」）

長江は、わが国では誰も成し遂げたことのない『ニーチェ全集』の翻訳に挑みはじめている。

ただ長江は、計画を立てた時期を〈「反響」廃刊の後〉としているが、大正四年五月一日発行の「反響」の「編輯ののち」に、〈今月中旬からニイチェ全集の翻訳にとりかかつてゐます。〉と書いているので、大正四年の四月中旬から取りかかっていたことがわかる。「大正五年年譜」には、大正四年の最後に、

目下新潮社より出づべき「ニイチェ全集」一万枚の飜訳に着手中、既に二千枚を脱稿せり。（大正五年年譜）

とあるので、かなりのハイスピードで進んでいるようだ。長江は、より高い山をめざすアルピニストのようだ。

また長江は、平行して天理教の教祖・中山みき（寛政十年〜明治二十年）の伝記小説にも挑戦していたようだ。中山は〈天理教教祖。奈良県の地主の主婦で、家庭生活の不幸の中で、神がかりして親神天理王命の信仰を説いた。明治政府による十数回の投獄にもかかわらず、教勢は大いに発展〉（『広辞苑』第六版）とある。中山は、信仰に導かれて不撓不屈の人生を生きた人である。最後には、信仰が法律にも政治支配にも優越することを教えたというが、その存在が長江を引きつけていたようだ。

さて、長江が中山の伝記小説に挑戦していたということは、大正四年八月二十一日の「読売新聞」の「よみうり抄」が、〈生田長江氏は米倉書店より出づべき中山おみきに関する氏の処女作を執筆す

べく近々奈良に赴く由〉と触れていたことから明らかである。実際取材に出かけたのは、妻の病気が全快した年末のことであったようだ。同年十二月一日の同紙同欄が、〈生田長江氏は月末より年始にかけて大和に赴く由〉と触れている。そして帰京したのは、翌大正五年一月二十三日の同紙同欄が〈生田長江氏　奈良に赴き氏は十三日帰京以来某大学図書館に通い居れり〉と、伝えていた。

長江の小説が、米倉書店から出ることは間違いがないようだ。大正四年十一月に同書店から刊行された岩野清子著『愛の争闘』の巻末に掲載された同社の近刊予告の中に、〈生田長江氏著（氏の処女作）／中山ミキ子伝　全一冊　凡七百頁　目下印刷中〉とあるからだ。しかし、出版された形跡はない。「日本及び日本人」（大正五年二月十一日）の「文芸雑事」欄が、長江が天理教祖の中山の取材に近内地方に自費で乗り込んでみると、同地方の教徒は長江を危険視して口を塞ぎ、あまり成果がなかったことを伝えている。そんなわけで、挫折してしまったようだ。

話は変わるが吉野作造（明治十一年生）が、「中央公論」に「憲政の本義を説いて其有終の美を済すの途を論ず」を発表して民本主義を提唱し、思想界に大きな波紋を投げかけたのは、翌大正五年の一月のことである。

芥川龍之介、久米正雄、菊池寛、松岡譲、成瀬正一らの第四次「新思潮」の創刊号が出たのは、翌三月のことである。

この中で、最初に頭角を現すのは、芥川龍之介（明治二十五年生）である。創刊号に発表した「鼻」が漱石の賞賛を受けてジャーナリズムの注目を浴び、次々と作品を発表して、翌大正六年の五月には処女短編集『羅生門』（阿蘭陀書房）を刊行し、大正文学の旗手となっている。他の同人も次々と文壇に登場している。後に長江自身が記しているが、この芥川龍之介も長江に原稿を送って指導を受けたことがあったようだ。このことは、後述する。

伊福部隆輝が述べている。


ある日、一足先に文壇に出た久米正雄が菊池寛を連れて先生を訪ねて来たそうです。久米が、『生田さん、菊池の奴、腐っているのですよ。元気をつけてやって下さい』と頼むと、あの後には文壇の誰に対しても傲岸不遜だった菊池寛が、『僕は、文学が好きですから味わっていればいいんです。文壇なんかに出なくても』と誠に殊勝な青年であったと私は先生から聞いたことがあります。

（伊福部隆輝「青春修羅記」）


菊池寛の孫の菊池夏樹氏（昭和二十一年生）が『菊池寛急逝の夜』（白水社）に書いていたが、菊池寛が、漱石の門下生であった芥川龍之介と久米正雄（明治二十四年生）に連れられて早稲田南町にあった漱石邸を初めて訪ねたとき、あとで漱石が「あいつの顔は、シャーク（鮫）だね。壁にぶつかったシャークの顔だ」と言ったという。

どうも漱石は美青年好みのようである。芥川も久米も後年の顔からは想像もできないが、当時は大変な美青年であった。そういえば、漱石は先に長江を排斥して森田を自分にぐっと引き寄せていたが、森田も当時は美青年であった。漱石は、長江・森田の時と同様、今回も彼らの友情を引き裂き、お気に入りの二人をぐっと自分に引き寄せているように思えてならない。

これでは菊池が漱石の推薦を受けるのは無理だ。そんなわけで、久米はそういう差別をしない長江を頼ったのであろう。

先に触れたが、「青鞜」が幕を降ろしたのもこの年（大正五年）の二月である。らいてうから「青鞜」を譲り受けた伊藤野枝が、辻潤（明治十七年生）から無政府主義者の大杉栄のもとに走ったためであった。

このころの長江の周辺は賑やかである。大正五年の二月四日には、著作家相互の団結と親和を目的とした著作家協会の発起人会が万世橋駅楼上のミカドで開催されているが、長江も設立に尽力している。

同年四月には、生方敏郎が中心となり、長江、森田草平、武林無想庵が協力して日本文芸協会が設立され、中央文壇と地方の文学愛好家を結びつける雑誌「文芸雑誌」が植竹書店の応援で発行された。二号で植竹書院とトラブルが生じ告訴騒動が持ち上がるが、すぐに和解している。この雑誌は大正六年四月まで刊行されたが、ここでも長江は活躍している。

大正五年（三十五歳）／（中略）四月中旬、妻子同伴にて十日間ばかり京阪地方に遊ぶ。（「改造社年譜」）

この年の春、長江は家庭サービスをしている。妻の藤尾が病気がちなので、気分転換を図ろうとしたのかもしれない。四月十九日の「読売新聞」の「よみうり抄」が、〈生田長江氏は昨日奈良へ赴けり〉と触れていた。四月十八日に出発したようだ。

このころ、新詩社同人の茅野蕭々（明治十六年生）は、三高の独語科講師として京都に赴任していたが、彼のもとも訪れたようだ。茅野の次女の多緒子と長江の長女まり子が同級で懇意にしていた。

茅野の妻の雅子（明治十三年生）が、藤尾から「何しろ危険状態が一ヶ月も続いてゐたのですから。」（「銀杏の葉」）という話を聞いている。やはり病気快復のお祝いの旅行でもあったようだ。京都に住む上田敏を訪ねた可能性もある。

「読売新聞」（五月二日）の「よみうり抄」が、〈生田長江氏は去月二十八日夜奈良より帰京せり〉と触れている。

長江の長兄の三男・幸喜（明治三十三年三月二十八日生）が、長江のもとに身を寄せたのも、この年の春のことであった。幸喜は次のように書いている。

私は十六歳の春から叔父と叔母（中略）の下に成長し教育せられた。そして昭和十一年叔父の死に至る殆んど二十余年の間生活を共にした。（中略）私の長兄、次兄、次弟、従兄妹等総て小学校卒業と共に叔父に寄食した。（「叔父と私」）

長兄には、かつよ、泰蔵、章美、幸喜、雄吉、亮輔の六人の子どもがいる。このうち、男の子の四人が寄食したようだ。また、姉くまが嫁いだ高橋亀太郎との間に、広寿、政二郎、要三郎、美乃、清の五人の子どもがいるが、彼等も世話になったようだ。長江は、年譜のどこにも書いていないが、こんなに大勢の甥や姪の面倒を見ていたのである。泰蔵は専修大学経済学部を、また幸喜は慶應義塾大学医学部を卒業したことはわかっているが、他の甥たちも最高学府を出ている可能性が高い。

彼等への長江の躾は、自由放任主義であったようであるが、言うべきことはきちんと言っている。後に出版社に勤めた章美は、「父からは叱られた憶もありませんが、叔父からは随分叱られました。

子供の頃ですが、字の読み方を聞くと、『人から聞いた言葉と云うものは直に忘れてしまうものだ』と云って自分で辞書を引く様に云われました」(「生田長江」「学苑」昭和三十年二月号)と言っている。

また前出の幸喜は、次のように書いている。

大学生としての私は怠惰その物で碌に学校にも行かず大抵家でゴロゴロしてゐたがそれに就ては知らん顔をしてゐた。自然私は自分の怠惰をジャスティファイする為めに学校をサボル理由として慶應大学なぞつまらぬと言ひ図に乗つて学校の創設者たる福澤諭吉も亦大したものではない、と言つた時、「お黙りなさい。貴方(此の第二人称敬語が出たら絶対容赦はしないぞといふ前触れである)の様な嘴の黄色い子供に福澤諭吉の事など言ふ資格はありません。あの人は偉い人です。何か言ひ度い事があつたらもつと年を取つて福澤先生の書かれた物の少しも読んでからにしなさい」。この事件があつてから可成りの年月が経つてからであらう。私に対する「福澤」学の手ほどきが始つたやうである。以上のやうな訓戒を与へたあと忘れる迄待つ必要も教育家を以つて自負してゐた叔父のやり方であるが福澤先生が舌禍から如何に巧みに身を守つたかに始つて「瘦我慢の説」に至り勝海舟に対する態度に対する賛意等々に至つた。(「叔父と私」)

長江の肩には、彼等の扶養がずっしりと重くのしかかっていた。逆に言うと、彼等を一人前にしなければならないという使命感が、彼を支える原動力の一つになっていたのだろう。

啄木の友人の金田一京助の一家がこの地に引っ越してきたのは、大正五年の七月のことである。京助の息子の春彦が、後年次のように書いている。

この牛屋横丁も、ちょっとした学者町で、私の家の一軒おいた左隣に、フランス文学の太宰施門氏の家があった。(中略) またその三軒先には、文芸評論家として、またニーチェの『ツァラトゥストラ』などの翻訳家として、名のあった生田長江氏の家があった。生田氏の家には奥さんはおらず、私と同じ年のお嬢さんとお手伝いさんが一人いた。頭のいい子どもで、小学校の一年生のころ、百人一首を全部そらんじていると言って、私の父は感心していた。

なぜか私の母は私が生田家へ遊びに行くことをさしとめた。一度生田さんの家の書斎に踏み込もうとしたら、顔が見えないような、大きな黒い眼鏡を掛けた人が、向こうむきに座っており、私は怖くなって逃げ帰って来たことがあった。(『わが青春の記』)

この回想に〈奥さんはおらず〉とあったが、金田一一家が越して来たころは健在であった。病気がちでほとんど外出しなかったため、目に留まらなかったのではなかろうか。また、〈なぜか私の母は私が生田家へ遊びに行くことをさしとめた〉の箇所を目にすると、春彦の母の静江の耳には、長江の病気の噂が入っていたのかもしれない。

この大正五年は、長江の評論活動が最も注目された年でもあった。「太陽」四月号に阿部次郎が、個人と社会の関係に触れた「二つの道」を発表すると、長江は「新小説」五月号に「阿部次郎君に与ふる書」を発表して安倍能成との論争時の持論をくりかえし、十一月には彼の代表作として紹介されることの多い、人道主義を旗印にのしてきた白樺派を攻撃した「自然主義前波の跳梁」を「新小説」に発表している。

武者小路たちが「白樺」を創刊したのは、先に触れたが明治四十三（一九一〇）年四月。武者小路は漱石に認められ、大正三年には、彼の推薦で「東京朝日新聞」に小説「死」を連載している。文壇の主流になりつつあった彼らに長江が浴びせた衝撃は大きかった。

「お目出度き人」の作者武者小路実篤氏を中心人物とする所謂白樺派の文芸及び思潮は、何等の皮肉でもなく、固よりまた何等の漫罵でもなく、思ひ切ってオメデタイものである。

　彼等のオメデタサは、彼等が近代の所謂自然主義思潮を一度もくゞつて来てゐないことを証拠立てゝゐる。彼等は自然主義思潮の洗礼を受けて来てゐないのである。彼等の一団に一の便利なる名称を与へれば彼等は自然主義前派である。（中略）

　兎もあれ、自然主義前派は自然主義運動によって一応の元服をすました我が文壇及び思想界の、正当の相続人たるべきものでない。文壇及び思想界の本流らしく見えるところへ近づかしめて置くさへも大なる災厄である。

長江の論考は、カミソリの刃先のように切れ味が鋭い。と同時に、良質のユーモアも含まれている。
武者小路も、「生田長江氏に戦を宣せられて一寸」（「時事新報」大正五年十一月五、六、七日）で反論している。
長江はこの後も、「時事新報」に「自然主義前派の武者小路氏」（一〜三　十二月二十二、二十三、二十五）を発表している。これに評論家の赤木桁平や広津和郎が絡み、大正時代を代表する論争の一つに数えられている。

長江は後、〈その後、『白樺』派といふものが文壇に現れた時、そこで玩具にされてゐたトルストイやドフトイエフスキイなどの名誉の為めに、『自然主義前派』としての人道主義を、稍やてきびしくコキ下ろした私は〉（「序にもう少しく新しく」）と書いているが、長江には、彼らがトルストイやドフトエフスキーを玩具にしているとしかみえなかったようだ。

大正十二年九月一日の関東大震災を機に、武者小路たちの「白樺」は幕を閉じ、文壇は、新感覚派やプロレタリア文学に席巻されていったが、傍流に追いやられたとき、武者小路は、どんな思いで長江の論考を思い出していただろうか。

大活躍の長江であるが、この年（大正五年）の年末は、体調が優れなかったようだ。十二月二十八日の「読売新聞」の「よみうり抄」が、〈生田長江氏は熱病に罹りて静臥中〉と触れている。

大正五年は、長江と縁が深い人たちが相次いで去った年でもあった。三月には、かつてライバルとみなされていた相馬御風が、『還元録』（春陽堂・二月）を置き土産に、故郷の糸魚川に帰郷した。彼は、沈黙と忍従とを主にした宗教的自修の生活に入るようだ。長江も、「送相馬御風君帰北越序」（「新小説」四月）を書いて送っている。御風は、「都の西北」で知られる早稲田大学校歌の作詞者として、また良寛の研究者として名を残している。

続いて七月九日には、上田敏が逝去。享年四十一。十二月九日には漱石が他界している。享年四十九。二人とも、若くして世を去っていた。

漱石の門弟たちは、漱石の傘下を誇示することで箔を付けて文壇に君臨していった。しかし、そんな群れから一人離れて輝きを増していく長江を、漱石はどんな思いで見つめていただろうか。

妻・藤尾の死

翌大正六（一九一七）年一月号の「未来」に、長江は次の詩を発表している。

破産せる魂の持主

すべての美しきものの滅ぶるこの地の上に
一の小さなるやさしき魂は
そのやさしさの故につひに破産せり。

我が兄弟なる無頼の酒呑みと
わがごとき不敵の妄想者とを子にもちて、
長き三十幾年の間を、借財と
困迫と離散と屈辱と
そのほかあらゆる痛ましきものの中に、
痛ましき犠牲者として生き残り来りし
母よ、ああ我等の母よ、なんぢの魂は、
そのやさしさの故につひに破産せり。

つひに破産せる魂の持主、
今は愚痴多くいたづらにいがみ強く
かたくなに愚かなる我等の母よ、
なんぢのむさくろしき白髪をながめて、
憐憫の涙をながすものはあるべけれど、
その皺ぶかき乳房の下に
いかばかり高き感情の鼓動したりしかを
記憶し居るものの希なるかな、
日を追うていよいよ希になり行くかな。

母・かつが、さまざまな心労から精神のバランスを崩してしまったことが窺える。自分の病気も、母を苦しめたに違いないと、長江は自責の念にとらわれたことであろう。

同年の四月二十日に衆議院選挙が行われたが、この選挙に普選と言論、集会、結社及び婦人運動の自由を主張して東京市から堺利彦が立候補した。そのため、長江は市内数か所で応援演説をしている。社会主義者への政府の弾圧は厳しく、どの会場でも中止させられているが、長江の演説は巧みで、臨監の警察官を煙に巻き、聴衆の拍手喝采に包まれている。そんな長江の奮闘もむなしく、結果は二十五票で惨敗であった。

そんな中、長江夫妻はまたも試練を迎える。妻の藤尾の病状が悪化したのである。六月六日の「読売新聞」の「よみうり抄」が、〈生田長江氏夫人は去る三日危篤を伝えられしが四日以来小康を得居れり尚ほ氏は風邪を病み居る由〉と触れている。妻の藤尾ばかりでなく、長江も風邪をひいて体調を崩してしまったようだ。

妻の藤尾が他界したのは、この記事が出た三日後の六月九日であった。訃報が「時事新報」と「読売新聞」に出たが、ここでは「読売新聞」を紹介する。

生田長江氏夫人　生田長江氏夫人藤尾さん（三一）は、永々御病気でしたが、去る九日夜八時、遂にお死去《なく》なりでした。夫人は文学者間に、賢夫人として聞えてゐた方です。忘れ遺子《がたみ》としては、可愛いお嬢さんのまり子さん（五つ）がお一人御坐《ござ》います。尚ほお葬式は十三日午後二時半本郷赤門前喜福寺で執り行はれる筈です。（六月十二日）

十三日の葬儀は、佐藤春夫が受付をしている。翌日の「読売新聞」は、雨上がりの午後三時から、香の烟りと鉦の音と読経と共に式は進んでいったが、途中ですやすやと寝込んでしまった白衣姿のまり子が人々の涙を誘ったことや、会葬者は数人の婦人たちと百数十人の文壇関係者他であったこと、親戚や会葬者の焼香が済んだ後、馬場孤蝶の挨拶があって終了したことを伝えている。そして長江は、この月末に、鎌倉の長谷寺に墓地を求めて葬っている。

長江は後、妻に関する二篇の詩を残している。これらの詩から長江の深い悲しみが伝わってくる。

白躑躅《しろつゝじ》

まり子よ、おんみが母は、
おんみ五つの年六月九日、
咲き残りし白躑躅《しろつゝじ》の
音もなく夕闇に落つるがごとく、
我等をあとにして果敢《はか》なくなりぬ。

いとせめて、この悲しさを、
いつまでも、いつまでも忘れたまふな。
――母なき子としてそだつおんみはせめて。

かの初夏《はつなつ》の白き花に向ひゐて、
不覚にも我が太息《といき》つくことあらば、
まり子よ、おんみもおんみの母の
かなしき、白き微笑を思ひ出でたまへ。

涙でくしゃくしゃになった長江が、まり子にこんこんと話している姿が見えるようだ。もう一篇は、病床の藤尾の思い出である。

弘前の玩具《おもちゃ》の山鳩

やや老いし一人の友は、
襟垢《えりあふ》づきし綿入の袂より、
土焼《つちやき》の玩具《おもちや》ひとつ取り出でて、
我が家のわらはべに贈りぬ。

東北弘前の物なりとぞ。
——拙《つたな》く色どりし山鳩の形に、
尾と腹と二の孔を穿ちたり。

久しく病める母の枕辺にて、
わらはべ尻尾の孔を口にして吹きならせば、
おろかしく空洞《うつろ》にほおほおと鳴く。
ほおほおとなく其声の可笑しさに、
父なる我をはじめとして、
人ことごとくわらはべにならひぬ。

偖《さ》て面白き声して歌ふ山鳩よ、
弘前の玩具のよき山鳩よと、

痛々しくも痩せ衰へたる頬に、口に、
淋しく笑みて母まづほむれば、
人ことごとく母にならひぬ。

ある日、一人のやや老いた友人が見舞いにやってきた。老いた友人とは、馬場孤蝶だろうか。そして、綿入れの袂から取り出した弘前の玩具の山鳩をまり子に与えた。まり子が吹くと、ホゥという素朴な音がした。その音を聞いた病床の痩せ衰えた藤尾が思わず微笑んだ。

「どれ、お父さんにも貸してごらん」

と言って長江が吹くと、またホゥという間の抜けた音がした。それを聞いて、また藤尾が笑った。藤尾の笑顔につられて皆が笑った。……あのころは幸せだったなあ、そんな長江の切ない思いが伝わってくる。


「中外」

妻・藤尾を失った後、長江はまた新たな分野に挑戦している。

（大正六年）八月、堺利彦氏のすすめによりて、雑誌「中外」創刊号に載せる為めの創作『円光』を執筆。はじめての脚本なり。／冬、脚本第二作『青い花』をかく。（「改造社年譜」）

「中外」は、アメリカから帰った急進的自由主義者の内藤民治（明治十八年生）が、北洋漁業で財を成した同郷（新潟県三条市）の実業家・堤清六（明治十三年生）をスポンサーにして、この年の十月に創刊した軍国主義反対を強く打ち出した雑誌である。

私は以前、夏樹静子著『女優X』で、近代劇協会や新劇協会で活躍した津和野出身の女優・伊沢蘭奢のパトロンとして内藤民治の名前を記憶していたが、とにかくすごい国際人がいたものである。彼の「内藤民治回想録（上）」によると、一九一一（明治四十四）年にアメリカのプリンストン大学を出ると、ウィルソン総長の推薦でニューヨーク・トリビューンのロンドン特派員になり、大正二（一九一三）年には、六か月間ロシアに滞在し、嵐の前の静かなロシアを取材している。やがてニューヨーク本社に戻り、八年ぶりに東京特派員の資格で日本に戻ってきて「中外」を始めたようだ。

先の年譜に堺の名前が出てきたのは、この雑誌に売文社が大きくかかわっていたからである。「中外」と売文社の接点は、先の『内藤民治回想録（上）』によると、内藤が帰国して間もなく堺と山川均が内藤を訪ね、フランスの文豪アンリ・バルビュースの雑誌「ル・モンド」の東洋支社長を引き受けてくれるよう依頼したことがきっかけであったようだ。

当時編集部にいた勢多左武郎の「雑誌『中外』について」によると、編集長が中目尚義で、副編集長格で長江とも仲のよい安成貞雄がいたという。

創刊号が刷り上がった九月末のある夜、創刊の祝宴が各界からの名士、百二十余名を招いて神楽坂の料亭「ときわ」で開かれた。出席者の一部を内藤は自身が執筆した『堤清六の生涯』で披露している。

田中王堂、三宅雪嶺、田中萃一郎、野口米次郎、（谷本富、太宰施門、横山健堂、福田徳三、服部文四郎、蜷川新、前田蓮山、大山郁夫、松山忠次郎、坪内逍遥、松崎天民、生田長江、堺利彦、新渡戸稲造、澤柳政太郎、植原悦二郎、山川均、高畠素之、今井嘉幸、荒畑寒村、大庭柯公、永井荷風、岩野泡鳴、上司小剣、与謝野鉄幹、谷崎潤一郎、片上伸、徳冨蘆花、田山花袋、泉鏡花、島崎藤村、馬場孤蝶、正宗白鳥、有島生馬、若山牧水、荻原井泉水、添田壽一、寺尾亨、戸水寛人、芥川龍之介、武富時敏、等々。

以上、名前が出たのは四十五名である。あとの七十数名は、どんな顔触れであったろうか。

主幹の内藤の挨拶の後、スポンサーの堤清六が挨拶に立った。

ただ今、紹介をうけました堤清六であります。／前の御挨拶にもありました通り、時代は正にデモクラシーの潮流が、澎湃として世界に溢れてゐるのでございます。しかし、同じデモクラシーの潮流にいたしましても、日本の海岸を洗ふ浪だけを見てゐたんでは、潮流のよつて来たる海の広さを、はかり知ることが出来ないのであります。われ〳〵は広く知識を世界に求めまして、よく国際事情を了解し、他山の石をもつて、珠を磨く必要があると信ずるのであります。（以下略）（『堤清六の生涯』）

堤の高い志に打たれたのであろう、拍手はしばらく鳴り止まなかったという。この堤は、「中外」のスポンサーになるだけではなく、自分も、また北洋漁業に従事している壮年たちも、時代の進歩についていかなければならないと考え、堤商会の社交的、相互親睦機関として「あけぼの会」を組織し、月に二、三回各界の名士を招いて講演を依頼していたという。田中王堂、蜷川新、福田徳三、田中萃一郎などとともに長江の名もある。

話を元に戻すと、堤の後、堺利彦が挨拶に立った。堺は、感謝と激励と抱負を述べているのだが、内藤は、〈これは、明かに生田長江と合作で〉（『堤清六の生涯』）と書いている。

「中外」創刊号の広告は、「東京朝日新聞」（十月八日）と「東京日日新聞」（十月九日）の一面の上半分ほどのスペースで掲載された。長江の「円光」には、ひときわ大きな活字が使われており、〈生田長江氏は文明批評界の権威者也。今其の犀利透徹の眼、神彩変々の筆致を以て劇作家としての天分を世に問へる処女作。即之れ〉とある。

さっそく「読売新聞」（十月七日）が、記事にしている。

赤坂区溜池町二番地の中外社より雑誌「中外」いよ〳〵発刊せられたるが創刊十月号には「軍国主義の興廃と帝国の将来」なる題下に、安部、若槻、井上、小林、鎌田、楠瀬、添田、横田、広池等三十余名士の意見を集めたる他後藤内相の「内政と外交」大木伯の「東京奠都の発案者」などあり、「女流作家の男性観」に十人の感想をまとめて通俗的興味をそゝれる一方、世界の反響、海外近事などの資料もあり、生田長江氏の処女作たる戯曲「円光」堺利彦氏の翻訳「野性の呼声」など編輯者の努力を窺ふべし

ここにある後藤内相とは、男爵でもある後藤新平のことである。

創刊号の目次を開くと、後半の「円光」と長江の名前だけがひときわ大きくレイアウトされている。この戯曲が、この雑誌の目玉であることは誰の目にも明らかだ。先の記事では触れていなかったが、内藤民治が内藤映雪の筆名で巻頭の「中外の大勢」を書き、堤清六も「我国水産界の前途」を書いて

いる。

創刊号の「編輯を了へて」でも、以下のように書いている。

永く批評界の牛耳を把持して居られた生田長江氏が、今後新に創作界に大飛躍を試みられんとするに当り、『中外』創刊誌上に其最も自信ある処女作戯曲『円光』を寄せて下すつたことは、長江氏が創作界への勇進を欣賀措く能はざると同時に、我が文壇の斯くも有意義なる産物を広く天下に推奨することの出来たのは本誌の私かに誇とする処です。

長江の処女戯曲「円光」は、三幕物である。自分の心を偽って常識に身をまかせることの虚しさが伝わってくる心理劇であるが、作品として成功しているとは言い難い。

この作品は、大正時代の年ごとの代表作を集めた『編年体　大正文学全集第六巻　大正六年 1917』（ゆまに書房）に収録されているが、この他に収録されている戯曲の菊池寛「父帰る」や武者小路実篤の「花咲爺」とを読み比べてみると、また印象が変わる。長江が見つめている時代へのまなざしが、とても眩しく感じられるのである。

この「円光」は、世間ではかなりの評判であったようだ。というのは、後に第一脚本集の『円光以後』が出版された際、「東京朝日新聞」（大正八年三月十八日）に書評が出たが、〈曾て異常の喝采を博せる「円光」〉とあるし、広津和郎（明治二十四年生）も、〈第一の作「円光」は世間では非常な評判であった〉（「新年の創作を評す」）と書いていた。同時代人には、欠点を忘れさせるほど、斬新さに満ち溢れていたのだと思われる。

長江の活躍は鮮やかだった。「新文学」十二月号でも、〈新しき二作家――従来評論家として聞えて居た広津和郎（上）生田長江（下）二氏はこの程時を同じうして創作を発表し文壇の注目を牽く〉の文章とともに、二人の写真が掲載されている。長江の写真は、まり子と一緒のものである。

翌号の「中外」の「本誌創刊号の盛況」を見ると、発刊後、一週間足らずの間に二万部を売り切って再版したという。正確な販売部数はわからないが、後にねずまさしが、内藤に取材して「大正期の軍国主義反対の雑誌『中外』」（「思想」昭和三十九年六月）に寄稿したところによると、創刊号は七万から十万売れ、廃刊に至るまで各号ともだいたい六万部は売れたという。

当時、「太陽」と「中央公論」がライバルであったが、このころは「中央公論」のほうが勢いがあったようだ。『中央公論社の八十年』に、大正八年ごろ、《『中央公論』はそのとき最盛期で、十万前後の発行部数を誇っていた》とあるので、「中外」の勢いも「中央公論」に勝るとも劣らないほどであったことがわかる。

また紅野敏郎も内藤に取材して『『黒潮』『中外』』（「文学」昭和三十二年五月）を発表しているが、原稿料は当時一枚二十五銭が相場なのに、その倍の五十銭を前払いで、長江の「円光」には一枚一円が支払われたという。

長江は、この機会に佐藤春夫を一人前にしなければ、と思ったのであろう。「中外」（大正六年十二月号）に、さっそく彼の小説「或る女の幻想」を斡旋している。

翌大正七年一月号では、「世界各国弱点の究明」という特集を組んでいる。この時には、「東京朝日新聞」（一月五日）のみに一面全面の広告を掲載している。「大歓迎忽三版」のコピーが見えるが、大きな評判になったことであろう。特集では五十七名が論じているが、長江も「好戦的ならざる日本人」

を発表している。

日本人は、好戦的ではない。すぐに妥協して相手に合わせてしまう。そのため、戦争中ならば、挙国一致して戦争に突き進んでしまう。〈もっと好戦的になるとき、我々は無意味な軍備拡張なぞに、挙国一致で賛同しなくなり、愚劣な戦争に参加することを見合はすやうになり、結局国民として、不好戦的になるのであらう。〉という趣旨のものである。長江は、逆説的に個人の自立を促していると同時に、戦争反対も表明している。

このような論文が、当局を刺激しないはずはない。長江が「中外」大正七年四月号に発表した「社会批評家としての予の立脚地」がさっそく発禁処分にあっている。

長江の論文は、今日の社会においてあまりに多くの貧乏人が、あまりに貧乏すぎることは否定できない。一方の金持ちは、贅沢のし放題である。これが幸せなことであろうか。今日の社会組織は、根本的に改造されなくてはならない。という趣旨のものである。

この論文のために発禁処分を受けた中外社は、長江の論文を久津見蕨村の「現戦争の惨禍と世界統治権の疑問」に差し替え、再び発行している。

「東京日日新聞」(三月三十一日)には、発禁前の広告が出たが、「東京朝日新聞」(四月十一日)には発禁後の広告が出ている。広告右側の〈安寧秩序紊乱の故を以て四月号発売禁止さる〉の大きなコピーが躍っている。発禁処分を誇りにしているようでもある。

長江が当時、危険思想家として警視庁にマークされていたことは間違いがない。というのは、少し後の大正十三年十月十六日の「読売新聞」が、「主義者仲間の手にある/警視庁のブラックリスト」の見出しで報じているが、「大正十二年十月末現在警視庁調べ」の刻印のあるブラックリストが何者かの手によって持ち出され、主義者の間を転々として読み継がれているという。危険人物たちは、共産主義、無政府主義、社会主義、国家社会主義の四部門に分かれていて、長江は、社会主義者の筆頭の石川三四郎の次に登場する。長江の次は馬場孤蝶である。後に、長江もこの記事を見たはずである。

話を少し戻す。同年（大正七年）一月、前年の暮れ、鳥取県出身の野村愛生（明治二十四年生）の「明ゆく路」が「大阪朝日新聞」の一等に入選した祝賀会が、同郷の友人たちによって飯田町の料亭で開催され、彼らが師と仰ぐ有島武郎（明治十一年生）とともに長江も招待されている。ちなみに、長江が新宮で出会った牧師の沖野岩三郎も、このとき、大逆事件に触れた「宿命」で二等に当選している。

この席で、今後も懇親会を続けていくことが確認され、有島によって初心会と命名されたこの会は、以後、有島邸や長江の家を会場にして月に一度ずつ開催されている。この会では、主に時事問題が論じられている。

メンバーは、有島、長江の他、足助素一、秋田雨雀、野村愛生、橋浦（当時・阪田）泰雄、橋浦季雄（泰雄の弟）、井上義道（後の白井喬二）、福田寧雄、須藤鐘一、涌島義博、角田健太郎らである。この出会いがきっかけになって、長江と有島は無二の親友になっていく。

時を同じくして末日会も生まれている。それを教えてくれるのは、大正七年八月十一日の「読売新聞」の記事「文芸家の集まり◇末日会◇」である。仲間の一人の田中純（明治二十三年生）の談話を伝えている。

この会は、政治家、実業家、官吏、文士が垣根を越えて一緒に食事をしながら社会問題について話し合おうというもので、発案者は、長江、ジャーナリストの大山郁夫（明治十三年生）、評論家の室伏高信（明治二十五年生）、翻訳家の田中純の四人である。

隔月の末日に集まる会なので、末日会と呼ばれるようになったようだ。初会合はこの年の一月三十一日。場所は、初回は鴻之巣で開かれたが、以後は新橋の東洋軒。七月末まで毎回出席している人は、長江の他、尾崎敬義、小村欣一、植原悦二郎、鶴見祐輔、若宮卯之助、田中王堂、大山郁夫、吉井勇、阿部次郎、岩野泡鳴、有島武郎、有島生馬、里見弴、長田秀雄、長田幹彦、室伏高信、与謝野寛・晶子夫妻。それまでは隔月に開催していたが、八月からは月一回になり、新たに三十人の新会員が加わった。この中の政治家・政治評論家の鶴見祐輔（明治十八年生）は、鶴見俊輔氏（大正十一年生）の父君である。

この会は、会員の一人である岩野泡鳴の大正九年三月三十一日の日記に、〈末日会へ行く。〉とあるので、少なくともこのころまでは続いたようだ。

長江への依頼は多い。同年（大正七年）一月、長江と同じ鳥取県出身の福光美規（明治十八年生）の緑葉社が、英文学や大陸文学の紹介や批評を中心にした「英語文学」を創刊しているが、この年の八月（第二巻二号）からそれまでの平田禿木に代わって長江が主幹を務めている。長江は、同年三月の同誌にバイロンの「恋愛の最初の『きす』」の翻訳を発表したのをはじめ、多くの作品を発表している。なお、〈主幹　生田長江〉の名は、第四巻十二号〈大正九年十二月〉発行まで消えているので、このころ長江は手を引いたものと思われる。この雑誌は、第五巻十二号〈大正十年十二月〉で幕を閉じている。

だが病気は、着々と長江の身体を蝕んでいた。「読売新聞」（二月二十二日）の「よみうり抄」が、〈生田長江氏は引き続きレウマチにて療養中〉と触れているし、同月二十五日の同欄は、〈生田長江氏はレウマチに罹り自宅病臥中〉と伝えている。

また「東京朝日新聞」（三月十二日）でも〈蜜蜂問答＝泡鳴と長江／＝リウマチの療治失敗の事／通ひ詰た品川の禁厭婆《まなひ》さん〉の見出しで長江の病気に触れている。

八面玲瓏の才華を文壇に振廻しつゝある批評家生田長江氏も昨年暮以来のリウマチだけは何う始末することも出来ないで酷く困らせられてゐる　夫《それ》が又所もあらうに文士にとつては　命の綱とも云ふべき右手ときてゐるのだから耐らない

そんなわけで、品川の禁厭婆さんのところに九日通ったが何ら変化はなかった。次に蜜蜂が効くと聞いたので、蜜蜂を手がけたことのある岩野泡鳴を訪ねたが、蘊蓄ばかりで治療をしてもらうことはできなかった、という漫画チックな記事である。

病気のことは隠しきれない。そんなわけで、長江はリウマチと名乗ることにしたようだ。長江の病気に理解ある記者たちがいたようだ。しかし、病名は隠すことができても症状は隠せない。病気は確実に進行していった。

先の戯曲「円光」が久米正雄舞台監督で上演されたのは、同年（大正七年）五月二十九日と三十日の二日間のことである。国民座第二回公演として有楽座で上演された。

このとき、小道具の「円光のある女性の絵」を描いたのが、「信仰の悲しみ」で知られる夭折の画家・関根正二である。このとき併演された「地蔵教由来」に正二や上野山清貢や佐佐木茂索や今東光（明治三十一年生）が群衆のエキストラで出演しているが、このとき久米から長江を紹介された今東光は、以後長江門をたびたびくぐっている。

この上演については、五月二十五日の「読売新聞」の「よみうり抄」が触れているが、〈雑誌「中外」にては文壇劇壇に亘って二百五十名を二十九日に招待する由〉ともあった。

岩野泡鳴の日記には、〈中外招待の有楽座へ「円光」を見にいった。〉とあり、秋田雨雀の当日の日記（五月二十九日）にも、〈夜、国民座の初日を見た。〉（『秋田雨雀日記第一巻』）とあるので、彼等も招待されたようだ。この「円光」は、新文芸協会の第一回公演として大正九年二月二十五日から十四日間、明治座で上演され、大当たりをとったが、評判になったのは併演された坪内逍遥の日蓮劇「法難」だったようだ。ちなみに貞雄役で出たのが、当時十七歳の岡田嘉子である。

続いて大正七年六月五日より十日間、上山草人が率いる近代劇協会が、第十一回興行として長江訳の「ヴェニスの商人」を有楽座で上演している。

さて、話は少し戻るが、新進作家として注目されていた谷崎潤一郎が神奈川県鵠沼の「あづまや」別館に転居したのは、大正七年三月のことである。この後、上京するたびに新橋駅前の上山草人の「かゝしや」の二階を定宿にしていたが、彼に会いに折々訪れる人を「上山草人のこと」でふれており、佐藤春夫、芥川龍之介、武林無想庵、瀧田樗蔭とともに長江の名もみえる。

長江が訪れたのは、先に触れたように上山が率いる近代劇協会が「ファウスト」を上演した頃から親交はあったし、少し前にも彼の翻訳劇を上演したためであろうが、上山は谷崎とも友人であり、三人で遊ぶこともあったようである。谷崎がこのころの様子を「文壇昔ばなし」に書き残している。

長江の病気のことは、世間一般はどうか知らず、われ〳〵仲間は皆よく知ってゐた。あの病気の黴菌は、伝染力は極めて弱いものだけれども、鼻汁から感染し易いものであるから、長江の行く床屋へ行かないやうにする方がいゝ、長江の鼻毛を剃つた剃刀で鼻毛を剃《す》られたら危険である、と云ふことで、われ〳〵は長江の行きつけの床屋を調べたりしたことがあつた。長江は又、わざとわれ〳〵に馴れ近づいて、われ〳〵が彼の病気をどの程度恐れてゐるか、その度合ひを試験して自ら快とするやうな傾向があつた。彼にしてみれば、これも「病気に負けてなるものか」と云ふ心理が働いてゐたのかも知れないが、彼がわれ〳〵から嫌はれたのは、さう云ふ行為が重な原因であつたと思ふ。

長江は、谷崎たち周辺の人からは嫌われていたようだ。しかし、長江の病気にまったく頓着しない中外社の社長の内藤民治のような人もいる。谷崎の証言を続ける。

私なども、彼と食事を共にするやうなハメになることを努めて避けてゐたが、「中外」の内藤民治氏に誘はれて、已むを得ず赤坂や新橋のお茶屋へ彼と同行したことが二三度はある。長江の顔はまだその時分はそれと分るやうに相好が崩れてはゐなかつたが、両方の眉根の上に赤くテラテラした角《つの》が出来、手の指が二三本硬直して動かなくなつてゐた。「どうなさいましたの」と芸者が尋ねると、「どうもレウマチでね」とか何とか胡麻化してゐたが、その手で飲んだ杯を平気で誰にでも差した。私はその頃禁酒中だつたので、幸ひに難を免かれたが、芸者は勿論、勇敢な内藤氏はいつもそれを受けて返してゐた。

谷崎たちはまた、長江の病気の感染を恐れ、まり子との別居を中村古峡に進言させたことも記している。

中村がそのことを告げると、長江は、〈僕は僕の病気のことを世間が知つてゐることもよく知つてゐる。しかしさう云ふ世間と闘ふことを唯一の生き甲斐にして生きて来た。娘のことも考へないではないが、今あの娘を取られたら僕はこの世に何の楽しみもなくなつてしまふ。僕はあの児を傍に置いておく代りに、あの児が欲しいと云ふものはピアノでも何でも買つてやつてゐる。あの児を僕から奪はうと云ふのは残酷だ〉と泣きながら訴えたので、古峡は気の毒で何も言えなくなってしまったという。

再び「中外」の話に戻る。同年（大正七年）五月号で、長江は新人推薦のアンケートに答えているが、青山学院中学部の英語教師であった岡田哲蔵をはじめ、山川均、山川菊栄、中谷徳太郎、安成二郎、上山草人、岡鬼太郎を推薦したあと、佐藤春夫に触れている。

　佐藤春夫君の此迄に書かれたものは、総て皆序曲です。余りに序曲過ぎる位序曲です。けれ共あんなに無駄の無い、あんなすつきりした序曲芸術を製作して見せたものが、他にあるでせうか？欧羅巴にもさう沢山にあるものでせうか？
　天才と云ふ言葉を余りルウズな意味に使ひ度くない私も、佐藤君には確かに天才的な或る物のあることを認めます。少くともゲエテだとか、トルストイだとか云ふやうな巨人の父のゼネレエシヨン、若しくは子のゼネレエシヨンを思はせる何物かがあります。
　佐藤君にして根気があつたらば！　嗚呼、佐藤君にしてもつともつと根気があつたらば！

長江は、佐藤の中にキラリと光る天才という鉱脈があることを指摘している。と同時に、佐藤の根気のないことに対するいらだちも見えてくる。長江はその後、菊池寛、生田春月、沖野岩三郎の名前を挙げている。

同年七月十三日の「読売新聞」の「よみうり抄」欄が、〈生田長江氏は「中外」社へ入社文芸部を担当し毎月創作批評及び一般批評の筆を執る由〉と伝えている。

「中外」の翌大正八年一月号の巻末の〈平和の新春を祝す〉のコピーの下に、社長をはじめ、社員の名前が掲載されているが、長江の肩書は特別社員であった。特別社員はほかに三名おり、フランス在住の蜷川新、アメリカ在住の北昤吉、同じくアメリカ在住の今井三郎である。

話は変わるが、「中外」の大正七年八月号に、評論家の江口渙（明治二十年生）は「文壇の大勢と各作家の位置」を発表しており、この中で戯曲家として躍進著しい長江に触れている。

　最近相次いで優秀なる社会劇《ソシアルドラマ》三篇を出して一躍して新興戯曲界の覇者となつたのは実に生田長江氏である。長江氏はその戯曲の基調を清麗にして豊潤なるロマンテイシズムの上に置き、更にそれを制御するに透徹せる人生批評と縦横の機智とをもつてしてゐる。殊にその戯曲構成に於ける手練、わけても対話の受授に於ける手練の冴え切つてゐる点に於いては、文壇人多しと云へども殆どその類を見ない。（以下略）

三篇というのは、「円光」のほか、年譜でも触れていた「青い花」（「帝国文学」大正七年一月号）と

「温室」（「太陽」大正七年五月号）である。長江のこれらの作品は、戯曲界に新風を吹き込んだようだ。長江の戯曲は際立っていた。ずっと後になるが、同じく評論家の高須梅渓も、〈（長江は）戯曲に於ては、相当の成績を収めた。劇作家の一部が、評論家を馬鹿にしてかゝらうとする今日、評論家が、劇作をやれば、こんなものだと云ふ気焔をあげた形があつて愉快だ。〉（「現代文壇の人物」「現代」大正十年四月号）と書いている。

さて、富山県で米騒動が起こったのは、この年（大正七年）の八月三日のことである。米の暴騰に抗議した主婦たちが、大挙して米屋に押しかけたのだ。この騒動は、またたく間に全国に飛び火していった。

この民衆の力が破壊したものが寺内内閣で、寺内内閣は、九月二十一日に総辞職し、初の平民宰相・原敬内閣が誕生している。これは、わが国で最初の政党内閣であった。続いて十一月には第一次世界大戦が終結、デモクラシーの波は、一気に広がっていった。武者小路実篤たちが、宮崎県木城村に調和的な共同体の理想を実現するために「新しき村」の創設に着手したのも、この九月のことである。

再び長江の話に戻る。先の新人推薦のアンケートに長江は上山草人の『蛇酒』も挙げていたが、長江の上山に対する評価は高い。というのは、「中外」六、七月号に連載された上山の「煉獄」の初回に谷崎とともに推薦文を書いていたが、同年十月に新潮社から刊行された『蛇酒』と「煉獄」との合本『煉獄』にも、谷崎とともに序文を寄せているのである。

長江がこれほどまでに肩入れする『煉獄』は、嫉妬に狂う主人公の魂が鮮烈な、恋愛小説の傑作である。

ここでは、「中外」六月号に掲載された長江の「『煉獄』を推奨す」を紹介しよう。

上山草人君の『煉獄』が『中外』誌上に掲載されることゝなつた。昨年の秋『文章世界』に『有名になることの困難』を書いた私は、格段の満足を感じずにゐられないのである。

『煉獄』は事実ありの儘を何の蔽ふところもなく赤裸々に報告したものであると云ふ。しかも読んで見て、奇々怪々のロマンテエック印象を刻まれること此小説の如きは多くあるまい。事実は小説よりも小説的であると云ふことを、此小説以上に考へさせるものは恐くあるまい。

此作のテエマは総ての人々に面白いやうなものである。一般人にとつては、其儘娯楽になるやうな面白い読物であり、芸術家にとつては、強烈に其創作衝動を挑発されるやうな種類の題材である。

（中略）

『煉獄』の主人公が頗る勇敢に生活して、自然主義小説の尋常茶飯事超脱してゐる如く、此作者は又、近頃の人道主義諸作家の度々陥る狭小なる道徳的先入見に囚はれてゐない。

殊に、人道主義諸作家が度々自己の婦女子的小感情に正義の名を冠したがるのに対し、此作者は聊かも偽善的嬌飾をしない。飽くまでも自由思想家らしく、勇敢に、大胆に、傍若無人に行かうとするところへ行く。この男性主義――もし斯く云ひ得べくば――の中にこそ、意識されざる本当の人道主義への萌芽がある。

今の文壇にも、弱弱しいセンティメンタリズムはある。あり過ぎる位にある。しかし此作品に出てゐるやうな強いセンティメントの充実は滅多に見られない。

どちらを向いて見ても、みな影の薄いやうな生活と芸術とばかりであるのに、今上山君が、『蛇酒』に続いて『煉獄』の如き、甚だ影の濃い生活と芸術とを提示されたと云ふのは、大に人意を強うすることに足る事だと思ふ。

長江の推薦文を読んでいると、新人の作品を推奨することによって、閉鎖的な文壇を覚醒させようとする意図が見えてくる。長江の新人の作品の推薦は、彼の評論活動の実践篇でもあったようだ。

長江が「中外」誌上で創作の評論を始めたのは、同年九月号からである。この号に「『二人の芸術家の話』其他」を発表している。

「二人の芸術家の話」は、谷崎潤一郎が「中央公論」（八月号）に発表した作品であるが、長江はこれを高く買っている。その後、佐藤春夫が、前年より兄事している谷崎潤一郎の推薦で同誌「中央公論」に発表した「李太白」（七月号）よりも「指紋」（八月号）のほうが優れていることに触れたあと、〈佐藤君の従前の芸術を、いづれも皆序曲的なるものたるを免れないと言ってゐた私も、『李太白』のあの制作を見聞きして、ひそかに愉快なる驚きを経験した。そして今回の『指紋』を見るに及んでは、いよいよ氏の芸術が序曲以上の物になつて来たことを慶賀した。〉と、佐藤への期待が確実になった喜びを表明している。

この「中外」九月号には、佐藤春夫の出世作であり代表作でもある「田園の憂鬱」も掲載され、読書界の大きな注目を集めている。

「田園の憂鬱」は、大正五年五月から三か月間の、神奈川県都筑郡中里村における佐藤の最初の結婚相手であった女優川路歌子との生活にヒントを得て書かれたものである。大自然の中で、次第に幽玄の世界に引き込まれて行くような不思議な作品である。

この作品が、谷崎潤一郎の推薦で「中外」に掲載された、と佐藤春夫関係のほとんどの資料に書かれていたが、違うのではないか。

「中外」には、谷崎も作品を発表していた。佐藤は、この作品を郷里に帰って仕上げているが、その前に谷崎に話し、完成したらどこへでも推薦してやる、と言われている。このことが谷崎推薦説の大きな根拠になったようだ。

しかし、「中外」には、長江の推薦ですでに佐藤の「或る女の幻想」(大正六年十二月)が発表されている。「田園の憂鬱」の前身の「病める薔薇」は、長江が名づけたものであり、長江の斡旋で「黒潮」に掲載される予定であった。ところが事情があって、前編しか掲載されなかった。長江も自責の念を抱いていたはずである。

春夫自身も一時期、谷崎しか目に入らず谷崎の推薦だと思い込み、そのむねを記したものもあるが、晩年には、〈(「或る女の幻想」が出て)思いがけなくも、稿料にさへありついたのみか、こうして「中外」にもわたりがついた。「田園の憂鬱」が谷崎を煩わさないで、長江先生の手から「中外」に出た因縁である。〉(『詩文半世紀』)と書き残しているのである。ただ、この『詩文半世紀』もいくつかの記憶の誤りがあり、これだけを信用するのは危険であるが、一つの流れの中でみると、長江の推薦であったことがわかるのではないかと思う。

前出の、当時編集部にいた勢多左武郎も、しばしば編集室を訪れたのは、売文社関係のほか、馬場孤蝶、生田長江、岩野泡鳴、久米正雄、生方敏郎たちだと書いている。生田の名はあるが、谷崎の名はない。もし谷崎が推薦したのなら、「中央公論」のほうではなかったろうか。

長江は、さっそく翌十月号の同誌に「『田園の憂鬱』其他」を発表し、この作品を激賞している。

佐藤春夫氏の『田園の憂鬱』（本誌九月号所載）は、鴨長明の『方丈記』などを聯想させるやうな、其プロットが、小説だとか脚本だとか云ふやうな近代的形式を過当に尊重したがる多数の批評家等を、どれだけ面喰はしたであらうとも、もしくは彼等からどれだけ冷淡にあしらはれる理由になつたであらうとも、少くとも私共にとつて、近来の創作界に於けるかなりの驚異と歎賞とに値したものだつた。（中略）

私の知つてゐる限りの俳人の中で、古往今来芭蕉を矢張一番偉いと思ふのは、彼が最も深く自然の生命の中へはいり込んでゐるからである。否、自然の中へ自分の生命を投げ込み、自然を自分と同じ人間にし、同じ悲みを悲ませ、同じ歎きを歎かしてゐるからである。世間からよりも出世間から、より深く、より大きな人間性を摑み出すことの秘密を、最も善く知つてゐたからである。

同じ理由で私は、明治から大正へかけて、主として自然を扱つたすべての文学の中、少くとも私の目に触れた限りに於て、佐藤春夫氏のこの作品は、最も正しい道を踏み、最も高い処へ達したもの、即ち最も傑出したものであると断言したい。

春夫は、新進作家となって文壇に躍り出ていった。長江もようやく肩の荷がおりたことであろう。春夫は、この後も次々と話題作を発表し、谷崎潤一郎や芥川龍之介たちと親交を深めながら、大正、昭和を代表する大作家の一人となっていく。

ところで、本書プロローグで菊池寛が長江の訃報を聞いたとき、自分の「忠直卿行状記」を認めてくれた人だという文章を紹介したが、長江がこの作品を推奨したのは、この「『田園の憂鬱』其他」の中のことである。

菊池氏が欧羅巴の今度の戦争に題材をとつて書かれた小説は、これまで二つ三つ読んでゐる。そして其何れもかなり面白く、かなり巧みに書かれてゐると思つた。

氏が日本の歴史に、過去の時代に事件を構へた物を書かれたのは、この『忠直卿行状記』（「中央公論」九月号）が厳密に最初であるや否やを知らない。兎に角私には、氏がこれで以て創作の新しき一領土を加へられたもののやうに印象された。

作品の梗概を述べるのは、私の最も不得意とするところであるから成るべくしたくないが、越前少将忠直卿といふ人の、日本△噌と讃められたり、殷の紂王に比べて誇られたりした異常の行状は、この一遍に於て十分自然に、十分有意義に、描写され解釈されてゐる。（中略）

一読して私は、この一篇が素晴らしく立派な、近頃の文壇の大きな好収穫の一であるやうに思つた。（以下略）

満面の笑みでこれを読む菊池寛の姿が見えてくるようである。この作品で長江は、この二人のほか、野上弥生子の「助教授Bの幸福」も推奨している。

長江は、「中外」十月号に戯曲「決闘」も発表している。この作品も現代劇の三幕物で、翌十一月二十六日から五日間、「告白の後」と改題され、文芸座第二回公演として帝劇で上演されている。おそらく、この公演も中外社の後援であったはずである。

長江の戯曲は、島村抱月率いる芸術座でも注目されている。長江の「温室」が第三回芸術座研究劇の候補となり、次の第四回研究劇（十一月末から五日間）の一つと決まり、長江も張り切り、十一月十八日には本読みに合わせて俳優たちに講話をし、同月二十七日には稽古の駄目出しもしたが、同月五日に主宰者の島村抱月を失い、求心力をなくした同座に上演する力はなかった。

先に初心会のメンバーの一人として名前をあげた、長江と同じ鳥取県出身の涌島義博（明治三十一年生）は、〈（長江は）もう手足のマヒは極度に達していたらしく、湯タンポのセンが抜けて湯が流れ、それを感じないでヤケドをされるほどであった。〉（「超人から釈尊へ」）と書いているが、このころのことであろう。というのは、この年の十二月十日の「読売新聞」の「よみうり抄」が、〈生田長江氏両三日前火傷せしため自宅臥床中の由〉と触れているからである。長江の病気の症状は段々に進んでいる。

宇野浩二（明治二十四年生）が、作家の広津和郎に連れられて彼のデビュー作となる「蔵の中」を売り込みに長江宅を訪れたのは、この年（大正七年）の暮れのことであった。長江を通じて、彼が特別社員をしている「中外」への掲載を目論んだのである。長江はいったん了承したが、一週間後、原稿料が払えないと返してしまった。どうやら、中外社の経営が傾きかけていたようだ。ちなみに彼らは、今度は「文章世界」の編集主任をしている加能作次郎のところに持ち込むと、「生田長江氏の折り紙がついて、広津君がいい、というのなら、だまって、もらいましょう」と言い、翌年（大正八年）の「文章世界」四月号に掲載されて文壇デビューを果たしている。

大正八年の一月五日、社会を騒然とさせる事件が起きた。島村抱月の後を追って、看板女優の松井須磨子（明治十九年生）が自殺したのである。二人は不倫関係で、須磨子は抱月への愛に殉じたのだった。

長江も「時事新報」（一月八日）に「玉砕せる須磨子の最後と其の印象」を発表している。長江は、自殺を褒められたものではないとしながらも、彼女の聡明さを讃えている。

ただこの作品の冒頭で、昨年の暮れの二十四日から伏せっていて、気分が万全でないことも記している。体調を崩しやすくなっているようだ。ただ二月三日の「読売新聞」の「よみうり抄」には、〈生田長江氏一ヵ月に亘り風邪臥床中なりしが全快せる由〉とあり、風邪は、ようやく全快したと思える。

同年二月十四日の「読売新聞」に掲載された、「長江氏未だ老いず」という小さな記事に注目したい。


長らく病魔の為めに苦められて居た生田長江氏、紀元節の寒空にもめげず普通選挙改正運動の弥次のお仲間入りをして日比谷から議事堂前、それから青年会館の演説にまで走せ加はつて、長江未だ老いずの元気を見せたさうだ。


この普通選挙改正運動は、二月十二日の「東京日日新聞」が、「普通選挙の標示に／二千五百の学生／先づ日比谷公園へ／早大の赤旗を先頭として／都下十七校の生徒の面々」の見出しで詳しく触れているが、二月十一日に市内十七校の学生が主催したもので、まず日比谷公園で普通選挙権獲得の宣言をしてからデモ行進をしている。二千五百名の学生が集まったという。その後、六時から青年会館で講演会が始まった。聴衆は五千人。

まず、かつて東京市長であった尾崎行雄が演壇に立った。〈国民を信頼せずんば官僚の力のみにて国難に当れ、英国は昨年六百万人の婦人に選挙権を与えた。我等は英吉利《イギリス》の女にも劣るか」と結論する〉。尾崎の演説は、大きな喝采に包まれたという。

その後、与謝野晶子のメッセージが代読された。〈治安警察法で禁錮状態にある私は私の魂のみを文章に託して送ります　納税資格撤廃のみでは不徹底です自由と平等とを重んぜらるゝ聡明の皆さんに私は熱望します　一挙して男女の性別に依る制限をも撤廃して頂きたい〉。

さて、前出の上山草人は、同年二月十二日から五日間、有楽座での第十三回興行「上山草人、山川浦路外遊記念劇番組」の「リア王」を最後に、同月末、内藤民治の支援を受けて妻の浦路とともに新天地を求めてアメリカのハリウッドに向かった。彼が、ダグラス・フェアバンクスに見出されて映画「バグダッドの盗賊」のモンゴルの王子役で一躍国際スターの仲間入りをはたすのは、この五年後の大正十三年のことである。

同年（大正八年）二月二十七日には、赤坂山王下の料亭三河屋で、論壇・文壇で活躍する名士を招待して雑誌「改造」の披露宴が開催され、田山花袋、徳田秋声、正宗白鳥、姉崎正治、桑木厳翼ら三十人が出席した。長江も佐藤春夫とともに出席している。

同年四月、華々しく「改造」が創刊された。時を同じくして、戯曲家・生田長江や、作家の佐藤春夫、宮地嘉六、藤森成吉、前田河広一郎らを世に出し、戦争反対を叫び続けた「中外」は、四月号を最後に幕を降ろしている。

原因は、内藤がスポンサーの堤と創刊時に約束した一人一業主義を破り、製鉄事業に手を出して失敗したため、激怒した堤が出資を停止したからだという。寺内内閣は大正七年に総辞職した。堤は、自分たちの役割は終わったと判断したのであろう。内藤は、大正十年六月に独力で復刊したが、わずか二号で再び姿を消している。

時代の最先端を疾走する長江には、招待が引きもきらない。同年（大正八年）五月二十日の夜には、大阪朝日新聞社が文芸欄を創設するため、築地の精養軒で「文芸家招待会」を開催し、文士六十名が招待され、来賓より内田魯庵や巌谷小波らとともに長江も挨拶している。翌日の「東京朝日新聞」には、紅二点の与謝野晶子と平塚らいてうの着物姿の大きな写真が大きく掲載されている。

島田清次郎の登場

弱冠二十歳の無名の作家・島田清次郎のデビュー作『地上』第一部が新潮社から刊行されたのは、この年（大正八年）の六月のことである。

島田は、明治三十二（一八九九）年二月二十六日に石川県石川郡美川町（現・白山市美川南町）に生まれた。二歳になろうとするころ、回漕業を営んでいた父親が海難事故で亡くなったため、五歳のころから金沢の西ノ廓で茶屋を営んでいた母方の祖父の庇護を受けはじめている。茶屋の一室を借りて母親は芸妓たちを相手の針仕事を始めたのである。

清次郎はたいへん頭のよい子どもで、金沢市野町尋常小学校は主席で卒業し、県立第二中学に進んだ。しかし、平和な生活は長くは続かなかった。祖父が米相場で失敗したため、茶屋を手放すことになったのだ。清次郎は、母と親しかった元芸妓の世話で、東京の某篤志家の援助を受け、明治学院普通部二年に編入する。しかし、篤志家との折り合いが悪くなり、一年で帰郷。再び二中に復学するが、商人にしたいという伯父の希望で県立金沢商業に進む。けれども、意に染まぬ学校生活のため、秋の弁論大会で学校を批判して停学処分を受け、そのまま退学してしまう。

そんな島田の唯一の希望が文学であった。あちこちの職場を転々としながら文学修業を続けていた。

このころ、特筆することがある。彼がドフトエフスキーをはじめとする翻訳物のほとんどを読破していることである。それらが、この若者の血となり肉となっていった。時代の子が生まれる準備が着々とできつつあったのである。

『地上』第一部の原稿が完成したのは、大正七（一九一八）年七月末のことである。このころ、京都で「中外日報」の記者をしていた島田は、社主の真渓涙骨の援助を得て上京する。

島田が本郷の下宿に落ち着き、原稿を誰に見てもらおうかと思案しているとき、たまたま上京した伊藤証信と出会った。伊藤はこのころ、中外日報社に招かれて主筆をしていた。島田が伊藤に相談すると、長江への紹介状を書いてくれた。

その年の夏のある日、島田と名乗る純朴そうな若者が伊藤証信の紹介状と五百何十枚かの長編小説の原稿を携えて長江の前に現れた。島田は、毎日のようにやってきて、作品を読んでくれとせがむ。島田が日参したのは、初めて長江宅を訪れたとき、長江の背後にうず高く積まれている全国から送られて来た無名作家からの原稿を見たからで、黙っていたら何年先になるかわからないからだ。

根負けした長江が読み始めると、面白くて止めることができなくなってしまった。島田の作品に驚嘆した長江から、島田のもとに一丈（三メートル）もある手紙が届いたという。手紙には、読後、感激して一夜眠れなかったこと、若きドストエフスキーを最初に見出したベリンスキーと同じ感激にひたっている、などと書かれていたという。

後に長江の門弟になる赤松月船が、「長江先生は、日本文壇にまだ小説表現の文体が確立されていないと感じ、小説の書き方を勉強するため必要な外国作品を、よく翻訳されました。（中略）外国文学の持つ大きな構想力を、日本人にも植え付けたかったという意味もあるでしょう。」（「赤松月船」『歳月の記――岡山文化人像』）と発言している。

自分たちの世代が訳したものを栄養にした、新しい世代の才能が台頭してきたのである。長江は、その喜びを誰よりも強く感じていたはずである。やがて長江は、この作品を何らかの方法で社会に紹介するのは自分の義務だと思うようになり、新潮社に紹介した。

新潮社では意見が分かれた。水守亀之助が感心し、中村武羅夫と加藤武雄が難色を示したようだ。そこで、社長の佐藤義亮の英断で刊行することになった。はじめの売れ行きは普通であったが、徳富蘇峰や堺利彦の激賞をきっかけにベストセラーになっていった。なお『新潮四十年』（新潮社）で佐藤がこの作品に触れ、初版三千部で、十版、二十版と増刷して最高は三万部売れたと書き、以後この数字が踏襲されているが、この数字は間違いである。石川近代文学館に大正十二年六月五日発行で二百五版の同書が所蔵されていた。また『新潮社九十年図書総目録』には、〈なお『地上』第一部は昭和二年八月、二百七十版を刊行。〉とある。初版が三千部で、のち仮に一版五百部で計算しても十三万七千五百部になるのである。

長江も、「読売新聞」（大正八年七月十三日）紙上で最大級の賛辞を送っている。

『地上』に就いて

島田清次郎君の『地上』には、はじめ私が序文を添へて出版させる筈だつた。けれども、私の無精からでなく、それを止めることに考へ直した。

第一には、そんな事をするにも及ぶまい。これだけの作品が、結局世間の視聴を聳動しないです む筈はないと思つたからである。

第二には、序文といふものの十中八九までが茶らつぽこの、御座なり文句であると思はれて居り、また実際それに近い物である。今日に於て、なまなかな推奨的序文を書くなぞは、却つて不利益を招致することになるかも知れないと思つたからである。

しかしながら私は今、あの作品を世間へ紹介する為めにでなくとも、あれが書物になつて出たことの悦びと、その悦びを与へてくれた出版者佐藤義亮氏に対する感謝とを表白する為めばかりにでも、何かしら書かずにはゐられないやうな気持がする。（中略）

作品其物の価値に関する手短かな紹介及び批評としては、近頃稀に見る、正直と真面目とを極めたあの広告文の大体に裏書きして、この重要な両三ヶ所を、ここへ引用し反復するより以上に、気の利いた方法もなささうである。

広告に曰く、『今にして思へば、十数年来のさまざまな名に呼ばれた流派や、主義や、傾向なぞの、総ての一生懸命な奮闘努力が、殆ど、この清冽なる噴泉の為めの開声であり、此力強き芽生えの為めの播種であつたかの観がある』と。

げに『地上』に見えたる萌芽より云へば、そこにはバルザック、フロオベエルの描写が、生活否定があり、ドフトイエフスキイ、トルストイの主張が、生活肯定があり、ブルゼエの心理学があり、ゾラの社会学があり、そのほかのなにがありかにがあり、殆んどないものがないのである。

再び広告に曰く、『殊に驚異すべきは、生れて僅に二十歳の年少作家の、この遺憾なくロマンチィックであると共に、より遺憾なくリアリスチィックであるところの制作に於て、神聖なるその「若々しさ」と殆んど不可思議なるこの「老成」とが、互に何等の相妨ぐるところなく、自然に幸福に手をつなぎあつて来てゐることである」と。

げに、本当のロマンティシジムと本当のリアリズムとが、決して別々な物でないと、また最初からの老成と最終までの若々しさとが聊かも相斥ける物でないことは、此作者島田清次郎君の場合に於て最も痛快に、最もめざましく証拠立てられてゐるのである。

七月三日

無名の作家島田清次郎は、この一作で天才作家として広く知られるようになった。

この『地上』第一部は、年少で父を失った作者とおぼしき大河平一郎が、貧しさゆえに娼家の針仕事をする母と廓の中での生活を始めるが、学校や社会に反抗しながらも、貧しい人々を救うために政治家になりたいという志を失わず、まっすぐに伸びていく物語である。

この作品を、デモクラシーの気運が後押ししたことは間違いない。また、ストーリーの巧みさ、人間の洞察力の鋭さ等、作品としての奥行きが感じられる。なお表題の『地上』とは、「この世」という意味である。

島田のもとには、先に触れた徳富蘇峰をはじめ、吉野作造、河上肇、厨川白村、片上伸、茅原華山(『日本評論』主筆)等から激励の手紙が届いたという。文壇という枠を越えて社会に衝撃を与えた作家の登場を、自然主義を信奉し、身辺雑記のことに終始している文壇の大家たちは、どんな思いで見つめていたであろうか。

ただ、『地上』第一部は新人の作品なので、印税の支払いの契約はなかった。いくら売れても島田の懐には一銭も入らないのである。そのため、お金が欲しければ、名声が消えないうちに新たな作品を書かなければならなかった。急げば作品の質が低下してしまう。また、持ち上げておいて隙を見せると叩き潰すのがジャーナリズムの世の常である。この若者の前途には、ジャーナリズムの落とし穴が、大きな口をパックリと開けて待ち構えていた。

福士幸次郎の証言

パリ講和会議の、国際労働法制委員会の日本代表顧問として出席した友愛会の会長・鈴木文治（明治十八年生）が帰国したのは、この年（大正八年）の七月十七日のことである。

詩人の福士幸次郎（明治二十二年生）が、鈴木文治たちが大正元（一九一二）年に創設した「友愛会」の事務所が置かれているユニテリアン教会で長江と出会ったのは、この直後のことであったと思われる。

このユニテリアン教会は、統一キリスト教会、惟一館とも呼ばれ、芝区三田四国町二番地六号（現・港区芝二丁目二十番地）にあり、現在は友愛会館ビルが建っている。このビルの正面左手に「日本労働運動発祥の地」と刻まれた二メートルほどの黒い石碑が建っている。

福士は、友人の江口渙から、この会議に出席した鈴木文治の見聞録の報告会が、三田四国町のユニテリアン教会で開催されるから行こうと誘われ出かけていった。出席者が十人あまりのこぢんまりとした会合であった。そして始まるのを待っていると、不意に全員の視線が入り口に集中した。その瞬間、「生田長江氏来たる」の囁きが、電波のように出席した人々に伝わっていった。そのとき、福士の心は石のように硬直してしまった。

それは、文壇で囁かれている長江の病気の噂を耳にしていたからである。長江の病気がだんだん酷くなって周囲の人が逃げ出し、彼の家に泊まりに行って夜具など押入れから出して寝るのは安成貞雄ただ一人だけだという。しかし、長江は逆に出て、古い縁故の人々の会合に通知が来ないのに押しかけ、嫌がらせを言ったり、盃を差したりするという。酷いのになると、長江が本郷の燕楽軒で食事をしているのを見かけた大学病院の職員が、憤慨して病院に帰って話したため、燕楽軒から取り寄せていた職員の弁当を取りやめてしまい、燕楽軒は大損害を被ってしまったという。

福士自身は、長江は自然主義の没落とともに消えてしまった評論家だと思っていたが、古本屋で見つけた長江の評論集を読んで、今の評論家にこれだけの心入れをする人のないことを痛感して敬服していた。しかし、人が遠のくことの腹いせに人々を困らせるような行為には義憤を感じていた。

福士が見ていると、長江はそんな噂に頓着する風もなく、足を引きずるような妙な足取りでずんずん歩いてくる。

そして福士の横に来ると、前の席に座っている人に挨拶してから座ろうとした。そして、椅子を出そうとするが、うまくいかない。椅子の足の一本に、三尺四方ほどのラッグの裾が絡まっているのだ。さっそく福士が屈んでラッグを取り去り、椅子を座りやすい位置に置いてやると、長江は、

「ありがとう、ありがとう」

と、嬉しそうに会釈した。その姿に接したとき、福士は、長江を覆っているはずの針や刺はどこにも見当たらないことに気づいたのだった。

やがて会が終わると、四、五人で銀座のカフェー・ライオンに行った。この席で福士は、長江に挨拶すると、長江が自分に好意をもっていてくれたことを知り、感激している。（「文壇第一印象記録――生田長江氏」）

長江は病気に負けることなく活動を続けているが、やはり文壇では知らない者がないくらい、ハン

セン病の噂は広がっているようだ。

著作家組合

先に触れた著作家協会の幹事の長江と馬場孤蝶と長谷川天渓によって、有楽町のさゝ屋に評議員会を招集し、自然消滅のような形になっていた著作家協会の解散が承認され、新たな著作家組合の相談会がもたれたのは、大正八（一九一九）年六月十八日のことであった。

今回の著作家組合の中心人物は、長江のほか、中村星湖、中村吉蔵、堺利彦、大庭柯公、杉村楚人冠、土岐哀果、馬場孤蝶のあわせて八名。この年の九月に読売新聞社の編集局長に就任するジャーナリストの大庭柯公（明治五年生）宅に事務所を置き、長江と大庭を当分の世話役と決め、組合員の勧誘に乗り出したようだ。

この著作家組合からは、翌大正九年四月から評論雑誌の「著作評論」が創刊されているが、この号の「著作家組合報告」が、それまでの歩みを綴っている。

第一回大会が芝の統一教会（ユニテリアン教会）で開催されたのは、大正八年七月七日のこと。当日までの加入組合員は九十七名。当日は三十一名が集まり、一任された座長の馬場孤蝶が十五名の評議員を指名しているが、有島武郎、長谷川如是閑らとともに長江も選ばれている。

翌大正九年の二月二十七日には、大正九年度大会が神田明治会館で開催され、評議員の改選が選挙で行われている。結果は大庭柯公（十九票）、長谷川如是閑（十九票）、馬場孤蝶（十八票）、生田長江（十八票）、堺利彦（十八票）、与謝野寛（十七票）、有島武郎（十五票）、中村星湖（十四票）、中村吉蔵（十二票）、平塚明子（十二票）、島崎藤村（十一票）、土岐哀果（八票）、山上紀夫（六票）、荒畑寒村（六票）、山田わか子（五票）で、以上の十五名が選出されたが、島崎藤村が用務多忙その他の理由で辞退したため、次点の南部修太郎が選ばれている。さらに評議員の中から幹事三名を互選したところ、大庭（十四票）、馬場（十二票）、生田（九票）、堺（四票）、長谷川（三票）、有島（二票）、中村星湖（一票）という結果となり、大庭、馬場、長江が就任している。

ちなみに三月一日現在での会員は百六十七名で、次の通りである。（ABC順　●は評議員、△は幹事）

●有島武郎／秋田雨雀／赤木桁平／浅田江村／●荒畑勝三（寒村）／秋庭俊彦／△●馬場孤蝶／近松秋江／茅野蕭々／茅野雅子／遅塚麗水／千葉鑛藏／江口渙／遠藤清子／福永輓歌／福士幸次郎／藤森成吉／藤井真澄／布施辰治／●長谷川如是閑／長谷川誠也／長谷川時雨／原田實／服部嘉香／細野三千雄／橋田丑吾／灰野庄平／日夏耿之介／●平塚明子／弘田直衛／星島二郎／本間久雄／△●生田長江／生田春月／巌谷小波／稲毛詛風／伊藤六郎／井汲清治／井箆節三／久米正雄／久保田万太郎／加能作次郎／加藤朝鳥／加藤一夫／加藤謙／加藤武郎／賀川豊彦／河井酔茗／門田武雄／河東兼五郎／河竹繁俊／上司小剣／葛西善藏／窪田空穂／北原白秋／木村久一／煙山専太郎／川路柳虹／近藤浩一路／小林愛雄／小島政二郎／小寺菊子／小泉鐵／倉若梅二郎／前田夕暮／松本雲舟／松本泰／松本悟朗／松崎天民／森田草平／森下岩太郎／三上於菟吉／三木露風／室伏高信／室生犀星／宮地嘉六／水谷竹紫／光用穆／村松梢風／●中村吉藏／●中村星湖／中村古峡／中村武羅夫／中村白葉／中村孤月／中沢臨川／中島清／仲木貞一／仲田勝之助／長田秀雄／長田幹彦／●南部修太郎／永代静雄／沼波瓊音／西宮藤朝／西村渚山／昇曙夢／野口米次郎／野上豊一郎／野上弥生子／野村愛生／中山晋平／小川未明／小栗風葉／小沢愛圀／大山郁夫／△●大庭柯公／大杉栄／大町桂月／大谷繞石／太田善男／荻原井泉水／尾山篤二郎／沖野岩三郎／●堺利彦／杉村廣太郎／島崎藤村／島村民藏／島木赤彦

／白石實三／白鳥省吾／白柳秀湖／柴田勝衛／里見弴／佐藤春夫／佐藤紅緑／斎藤与里／坂本紅蓮洞／相馬泰三／須藤鐘一／鈴木善太郎／鈴木文治／鈴木梅四郎／鈴木富士弥／●土岐哀果／武林無想庵／竹貫直人／徳田秋声／谷崎潤一郎／谷崎精二／高濱虚子／高島米峰／高須梅渓／田中王堂／田中貢太郎／田中純／富田砕花／坪内士行／辻潤／高山辰三／谷岡達治／田坂貞雄／生方敏郎／和気律次郎／●与謝野寛／与謝野晶子／山田邦子／●山田わか子／吉井勇／安成貞雄／安成二郎／山川菊栄／山村暮鳥／山口孤剣／山崎今朝弥／●山上紀夫

名簿を眺めていると、文壇のオールスター勢揃いといった趣がある。この後も会員は続々と増え続けている。「著作評論」の大正九年八月号では、楠山正雄、豊島与志雄、津田左右吉、赤松克磨、新居格、山本鼎、石川欽一郎の七名が、九月号では、笹川臨風、櫛田民蔵、植田好太郎、高野岩三郎、千葉亀雄、菊池寛、安倍能成、寺田精一、北沢新次郎、大内兵衛、鹿子木員信、高橋誠一郎、佐野学、杉森孝次郎の十四名が増えている。長江は、名実ともに文壇のリーダーの一人だと目されていたようだ。

さて、話を一年前に戻す。大正八年八月八日から一週間、弁護士・山崎今朝弥の主催する平民大学学術講演会が統一教会内の平民大学仮講堂で開催されたが、長江も堺利彦や馬場孤蝶らと共に招かれ、十一日に「ニイチェの社会観」という演題で講演している。後半の講師たちは、立ち会った警官からことごとく途中で中止の命令を受けているが、長江がフリーパスであったことはいうまでもない。

同月三十日から三日間、友愛会の大会が芝の統一教会で開催されたが、長江は第一日目に来賓として招かれ、夜富士見軒での懇親会で演説をしている。

引っ張りだこの長江であるが、また悲しい訃報が長江のもとに届いた。故郷で家を護っている長兄の虎次郎が、酔って日野川に転落し、十月十六日に他界したのだった。享年五十二。

この兄の死は、父親と間違えてはいるが、「生田長江氏／の厳父惨死／崖下に落ちて」の見出しで「東京朝日新聞」(十月十九日)が触れている。〈文学士生田長江氏の実父鳥取県日野町根雨町生田虎次郎氏(五四)は十六日夜九時頃泥酔して三丈余の崖下に墜落し岩石にて前額部に負傷し即死し居るを十七日午前二時発見死体を家族に引き渡したり(鳥取特電)〉

この記事の訂正は、「読売新聞」(十月二十三日)の「よみうり抄」が、〈生田長江氏は父君が郷里鳥取にて怪我死せる如く某紙に報道されたが右は実兄虎次郎氏(五四)の誤り〉としている。

先に触れたが、長兄は酒乱の気味があったようだ。酔った長兄は、三度に一度は仏壇の前で曾祖父手写の法華経を、涙を流しながら読んでいたというが、その原因はハンセン病への恐れではなかったろうか。死を迎える瞬間、長兄はようやくハンセン病への恐れから解放されたはずである。男の兄弟のうち、残されたのは自分一人になってしまった。先に触れたが、虎次郎は六人の子どもを残している。彼らを一人前にする責任は自分に託されたのだ。長江は、その思いを改めて強くしたはずである。

京阪講演旅行

長江が、堺利彦とともに京阪講演旅行に出かけたのは、哀しみも癒えぬ十月二十二日のことである。この旅行の記録「京阪講演旅行の記」は、堺利彦により「新社会」(大正九年一月号)に掲載されている。そこには、二人の行動が生き生きと活写されている。

十月二十二日。堺と長江は、東京発夜七時半の下り列車に乗った。二人が向かったのは大阪で、日本労働新聞社の講演の依頼を受けたからだった。

翌日、大阪駅に到着。出迎えた岩出金次郎たちに案内され、南区笠屋町の日本労働新聞社に向かう。その後、堺と長江は大阪府庁に出頭し、先方の意向を探っている。

翌二十四日の午後、講演のノートを作り、来客の応対の後、二人は散歩に出た。中之島公会堂の講演は夕方なのだ。

長江はかつて桃山学院（桃山学校）の生徒であった。また堺は、天王寺の小学校で英語の教師をしていたことがある。思い出の地を歩いてみたいという話になった。千日前から電車に乗って上本町に行くはずが、電車が急に左に折れて北に向かったので慌てて下車し、別の電車に乗るという失敗をしながらも、ようやく上本町六丁目に着き、そこから本当の散歩が始まった。東に向かって歩けば田圃に出るはずであるが、どこまで行っても家並みが続いている。赤十字病院の前を通って東に折れてみたが、家並みが途切れることはない。仕方がないので後から付いてくる官憲の尾行に聞くと、かつて桃山学院（桃山学校）があった場所は、先ほどの赤十字病院だろうという。この後、二人は四天王寺に向かっている。

先に、桃山学校跡を訪れた私は、その後、彼等の足跡を追って四天王寺に向かった。大阪環状線の天王寺駅で下車し、十分ほど歩くと広大な敷地に四天王寺がある。

堺は、〈舞楽台の左右の池には昔のとおりあまたの亀の子が甲らを干している。〉（「京阪講演旅行の記」）と書いていたが、堺が「舞楽台」と書いている石の舞台講の左右には、たしかに池があり、たくさんの亀が甲羅を干していた。

その後、私は京阪本線の地下鉄御堂筋線淀屋橋駅で下車した。階段を上がると、目の前に淀屋橋が姿を現した。この橋を渡り、右に曲がると大阪市役所があり、その横に大阪府立図書館があった。その横の、ベルサイユ宮殿を思わせる豪華な建物が中央公会堂であるが、この建物がかつての中之島公会堂である。平成十八（二〇〇六）年の秋に大阪市役所で確認すると、四年前にリニューアルしたが、ほぼ当時のままの形で残っているという。

堺と長江が人力車に乗って、この場所に現れたのは六時過ぎのことであった。ばかに広い会場だ。入場料を二十銭取るというのでお客が入るか心配していたが、かなりの人が入っている。堺が見ると、労働者が半分、月給取りが半分だ。中には、赤ん坊を抱いた婦人の姿も見える。

今日の講師は、堺と長江の他、神戸の賀川豊彦（明治二十一年生）と京都の高山義三《ぎぞう》（明治二十五年生）の四人である。賀川と高山は、友愛会の労働首領だ。二人の姿はまだ見えない。余談だがのちに高山は京都市長に、賀川はノーベル文学賞候補に二回、同平和賞候補に三回なっている。

時間がきて、まず和田信義が主催者を代表して挨拶した。講演のトップバッターは長江だ。長江が登場すると、会場から大きな拍手が起こった。その拍手を堺が控室で聞いていると、賀川と高山が相次いで駆けつけた。

長江は、「階級闘争の意義」という演題で話し始めた。堺がときどき耳を傾けると、長江のよく通る涼しい声が聞こえた。三千人の聴衆は、一人もヤジを飛ばさずに静かに聞いている。堺は控室を抜け出して、聴衆の後ろに回って壇上の長江を眺めた。聴衆は長江の話に聞きほれ、おりおり熱心な拍手を送っていた。

長江は、文芸の批評家及び創作家という地位から一転して、次第に社会問題の批評家及び運動家になった。日本第一のマルクス学者と名乗っている福田博士ですら、一所懸命に階級闘争を否定しているのに、文芸出身でクリスチャン出身の長江が、堂々とそれを主張している。何と面白い現象ではないかと、堺は深い感慨に包まれていた。

この講演の要旨は、「日本労働新聞」(十一月一日発行)に掲載されている。

資本と云ふ怪物の特色は貨幣価値の増大をのみ目的とし、其の生産物の何んであるかは眼中におかないのであります。故に其の生産物の果して如何なる程度に迄一般人類を幸福(に)するかと云ふ様な事は勿論考へないのであります。只労働力を成るたけ安く多く供給さして生産物の分量を多くせしむれば好いのであります。それが為には人間の特色が蹂躙されたり、個性が滅却されたりする事は敢而《あへて》顧り見ないのであります。(中略)

人間は誰しも人間らしく生きたいと云ふ慾望を持っている。若し人間を人間らしく生かさず、人間を単なる機械として働かせるならばそれは労働者の欲せない処である。資本家は労働者を機械の如く働かせ様とする、労働者はそれに反対して人間らしく働いて人間らしく生きる事を望む、こうした相反する性格を有する両者が終始一致して行く事の出来ないのは当りまへであります。私の演題である階級闘争は此処に生ずるのであります。

長江は、工業の発達とともに機械と人間の関係が主客転倒し、労働者が使い捨てにされる現状を指摘し、資本家と労働者の立場は相反するものなので、労働者が人間らしく生き、自分たちの権利を獲得するために闘わなければならないことを遠回しに提言している。

長江は臨監の警部から三、四回の注意を受けたが、無事終わった。会場が騒然としたのは、次の賀川と高山が終わり、堺が登場した時であった。堺が、「武士の天下が倒れて町人の天下が起こった。町人の天下はすなわち資本家の天下である。今度は資本家の天下が倒れる。その次は誰の天下か。言うまでもなく労働者の天下である！」という意味のことを言った途端、臨監と堺の応酬となり、聴衆も騒ぎ始め、会場は騒然となった。聴衆席で演説を始める者、生田と堺を演壇の前に引っぱり出して胴上げをする者、「社会党万歳！」「労働者万歳！」と叫ぶ者……。

堺が控室に戻ると、世話方が地下室まで来いという。地下室にはバーがあった。ビールで喉を潤していると、堺たちの党の長老の竹内余所次郎や相坂佶もやってきた。三十分ばかり雑談して外に出ると、すでに聴衆はいなかったが、制服の巡査が小百人ばかり、ものものしく固めているのが目に入った。

この夜の講演会の様子は、翌二十五日の「大阪朝日新聞」が、「堺枯川氏等の演説会／解散を命ぜらる／正服警官二百余名が詰かけて稀有の大警戒／聴衆極度に熱狂す」の見出しで伝えている。

二十四日午後六時より大阪中之島中央公会堂に於ける堺枯川、生田長江氏等の労働問題演説会は予て官憲側にても十分の注意を払ひ所轄若松署にては石塚署長以下正服巡査二百名余公会堂地下室に詰めかけ尚ほ各署より私服巡査を駆り集め警察本部を始め各署高等警察専務刑事は殆ど総出の有様にて近来稀有の警戒振りを示せり入場料二十銭と云ふに拘らず聴衆は午後五時頃より踵を接して詰めかけ午後七時頃には階上階下立錐の余地なく腰掛けに溢れて演壇際に殺到したり開会の辞に次いで生田長江氏登壇／始めは人が金を使ひ中程は金が金を使ひ終りは金が人を使ふと云ふのが今日の世で労働者は機械運転の道具として機械程にも取扱はれない、一方資本家も無為徒食で智力も道徳も退化する一方であるから何とか改善を講ぜねば行き詰りの形である／と氏一流の明快なる声調を以て皮肉を連発し続いて賀川豊彦、高山義三両氏熱弁を振ひ聴衆の熱も漸次高潮せる頃堺枯川氏登壇、脱帽を呼ぶ者あり「労働者の恩人」を連発するあり、聴衆熱狂極度に達したるが堺氏一言二言演壇より呼ぶや直に警官の注意を受け再び語を発するや今度は演説中止を命ぜられ若松署長は聴衆の解散を命ず聴衆は猛り立ち「警官の弁明を求む」とて承知せず演壇に駆け上るやら罵声を浴せるやらの騒ぎを演じ堺氏演壇に現れて群衆と声を合せて万歳を高唱し警官はソレと許り正服、私服列を作って演壇下に駆け付け一騒動持ち上らんず形勢なりしも弁士らの鎮撫にて漸く鎮まりたるも尚ほ座席より演説を試むる労働者あり群集総立ちとなりて容易に解散せず場を出ても公会堂の周囲に密集せる者ありしが十時前漸く静穏に退散したり

堺の文章を読んでから新聞記事を読むと、堺の描写力の正確さに驚くばかりである。やはり長江の講演が生彩を放っていたのであろう、長江の講演要旨のみを八行であるが伝えている。

この講演会の模様は、同日の「東京朝日新聞」も「堺氏の演説中止／稀有の大警戒の下に／昨夜大阪で労働問題演説／危ふく一騒動起る所」の見出しで伝えている。

同二十五日の「日出新聞」（「京都新聞」の前身の一つ）には「枯川長江両氏の労働問題講演／二十五日入洛各所で」の見出しで、二十五日と二十六日の京都でのスケジュールを伝えている。堺たちは現地で詳細を知らされたようだ。午前十時から十二時まで京都の同志社大学で、午後七時から十時まで京都帝国大学で講演をやれという。堺と生田は了承した。

二か所の講演は、無事終了した。学生たちは、昨夜と打って変わって熱心に聞いてくれた。京大の会は、名士招待会というようなもので、第一回は後藤新平、二回目は尾崎行雄、そして三回目が堺と生田なのだという。

この夜、堺は生田とともに高山義三の家に泊まった。翌二十六日は、昼は青年会館の地下室で開催された、高山たちや新聞記者との小集会に招かれている。その後、青少年たちが共産的気分の合宿をしているボルガ団に案内され、生田は戦闘にも思想の力の必要なこと、したがって戦闘者が勉強して知識を求める必要のあることを説き、激励している。この日の夜は、青年会館で講演だ。聴衆は満員。ここは臨監を派遣していない。二人は安心して話している。これで講演の予定はすべて終了した。翌二十七日は京都見物を楽しみ、生田は留守番をしているまり子のために京人形を買い、この日の深夜、七条駅で仲間や学生に見送られて帰途に着いている。

堺の文章を読んでいると、当時の時代のうねりのようなものが見えてくる。長江は、その先頭に立つ文士だ。それからもう一つ印象的なのは、長江の病気のことは知っていると思われるのに、少しも動じない堺の姿だ。

十一月三十日には、東大の学生を中心とする思想団体・新人会の創立一周年記念の園遊会が、目白停車場近くの家で催されている。長江は、吉野作造、長谷川如是閑、堺利彦、山川均・菊栄夫妻、森戸辰男、櫛田《くしだ》民蔵らとともに招待され、得意の長唄を披露している。

引っ張りだこの長江であるが、華やかな日々はそう長くは続かなかった。この後、長江には苛酷な運命が待っていた。

第六章　放たれた毒矢

カアル・マルクス著

生田長江全譯

資本論

第一分冊

東京 綠葉社發兌

寄贈 信濃教育會

『資本論』内扉（県立長野図書館蔵）

江口渙の証言

中央線の飯田橋駅で下車し、西口を出ると牛込橋が目に入る。眼下に中央線と、その右手に外濠が見える。出口を左折し、牛込橋を渡り切ると、すぐに交差点に差しかかる。左手に小さな交番がある。この通りが早稲田通りで、真っ直ぐ行くと靖国通りに出るが、ここを右折する。この周辺を歩いた平成十九年、二、三百メートル歩くと左手に前田建設工業の本社ビルがあり、その先の角の少し手前に、かつて与謝野夫妻の住む新詩社（麹町区富士見町五丁目九番地、現・千代田区富士見二丁目十番地）があった。その向こうの、広大な敷地の中に東京逓信病院が建っている。道路の右手は細い公園で、そのはるか下を鉄道が走り、その向こうは外濠である。

当時あった歴史民俗資料館で、当該区画に設置可能な場所がなかったので、近隣の空地に記念碑が建てられているとのことで、探すと、新詩社跡地の裏手に東京逓信病院管理棟があり、この敷地の前方に「与謝野鉄幹　晶子居住跡」と彫られた小さな石碑の記念碑と、その右手に説明板が設置されていた。

評論家の江口渙が、この地で顔面にハンセン病の症状の出た生田長江を見たのは、大正九（一九二〇）年の正月のことであった。

友人の芥川龍之介に新詩社から歌会の招待状が届いたので、江口は芥川に誘われて新詩社に向かった。二人が着いたのは夜も七時過ぎで、歌会はすでに始まっていた。

八畳の間に、主催する与謝野夫妻や高村光太郎、中野稜子をはじめとする十二、三人が作歌に没頭していた。二人に気づいた与謝野夫妻は、愛想よく迎えてくれた。

江口が、初めて会う著名人の風貌に見惚れていると、高村光太郎の横に座っている生田長江が目に入った。てらてらと光る細面の顔に墨で眉を描いている。眉を墨で描いたのは、眉毛が抜けて薄くなってしまったからであろう。先に触れたが、眉毛が抜けるのは病者の特徴でもある。江口の目に、生田の病気はそうとう進んでいるように見えた。

帰りの自動車の中で江口と芥川の間で話題になったのは、生田のことであった。生田は、ああいう病気が顔に出るまで進んでいるのに、平気で人中に出るのはどういう気持ちなのだろうか。他人に迷惑をかけることが、不道徳だと思わないのだろうか。それとも、他人がいやがればいやがるほど、わざと出たくなるのだろうか。二人は、そんなことを話し合っている。(『わが文学半世紀』)

長江の病気の症状は、もう人目にもわかり、人々の噂になっていたのであろう。けれども、私が驚くのは、長江がハンセン病だと知っていると思われるのに、少しも動じない新詩社の人たちの姿である。長江を大切に護っているようにもみえる。

先に触れた、長江が与謝野晶子に、早い段階で自分の病気を打ち明けたという推測は、前年の二月に緑葉社から出した第一脚本集『円光以後』(装幀・佐藤春夫)の、彼女への献辞から読み取ることができる。

この創作の第一集を晶子女史与謝野夫人にささぐ——一昨年の夏みまかりし妻の藤尾を妹の如くにも、あとに残れるマリ子を姪の如くにもいつくしみたまへる、また二十年に近きむかしより、我が生涯の悲しき痛ましきすべてを見知りて、この我を弟の如くにもあはれみたまへる与謝野夫人に。

これを読むと、長江の病気を知りながら、なおかつ温かい手を差し伸べている晶子の強い愛情を感じる。〈二十年に近きむかしより〉を目にすると、長江は、出会った直後に彼女に自分の病気を打ち明けたことが推察できるのである。晶子の強い励ましが、長江の生きる支えとなったことは想像に難くない。そんな彼女の思いが、仲間たちにも伝わっていたのであろう。

長江は、この月（大正九年一月）の五日の夜に新橋の平民倶楽部で開催された東京労働者新年会にも出席している。百五十名ほどが集まり、さまざまな余興が披露された中、長江は、堺利彦夫人・為子の三味線で堺の娘の真柄と長唄の合唱をして話題をさらっている。また同月十二日には、一時京都で「中外日報」の主筆をしていたが、再び上京して無我愛の活動を始めた伊藤証信に招かれて、神田美土代町の青年会館で「精神運動開始記念大講演会」の講師の一人として演壇に立っている。

続いて同月二十五日の「読売新聞」は、「珍芸百出の『横行会』」の見出しで、多芸多才で清元に名を得た長江の主催する横行会が、翌二十六日の午後六時から牛込神楽坂倶楽部で開催されることを伝えている。この会は、知名文士、画家、俳優を駆り集めて特技を発表するもので、すでに永井荷風の清元、里見弴の長唄等の約束ができ、堺利彦や馬場孤蝶も「年寄」として隣席するという。ただ、永井荷風の当日の日記を見ると、〈病床フロオベルの尺牘を読む。〉（『荷風全集第二十一巻』）とあり、参加した形跡はない。

しかし、世の中は、彼らのように理解ある人たちばかりではない。このころ長江は、長江を社会的に抹殺してしまおうという悪意のこもった高畠素之の攻撃の火中にいた。

放たれた毒矢

まず、高畠素之のプロフィールを紹介しよう。

明治十九（一八八六）年に旧前橋藩士の五男として生まれた高畠は、頭脳明晰であったが家が貧しかったため、奨学金の出る同志社神学校に進んだ。しかし、次第に社会主義思想にめざめ、卒業間際に中退してしまう。やがて郷里で友人と「東北評論」を発行するが、筆禍にあって禁錮の刑に処せられている。このとき友人から差し入れられて読んだ英訳のマルクス『資本論』が後年訳す動機となった。

明治四十四年に堺利彦の招きで上京し、売文社の一員となったときには、すでに独学でドイツ語をマスターしていた。その後大正四（一九一五）年に「へちまの花」を改題して創刊された「新社会」の発行に尽力したが、高畠の思想は次第に国家社会主義となったため、大正八年三月に売文社を解散し、堺たちは新たに新社会社を設立して「新社会」を発行した。一方の高畠たちは、売文社名儀で「国家社会主義」を創刊したが、経営不振のため、同年八月で廃刊となっている。

この二人の攻防を書き残している人物がいた。尾崎士郎（明治三十一年生）である。ずっと後の昭和十（一九三五）年に刊行された『人生劇場（青春・愛慾篇）』が、「読売新聞」紙上での川端康成の激賞を機にベストセラーになり、映画、演劇で上映・上演され、一躍流行作家になる尾崎であるが、このころは学生運動の活動家として名を馳せていた。愛知県生まれの尾崎が社会主義に目覚めたのは、愛知二中時代に山川均（明治十三年生）の甥のところで社会主義関係の雑誌を読んだからで、大正五年に早大高等予科政治科に入ると磁石に引き寄せられるように売文社に近づいている。やがて翌大正六年九月に早稲田騒動が勃発するとリーダーとなり活躍したが、父兄召喚処分を受けている。その後、月謝滞納と長欠のために早大を除名され、新聞社を転々とした後、高畠の庇護の下に入るので、この攻防の一部始終は身近で目にしていたのである。

私は長江の門下ではなかったが、売文社にいるころ、彼から個人的な依頼をうけて、「社会改造の八大思想家」という五百枚にあまる原稿を執筆したことがある。もちろん、内容は一つ一つ長江の指示に従って書いたものであるが、そのために、幾たびか彼の家を訪問した。数年前まで、見るからにつややかだった彼の頬は泥人形のように凸凹を生じ、叡智に輝いた彼の眼は、どろんと濁っているだけでなく、ぶくぶくにふくれた彼の手は、ものをいうときのむかしからの癖で、虚空に軽くゆり動かすごとに一種異様な臭気を発散していた。(『小説四十六年』)

長江と本間久雄との共著の『社会改造の八大思想家』が出版されたのは、この年(大正九年)の十一月のことなので、尾崎の見た症状はこのころのものと思われる(ただ、かなり誇張した表現だとは思うが)。先に江口の証言を紹介したが、京阪講演旅行の後、急激に長江の病気の症状が出だしたようだ。

尾崎の文章を続けよう。

批評家同士の議論も、論理の追究に重点をおくよりも、むしろいかにして相手を克服すべきかというところに目的があったように思う。真剣といえば真剣であるが、目的のためには手段を選ばずというかんじがしないでもなかった。

高畠素之は、こういう論争の名人で、彼は生田長江が彼の資本論の向こうを張って英訳の資本論を緑葉社（当時麻布十番にあった）から出版すると、すぐ読売新聞に、「誤訳だらけの資本論」という一文を草して長江を論難した。長江が、これに対して、「蟷螂の斧」と題して一矢酬ゆると、烈火のごとく憤った高畠は、すぐさま、「鎧袖一触」という題を大上段にふりかざして長江に迫った。（『小説四十六年』）

長江が、「読売新聞」に「マルクス『資本論』の訳者として」を発表したのは、大正八年九月二十三日のことである。そこで長江は、『資本論』が緑葉社から出ることになった経緯を書いており、要旨は以下のようだ。

長江は、昨年の暮れあたりから『資本論』を読みたいと思っていたが、膨大な書物を糊口の心配なく読む時間はない。あるとき、友人の緑葉社の主人に話すと、主人は、「読んだ後の産物は自分のところから出しましょう」と言ってくれた。そんなわけで、一年以内にすべて翻訳してしまおうという計画を立てた。

さて自分が翻訳に着手したとき、高畠も『資本論』の翻訳をしているという噂を聞いた。さらに福田博士監修の下に、『マルクス全集』も翻訳しようとしているという。長江は、このとき止めようとさえ思った。しかし、この全集の刊行は中止になったし、『資本論』も、いつ、どこから出るともわからないというので、翻訳に取り組んだ。

そうしていると、再び高畠訳が刊行されるとの予告が出た。続いて、松浦要訳も出た。高畠訳は、先の〈『資本論解説』の成績に於ても遺憾なく証明されているごとく〉（読売新聞）、少なくとも現在の日本において、望み得る最大のものであろう。高畠訳が向こう七、八年を期しての大事業であるのに対して、長江訳の存在意義は、とにかく一年以内に仕上げてしまうという、この一点にある。長江訳は高畠訳が出るまでの間に合わせのものである。長江は「私は私自身と同様、一刻も早く『資本論』を読みたい人だけにお薦めする」と述べている。

今度は、高畠の側から見てみよう。高畠は、大正八年九月に『資本論』の第一分冊を売文社から自費出版するつもりであったが、中止になっている。理由は二つ考えられる。一つは、八月に「国家社会主義」が廃刊になっているので、経済的に行きづまっていた可能性が高い。もう一つは、堺から大鐙閣から出る予定の『マルクス全集』への参加を打診され、仲間と相談してこちらに決めた。しかし、この企画は流れてしまった。

その後、松浦要訳が出た。あちこちから誤訳を指摘された松浦訳は、二冊で消えた。次に生田の翻訳の噂を聞いた高畠は、より大規模な企画で圧倒するほかないと考え、以前立ち消えになっていた『マルクス全集』の刊行に奔走した。そして、再び実現することになった。その計画が、「読売新聞」（十月七日）の「文芸雑報」のコーナーで紹介された。しかしこのとき、長江の『資本論』は、出版に向け走りだしていた。

長江側が高畠に配慮したことは、同年（大正八年）二月二十八日の「読売新聞」の「よみうり抄」が、〈生田長江氏はニイチェ全集翻訳中なるが、今回更にカアル・マルクスの「資本論」全訳の事業に着手、四月上旬其第一分冊を刊行する〉と報じていることからも明らかである。当初の出版予定は、四月であった。

長江の『資本論』第一分冊が刊行されたのは、十二月一日のことである。この本の巻末には、堺の推薦文が掲載されている。これを見た高畠に憎悪の炎が燃え上がったことは間違いがない。同月五日の「東京朝日新聞」にかなり大きな広告が出ているが、〈五千部限り特価一円九十銭〉とある。また、〈全部十冊一年間に完了〉ともある。一年間で『資本論』が読めてしまうのである。読者の期待は高まったに違いない。

この本の売り上げは好調だった。同紙の翌大正九年一月十三日の広告には、〈!忽ちにして四版!〉のコピーが見える。〈二分冊二月上旬発行〉ともある。

書評も多かったが、ここでは「改造」（大正九年一月号）に出たものを紹介しよう。

マルクス資本論全訳【第一分冊】（生田長江訳）如何はしい資本論の出た後を享けて現はれた物だけに大分世の注意を惹いて居る、そしてニイチェの難訳に苦しみ抜いて来た訳者だけに、此飜訳は信用すべきものとして推す者が多い、訳者は序文中に謙遜な言葉で自分の立場を云つて居られるが、此大訳を独力で仕上る覚悟は大に多とせねばならぬ、訳筆も文学に堪能な人だけに非常に読み易くして原文の価値を現はすことに努めて居る、定価も安い。（定価一円九十銭麻布十番通緑葉社）

長江の「全訳『資本論』の発売されるに際して」が「読売新聞」に掲載されたのは、十二月七日のことである。この時の論調は、先の「マルクス『資本論』の訳者として」を発表した時とはガラリと変わっている。

尚ほ序乍ら断つて置きます――これまでフロオベエルを訳し、トルストイを訳し、ゲエテを訳し、ニイッチエを訳して来て、格別の御咎めをも受けないでゐる私は、このたびマルクスを訳する場合にだけ僭越呼ばはりをされるべき筋合は、毛頭ないものであると確信して居ります。

長江に僭越呼ばわりをしたのは、高畠である。後に長江が「読売新聞」（大正九年一月二十二日）に発表した「蟷螂の斧㈠」で触れている。

昨年十月頃、私が『資本論』全訳第一分冊の原稿を書いてゐるところへ、友人某氏を通じて高畠素之氏から御伝言があつた。『資本論は僕も飜訳するから、君は僕のが出来たあとで、僕のを見てやつたらいゝだらう』と云ふのである。余り奇抜すぎる申込みなので、私は一寸挨拶に困つた。しかし本気に取合ふのもどうかと思つて、『折角乍ら僕も急ぐから、一寸お先へ失敬する』と丈挨拶して置いた。

やがて「読売新聞」（十二月二十七日）に「再びマルクス『資本論』の誤訳指摘　高畠氏が生田長江氏の訳書に対して」の見出しの談話が紹介された。見出しに「再び」とあるのは、先の松浦氏の誤訳指摘に続いて、という意味である。

最近愈々生田長江氏の訳になる資本論の分冊第一冊が出たが、経済学者にして松浦氏の訳に対し真向から経済学上の知識皆無なりと言った高畠氏は、文学者たる長江氏の訳に対して再び誤訳指摘を為すべく、「高畠の訳書の出るまでの繋ぎだと皮肉屋の生田君が皮肉らしく言ふのが面白くない、松浦君よりは優しだが可なり誤訳がある」と語つた、第三章までの指摘で原稿紙約五十枚に亘ると言ふ

やがて高畠は、この誤訳指摘の「生田長江君の資本論一瞥記」を雑誌「解放」に寄稿した。たぶん「解放」編集部よりその原稿を見せられ、掲載を約束されたのだろう、長江も寄稿している。怒りが収まらない長江は、この原稿を執筆して顚末を「蟷螂の斧　マルクス訳者としての私の名誉を賠償して頂く為めに」と題して「読売新聞」(一月二十二、二十三、二十四日)に掲載してもらっている。それに反論する高畠の「生田長江氏を玩ぶ」の副題のついた「鎧袖一触」が、一月三十、三十一日の二日にわたって同紙に掲載されている。

長江は、十に対して一、二の誤訳はあるが、誤訳と言うに足りないものを誤訳と言っている、と主張し、高畠は、あくまで誤訳を主張している。

三月二日の「読売新聞」の「ビールの泡」欄が、高畠と長江の『資本論』の翻訳に触れている。

中でマルクス全集の半を占める資本論を一人でやる高畠素之氏は量に於いて多い方だろうが　此処に生田長江氏もその四千枚を越える資本論の飜訳を独力でやつてゐるが同氏は外にマルクスの全集よりも量の多いといふニイチエの全集をも独力でやつてゐるのは何と言つても量に於て文壇第一の飜訳家であらう　併し生田氏は此二つを終へたら一切飜訳の筆をとらぬ積りだといふ

この短い文章から長江の『資本論』に寄せる並々ならぬ思いが伝わってくる。三月初めまで、長江はこのような思いを抱いていた。

再び尾崎士郎の文章に戻る。

高畠との論戦は、いよいよ激しさを加え、（中略）ついに業を煮やした高畠は、「生田長江の癩病的資本論」を発表するにおよんで、この論戦は終止符を打たざるを得なくなったのである。（『小説四十六年』）

さて、「解放」誌上に掲載されるはずであった二人の原稿は、掲載されなかった。しかし高畠には奥の手があった。長江が癩病であることを公表すれば、彼はすぐに手を引かざるを得ない。社会的な名声も一瞬のうちに消えるだろう。ほどなく彼は、それを実行に移した。高畠は、「解放」に掲載されるはずであった原稿に手を入れて、「生田長江君の癩病的資本論」と改題し、創刊した「霹靂」（四月一日）に発表したのである。

この雑誌は、東大の明治新聞雑誌文庫が所蔵していた。表紙の右手に、「生田長江の癩病的資本論」の文字が印刷されている。まるで長江の『資本論』の続刊を中止させるために創刊したような雑誌だ。本文では「生田長江君の癩病的資本論」と「君」を付けて見下している。読み始めると、あちこちで長江の病気を揶揄している。

〈長江さんは僕に低能と罵られたことが悔しいと見えて、近頃寄ると触ると『低能が高能が』と訳のわからぬことを口走つてゐるそうだが、低能が高能であつても高能が低能でないにしてもサ、苟も低能でない位ゐの人間が律動的の尺度とは何事だイ。〉〈宛ら崩れかゝつた癩患者が怪しげな声を絞り出して何やら歌でも唸つてゐると云つた調子で、見た許りでもゾットする。〉〈そこで全体を癩的でなく健全に訳出すると次のようになる。〉〈反訳（殊に資本論のようなものゝ）に対して、生田長江と云ふ人が何れだけ不真面目でまた何れだけ無能力な人間であるかは、以上の指摘によつて大抵得心がついたことゝ思ふ。我々は真理と競争のために飽くまで彼れをイヂメ苦しめるつもりでゐるが、同時にまた何かの情実で無責任にフラ〳〵と彼れの腐つた肩を持つような連中をも片ッ端から同病扱ひにして葬つてゆくつもりである。〉

また巻末に「次号確定記事」が十行掲載されているが、その三行目に「癩病の伝染力と文壇の倫理主義者　高畠素之」がある。この雑誌は、創刊号だけで終わったのか、続けて出されたのかは不明であるが、長江に対する嫌がらせは、翻訳を断念させるまで続きそうだ。長江は、もう翻訳を中止せざるを得なかったであろう。病気のことは、自分一人だけの問題ではなく、一族の問題でもあるのだ。また本は、著者の意志だけで出せるものではない。版元の緑葉社の社長・福光美規は、長江の返事を待つまでもなく中止の決断をしなければならなかったはずである。

そんなふうにして高畠は、長江の翻訳に止めを刺し、初の『資本論』の完訳者になった。しかし、何という卑劣な栄光であることか。けれどもこのとき長江に向けた誤訳の刃が、ブーメランとなって自分に向かってくることなど、高畠は思いもしなかっただろう。

こんな卑劣な行為を、同時代人はどんな風に見ていたのだろうか。明治三十八年生まれの社会主義者・山辺健太郎は、〈私はこれを見て、いっぺんに高畠という男がいやになりました。〉（『社会主義運動半世紀』）と書き残している。

しかし、山辺のような意見は、少数派であったに違いない。高畠は社会的なバッシングを受けることもなく、名声と富とを手に入れているのである。ただ、『マルクス全集』に関わるはずの人々は、今回もほとんど降りてしまったので、全集が完成することはなかった。わずかに第十、十一巻が刊行されたのみである。

尾崎士郎は、二人の攻防を次のように締め括っている。

論戦の勝敗如何にかかわらず、高畠の「癩病的資本論」の一語は、長江の世間的存在に対して完全に止めをさしたことだけは事実である。それ以来、長江は続稿を中止し、ほとんど一切の文筆生活からはなれてしまった。彼の晩年を知る人は、むかし親しかった人たちの中にもほとんどあるまい。私の知るかぎりにおいて、最後まで恩師としての長江の面倒を見ていたのは詩人、伊福部隆輝（のちに隆彦）くらいのものであろう。（『同前』）

この尾崎の『小説四十六年』（講談社、昭和三十九年）は、「東京新聞」（昭和三十七年七月〜十二月、および三十八年八月〜三十九年二月）に連載されたものである。長い歳月が流れ、病気を暴露されれば当然沈黙したはずだと尾崎は思い込んでしまったようであるが、病気を暴露された長江の生活に何ら変化はない。この強靭な精神を支えているものは何だろうか。

尾崎が、「時事新報」の懸賞短編小説に、大逆事件に材を得た「獄中より」を応募して二位入賞となり脚光を浴びるのは、翌大正十年一月のことである。

第七章　永久の悪夢

「長沢兼子」上演打ち合わせ会。右から４人目長江，右隣柳原白蓮。（大正９月３月，『長谷観音ゆかりの文学者Ｉ』より）

伊福部隆輝の弟子入り

この年（大正九年）の四月七日、生田家の前で右往左往している一人の若者がいた。長江と同じ鳥取県生まれの二十一歳の伊福部隆輝である。

伊福部は、明治三十一（一八九八）年五月十二日に鳥取県八頭郡智頭町の神主の長男として生まれた。そんな彼には、生まれながらに予定されているコースがあった。小学校から教育会講習所を通って師範学校を卒業し、その後小学校教員となり、やがて校長となり恩給がもらえるようになったら父の後を継いで神主になるというコースであった。

伊福部がこのコースから外れたのは、教育会講習所に通っているときであった。級友の杉山文雄と喧嘩して怪我をさせてしまったのである。当然、無期停学となった。学校では内々に処理してくれたが、やがて師範の試験委員の知るところとなり、師範学校に入ることが絶望的になってしまった。そのまま講習所の甲種に進級したが、将来を悲観して、一年の二学期の冬休みに退学してしまった。

暗中模索の日、彼は文学に進むことを決心する。少年のころより、文学には自信があったのである。この後、郷里で准教員をしたり大阪に働きに出たりしていたが、この年の春、県立農学校を卒業した佐々木金之助（明治三十年生）とともに上京して一か月が過ぎていた。このころ、伊福部は帝国興信所（現・帝国データバンク）の文書課に勤務し、佐々木は語学（英語）の学校に通っていた。

伊福部が生田長江の名を知ったのは、この佐々木を通じてであった。生田が、有島武郎の人道主義を評して「牛乳とパンとで胃の強さをほこる人だ」と言ったという話は、伊福部を強く肯かせるものがあった。この佐々木の話は、有島武郎が、先の生田の話に反論する目的で「新潮」（大正七年二月号）に発表した「芸術家を造るものは所謂実生活に非ず」の冒頭の〈生田長江氏が私を批評して「パンと牛乳ばかり喰つてゐて胃の強さを誇る人だ」と云つたといふ新聞の雑報をわざ〳〵送つてよこしてくれた友達がある。〉の箇所を読んだものであろう。有島が友達から送られた雑報は、「東京朝日新聞」（大正六年十二月十日）「青鉛筆」欄に掲載された〈最近評論家から戯曲家になつて文壇の視聴を集めてゐる生田長江君或る日或る人に対つて曰く「近頃評判の有島武郎君は牛乳とお粥ばかり食つてゐて俺の胃の腑は健全だと言つて自慢してゐるやうな人、……」と但し当否は青鉛筆子の知る所にあらず〉の記事のことだと思われる。

また伊福部は、上京直前に大阪小包郵便局に勤務していたころ、かつて「秀才文壇」の評論の選者で、このころ大阪のメリヤス会社の社長をしていた赤木桁平と行き来していたが、その彼から、

「君なんかは、生田長江に会ったら、いっぺんで参ってしまうよ。彼は実に頭がよくて、そして青年の心理をつかむ天才だ。堂々たるあの長江一流の達弁に会うと、よほどの奴でも参ってしまうよ」

と言われ、会うことを勧められてもいた。

伊福部は、意を決して八つ手の植込みのある玄関までの三メートルの玉砂利をドキドキしながら歩き、玄関の戸を開けた。玄関に立って声をかけて来意を告げると、取次に出た青年はすぐに引っ込んだ。そして、

「十分ぐらいなら」

と言って八畳の応接室に通された。まもなく長江が出てきて、光を背にして紫檀の机を中にして座

った。

伊福部が、鳥取県の智頭の生まれだと自己紹介したが、長江はあまり関心がないらしく、すぐに文学の話になった。

「君はこのごろ、どんなものを読みましたか?」

と聞くので、二、三日前、友人の杉浦敏夫のところから借りてきた彼らの同人雑誌「四元」に掲載されていた佐々木味津三の短篇の話をすると、長江は、

「そりゃあ面白そうですね。見たいですね」

と言う。伊福部は、下宿先の厳浄院にとって返し、「四元」を玄関先で渡した。すると長江から、

「これからはいつでもきたまえ」

と言われた。それを聞いた伊福部は、自分の前途が洋々と開けていくような気がした。

一週間ほどして伊福部が再び長江のもとを訪れると、

「君、あの佐々木味津三の短篇は面白いですね。君は文学がわかりますね」

と言われ、伊福部の心は舞い上がってしまった。自分の批評眼が認められたことにもなるからである。その後、また読書の話になった。あれから何を読んだのか聞くので、ここ数日来読み続けた長江訳の『ツァラトゥストラ』の感想を話すと、このときには威厳のある声で浅い見方をたしなめられている。

伊福部が帰ろうとすると、一人の青年がやってきた。講談社の「雄弁」の記者・広瀬照太郎であった。広瀬は挨拶もそこそこに、

「先生、天才を見つけました。一つ先生のご推薦をお願いしたくて持参しました。どうかご一読願

います」

と言って、百枚くらいある原稿の束を取り出した。

広瀬は、この原稿は傑作だと思うが、社の人たちは無名だからと言って躊躇している。そこで、長江の推薦が得られれば載せようという話になったのだという。

この原稿の作者は、宇野喜代之介。この作品「お弓の結婚」は、長江の推薦で「雄弁」九月号に掲載されている。その後この作品は、翌大正十年に新潮社から刊行されているが、長江の働きかけがあった可能性が高い。

このとき、長江は伊福部を広瀬に紹介しているが、これが機縁になり、数か月後、伊福部は講談社の編集部に迎えられている。伊福部は、一年ほど勤めたようだ。

差別への挑戦

昭和三十一（一九五六）年、鎌倉長谷寺より木村彦三郎著『長谷観音ゆかりの文学者Ⅰ』という冊子が刊行された。長谷寺縁《ゆかり》の文士を紹介したもので、高山樗牛や国木田独歩とともに長江も取り上げられている。

この冊子の長江の項に、細長い机を囲んで、長江を中心に打ち合わせをしているスナップ写真がある。写真の下に、「円光上演打合せ会（大正九年三月）」とある。

長江の顔が小さいのではっきりとはわからないが、まだ外出に支障があるほどではなかったようだ。長江の右隣より白蓮夫人（伯爵柳原前光の次女で筑紫の炭鉱王・伊藤伝右衛門の妻）、白蓮の（義）妹、宮崎龍介と続いている。なおこの写真と同じ部屋で同じ服装で撮られた写真が、同年三月十六日の「東京朝日新聞」に、「白蓮女史が好い声で／指鬘外道の本読／来月初演する創作劇場の／俳優連が集まって／昨夜末広亭の顔つなぎ」の見出しで掲載されているので、この写真は三月十五日に末広亭で撮られたものであることがわかる。ただ、このときの長江の戯曲は「責任者」と紹介されている。同日の「読売新聞」も、「故松下軍治氏の＝／令嬢が初舞台に／子供の頃からの希望が叶ひ／兄さんの諒解をも得て」の見出しで、長江の骨折りで、大正四年に逝去した「やまと新聞」社長の令嬢の松下南枝子が「責任者」のかね子役で初舞台を踏むことが報じられている。もう一人の女優との写真も大きく掲載されているが、大きな話題になったことであろう。

秋庭太郎著『日本新劇史（下巻）』には、〈九年六月二日より五日間、市村座に於いて生田長江の「長沢兼子」、伊藤白蓮の「指鬘外道」を上演した。「長沢兼子」が芳川鎌子事件を取扱つたとかで二日目に突然にその二幕目が上演禁止となり、議論が沸ひたが、なほまた雑誌『解放』所載の戯曲「指鬘外道」の作者白蓮女史と『解放』記者宮崎龍介（彼は創作劇場の飯塚主事と同窓生であつた。）との交渉が、この時に成立つたとも伝へられる。其後の創作劇場の消息については明らかならぬ。〉という箇所がある。

このときの演目は、「円光」でも「責任者」でもなく、「長沢兼子」であった。

それでは、「責任者」とは、どんな作品なのだろうか。これについては、同年三月三日「読売新聞」の「ビールの泡」が触れていた。

処女作「青い花」以来戯曲家として文壇に確乎たる地歩を占むるに至つた生田長江氏は、雑誌「解放」の四月号に社会劇「責任者」（二幕四場）を寄せた　ところで此戯曲の内容は芳川鎌子と運転手倉持陸助、出沢佐太郎及び伯爵芳川寛治氏の四人にそつくりの人間が現はれ、銘々その筋を運んで行くのだ相だ　しかし其の責任の帰結は芳川伯でもなく鎌子に似た女でもなく又運転手でもなく、結局現代社会制度の不満といふ点に落ちて行くのだ相だ、そして此戯曲「責任者」は近く某新劇団の手で上演されると云ふ

この記事の冒頭の長江の処女作「青い花」は、「円光」の間違いであるが、「責任者」は、「長沢兼子」の元の題であった。興味深いのは、「雄弁」五月号に発表されたこの作品が、三月初めの時点では、「解放」四月号に掲載される予定であったことである。「解放」の版元は、あの高畠素之が『資本論』の出版を進めている大鐙閣であった。このことから、長江の強い抗議が透けて見える。以後、長江が「解放」に書くことはなかった。

確認のために当時の記事を探すと、「新演芸」（大正九年七月号）の「演芸時事　自五月十一日至六月十日」が触れていた。

同二日／『長沢兼子』の禁止　本日より五日間、創作劇場は市村座にて生田長江の『長沢兼子』と伊藤白蓮の『指鬘外道』を上演したが、開演二時間前、警視庁の命令にて『長沢兼子』は差止められて、その前半だけを僅に上演する。芳川鎌子を扱つたモデル問題のためである。

やはり「長沢兼子」で間違いがないようだ。しかし、二日目に上演禁止になったのではなく、初日からクレームが付いたようだ。

「読売新聞」（六月六日）の「演芸界」でも、当局の指摘によって初日から前半のみにしたという記述があるので、やはり二日目ではなく、初日から前半しか上演できなかったようだ。

これより三年前の、大正六（一九一七）年三月八日の「東京朝日新聞」は、前日の伯爵家の芳川鎌子とお抱え運転手・倉持陸助の情死事件を次の見出しで伝えている。

「芳川伯家の若夫人抱運転手と情死す＝千葉駅付近にて＝◇男は咽喉を突いて即死し◇夫人は列車に触れて重傷」

長江は、事件直後に「新小説」（大正六年四月号）に「家族主義道徳の余命いくばくぞ――某伯爵令嗣夫人事件に対する輿論を吟味して」を発表して「家」を重んじる家族主義から家庭主義に移行している世論を指摘していたが、この作品「長沢兼子」は、この事件をヒントに書かれている。自分の本心よりも社会的な地位や名誉や体面を重んじることの不幸をテーマにしたこの作品が、高畠との論争の直後に発表されていることが興味深い。

長江の作品では、伯爵家という記述はないが、観客は、伯爵家の芳川鎌子と運転手・倉持陸助の鉄道心中事件を思い出すよう設定されている。病者への差別は、反転すると華族への敬意と同じではないのか。華族の実態とは、このように虚しいものだ……。この作品で、長江はそう告発しているように思えてならない。

先の「読売新聞」の記事は、長江に好意的だ。

事実、この脚本は単に市井の出来事を写実風に取容れた安価な作品ではなく、兼子の行為が其の周囲の人々に対し、惹いては観客たる我々に果して何を考へさせるか、即ち一つの謎として起った偶発事件の彼方にその謎を解く可き一道の光明を、作者の理想を示してゐる作品である。従つて当局は此の脚本の中止を命ずるに当つては、モデルに使はれた格段なる一私人の体面を庇ふ事よりも作者其人の理想を踏み躙る残忍さに対して責を負ふ可きであらう。

長江の意図が成功したようだ。高畠素之にハンセン病を暴露されても、やはり長江は全く意に介していないようにみえる。ちなみに、白蓮が夫の伝右衛門から若い宮崎龍介のもとに走って世間を騒がせるのは、翌大正十年十月下旬のことである。

長江は、先の末広亭での上演作品の打ち合わせ会に続いて、三月十八日の夜に万世橋ミカドで開催された「思想家の会合」にも出席している。これは、翌日の「東京朝日新聞」が触れているが、思想問題で東京帝大経済学部助教授の職を追われた森戸辰男を支援する集会で、長江の他、堺利彦ら十数名が参加している。なお長江は、前月の二月七日に、この事件に抗議する神田青年会館で開催された「思想団大会」にも出席し、「火薬は火を呼ぶ」の演題で講演している。

また四月三十日の「東京朝日新聞」の「学芸たより」欄は、芝四国町の日本自由基督教会主催の「文化講座」が五月十九日から六月二十五日まで開催されるが、吉野作造、大山郁夫、長谷川如是閑らとともに、長江も講師になることを伝えている。

続いて五月二十二日には青年会館で著作家組合の講演会があったが、長江は沖野岩三郎、馬場孤蝶、中村星湖、秋田雨雀、小泉鐵と共に演壇に立っている。ハンセン病を暴露された長江の行動になんら変化はみられない。

さて、高畠素之との論争で『資本論』の翻訳を断念した長江は、また新たな分野に挑戦している。小説を書き始めたのだ。

（大正九年）春、大衆的な作品が、同時に十分芸術的であり得ることを実証する意気込みで、小説『犯罪』を書き、「面白倶楽部」へ載せる。一冊に纏めるとき『環境』と改題し、後更に改題して『哀史』とした。（「改造社年譜」）

この小説「犯罪」は、「面白倶楽部」の大正九年九月号から十一月号にかけて連載されている。同年十二月に単行本になるとき、『環境』と改題されたこの作品は、昭和四十九年に『部落問題文芸作品選集　第十五巻』（世界文庫刊）として復刊されている。この作品がこの選集に入ったのは、主人公が部落出身者だと設定されているからである。

この作品の冒頭に、「作者より批評家諸君へ」という三ページにわたる挑発的な文章が掲載されている。要約すると、単に面白いのは遊戯であり、反対に面白くないのは労働である。自分は、両方を兼ね備えたものを書いた。批評家諸君の御批判を仰ぎたいというものである。

この作品は、主人公の若者が、部落出身だということで差別を受け、やがて犯罪者になり殺人を犯して死刑になる直前、聖書と出会って救われ、それまでの悪行を悔い改め懺悔録を書いたという設定になっている。実際に「鈴ヶ森お春殺し」の犯人として大正七年八月十七日に死刑台に上った石井藤吉が死の直前に書いた『聖徒となれる悪徒』が下敷きになっている。この作品は、主人公が発光体となり、差別の愚かさを照らしだしているような作品である。

長江は、この事件を新聞で読んで興味をもっていたが、賀川豊彦から『聖徒となれる悪徒』を手に入れ、読後深い感銘を受け、一気に書き上げたようだ。

この『聖徒となれる悪徒』は、その後何度も刊行され、平成八（一九九六）年にも『天国への死刑囚　石井藤吉ざんげ録』（真菜書房）として復刊されている。

読み比べてみると、石井藤吉は部落出身ではないし、随所に長江の脚色がみられる。『部落問題文芸作品選集　第十五巻』に添付されている月報の北川鉄夫「生田長江と部落問題」に、〈生田長江は戦前の文学者の中では、何がしかの関心を部落問題に寄せた数少ない人のようである。どういうことから、その関心が生まれたのかは今のところはっきりわからないが〉とあるが、『資本論』で高畠の卑劣な攻撃にあった長江は、こんな形で差別の愚かさを告発しているような気がしてならない。部落問題もハンセン病も、差別の根は同じなのだ。

やはり同時代の読者にも生彩を放ってみえたのであろう、『環境』が刊行されるとすぐに渡辺清が「真の民衆芸術出づ――「環境」を読む」（「新潮」大正十年二月）を発表している。ちなみに部落解放を旗印にした水平社が結成されたのは、長江がこの「犯罪」を発表した二年後の大正十一年のことである。

長江は、大正十二年五月にも「水平運動について」を「新小説」に発表して差別を告発している。

我々の祖先が特殊民諸君の祖先を賤視し出したことの根拠及び理由は、あまりにも馬鹿馬鹿しく薄弱なものである。或はあまりにも不分明である。これに反して現代の我々に至るまで、華族なぞと称する一方の特殊民へ意気地なき屈従と敬意とを払はせられながら、他方の特殊民へ謂はれなき凌辱侮蔑をしつづけて来てゐることの賤劣さこそは、如何に罵りはづかしめられても、如何に自ら恥ぢ入っても尚ほ足りないほどのものである。

この文章の〈特殊民〉を〈癩病者〉に置き換えると、長江の主張は明らかだ。彼の聡明さが、彼自身を救っていたことがよくわかる。そして、高畠の攻撃にあっても、なぜ平静でいられたのかも納得がいく。長江は高畠を、伝承にとらわれてしまった哀れな男だと思っていたに違いない。

この「水平運動について」は、部落解放運動に従事する人たちの目にとまり、大正十三年九月号の山口県水平社の機関誌「防長水平」に転載されている。この論文は、昭和五十年に刊行された『部落問題文芸作品選集　第二十巻』にも再録されている。

冬日会

長江は、大正九年（一九二〇）七月二十一日、大橋図書館近くの麹町区上六番町三十二番地に転居している。

今まで、長江がこの地に転居した時期や番地を特定したものはなかったが、「東京朝日新聞」（大正九年七月二十六日）の「学芸たより」欄に、〈生田長江氏　二十一日麹町区上六番町大橋図書館裏へ転居〉とある。また番地は、「改造」（大正十年四月）所収の「大正十年度・現代思想・評論家総覧」等から知ることができた。

七月二十日の「東京朝日新聞」の「学芸たより」欄は、〈生田長江氏　十七日夕全家族茅ヶ崎海岸鈴木別荘へ避暑〉と触れ、九月六日の「読売新聞」の「よみうり抄」には、〈生田長江氏　茅ヶ崎から帰京した〉とあるので、引っ越しは甥たちに任せていたようだ。

この地は、現在の千代田区三番町十四番地と十二番地にまたがっている。九段坂を上り切ったところに靖国神社前の信号があるが、その次の靖国神社南門の信号を左に折れ、真っすぐ三、四百メートル歩くと交差点の手前右手に瀟洒な大妻女子大がある。この場所が三番町十二番地であり、この交差点を右折した先が十四番地である。この辺りは、閑静な住宅地である。

なぜ長江は、この時期に引っ越したのだろうか。前出の金田一春彦が、〈なぜか私の母は私が生田家へ遊びに行くことをさしとめた。〉と書いていたが、高畠の卑劣な暴露で近所にハンセン病の噂が広がり、新天地を求めてのことであったと思われる。ここから歩いて数分のところに有島武郎の屋敷(麹町区下六番町十番地)がある。また方向は異なるが、与謝野晶子の家も同じくらいの距離にある。長江がこの地に来たのは、彼らの存在があったのかもしれない。

有島邸で著作家組合の評議委員会があったのは、この年の九月六日の夜のことである。出席者は、長江の他、有島武郎、大庭柯公、堺利彦、長谷川如是閑、馬場孤蝶の六名である。このときは「童話について」の合評会が行われて、この模様は「著作評論」の十月号に掲載されているが、末尾に、〈生田氏の話された所は、生田氏が旅行中にて筆記を校正していただくことが出来ませんでした。生田氏並に読者のお許しをお願ひします。〉とある。

実はこのころ、長江は帰郷していた。このとき会った森谷角次が、「生田長江氏を訪ねて」を「秀才文壇」(大正十年十一月号)に発表している。おそらく長江は、長兄の一周忌で帰郷したのではなかろうか。あるいは父親の具合が悪く、見舞いであったのかもしれない。

九月末のある日、長江が帰郷したと聞いた二十三歳の森谷は、さっそく長江を訪ねた。森谷は、以前上京して生田家に厄介になったことがあったようだ。長江は浴衣姿で出てきて、二階で文学者志望の森谷に、文学者になるのには、文学書だけを読んでいてはいけない。新聞等を読んだり、人の話を聞いて百般の知識を得ること、友人を得て話し合うことも大切だと説いている。そして、いい作品が書けたら自分がどこへでも紹介すると約束している。苛酷な農作業に押し潰されそうな森谷にとって、長江は希望の星であっただろう。森谷は長江について、〈病弱な氏の身体は痛ましくも痩せて、絶えず何物かに脅えてゐる業に落付く暇もない様に見えた。氏は膝の上にリューマチスに虐げられた手を載せて〉と書いている。

長江の外出活動は、相変わらず続いている。この年の十二月四日の「東京朝日新聞」の「学芸たより」欄に、「思想問題研究会」が五日の午後一時より日本婦人協会主催で神田西小川町の日本弘道会で開催され、岡田哲蔵らとともに長江の「誤解されたる婦人の自覚」の講演もあることを伝えている。

この日本婦人協会は、詩人の人見東明（明治十六年生）たちが女性文化の向上を願い、大正八年四月に組織したもので、毎月一回、公開講演会と研究会を開催している。この日本婦人協会の精神は、後の日本女子高等学院に、さらに現在の昭和女子大学に引き継がれている。東明は、両方の理事長になり、昭和女子大の卒業生たちの共同研究になる近代文学者の基礎資料をまとめた『近代文学研究叢書』の指導もしており、生田長江も、この叢書の四十巻に収められている。

また、翌大正十年一月十六日には、著作家組合の例会が新橋駅の中央亭であったが、長江も出席している。

さて、長江は、この年（大正十年）には、「現代」に小説「落花の如く」（一月号〜十月号まで）を連載している。この作品は、運命や宿命に翻弄される男女の奏でる変奏曲という感じで、長江はまぎれもなく卓越したストーリー・テラーであることを証明している。
読者にも好評だったようで、最終回の最後に編集部の次の附言がある。

長らく愛読を賜った生田先生の大傑作「落花の如く」も本篇をもって終ひに大団円となりました。連載中度々読者諸君より熱心なる感激の手紙をいたゞいたことは編輯者一同の欣快に堪へないところであります。尚生田先生は目下静養中でありますが、また近いうちに再び本誌の為に快心の大傑作を寄稿していたゞくことになつてゐますから、何卒鶴首してお待ちの程をお願ひ致します。

この文章を読むと、長江の体調は、あまりよくないようだ。この作品は、翌年の四月に天佑社から出版されている。

長江のもとに、また悲しい訃報が届いたのは、この年（大正十年）の二月初めのことだ。父親の喜平治が、二月六日に他界したのである。享年八十。

長江の父・喜平治に対する思いは、のち長江が建立した墓石の碑文から読み取ることができる。

大正十年二月六日歿行年八十二俗名生田喜平治窮乏ノ中ニ学ヲ攻メ夙ニ祖父義民啓助ノ志ヲ継キテ他日有為ノ材タラム事ヲ期ス少壮既ニ王政維新ニ会シ公事ニ奔走シテ漸クソノ名ヲ知ラル爾来数々推サレテ県会議員ソノ他ノ公職ニ就キ地方ノ開発民権ノ伸張等ニ貢献スルモノ年アリ然レドモ後幾何モナクシテ選挙界ノ陋風耐ヘ難キモノアルニ及ビ決然退耕シテ竟ニ再ビ出デズ

一篇の詩のように美しい文章である。文中の「陋風」とは、下品な風習、悪い風習の意味だ。父親は、若いときからその力が近隣に鳴り響き、推されて県会議員にもなったが、選挙界の陋風に染まるのを嫌い、公職をすべて辞した。喜平治は、啓助同様、強い正義感の持ち主であった。啓助から喜平治へと脈々と流れる毅然とした生田家の血筋を自分も忘れてはならない。長江は、そんな思いを新たにしたはずである。しかしそのとき、長江の心に、高畠の攻撃にあって『資本論』の続刊を断念した無念さが甦ることはなかっただろうか。

伊福部隆輝が、「読売新聞」(二月二十二日)に掲載された阿部次郎の「人格主義に就いて」に反論する原稿を書いて長江のもとを訪れたのは、三月二日のことだった。

一通り目を通した長江は、「これはよく書けましたね。読売の柴田君に紹介しましょう」と言った。この「柴田君」は、昭和三(一九二八)年三月から同十六年八月まで同社の編集局長を務めた柴田勝衛(明治二十一年生)だと思われる。長江の青山学院の後輩で、長江に理解のある一人であった。

伊福部が、ホッとすると同時に飛び上がる思いで、

「そうですか、これでよろしいですか」

と念を押すと、

「イヤ、このままではいけません。阿部を攻撃しているはじめの二回分はこれでよいが、あとの一回分、この君自身の説を述べているところは削るのですね。伊福部君、論争というものは論敵の虚をのみ衝くべきもので、自説は出すべきものではありません。阿部がこの論難文を読むと自分の衝かれているところは、放っておいて、君の説を駁しますよ。そうすると君は彼に赤児の手をひねるように、やられますよ。だから攻撃のところだけ出せば、阿部は弁解だけしなければなりません。うまく弁解

したら、そうかわかった。と言って勝負なし、もしその弁解文に欠点があったら、又これを衝く、という風に、こちらは絶対不敗の立場に立って敵を攻撃するのです。これが論客としては一番大切な立場です」

と言って、長江は伊福部の七枚半の論文を五枚で切ってしまった。こんなふうにして長江は、伊福部に論戦の秘訣を伝授している。

伊福部が、その原稿と紹介状を持って京橋袂の読売新聞社に行くと、「阿部次郎氏に問う　正義の戦ひに就いて」（上・下）という題で翌々日の四日と五日に連載された。これが伊福部の初陣であった。伊福部は、大得意で友人たちに掲載紙を見せて回っている。

伊福部はこの後も、「佐藤春夫論」（「東京日日新聞」大正十一年二月二十八日〜三月六日）、「『反抗』を通して見た豊島氏の芸術」（「新潮」同年五月号）、「芥川龍之介論」（「新潮」同年九月号）、「新興文芸の美とその要素」（「新潮」同年十月号）、「現詩壇の否定」（「新潮」大正十二年二月号）等、気鋭の評論を次々発表し、大正十二年一月には、橋爪健、富田常雄らと同人雑誌「感覚革命」を創刊。また大正十三年九月には、初の評論集『現代芸術の破産』（地平社書房）を出版している。

伊福部が初陣を果たした翌四月、今度は「新小説」に佐々木味津三（明治二十九年生）と高群逸枝が作品を発表して文壇の大きな注目を集めている。二人とも長江の推薦だ。

佐々木の作品は、百枚の小説「地主の長男」。弟にたかられてばかりいる地主の長男の哀歓を描いたものである。同誌では、島崎藤村、泉鏡花、内田百閒、長谷川如是閑と肩を並べて掲載されており、また高群は百七十枚の長詩「日月の上に」を発表している。この作品は、詩の形を借りて表現した自叙伝で、長江は、同誌に高群の作品を推薦する「『日月の上に』の著者に就て」と評論「古くして新しき問題」を発表している。長江の推薦文には、高群の巡礼姿の写真も掲載されている。

高群逸枝さんは、まだ二十歳にも満たない婦人です。最初にその『民衆哲学』と云ふ論文原稿を拝見した私は、単にそれを拝見しただけでも少からず驚かされました。現代の日本に於て、これだけしつかりした推理と、これだけ鋭い直観とをもつた婦人が、果して幾人あらうかと思ひました。けれどもその後、彼女の長篇詩『日月の上に』を拝見するに及んで、私は彼女が単に婦人として稀有の人であるのみならず、あまねく文壇思想界に於ける殆んど如何なる人々に比べても些の遜色を見ないほどの天才であることを知りました。

特に詩に就いて云へば、彼女の詩には何等の空虚な衒学も、軽浮なジャアナリズムも、不自然な苦吟のあともなく、総ての言葉から言葉へ、行から行へ、流れる水が自らにして爽かな音を立てるやうに移つて行きます。しかも、常に噴水の機会をねらつてゐる地の底の火熱に近いものを感じさせないではゐません。かくの如き本当の詩人を推奨することによつて私は、私が今の詩壇を軽視してゐるほどに、詩その物を軽視してゐるのでないことをも証拠立てたいと思ひます。

一方佐々木が長江の推薦を受けることができたのは、先に触れたが、伊福部が彼の小説を長江に見せたのがきっかけだ。九州熊本出身の高群の作品が長江の目にとまったのは、この年の早春に論文「民衆哲学」を長江に送ったのが発端である。一読して驚嘆した長江は、「新小説」の編集者とともに高群の住む世田ヶ谷村まで出かけている。とても十九歳の女性のものとは思われなかったからである。そして、長編詩があることを知り、世に出ることになったのである。当初、六十七章からなるこの長編詩には、「詩」としか題されていなかったが、題詩の中から「日月の上に」を選んだのは長江である。高群は、この詩を先に生田春月に送ったが、紹介の能力をもたないと返されてきたものだった。

先に紹介した長江の推薦文は、〈高群逸枝さんは、まだ二十歳にも満たない婦人です。〉(『日月の上に』の著者に就いて」)と始まっている。

そして、長江は伊福部には次のように話している。

「これがですね、十九の少女の作だといふのですから、天才ですね。二十九なら書けないことはありませんがね、与謝野夫人以来の天才女性ですね」(「生田学校周辺」)

だが、明治二十七(一八九四)年生まれの彼女は、このとき二十七歳であった。当時一般的だった数えでは二十八歳。九歳もサバを読んでいる。したたかな高群にとって、人の良い長江を騙すことなど朝飯前であったのだろう。

この詩を発表して大きな脚光を浴びた高群は、六月に『日月の上に』(叢文閣)と『放浪者の詩』(新潮社)を続けて刊行している。この叢文閣は、有島武郎の親友であり、初心会の仲間であった足助素一の経営する出版社である。また、新潮社は長江と関わりが深い出版社なので、これらの出版には長江の働きかけがあったと思われる。

注目を集めた高群であったが、彼女は、六月末に郷里から上京した恋人の橋本憲三(明治三十年生)に、まるで拉致されるように熊本に帰っている。憲三は、高群が長江に急接近していくのを阻止したかったのだろうか。彼女はその後、翌十一年の三月初めに夫となった憲三とともに上京し、以後着実な歩みを続けている。

一方の佐々木にも、大きなスポットライトが当たった。四月十七日の「読売新聞」は、「新進作家・

佐々木味津三氏」の見出しで佐々木の写真を掲載し、〈同氏の小説『地主の長男』の発表を機縁として本日根津娯楽園に友人知己の会合が催される〉と説明をつけている。佐々木の「地主の長男」の発表を祝う会が開催されるようだ。彼を長江に推薦した伊福部はもちろん、長江も出席した可能性は高い。

この作品で注目された佐々木は、その後、大正十二年に菊池寛が創刊した「文藝春秋」の同人に迎えられている。その後、大正十五年四月に長兄が他界すると、父や次兄はすでに他界していたため、長兄の遺児五名と弟妹三名の扶養や兄から託された膨大な負債を返済するために大衆文学に転じた。昭和三年に連載を開始した「右門捕物帖」や翌四年の「旗本退屈男」等がヒットし、映画化され、大衆作家として大成している。しかし、執筆の過労は病弱な彼の身体を蝕み、昭和九年二月六日に他界している。享年三十七。

話を長江に戻す。長江への仕事の依頼は相変わらず多い。雑誌「日本一」が、四百字詰め原稿用紙十枚以内の最短篇小説の懸賞募集を行い、大正八年の十二月号より十年十月号まで当選作を発表している。前半の選は菊池寛と田山花袋が交代で受け持っていたが、途中から菊池が抜け、長江と島崎藤村が加わっている。当選作がないときの選者は不明であるが、長江の選での当選者は、大正九年七月、十月、十年一月、五月、八月、十月号の六回あり、最後の選では、鳥取県出身の藤岡良三の「妖性」を一等に選んでいる。ちなみに選評の多い順に選者を並べると、田山七回、生田六回、菊池四回、島崎三回である。長江の文壇での存在感に少しも揺らぎはないようだ。

のち鳥取県西伯郡岸本町の助役となる二十八歳の後藤大治が生田家に向かったのは、この年（大正十年）の夏のことであった。後藤は、十代で郷里鳥取県を飛び出し、このころは台湾の台中女学校の教員をしていた。

期待に胸を膨らませて帰国したが、門司で新聞を買って文芸欄を読んだとき、出鼻をくじかれる記事と出会った。最近、熊本県の高群逸枝という無名の若い女性の詩集『日月の上に』が、長江の推薦で書店から上梓されることになった、とあり、長江は最近やたら新人を紹介する。すでに島田清次郎や江原小弥太を紹介した。甘い。という悪評であった。この記事を読んだ後藤は、頭が重くなった。というのは、彼もまた詩に志をもっていて、自分の詩をまとめて出版し、日本の詩壇に訴えたい。文壇の大家であり、文芸評論家の日本一の権威者の長江に批評を仰ぎ、何とか道筋をつけてほしいという野望を抱いていたからである。

長江が、島田や高群を推薦したことはすでに触れたが、江原小弥太が大正十年に越山堂書店より自費出版した『新約』全三巻（上巻四月、中巻・下巻五月）も推薦している。初出紙誌は不明だが、同年八月四日の「東京朝日新聞」の『新約』の広告には、長江の〈此大作が何等の反響らしい反響を見ないでしまうとしたならば夫れは作者の不名誉であるよりも寧ろ文壇全体の恥辱である。〉という推薦文が転載されている。この『新約』全三巻は、この時点で上巻十五版、中、下巻十三版と紹介されている。この後も爆発的に売れたようだ。

さて、後藤が生田家の玄関の前に立つと、「面会謝絶」の貼紙が目に入った。後藤が意を決して玄関を開けると、玄関の突き当たりにピアノがあって、書生風の若者が何か弾いていた。長江への取次を頼むと、気の毒そうな顔をしてお嬢さんを迎えに学校へ行ったという。

後藤が失望感を抱いて帰ろうとすると、向こうからみすぼらしい四十恰好の人が、小さな女の子の手を引いて来る。長江だ！　後藤が来意を告げると、長江は後藤を家に招き入れた。長江はその場で原稿を読むと、出版界の内情を説明し、わずかな部数を自費出版して広く詩壇に訴えることをアドバイスしている。

丁重な対応に感激した後藤は、一週間後、西瓜を手土産に長江の避暑先の茅ヶ崎を訪れ、書生と海水浴などして楽しい一日を過ごし、台湾へ帰っている。(「生田長江先生と私」)

さて、長江の病気の症状は現れ、噂は人々の間を駆け回っていると思われるのに、若者の出入りはとだえることがない。伊福部隆輝の子息の高史氏(昭和二十四年生)は、「父の許に来る人は、心配してお茶も口にしなかったそうです」と教えてくれたが、彼を慕う若者たちは後を絶たないのである。

このころを伊福部は「生田学校周辺」で次のように語っている。

私は大勢の友人を先生のところに連れて行きました。今覚えているだけでも、赤松月船、佐々木金之助、相田隆太郎、小島徳弥、進藤進、皇山敬子、金子梅子、橋爪健、杉浦敏夫、斎藤米太郎、佐々木味津三などであるが、その他文壇に出ずにしまった青年たちをも、こちらが勧めてまでも連れて行きました。

それはちょうど大正十年から十二年の大震災までで、この上六番町時代が長江門の第二期で、私は生田学校と呼んでいます。ちなみに一期は、生田春月や佐藤春夫たちの時代です。

大勢の若い男女が集まり、次第に会のようなものが出来ました。この会は、夏日可避、冬日可親の古語からとって冬日会と名付けられ、月に一度か二度先生宅に集まり、無会費で、お寿司や果物など先生負担で開かれました。(著者注=メンバーは、伊福部隆輝、赤松月船、佐々木金之助、斎藤米太郎、竹内道太郎、角田健太郎、藤岡良三、金子梅子、金子小夜子、皇山敬子、秦龍三九、野上巌たちである。野上

は、明治三十四年に山口県に生まれ、大正十一年四月に東京帝国大学文学部ドイツ文学科に入学と同時に長江に入門している）

私たちはここで、文学上の指導は勿論、生活上の指導も受けました。この会が始まる時、先生は次のような訓示をされました。

「この会では、忌憚なき批評ということは止めましょう。大体欠点は言わないことにしましょう。一たいに芸術家たるものは、自分の欠点は誰よりも知っていますよ。そこを突かれてはたまりません。反対に自分の長所と云うものは、分からないものなのです。それすら短所と思っていたりするものです。ですから、そこを見つけて称揚するように致しましょう。それによってお互い成長して行くのです」

先生のこの方針のおかげで、和気あいあいとした雰囲気の中でお互いが成長することが出来たと思います。冬日会は、やがて「月光」という詩誌を出すことになりました。

生活上の指導は、先ず寿司の食べ方から教えていただきました。食物は寿司だけでなく、私や赤松月船は支那料理の食べ方も教えていただきました。その費用は先生もちで、私たちは広東料理を九段下の支那料理店でご馳走になりました。それればかりではありません。「君たちは田舎者だから、寄席にでも行ってシャレを覚える必要がある」と言って、寄席にも連れて行ってくれました。もちろん費用は先生もちです。

そんなわけで、冬日会の時には、全員がヘタなシャレを連発しました。赤松月船のごときは、「諸君、僕がシャレを言いますからね」と宣言してから披露したり、折角言ったシャレが通じなかった時には、「諸君、今のはシャレですよ」と言ったりしました。我々は、シャレも満足に言えない田舎者の集まりでした。

冬日会は遠出しました。目黒に筍飯を食いに行ったり、滝野川の紅葉園（瀧野川園）に行ったり、言問の雲水に精進料理を食べに行ったりしました。流石にこれらの行ではお互いに会費を出しましたが、勿論先生の補塡がありました。先生が、このように青年どもを引率されたのは、この雲水の冬日会が最後で、それは大正十二年の春のことであったと思います。（著者注＝「報知新聞」の大正十二年一月十一日の「消息」欄に、〈生田長江氏は旧歳子息をつれて郷里鳥取県に帰省中のところ去る六日帰京〉とあったが、故郷に帰るのもこれが最後になってしまったに違いない）

この頃、先生のもとに通っていたのは、我々のグループだけではありません。別組の筆頭は、犬田卯君とその細君の住井すゑ子女史です。私たちは、この女史の何よりも粗雑というか、ガサツというか、女性らしいつつましやかのないところが気に食わず、ガクガク女史とあだ名して、一緒になることを好みませんでした。先生と私で意見を異にしたのは、すゑ子女史への才能の評価でした。他のいかなることも先生に同調しておりましたが、私は先生の彼女への評価に同調することは出来ませんでした。

彼女たちの他に先生を訪ねて来て認められたのは、林芙美子さんでした。多分訪問記者として訪れたと思いますが、私が行くと、「先刻、林芙美子というのが来ましたよ、なかなかいい文学的才能を持っていますね」という話をされました。

ここに出てくる林芙美子については、もう少し後で触れる。

住井すゑ子（後のすゑ）は、明治三十五（一九〇二）年に奈良県に生まれた。田原本技芸学校を卒業後、一時教員をしていたが、大正八年に新聞で講談社の婦人記者募集の広告を見て応募して合格。しかし、女性社員のみ日給制度の差別に抗議して一年あまりで退社。以後、童話を書いて生計を立てている。

住井は、平成七年に、娘でエッセイストの増田れい子さんとの対談集『わが生涯　生きて愛して闘って』を出版しているが、その中に次の箇所がある。

増田　パパが『土にひそむ』にとりかかっていたころ、すゑさんの方はいち早く『相剋《そうこく》』というタイトルの長篇小説を出すのね、これが一九二一年、大正一〇年夏のことです。

住井　生田長江さんが読んでくれてびっくりしてね、これはすごい作品だからって、甥御さんの出版社、表現社というところから出してくれたの。（中略）

増田　読んでみたいな。どういうテーマのもの？

住井　それも覚えがなくて（笑）。ただ、評判がよくて、その評判に自分がうかうか乗ったらジャーナリズムにもみくちゃにされると、とっさに思ったことは覚えている。（以下略）

作家がデビュー作を忘れることはない。住井は、何と答えたらいいのか照れくさくて忘れたふりをしたのであろう。住井の『相剋』は、女性の自立をテーマにした作品である。彼女は、のち被差別部落を正面から見据えた『橋のない川』を発表して社会に衝撃を与えたが、苛酷な差別にも動じることなく、毅然として生き抜いた長江が彼女の背中を押したともいえまいか。

ところで住井は、自分の小説『相剋』を出してくれたのは、長江の甥の出版社だと言っていたが、長江の義弟の亀田輝時（明治二十六年生）の間違いである。

住井のデビュー作については、「読売新聞」（八月十九日）の「よみうり婦人欄」が「飢えと流浪の中から／文壇に若き閨秀作家／＝「相剋」の著者住井すゑ子さん／生田長江氏の推薦で」の見出しで三段にわたって、彼女の着物姿の写真とともに大きく紹介されている。

この記事によると、亀田輝時は、日本大学に通っていたようだ。しかし、ほどなく長江の家から鉄道省の下請け工事会社・梅鉢車輌会社に通い始めたので、権利を他の出版社に譲った。というのは、このとき同時に長江の『婦人解放よりの解放』も刊行されていて、この本の再版（九月十五日付）が日本近代文学館に所蔵されていたが、奥付に手書きで〈亀田氏目下鉄道局に出勤の為三光閣にて発売いたし居り候間念のため申添置き候〉とあったからである。

この本の裏表紙に「相剋」の広告も掲載されているが、「（忽ち）長編小説（再版）」のコピーもあった。こちらも好評だったようだ。

源頼朝を尊敬し、鎌倉の歴史に強い興味をもっていた亀田は、勤務の傍ら鎌倉の歴史の研究に専念するため、ほどなく鎌倉に移住している。

長江への講演依頼は、相変わらず多い。大正十年十月二十八日の「読売新聞」は、「合唱試演と講演」の見出しで、来る十一月四日から六日まで三日間、毎夜六時から「合唱」小劇場の第一回室内試演が牛込若松町の飯塚友一郎宅で開催されるが、それに先立って今月三十日の正午から神田明治会館で生田長江、秋田雨雀らの講演会が開催されることを伝えている。

また、同年十一月十日の「読売新聞」は、「建設同盟講演」の見出しで、早稲田大学建設同盟は、生田長江、布施辰治、堺利彦を講師として、今月十一日から十四日まで、毎日五時半から神田一ツ橋の帝国教育会講堂にて秋季講演会を開くことを報じている。

先に紹介した著作家組合が解散したのは、同年十一月二十二日の総会においてである。なぜこの時期に解散したのだろうか。

馬場孤蝶は、〈大正八年に第二回の著作家協会を起したのも、堺、生田、大庭君の主唱であつたが、これも大庭君に働いて貰へなくなつて、解散してしまつた。〉（「堺利彦君」『明治文壇回顧』）と書いている。

大庭柯公に何があったのだろうか。強い意欲をもっていた大庭柯公は、五十になった記念にロシアを見てみたいと自ら海外特派員となって同年五月十五日に東京を出発してロシアに渡ったが、消息を断ってしまった。軍事スパイの容疑で銃殺されたともいわれている。

また孤蝶は、もう一人の牽引者の長江には触れていないが、それは長江も病気の症状が顕著になり、人前に出るのがはばかられるようになってしまったからだろう。また、この年の夏には、菊池寛たちによって劇作家協会と小説家協会が生まれている。こうした流れのなかで、孤蝶は、自分たちの役割は終わったと思ったはずである。

先の二つの協会を合併して、菊池寛たちによって現在まで続く文芸家協会（現・日本文芸家協会）が結成されたのは、翌大正十五年一月のことである。

永久の悪夢

長江への講演依頼は、まだ続いている。大正十一（一九二二）年一月二十四日の「読売新聞」は、

「承陽大師降誕」の見出しで、曹洞宗青年会主催で、同月二十六日午前九時から曹洞宗大学講堂で第七百二十三回忌祖降誕会を催すが、学術講演会の講師に、武田豊四郎らと共に長江も講師になることを伝えている。

同年七月九日、森鷗外が他界した。享年六十。長江は、「東京朝日新聞」(七月十五、十六、十八、十九日)の一面の学芸欄に「鷗外先生と其事業」を発表し、哀悼の意を捧げている。

長江が釈尊に取り組んでみたいと思ったのは、このころのことである。

大正十一年(四十一歳)/この頃より『釈尊伝』をテーマに大きな創作をやつて見ようと思ひ立ち、少しづつ準備をしはじめる。(「改造社年譜」)

父や鷗外が逝去したころ、長江が「釈尊伝」に取り組もうとしたことが興味深い。やがて彼らのように自分にも死が訪れる。『ニイチエ全集』の翻訳も峠を越えた。次は、一番大切なものをこの世に残しておきたい。今を生きる人たちのために自分にできることは何か。そう考えたとき、光り輝いて心に浮かんで来たのが釈尊であったようだ。

キリスト教は、死後の希望を与えてくれるものであるが、仏教は違う。仏教は初めに諦めを悟らせ、その後に諦めの奥底から跳ね返してくるような慰めと励ましを与えてくれる。つまり仏教は、生きている人のための宗教である。ニーチェも、そんなキリスト教を批判し、生きている人たちを励ます哲学を樹立した。仏教とニーチェは共鳴している。長江は、キリスト教やニーチェを知れば知るほど、自分の血肉となっている仏教の存在に気づいたはずである。

また日本の仏教は、病者を因果応報の見せしめにしていることや、苦行を奨励するなど、釈尊の教えを逸脱していることにも義憤を感じていたのではないか。

伊福部隆輝は次のように語っている。


先生が釈尊に取り組まれようとされたのは、私淑していた明恵上人の影響もあると思います。話の途中で上人に話が及ぶ時、先生はいつでも粛然として襟を正されるようなところがありました。先生が上人に私淑しておられたのは、勿論その深い宗教的境地でもありましょうが、先ず先生を好ましめたものは、その権威に屈することのない凜然たる態度であったと思います。私は幾度先生から上人が北条泰時に対して与えた〈あるべきようは〉の話を聞いたことでしょう。

しかし、もっと先生が惹きつけられたのは、上人があれほどの学徳を持ちながら、遂に一宗の開祖となられなかった心理、それが先生の最も共感をされたところではないかと思います。

先生は度々私に話されました。「明恵ほど師になることを嫌った人はない。彼は一生を文字通り仏弟子として終わった人である。彼の理想は釈尊の教団でその弟子として生活するそのことであった。釈尊であったならば、こうも為されるであろうか。そういう風に考えて何事によらず彼は生活した人であった」

先生がこの話をされる時、私には、明恵上人の心がまるで先生の心と重なって見えたものです。

（「人としての生田長江先生」）

明恵上人は、鎌倉時代の名僧で、華厳宗中興の師とされている人物である。この、〈あるべきようは〉は、『岩波仏教辞典』では、〈人それぞれの境遇・能力・職業などに即して、心身ともに今現在まさに行うべきことを行うのがよいとの思想・精神をあらわした語〉とある。

これらの思いが、束になって壮大な釈尊の物語を書く動機になって行ったようだ。ニーチェから釈尊への移行は、長江の中では自然な流れであった。

しかし、彼はすぐに釈尊と本格的に取り組むことはできなかった。まだまだジャーナリズムからの注文が多かったからである。

同年十月下旬から十一月上旬にかけては、東北各地での文芸講演会の依頼が入っていたようだ。というのは、十月三十日の「東京朝日新聞」の「学芸たより」欄に、〈生田長江氏は白鳥省吾、野口雨情、福田正夫、上野虎雄氏等と共に十月三十日から四日間弘前、土崎、盛岡、秋田の各地の文芸講演会に赴いた〉とあるからである。

メンバーを見ると、野口を除いたほとんどが前年（大正十年）の十月に小牧近江（明治二十七年生）たちが再刊した雑誌「種蒔く人」の関係者ばかりである。また小牧の出身地の土崎港町も開催地の中にあるので、この関係のものであろう。これだけのメンバーなので、地元紙が取り上げていた。

青森県では、「東奥日報」が七か所で触れていた。青森県で彼らを招いたのは、自由基督教青年会である。長江たち一行が弘前に着いたのは、十月三十日の午後二時四十五分のことであった。三十一日の朝刊が、「文化講演者来弘」の見出しで、〈自由基督教青年会の主催に係る文化講演会は既報の如く三十日弘前座に於て開催せるが生田長江外四名の講演者は当日午後二時四十五分着弘同志数名の出迎へを受け同市元寺町斎吉旅館に投宿せり〉とある。記事では〈生田長江外四名〉となっているが、この四名の顔触れは、福田正夫、野口雨情、上野虎雄、加藤一夫である。

当時の『列車時刻表　大正十一年十月訂補』によると、上野から弘前までは奥羽本線経由の特急があり、上野を夜の八時に出発すると、弘前には翌日の午後二時三十四分に着く予定になっている。何と十八時間三十四分かかっている。おそらく、この列車が十一分遅れたのではなかろうか。

さて、一行は到着したのに、講演会は予定通り行われなかった。予定していた顔触れが揃わなかったからである。同紙が二十八日と二十九日に報道したメンバーは、福田正夫、野口雨情、正宗白鳥、小川未明、生田長江の五名であった。正宗白鳥も小川未明も来ない。何か手違いがあったようである。ちなみに長江は、〈批評評論家として又日本のニイチェ研究家の最高権威〉と紹介されている。

そこで、弘前座では一日遅れの三十一日の午後六時から開催している。記事に見出しはないが、講演者は先の生田長江、福田正夫、野口雨情、上野虎雄、加藤一夫の五名だったと思われる。事前の予告では、長江の演題は、「ニイチェについて」とある。

翌十一月一日には青森市の公会堂で五時より行われているが、こちらの講演者も先の五名だったと思われる。事前の予告では、長江の演題は、「社会問題と純芸術」だと紹介されている。この後（あるいは並行して）、弘前市の東奥義塾でも行われて九時過ぎに終わっているが、こちらは長江は欠席している。長旅で疲れたのと、ハンセン病者は暑さ寒さに弱いが、東北の晩秋は寒い。長江には、このあたりが限度であったろう。こちらの東京からの講演者は、福田正夫、野口雨情、上野虎雄、加藤一夫の四名。こちらでは、予定されていた正宗白鳥、小川未明、生田長江が来ないので不評であったようだ。

秋田県でも「秋田新聞」や「秋田魁新報」等が触れていた。講演会は二度行われており、初日の十一月四日は、午後七時から土崎港町文芸同志会主催で、場所は男子小学校。講師は、福田正夫、上野虎雄、白鳥省吾、加藤一夫の四名。翌五日は、午後一時より金砂倶楽部主催で記念会館で行われた。講師は、前日の四名。秋田県の講演会では、彼らの他、生田長江、野口雨情、江口渙も予定されていて欠席したが、こちらは大盛況であった。岩手県の新聞には掲載記事はなかった。

ずっと後の昭和三十一（一九五六）年一月十一日、鎌倉の長谷寺で生田長江二十年忌の法要が営まれた際、前出の小牧近江も出席していたが、このときの長江の参加を恩義に感じていたに違いない。

また長江は、「読売新聞」の十一月二十九日から十二月一日にわたって「大正十一年文壇概観」㈠〜㈢を発表したのをはじめ、「報知新聞」の創作月評を十二月から翌年（大正十二年）の七月まで続けている。短期間に膨大な作品を読まなければならない仕事は、激務であったはずである（私はこれらの総てに目を通したが、強く心に残ったのは長江の佐藤春夫に対する愛情であった。折に触れ佐藤の作品を取り上げ、叱咤激励を繰り返しているのである。その思いは、確実に佐藤に届いたに違いない）。また、この間も他の誌紙からも原稿執筆の注文が入り、ライフワークの『ニイチエ全集』の翻訳も控えていた。

伊福部が触れていたように、冬日会から詩誌「月光」が生まれたのは、この年（大正十一年）の七月のことである。

これに先立つ三月七、十四、二十一、二十八日の夜、長江は神田明治会館で月光社文芸講座を主催している。講師は長江と馬場孤蝶で、七日に田部重治が、二十一日に佐藤春夫が参加している。長江は、ニーチェについて話している。

さて、この「月光」であるが、二号までは伊福部が編集を担当していたが、伊福部が長江から、長江が序文を書いて激賞した松本淳三の詩集『二足獣の歌へる』を見せられ、一夜のうちにプロレタリア詩に転じたため、三号からは赤松月船が担当している。

ここで赤松月船について触れておきたい。赤松は明治三十年、岡山県浅口郡鴨方村（現・浅口市鴨方町鴨方）の藤井家に生まれた。家が貧しかったため、年少にして近くの長谷寺に小僧に出され、小学校を終えるころ、井原市善福寺の住職赤松仏海の養子となり、赤松姓を名乗っている。四国の瑞応寺、福井の永平寺などで修行の後、大正七年五月に上京し、仏教館に身を寄せ、同館発行の仏教関係の新聞雑誌の編集助手をしながら日本大学宗教科に籍を置いた。けれども翌年四月、東洋大学国漢科に転学する。しかし、ほとんど出席せず授業料も滞納して自然退学となる。大正九年三月に仏教館を退き、文学者としての生活を始める。長江のもとに連れて行った伊福部とは、「文章世界」の投稿者のサークル「静雨会」で出会っている。

再び「月光」に戻る。「月光」三号の同人は、生田長江、佐藤春夫、金子梅子、藤岡良三、赤松月船、佐々木金之助、角田健太郎、久保雪子、野上巌、吉田拡の十名である。高村光太郎や室生犀星、野口米次郎たち当代一流の詩人をゲストに迎えたこの詩誌だが、七、八号で廃刊となったようだ。赤松によると、長江の「永久の悪夢」という詩は、大正十二年ごろ「月光」に発表されたものだという。

永久の悪夢

殺されるのを、死ぬのを待たないで、
私は私自身を生埋めにした、
若々しさをも、執着をも、

そのほかの物をも一緒にして。

地面の上ではそれから後、
私の見残した花が幾度咲いて、
いくたび風に散つたことだらう。

ちと重すぎる墓石の下に――
それを深切な人達がのつけてくれた
――私は白骨にもなり切らないで、
身も魂も迷ひつづけてゐるのだが、
雨ざらしになつた墓標を囲んで、
さてもぼう〳〵と草の茂つたことよ。

淋しい処を賑かにする為めか、
一層淋しくしてくれるためなのか、
二人つきりの、一人ぼつちの、
さまざまな人達が来ては往く。

時には生憎《あいにく》な後姿の、

あまりにもよく似てはつと思はせる、
昔の人らしい人さへ行きすぎる。

草葉の蔭の今の私には
何のかかはりもなささうに、
さつさと行つてしまつた彼女のあとに、
内密らしい其声の漂ふこともある。

『いいえ、私はいつまでも、いつまでも、
いつまでも貴方の』と囁く声が、
咽び泣きとなり、涙となつて落ちるのを、
私は瞑目の中にはつきりきいた。

けれども、重すぎる墓石の下に——
それを深切な人達がのつけてくれた
——『私も』の一語をさへ許されぬ私は、
永久に眠れない寝覚の床に、
永久の悪夢を見つづけてゆく。

長江の深い孤独が、雨垂れのように心に響いてくる詩である。この詩が発表された直後、詩人の西條八十から深い感動が記された手紙が届いたという。

私が初めてこの詩を読んだときには、病者の深い哀しみが籠った詩だという印象を受けた。しかし、ここまで長江の精神の軌跡を追ってくると、少しニュアンスが違ってきたことに気づいた。

長江は病気になったことに対しては、恥ずかしさは少しも抱いていない。けれども高畠との論争の後、『資本論』の続刊は断念せざるを得なかった。かつて紀州に講演旅行に出かけた長江は、旅先から出した生田春月宛の手紙に、〈何物をも恐れぬ——これが僕の根本的道徳である。〉と書いていた。その言葉通り、長江はその姿勢を貫いてきた。あの漱石に対しても、自分の意見を曲げることはなかった。しかし、高畠に対してだけは敗北せざるを得なかった。強い思いを抱いているほど、挫折したときに自分に向かってくる衝撃は大きい。まして長江の場合は、祖父啓助から父喜平治へと続く、人一倍強い正義感を抱いている。この詩には、そんな衝撃をまともに受けて狼狽《うろた》えている長江の姿が見える。

もちろん、長江にとってマルクスが面白くなかったことは間違いがない。大正九（一九二〇）年二月に「雄弁」に発表した「あるべからざる社会とあるべき社会と」に、〈私は此頃マルクスを訳し乍ら、一日一日と新しい世界が展けて行くやうに思ふ。けれども、彼の意見に服しがたく思ふことも一日一日とまして行く。そして、これまでも好きであつたモリスが愈々好きな人物になつて行く。／しかし乍ら、私により多く考へさしてくれるのは、肌の合つたモリスの方であるか、それとも肌の合はないマルクスの方であるかを知らない。〉と書いていた。（頭のいい長江には、この作品を書く時点で高畠との確執の行き着く先は見えており、それから身をかわすための布石であったかもしれないが）。

先の詩を発表したころより、彼の論文にモリスやラスキンやトルストイが頻繁に登場するようになる。長江の心が、自然に彼らに向かっていったのは間違いがない。しかし、自分が心惹かれたのは彼等で、〈マルクスその物を勉強することが、ニイチェそのものを勉強することの三分の一、十分の一も面白くないからである。〉（「主義者の主義知らず」「新潮」昭和三年十月号）と書き、自分が『資本論』の翻訳を断念したのはそのためだと言わんばかりの論を展開していく。

長江のほぼ全作品を通読したという近代文学研究家で神戸大名誉教授の猪野謙二は、長江の『資本論』が挫折したのは、高畠の「生田長江君の癩病的資本論」が〈すくなからざる打撃を与えたであろうことも否定できない。〉としながらも、〈マルクスはニイチェの何分の一ほども面白くなかった、としてかえってこれに反撥し、反動的に一そうニイチェへの傾倒を深めることになったのである。〉（「生田長江の生涯と思想」『明治の作家』）としているが、読者は騙せても、自分の心はごまかせない。それらを書くたびに、彼の心に立ち塞がる高畠素之が甦り、自己嫌悪に襲われたはずである。

高畠の大鐙閣からの『資本論』第一巻第一分冊は、大正九年六月に刊行され、以後次々と出版されている。一冊六円九十銭という高価な本なのに、順調に版を重ねている。この『資本論』の広告は、あちこちの紙誌に掲載されているので、長江の目に入らなかったはずはない。長江の心は、定まることのない振り子のように大きな振幅を繰り返している。

第八章　橋爪健の証言

晩年の伊福部隆彦（隆輝）（提供＝伊福部高史氏）

橋爪健の証言I

東大に通いながら詩を書き始めていた橋爪健（明治三十三年生）が、友人の伊福部から、

「今日は、どうしても君を長江先生のところに引っ張っていくぞ」

と言われたのは、大正十二（一九二三）年二月の末ごろのことであった。

橋爪は、それまで何度も伊福部から長江の偉さを吹聴されていた。もちろん橋爪は、伊福部にいわれなくても長江のことは知っていた。

長江は、すでに哲人の風貌をもつ先駆的批評家として文壇・学界に君臨し、かたわらニーチェの『ツァラトゥストラ』やダヌンチオの『死の勝利』などの貴重な訳業があり、文学・哲学青年たちからの崇敬を一身に集めているように思われた。また、自然主義や白樺派の人道主義など、当時の既成文壇に仮借ない批判を浴びせたが、無名新人の育成には驚くほど熱心であった。その他にも「青鞜」を育てたことや、超人社がインテリ梁山泊のような感じのあったことも橋爪は知っていた。それでも橋爪が長江を訪ねようとしなかったのは、本郷森川町に移り始めたころから聞こえてきた、長江の病気の噂のためであった。

観念した橋爪が、伊福部に続いて門を入ると、狭い前栽には、楓や八つ手等の雑木が植えられていた。見るからに暗い感じのする二階家であったが、中に入ってもどことなく薄暗く陰気な家であった。

六畳の日本間に食堂にあるような粗末なテーブルが置かれ、それを中にして長江と向き合った橋爪

は、思わず息を詰めた。長江のテラテラに光った皮膚には、ところどころに深紅色の斑紋が現れ、眼は抜け禿げた眉毛の方へひっついて三角にとがり、手の指も硬直したように曲がっている。その上、着ているものがパジャマのような、袖の長い薄汚れた白木綿の服なので、なおさら悲惨に見えた。橋爪は、運命の悲惨さに、そっと溜息を呑み込んだ。

だが、長江を見ているうちに、橋爪はさらなる衝撃に襲われた。その崩れかけた顔には、自分の病気を苦にしているような様子が微塵も見られないのである。明るい穏やかな微笑があふれ、その赤紫の唇からは、実に確信に満ちた明晰な言葉がもれてくるのだ。

その瞬間、橋爪は、もし自分がこの病気になったらと考えていた。自分なら、やりきれなくなって山奥にでも逃げ込んでしまうだろう。しかし、長江は病魔と対決して、これだけの明るさと高邁さを保ちながら、なおも研究を続けている。これは、まさに超人の業ではないか、橋爪はそう思い始めていた。

しばらくすると、老女が茶菓を持ってきた。伊福部は、平気な顔をして飲み食いしながら口角泡を飛ばして長江と話をしているが、橋爪は茶菓に手が出せない。

そのとき、玄関の方から、

「生田君、生田君」

と呼ぶ、妙に上ずった横柄な声が聞こえた。

長江の顔に不快げな苦笑いが浮かぶのを見てとった伊福部は、

「フン、島田清次郎だな」

と口を尖らせて言うが早いか、席を立って玄関に向かった。

橋爪は、なぜ島田清次郎が？　と、長江と島田の関係がわからなかったが、すぐに島田が長江に推薦してもらって新潮社から本を出したことを思い出し、激しい好奇心を燃やした。

島田のデビュー作『地上』一部は売れに売れ、引き続き一年一作ずつ出した『地上』第二部から第四部までも売れ、その他の短編集や戯曲も売れ、そのころの島田は大衆のアイドル的な存在になっていた。ちなみに、島田の『地上』の第一部の売れ行きは先に触れたが、第二部（大正九年一月発行）は昭和二年八月までで二五〇版、第三部（大正十年一月発行）は昭和二年二月までで二三一版、第四部（大正十一年一月発行）は昭和二年四月までで九十五版である（「文芸書類重版数等級表」「不同調」大正十五年四月号）。新潮社の社長の佐藤は、前出の「出版おもひ出話」で、第二部の初版一万部が二日で売れてしまったこと、また第三部の初版三万部が事もなく消化されてしまったことも書いている。

だが不思議なことに、大衆には支持されても文壇ではあまり問題にされなかった。手放しの推奨を惜しまなかったのは、徳富蘇峰や堺利彦や生田春月など長江周辺の人たちで、文壇の主流派はほとんど黙殺していた。噂では、『地上』は幼稚な通俗作品である上に、島田がひどく思い上がった生意気野郎というわけで、文壇から総スカンを食っているということだった。

ただ島田は、そんな文壇の思惑は意に介さず意気軒昂で、『地上』の印税で世界旅行を実現し、またアメリカを舞台にした大長編を発表するという噂があり、注目されていた。

「やあ、こんにちは……」

伊福部に案内されて、色の浅黒い小太りの丸顔に銀ぶちの眼鏡をはめた男が入ってきた。その男は、鷹揚に長江に挨拶をすると、洋行中のラベルがペタペタ貼ってある大きな折鞄をテーブルの上に置くと、空いている椅子にドッカと腰を下ろした。

長江に紹介された橋爪が起立して鄭重に頭を下げると、島田は椅子に腰かけたまま、「やあ……」と低い声で目礼をしただけで、眼中にないという構えであった。その不遜な態度に、橋爪はカチンときた。

「実は、本ができたんで……」

島田は折鞄の中から一冊の本を取出し、中の署名を確かめると、長江の前に差し出した。

「ほう、そりゃおめでとう」

長江はよく曲がらない指先で受け取って、ペラペラと二、三ページめくっていたが、

「ずいぶん早くできたね」

と言うと、すぐに伊福部に手渡した。

伊福部は、ちょっと扉を開けて見ただけで、何も言わず橋爪に渡した。橋爪は長江の病気が気味悪く、こわごわ受け取った。すぐに『我れ世に勝てり』という題名が目に入った。橋爪が、大それた題名をつけやがるな、と内心呆れて表紙をめくったとき、急にムカムカした気分に襲われた。そこには気取った走り書きで、「生田長江君　恵存　世界視察を終えて　島田清次郎」と書かれていた。何たる増上慢！　橋爪は、それ以上見る気はせず、すぐに長江に本を返した。

島田は三人の態度に不満だったのか、すぐに立ち上がって帰って行った。長江のめくばせで伊福部と橋爪が見送りに行って戻ると、長江は平然として、

「島田君もひどく変わったね。はじめて来たときは茶ガスリの着物をきて、腰に手拭なんかぶらさげてね、とてもオドオドした礼儀正しい少年だったが……」

別に怒ったふうもなく、そんなふうに話す長江の人の好さにも橋爪は驚かされたのだった。(「狂い

咲き島清」『多喜二虐殺』所収）

「ブルヂョアは幸福であるか」

長江が、「ブルヂョアは幸福であるか」を「婦人公論」に発表したのは、大正十二（一九二三）年五月のことである。同月、同名の評論集を南天堂出版部より刊行している。

資本主義社会に生きるわれわれは、ブルジョアに憧れている。労働をせずに、お金に困ることなく暮らせたら、どんなに幸福だろうかと考えるのである。

しかし、長江はそうは考えない。長江は労働を、〈本来は総ての労働が芸術家の仕事と同様でなければならないのである。即ち、願はしく愉快なものでなければならないのである。〉と規定している。プロレタリアは、今や機械に使われてしまっている。一方のブルジョアは、労働から遠ざけられ、虚弱になり、高いものほどよいものだという迷信に捉われている。これが幸福なことであろうか。

……これらは、堺利彦が立候補したときの応援演説でも述べたし、以後、折に触れて書いてきた持論である。しかし、多くの人の固定観念を揺さぶる「ブルジョアは幸福であるか」という問いかけには、新鮮なものがあったのではなかろうか。

先に触れたモリス、ラスキンたちの名は、この論文にも登場する。

モリスは言つてゐる――病気といふものゝ種子は、最初に祖先の貧乏から、でなければ其贅沢から播かれたものであると。

かうした欧羅巴人の言葉に、手短かな敷衍をなすことを許されるならば、人間は貧乏といふ不自然な生活によつて、或は贅沢といふ不自然な生活によつて、肉体的にも精神的にも病弱になり、頽敗的になつて来たのである。

　そしてこの不自然な生活と資本主義経済組織との関係を明らかにした上に於て、モリスほど徹底的でなかつたとは云へ、不自然さその物の如何に人間を不幸にしてゐるかを慨歎して、それからの脱却を勧説することには、モリス以上の熱心と努力とをさへ見せた人としては、ジョン・ラスキンや、レオ・トルストイを挙げることが出来る。


長江は、新しい社会組織が必要なことを提言しているが、その組織は長江自身にもまだ見えていなかったようだ。

さて、この年（大正十二年）の七月、社会が騒然とする事件が起きた。軽井沢の別荘で有島武郎と人妻の波多野秋子の心中遺体が発見されたのである。『惜みなく愛は奪ふ』の筆者は、迷うことなく奪った愛に殉じていった。有島は、心中することで自分の美学を完結し、永遠の命を作品に吹き込んだのである。

長江は、七月八日の「大阪毎日新聞」に与謝野晶子らとともに談話を発表したのをはじめ、「都新聞」（七月十一日）に「否定も肯定も小乗的――有島氏の人生観と作品」を発表。また「婦人公論」（八月号）に「有島武郎氏情死事件批判　あり得る事及びありさうな事」、同月の「女性改造」に「有島氏の死と外界の圧迫」、続いて翌九月の「婦人公論」に「有島氏事件の批判に対する批判」、同月の「芸術教育」に「有島武郎氏問題の批判」を発表している。

長江がこんなに書いたのは、無二の親友であった有島を、世の非難から少しでも護ろうという気持ちからだ。

この年の初秋、さらに世間が騒然とする出来事があった。九月一日に関東大震災が起こり、ことに東京の下町は壊滅的な被害にあった。

翌二日には、東京に戒厳令が施行された。朝鮮人暴動の流言が広がり、朝鮮人虐殺が始まっている。このドサクサに紛れて、十六日には大杉栄・伊藤野枝夫妻と甥の橘宗一が甘粕正彦憲兵大尉らに虐殺された。このとき、吉野作造、堺利彦、社会運動家の福田狂二も狙われたが、彼らは無事であった。堺は、幸徳（大逆）事件のときと同様服役中であった。大正デモクラシーの自由な空気は吹き飛ばされ、時代に生臭い風が吹き始めていた。

長江は、震災の一部始終を書いた「震災記事」と題した日記を残している。長江が一仕事終えて原稿を幸喜に整理させ、自分は雄吉の子供の要三郎をあやしている時、震災は起こった。幸い、家族は無事であったが、火の手が速く、家とともに蔵書や日記や写真など、ほとんどを焼失してしまった。愛用のピアノも駄目になってしまった。そのため、三日に、近くの酒屋で荷車を借りて、品川の御殿山七一八番地（現・北品川五丁目十一番地ないし十五番地）に住む中村古峡の家に向かっている。なおこの日記には、甥の泰蔵や雄吉も出てくるが、彼等は社会人となり結婚しているようだ。

品川駅で下車し、高輪口から出ると、目の前に道幅の広い第一京浜が左右に伸びている。その向こうに高層のホテルが林立している。左手が北品川方面だ。横断歩道を渡り、二、三分歩くと前方に御殿山ヒルズの大きな看板が見えてくる。この「新八ッ山橋交差点」を第一京浜と離れて右手に進むと御殿山交番が見えてくる。ここの横断歩道を渡り、ほんの少し歩くと左に入る道路脇の電柱に「北品川五丁目一三」の標識がある。この付近である。

古峡は、東大卒業後、雑誌の編集者や新聞記者や教師等をしながら執筆活動を続けてきたが、次第に軸足を精神医学に移し、大正六年には日本精神医学会を設立し、同年雑誌「変態心理」を創刊していた。長江も協力して、日本精神医学会の評議員になったり、変態心理講話会で講演したり、「変態心理」に作品を発表したりしている。

それらのかたわら、先に触れたように大正三年の青年学芸社を興したのをはじめ、大正六年には二人で三俠社を興し、生田との共編「作文熟達全書」六編の発行を企てたが、『日記文自在』のみで終わっている。

長江は、さっそく「報知新聞」（九月八日〈七日夕刊〉）に〈生田長江（立退先）府下北品川御殿山七一八、中村古峡氏方〉の広告を出している。

「文章倶楽部」十月号の「凶災と文壇消息記」が文士の被害を報告しているが、〈同じ麴町で生田長江氏も焼けだされ、品川の中村古峡氏方に立退かれた。早速報知新聞に立退先きの広告を出したなどは、機敏なものだと感心してゐた人があつた。〉と触れている。ここでも機敏な長江の行動が目立ったようだ。

大きな災害を体験した長江であったが、執筆活動はすこぶる順調である。「婦人公論」に「社会的震災はこれからである」（十月号）を発表したのをはじめ、気鋭の評論を次々発表している。

今泉篤男の入門

長江の「震災記事」は、九月三十日で終わっている。日記の最後に門弟の赤松月船、野上巌、佐々木金之助、秦龍三九の名前と住所が列記されている。彼等は震災見舞いにも訪れていたが、師弟関係は続いているようだ。

長江は中村古峡のところで二か月を過ごした後、瀧野川町瀧野川五四六に引っ越している。

今までこの地の正確な住所と、引っ越して来た時期は特定されていなかったが、「読売新聞」〈大正十二年十二月二十七日〉の「よみうり抄」に、〈生田長江氏　此程府下瀧野川町瀧野川五百四十六番地に転居した〉とあった。現在の滝野川町二丁目五十三番か五十四番地にあたる。

京浜東北線の王子駅で下車し、北口の親水公園口を出ると、こちらに向かって流れている石神井川が目に入る。この川は、川幅数メートルで深いが流水はわずかで駅構内の下を流れているようだ。この辺り一帯が風光明媚な地区で、この先が音無親水公園となっている。

左手のビル一つ隔てた先が明治通りである。ここを右に曲がり、ゆるやかな坂を少し上ると、音無橋の袂に出る。横断歩道を渡り、川沿いの道をさらに五十メートルほど進むと突き当たりになる。ここを左に曲がり、ゆるやかな坂を上ると左手の公園に赤レンガの酒類総合研究所の建物が見えてくる。この建物の前の横断歩道の先に車一台が通れるほどの道が、石神井川と平行して真っ直ぐに伸びている。生活の染みついた路地を百メートルほど歩くと、右手に滝野川中学校の校舎の一部が見えてくる。この辺りが滝野川二丁目五十三番地で、その先の、家屋をブロックで囲み、庭に空き瓶のケースを山のように積んでいるサカエヤの辺りが五十四番地である。

長江は、この辺りで暮らし始めたのだ。伊福部は、自身が作成した年譜に、〈中村古峡方に仮寓、次いで瀧野川紅葉園の側に居を移し〉（『現代日本文学全集59』）と書いていたが、都立中央図書館が大正十三（一九二四）年に発行された地図を所蔵していたので確認すると、この地区のすぐ裏手の川沿いに〈瀧野川園　清水の瀧〉とあった。そんなわけで、伊福部の「紅葉園」は、「瀧野川園」の記憶違いだと思われる。伊福部が、「紅葉園」と記憶違いしていたように、この付近一帯は紅葉の名所でもあったようだ。近くに紅葉寺（金剛寺）や紅葉橋もある。

この地は都心からかなり離れている。長江は、なぜこの地に来たのだろうか。かつて冬日会の遠足でこの地を訪れたことがあったが、気に入っていたのだろうか。

静岡県出身の元ハンセン病の俳人の村越化石氏（大正十三年生）が、昭和十三（一九三八）年四月に上京して瀧野川中里の病人宿に下宿している。病人宿は、病者または関係者が経営する宿で、一般の住宅に何人かの病人を下宿させ、当時唯一の治療薬とされていた大風子《だいふうし》油注射をやっていた。当時、病人宿は田端や日暮里にもあり、ここに通って来る人もいたようだ。

長江は震災後、病状が悪化したようだ。長江が住んだころと、村越氏が下宿したころとでは十数年の隔たりがあるが、長江も薬を求めての移住であったのかもしれない。

このころ、長江のもとを訪れ、教えを受けた若者がいる。のち、京都国立近代美術館の館長となり、わが国における近代・現代美術館の性格付けに大きな役割を果たし、また美術評論家としても活躍した今泉篤男である。今泉は、〈私は大学の頃、滝の川時代の生田長江先生の門に出入りして教えを請うていた。当時の長江先生は、すでに一肉塊と化した顔貌のうちに優しい温眼を覗かせながら釈迦伝を執筆しておられた。〉（「伊福部隆彦先生の書作品」）と書いている。

〈すでに一肉塊と化した顔貌〉の表現が、先の橋爪が見た長江の顔の表現とぴったり重なる。

明治三十五年に山形県の米沢に生まれた今泉は、大正十二年三月に山形高校を卒業すると、同年四月に東京帝国大学文学部美学美術史学科に入学している。このころ、長江の門に出入りしていたようだ。

今泉は、この後、昭和七年から九年までパリ大学、ベルリン大学に学び、帰国後、財団法人国際文化振興会、国立博物館付属美術研究所、跡見短大を経て、昭和二十七年国立近代美術館の設立とともに同館次長、さらに昭和四十二年、京都国立近代美術館館長となっている。

今泉は、長江の家では伊福部と会うことはなかったが、戦時中、伊福部が本郷の今泉の下宿を訪ねたのがきっかけとなり、以後長い交遊を続けていた。

「虫のいい『人類』その他」

釈尊伝の準備のために仏教を勉強するうちに、長江の心に大きな変化が生まれている。

大正十三(一九二四)年四月に、長江が「女性改造」に発表した「虫のいい『人類』その他」に注目したい。

この作品は、長江が高い場所に立ち、人類の虫の良さを眺めたものであるが、まず関心を引くのは、題名である。

長江を攻撃しつづけた高畠素之が「霹靂」創刊号に、大学での学問の自由や独立を要求する学者たちを攻撃した「虫の善い学者の要求」を発表していたが、長江のこの題は、高畠の題名に引っかけているように思えてならない。

高畠に、そんな狭いところばかり見つめていないで、たまにはもっと高いところから眺めてみたらどうだ。今までと違った景色が見えてくると諭しているかのようだ。

近代的な、近代欧羅巴《ヨーロッパ》的な、当世風な総ての物が、いよいよ益々私の心から遠くなつて行く。私に面白くないもの、気に入らないもの、我慢のしにくいものになつて行く。

この号の巻頭に掲げられた十三ページにわたる長い論文を、このような書き出しで始めているが、中ほどに次の箇所がある。

神が人類を幸福に生きさせる為めに、人類以外の総ての生き物を造つたといふ、虫のいい伝説を信じてゐる欧羅巴人等も、動物愛護を言はないではない。しかし彼等のそれを言ふ理由はかうである――

特に子供等が動物を虐待したり、動物の虐待されるのを見たりすることは、彼等の心情を荒々しく、むごたらしいものにする。そして其結果は、互に愛し合つて行かねばならぬ人間の道徳的向上に障害とならざるを得ないといふのである。

依然として、これは『人類の為め』ではないか？　人類だけを目的とし、人類以外のすべての生き物を手段とする、人類中心の考へではないか？

神が人類を幸福に生きさせる為めに、総ての生き物を造つたといふ伝説に、数十世紀の間を養はれて来た欧羅巴人と、幸にして今尚ほ輪廻観念の全くなくならないでゐる私達東洋人とを、此場合同一に考へることは許されない。

私は佛教に説くところの如く（或はそれ以上に耆那教に説くところの如く）、輪廻をその儘に信じてもいゝやうな心持にさへなつてゐるのだが、それは此場合の問題にすることを控えよう。ともあれ、総ての生き物は生き物として、平等にその生命を愛惜されなければならぬ。なぜと云つて、それらの生命は悉く皆、一の大きな生命につながつてゐるのだから。その一の大きな生命の部分部分に過ぎないのだから。本当の生命はただ一つしかないのだから。否、生命は一つとも一つ以上とも、数えることの出来ないもの、単に『生命』といふよりほかに言ひやうのないものだから。

無数のより小さな生命から構成されてゐるといふ意味に於て、その内にある一切の物が生きてゐるといふ意味に於て、最後に全体として、最も大なる、恐らくは永久的なる生き物であるといふ意味に於て、この宇宙は明白に生命である。生命の生命である。

この文章は、ハンセン病にかかってしまった自分の生命を、どのように考えていたかがよく示されている。病気になってしまった自分の生命もまた、宇宙につながるかけがえのない生命の一滴なのだ。長江は、生命を宇宙的な規模でとらえていた。仏教の教えが、自身の心を支えていた。病気の症状は進んでいったが、その心は大きな、ゆったりとしたものに包まれていた。

この「虫のいい『人類』その他」の底に流れているのは、東洋思想への共感であるが、この三か月後にも「東洋人の時代が来る」(「報知新聞」六月二十九日〜七月十日)を、また二か月後に「徹底的破壊力としての東洋文化」(「随筆」九月号)を発表している。これ以降、長江の東洋思想への共感は揺るぎないものになっていく。

林芙美子の訪問

長江は、瀧野川にしばらく住んだ後、同年（大正十三年）の五月下旬には牛込区榎町五十に移転している。

今まで、この地に来た時期が特定されたものはなく、住所も〈牛込南寺町〉が多かったが、「読売新聞」（大正十三年六月三日）の「よみうり抄」に、〈生田長江氏　転居牛込榎町五〇〉と出ていた。（同日の「東京朝日新聞」の「学芸たより」欄にも同文が掲載されていた。）そんなわけで、長江は五月末にはこの地に引っ越して来たものと思われる。

この地区は区名が変わっただけで、町名は当時のままである。東西線の神楽坂駅で下車し、駅前の東西線と平行している早稲田通りを早稲田方向に、商店や雑居ビル等が連なる活気ある通りを数百メートル歩くと、左手に宗柏寺がある。山門右手に「お釈迦さま霊場」の縦に長い看板が出ている。この先に車一台が通れる程の路地がある。ここを数十メートル入ると右手に木造のアパートがあるが、この場所が榎町五十番地である。神楽坂駅近くの新潮社から歩いて五分足らずである。また、早稲田大学にも近い。長江は、この場所で暮らし始めたのだ。

先に伊福部が証言していた林芙美子（明治三十六年生）が、長江のもとを訪れたのは、このころのことだと思われる。

大正十一（一九二二）年の春に尾道高女を卒業した林芙美子が、卒業と同時に上京したのは、因島出身で明治大学商科専門部に在学中の恋人・岡野軍一を頼ってのことであった。しかし、翌年岡野に捨てられた彼女は、あちこちの職場を転々としながら逞しく生き抜いていた。大正十二年九月一日の関東大震災を機に、海路で大阪を経由して尾道に帰り、その後、四国で母と義父に合流したが、この少し前に上京し、心機一転の巻き返しをはかっていた。

林芙美子が長江のもとを訪れたことは、「日本小説」に連載（昭和二十二年四月〜翌年の十月まで）された『放浪記』第三部に書かれている。

ただ、『放浪記』第三部には、年度は記されていない。林芙美子記念館に問い合わせると、「『放浪記』はフィクションも多く、何年かを特定することはできない」とのこと。そこで年譜（『日本の文学47　林芙美子』中央公論社）と突き合わせながら読み進むと、彼女が長江宅を訪れたのは、どうも大正十三年のことだと思われる。同年に、〈（十月×日）／団子坂の友谷静栄さんの下宿へ行く。「二人」と言ふ同人雑誌を出す話をする。〉とあるが、友谷と芙美子が「二人」を出したのは、大正十三年なのである。ただ、年譜には、「二人」は、〈七月創刊〉とあるので、やはり『放浪記』は脚色があるようだ。そんなわけで、『放浪記』には長江宅を訪れたのは〈五月×日〉とあるが、この箇所も少しズレている可能性が高い。


（五月×日）

夜、牛込の生田長江と云うひとをたずねる。

このひとはらい病だと聞いていたけれど、そんな事はどうでもいい。詩人になりたいと云ったら、何とか筋道をつけてくれるかもしれない。

私はもう七十銭しか持っていないのだ。

蒼馬を見たりと云う題をつけて、詩の原稿を持ってゆく。古ぼけた浪人のいるような家だ。電燈が馬鹿にくらい。どんなおばけが出て来るかと思った。

部屋の隅っこに小さくなっていると、生田氏がすっと奥から出て来た。何の変哲もない大島の光った着物を着ている、痩せた人だった。顔の皮膚がばかにてらてら光っている。声の小さい、優しいひとであった。

何も云わないで、原稿を見ていただきたいと云ったら、いま、すぐには見られないと云う。私は七十銭しか持っていないので、軀中がかあと熱くなる。

「どんなひとの詩を読みましたか？」

「はい、ハイネを読みました。ホイットマンも読みました」

高級な詩を読むと云う事を、云っておかないと悪いような気がした。だけど、本当はハイネもホイットマンも私のこころからは千万里も遠いひとだ。

「プウシュキンは好きです」

私はいそいで本当の事を云った。

あなたも御病気で悲惨のきわみだけれど、私も貧乏で、悲惨のきわみなのです。四百四病の病より、貧よりつらいものはないと、うちのおっかさんが口癖に云います。だから、私はころされた大杉栄が好きなのです。

広い部屋。暗い床の間に切り口の白い本が少し積み重ねてある。シタンの机が一つ。暑くるしいのに障子が閉めてある。傘のない電燈が馬鹿にくらい。

遠くに離れて坐っているので、生田さんは馬鹿に細っこく見える。四十位のひとだと思う。何と云う事もなく、生田春月と云うひとを尋ねるべきだったと思う。婆やさんみたいなひとがお茶を持って来たので、私はがぶりと飲んだ。

病気のひとをぶじょくしてはいけないと思った。
詩の原稿をあずけて帰る。
どうにかなるだろう。どうにもならないでもそれきり。（以下略）

やはり詩集の売り込みであった。詩人としての道筋を付けてくれる人を探していたようだ。長江は、林芙美子に今すぐには見られないと言っていたが、このころは本当に忙しかった。この年に持ち上がった文壇の「私小説論争」には、「日常生活を偏重する悪傾向──を論じて随筆、心境小説等の諸問題に及ぶ」（「新潮」七月号）を発表し、その後の「散文芸術論争」には、「認識不足の美学者二人──所謂『直ぐ人生の隣りにゐる』散文芸術に関する広津佐藤二君の謬見」（「新潮」十二月号）で応戦している。そして、先に紹介した東洋思想への共感がうかがえる二つの論文の他にも、たくさんの論文を発表しているのである。

果たしてこの結果はどうなったのだろうか。やはり何日か後に書いていた。待ちきれない林芙美子が、送り返してもらったようだ。

長江が林芙美子の才能を認めたことは伊福部が証言していた。もし彼女にもう少し忍耐力があったなら、島田清次郎のように何が何でも長江に食らいついていくという気魄があったなら、彼女は長江のもとで大輪の花を咲かせたかもしれない。

けれども力のある作品は、必ず誰かが注目するものである。この詩集『蒼馬を見たり』は、友人の松下文子が資金を出して、昭和四（一九二九）年に刊行されている。彼女の出世作『放浪記』が改造社から刊行されてベストセラーになるのは、翌昭和五年のことである。

橋爪健が、再び伊福部と榎町の長江宅を訪れたのは、先の訪問から二年後（大正十四年）の正月のことであった。

長江の病気は、震災直後は食物や何かの影響からかなり悪化したが、その後はむしろ腫瘍が乾いてきて、ただ視力だけが落ちていると伊福部から聞いていた。

橋爪が、再び長江を訪ねてみようと思ったのは、そのころ世間を騒がせていた島田清次郎に対する長江の意見を聞いてみたいと思ったからだった。

橋爪が長江宅で島田と会った一か月半後の四月中旬、島田は退役軍人舟木少尉の次女とスキャンダル事件を起こし、世の糾弾を浴びた。

島田はそのファンの女性と逗子の宿に三泊したが、帰りに葉山署で取り調べを受けた結果、数々の容疑で留置された。すぐに女性の親が彼を告訴した。島田が、女性は自分の文通相手で、結婚の約束をしていることを話すと、世間の風向きは変わり、女性の親は告訴を取り下げ示談に持ち込まれた。しかし、その直後に島田の謝罪文が新聞に掲載されると、再び形勢は逆転してしまった。このころ、島田がショックで精神異常をきたしたという噂が流れた。

長江のこの事件に対する談話は、「東京日日新聞」（大正十二年四月十五日）に、「事件を有耶無耶に／葬ってはならぬ／飽くまで真相を突き止めろ／生田長江氏談」の見出しで掲載されている。たくさんの新聞がこの事件を書き立て、婦人雑誌の六月号のほとんどが、事件の特集を組んだり取り上げている。長江は、「新小説」の六月号の時評欄に性教育と結婚のモラルに触れた「性教育の問題他」を書き、「婦人公論」六月号の「芸術家と女性との交渉問題」の特集には、「芸術家と婦人」を発表し、安易に芸術家に近づいていく婦人たちに警鐘を鳴らしている。

その後の島田は悲惨だった。故郷に帰って書き上げた原稿を新潮社から送り返されてしまった。スキャンダルにまみれて売れそうもない作家の作品は、出版社には何の価値もないのである。再び上京したが、どこの出版社からも相手にされなくなり、とうとう大正十三（一九二四）年七月三十日の未明、挙動不審のかどで逮捕され、精神鑑定の結果、早発性痴呆症（精神分裂症）と診察され、巣鴨の精神病院に送られていた。

島田に同情した春秋社が、この年の暮れ島田の最後の本を出している。題名は、『我れ世に敗れたり』。この題名は、島田が付けたものだという。

橋爪は、島田が逮捕される直前、お金に困った島田から呼び出されてアメリカで買ったという万年筆を買わされ、島田に強い興味をもっていた。

島田の生涯を掘り起こした伝記小説『天才と狂人の間』（河出書房新社・昭和三十七年）で直木賞を受賞した杉森久英（明治四十五年生）は、島田が発狂したと解釈している。同書の「あとがき」にも、〈しかし私はまもなく島田は狂人でなかったばかりか、まぎれもない狂人で、砂木（舟木）家こそ気の毒な被害者だったと知り、冷汗の出る思いをした。〉と書いているが、これは間違いである。島田の発狂は、警視庁特高課によるデッチ上げである。当時島田は、革命思想家とみられていて、警視庁特高課は、危険人物をこの機会に狂人に仕立て上げ、社会から葬ってしまおうと考えたものと思われる。大逆事件で幸徳秋水を死刑台に送ったり、関東大震災のドサクサに紛れて大杉栄や伊藤野枝を虐殺したように、こんな手口で社会から葬ってしまったのである。

当時の新聞報道を追っていくと、島田に一斉に発狂のレッテルが貼られるのは、作品を携えて上京した直後の大正十三年三月三日のことである。同日の「読売新聞」は、「発狂天才島清クン／舟木芳江嬢に面会を強要す／二日続けて来たが同家で突ぱね／警察へ届けたので天才を厳探中」の見出しで、発狂した島田が舟木家を二度訪ねてきて困った舟木家が警察に届け出たという記事を掲載しているが、鵜呑みにはできない。というのは、記事冒頭の、〈舟木芳江さんとの一件から醜名を満天下に流し、都に居たたまらず郷里金沢市に隠れてゐた自称天才の島田清次郎君は最近になつて発狂して自家に再三放火したなどと伝えられてゐたが、〉とあるが、故郷に帰ったのは隠れるためではなく原稿を書くためであり、自家への再三の放火は、デッチ上げだからである（この記事は警察発表ではなかろうか）。

母親が強く抗議した記事が、「島清が放火の噂は／真赤なうそと……実母語る」の見出しで同紙の同月七日に掲載されているが、耳を傾ける人はいなかったようだ。仮に百歩譲って島田が舟木家を訪れたとしても、そのことと発狂とは無関係である。島田清次郎発狂の記事を同日の「東京日日新聞」も「哀れ天才島清／舟木家へお百度」の見出しで、〈麻布区材木町五九舟木重雄氏邸へ去る二月二十八日午後四時頃発狂した自称天才芸術家が突然姿を現し〉（傍線筆者）と伝えている。同日夕刊の「時事新報」も、「天才狂の島田君に／悩まされる舟木芳江さん／昨日警察へ保護願を出す」の見出しで伝え、同じく同日夕刊の「報知新聞」は、「きのふけふ」欄で、〈きのふのこと、例の自称天才こと今はキチガイ島清が舟木家の門をたゝいた。／キチガイの御入来なので相手にせずたゞし相当のおのゝきを感じてたゞちに六本木署に電話をかけて刑事に来てもらつて八方探しまはつたがつひに島清の影は見えず、次から次に話しの種をこしらへるのが、やはり天才か……もう沢山。〉と伝えている。そんなわけで、先の橋爪の島田清次郎に精神異常の噂が流れたのは舟木事件決着の頃という証言は、このころの記憶違いだと思われる。

警視庁特高課の真意が分かる記事が、「読売新聞」（七月二十一日）に「島清の行方に／当局もて余す」の見出しで掲載されている。〈狂人として検束手配中の島田清次郎氏は目下駒込署管内に居住してゐるとも最近吉野作造博士方に厄介となつてゐるとも噂されてゐたが例の事件以来非常に凶暴性が募つて来て附近で乱暴を働くので駒込署は警視庁特高課の命で同人を近く検束する意向らしい（以下略）〉

この記事を読めば、警視庁特高課が島田にマスコミを通じて狂人のレッテルを貼り、社会から燻りだし、精神病院に送ってしまおうという思惑が透けて見えてくる。彼等の高笑いが聞こえてくるようだ。

なぜ「読売新聞」のみが、警視庁特高課の意向を反映した記事が書けたのか。それは、警視庁刑務部長の要職にあった正力松太郎が前年の十二月二十七日に起きた虎の門事件で失脚し、この年の二月二十五日に読売新聞社を買い取って社長に就任したからである。当時同紙は、「警察新聞」（『読売新聞100年史』）と悪口がささやかれたというが、その通りだったのである。

このころの島田の行動を追っていくと、凶暴性が募っているわけでも、乱暴を働いているわけでもない。出版社を訪ねては断られ、何人かの知り合いを訪ねて宿泊を頼むが断られている。これらを新聞は面白おかしく書いているが、追い詰められたら誰もが取る行動ではなかろうか。

島田は「文藝春秋」七月号に随筆「雨滴の音を聞きつゝ。」を発表しているが、菊池寛は高く買っている。この中に次の一節がある。〈決して隠遁的になる訳ではないが、かうして現代の国家と社会のカラクリが見えすいて来ては、もつと見えすかないもの、無限なるもの、底の知れないもの、――

宇宙的なものとの交通に没頭したくなる。二三日前の「日日」に、何かまたへんな記事が出てゐたさうだが、要するにそれは一向に、かく存在しつつある島田のニュースではないのである。自分は、狂人にもならないし、行衛不明にもならない。毎度申すごとく、さうあつてほしいと考へるものがゐる丈けのことなのだから。〉

ここには、クールに世の中を見つめる表現者の目がある。狂人にこのような文章が書けるはずがない。そんなふうにして島田は、マスコミを味方につけた国家権力によって精神病院に送られていった。

橋爪が再び目にした長江は、前よりももっと痩せ細ってミイラみたいになり、眼はあるかなきかに細くしぼんで、歩行も不自由なように見えた。それなのに、二人を迎える笑顔には、以前と少しも変わらぬ明るさと強さがこもっていた。

話題は、そのころ台頭した横光利一、川端康成、今東光などの新感覚派の文学運動を、

「あれは人間を喪失したデカダン文学にすぎんですよ」

と攻撃したり、この二、三年来手を付け始めた釈尊伝をテーマとする数千枚に及ぶ雄大な構想を話してくれたのだった。その姿は、とても難病人とは思えぬファイトとエネルギーに溢れていて、橋爪は圧倒される思いがするのだった。

橋爪が島田の話を切り出すと、長江は次のような話をした。

「島田君はまったく気の毒だが、私から見れば実に歯がゆいですよ。あれだけの才分と理想をもちながら、なぜもっと世間や自分自身と闘わなかったのか。あれっぱかりの事件で負けてしまうと

は、ほんとに情けない。年少にして名を成しすぎたのも悪かったろうし、モッブ的な日本の社会にも罪があるだろうが、しかし、何よりも自分自身に責任がある。もっとも彼の親戚に精神病の血統があるという話もあるから、そういう遺伝の面では彼に責任はないが……。世間には私があんなふうになる人間を推輓したのが悪いなどと云っている向きもあるが、あの〈地上〉第一部だけでは狂人になるなんてことが分かるものではない。年齢相応の稚拙さはあっても、やがて大を成す可能性は充分認められたんだ。あの一巻の生原稿を最初に読まされた私は、批評家として推称せずにはおられなかった。それが批評家たるものの当然の任務です。何が悪いと云ってやりたいね」

その言葉には、ミイラのような肉体から発せられる声とは思われぬ烈々たる響きがあった。橋爪は、何か凄まじいほどの畏怖に打たれながら、黙ってうなずいていた。これが橋爪が長江に会った最後であった。（「狂い咲き島清」『多喜二虐殺』より）

橋爪がこの訪問の際、長江が新感覚派の文学運動を攻撃した話に触れていたが、彼らが新感覚派と呼ばれるようになった雑誌「文芸時代」を創刊したのは、前年（大正十三年）の十月のことである。ポオル・モーランの『夜ひらく』に触発された作品を書く彼らに、長江が、「『文芸時代』『新感覚派』ポオル・モオランの『夜ひらく』、淫蕩者の感覚鈍麻と強烈なる刺戟への憧憬、バセドウ氏病的機能亢進、新しきデカダンの旧さ等」の副題のついた「文壇の新時代に与ふ」を「新潮」に発表するのは同年（大正十四年）四月のことであり、翌月には同誌に「ただ背後をのみ見ることに慣れたる『新時代』の蛙等よ、聴け、より新しき声は君達に先きだつて行つてゐる」の副題のついた「序にもう少しく新しく」を発表している。この「序にもう少しく新しく」の最後近くに次の箇所がある。

現実としての人生の暗さは、どうにもすることが出来ない故、それを忘れる為め、その外へ出て、芸術の明るさを楽み酔はうと云ふ――さう云ふ考へ方は、一面芸術を単なる娯楽と一に視てゐるのである。他面、人生の解脱を、ニルヴアナを、夢と麻酔剤とに求めてゐるのである。これが芸術と人生との双方に対する冒瀆としても、余りにも新しくないことを、余りにも時勢おくれであることを、私達は堪へがたく歯がゆく思ふのだ。

そして長江は高らかに宣言している。

私達はあくまでも人生に執着しながら、人生その物を明るくするところの芸術を求める。その私達の最も明るい芸術は、最も暗いものから、反逆から、破壊から、闘争から、殺戮から、殺戮されることから、一切の『死ぬか生きるか』から成立する！

このときも、さまざまな波紋を広げている。

作家の高見順（明治四十年生）は、高等学校に入った時出た「文芸時代」を、〈ここに、私たち若い世代のかねて求めていた、渇えていた文学が初めて現われた。そんな気持で『文芸時代』の創刊号を迎えた。こうした感激を、私と同年輩の文学愛好者はひとしくその頃、味わったのではなかろうか。〉（『昭和文学盛衰史一』）と書いているが、〈旧臘、ある必要から横光利一の当時の作品を読んでみて、がっかりした。こんなものに感激していたのかと驚いた。堀木克三等の当時の罵倒（「新時代の蛙等よ」

と罵った生田長江の論文も、これに含める）を今読み返してみたら、罵倒の方が正しいと思わせられるかもしれぬ。〉（『同前』）と書いている。このとき、高見は初めて長江の真価を知ったはずである。

このころ、長江たちが待ち望んだ画期的な出来事があった。この年（大正十四年）の三月二十九日に普通選挙法が成立したのである。なお女性が参政権を得るのは、昭和の敗戦後のことである。また、この十日前には、治安維持法も成立している。

さて、再び長江の話に戻る。長江が、『『近代』派と『超近代』派との戦」を「新潮」に発表するのは、この年の六月のことである。今までの思索が、ようやく形になった。

資本主義も社会主義も、財産の配分でいがみ合っている兄弟みたいなものではないか。長江は、そんな不幸から脱出するために、新しい社会組織が必要なことを提言している。

長江が思い至った考えは、「超近代」である。長江は「超近代」を、〈商業主義よりも重農主義を、都会よりも村落を、文明よりも文化を、西洋よりも東洋を（単なるセンチメンタリズムからでなく、「近代」生活に対する最も深刻な批判の結果として）撰び取らうとする〉と規定している。

ここには、資本主義にも社会主義にも決別した長江がいる。なぜ長江は、このような視点を獲得できたのだろうか。それは、長江の広い視野と深い思索によるものと思うが、もう一つ大きな要素があるような気がしてならない。

長江も、以前は、資本主義体制の中から物事を考えていたが、病気が重くなるにつれて、現在の社会組織を体制の外側から見ることができたような気がする。そして、今の社会に欠落しているものに気づいたのだと思う。

さて、こうした長江の主張を、同時代人はどのように見ていたろうか。評論家の高須芳次郎（梅渓）

は、『明治大正昭和文学講話』（新潮社）で次のように述べている。

かうした思想的情勢（著者注＝マルキシズム中心の時代）に対抗して、漸次、頭を持ちあげて来たのが、日本中心主義の思想である。それが勃興したのは、昭和に入つてからのことで、日本中心主義の出現に先立つて、起つたのは、オリエンタリズムの思想だつた。この思想の開展に力めたのは生田長江で、その論文集『超近代派宣言』は大正十四年に出た。（中略）

西洋船載の思想でなければ、すべて無意義だと迷想してゐる当時の文芸界では、オリエンタリズムの意義を全然、理解しない。長江のきびきびした名論文を以てしてさへ、その反響を得ることが至難だつた。けれども長江の自信は今日もゆるがない。

高須が長江に注目していたのは、高須自身、昭和に入る前に長江に近い思想をもっていたからだ。高須が、東洋思想の復活を掲げた雑誌「東方之星」を創刊するのは、大正十四年六月で、創刊号と第二号に、長江の没落する西洋文明から東洋文明への脱却を説いた「文明没落か文明再誕か」を掲載している。

長江が、『超近代派宣言』（至上社）を出版するのは、高須が書いていたように、この年の十二月のことである。この本は、平成二年に「近代文芸評論叢書」の一冊として日本図書センターより復刊されている。また、このころの論考が平成二十年にも『生田長江批評選集　超近代とは何か1新と旧』、『同　2信と善』の二冊となって書肆心水から発行されている。

第九章　鎌倉

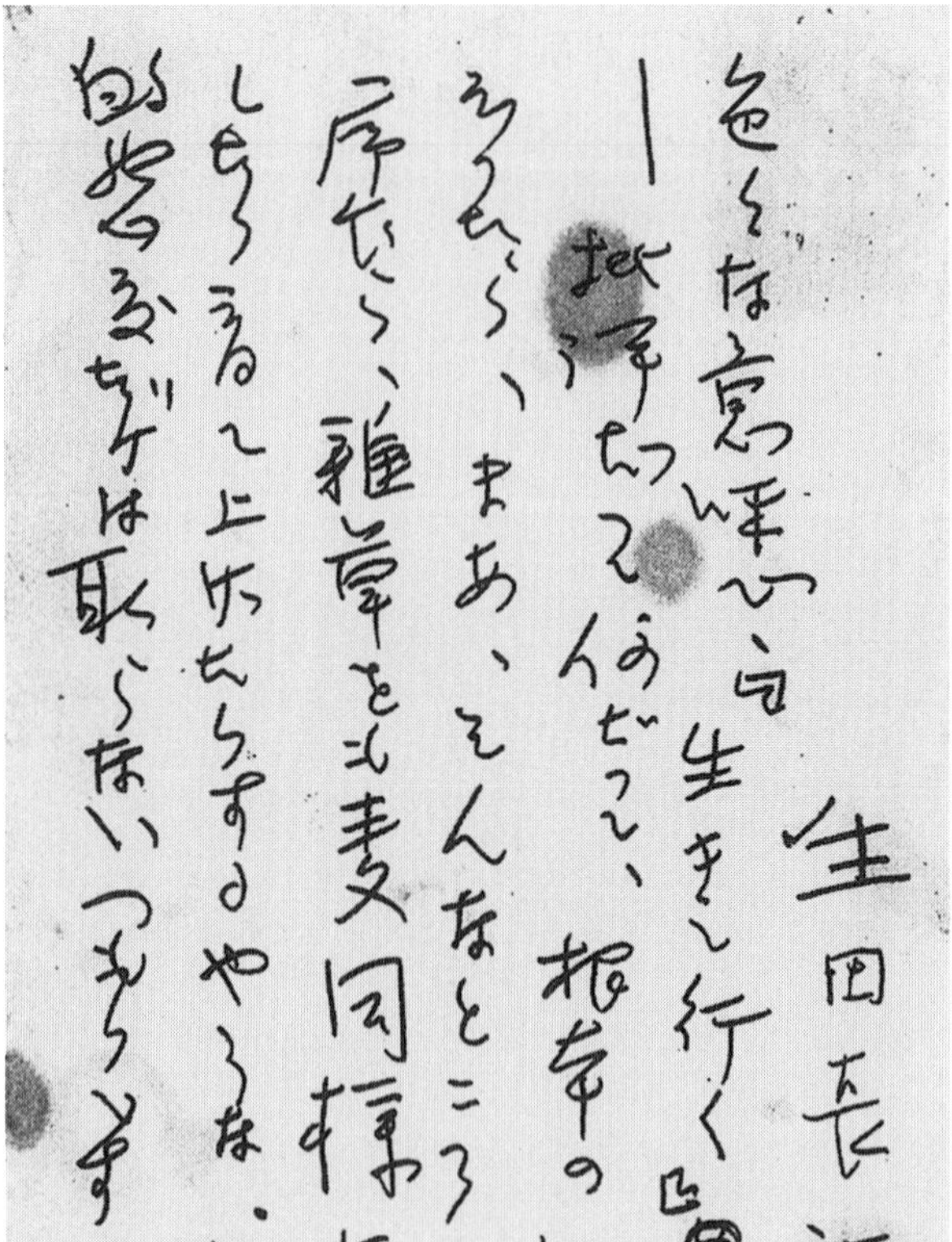
生田長江
色々な意味で生きて行く為め一様だつて何だつて、根本の目的と云つたら、まあ、そんなところでせうね。序だから、雑草をも麦同様に、生かしちまつて上げたりするやうな、出鱈目自分勝手な差別だけは取らないつもりです。

「文芸行動」アンケートへの回答（大正 15 年 8 月号。早稲田大学中央図書館蔵）

鎌倉への転居

長江が、鎌倉長谷稲瀬川一六七に転居したのは、大正十四（一九二五）年の九月のことである。この地は現在の由比ガ浜四丁目十、十一、十二付近だ。

江ノ電の鎌倉駅から二つ目の由比ケ浜駅で下車する。海側の改札口を出ると、線路に沿って一本道が伸びている。この道を鎌倉駅に向かって少し戻ると、右手（海側）に向かって道が続いている。この角の電柱に「由比ガ浜四丁目八」の標識が付いていた。この道路の左手が四丁目で、右手が二丁目のようだ。そこから海に向かって百数十メートル歩くと、国道一三四号線にぶつかるが、その手前の電柱に「由比ガ浜四丁目十二」の標識が付いていた。その途中に、「四丁目十、十一」の標識も出ていた。この付近に長江は住んでいたのである。

この辺りはびっしりと住宅が並んでいる。国道の向こうは海岸で、散策している人も多い。その向こうのライトグレーの海には、白い三角の帆のヨットが浮かんでいる。風が吹くたびに、やわらかな潮の匂いがする。長江は、こんな海の近くに住んでいたのだ。

今まで住んでいた牛込区榎町の家は、新潮社にも比較的近く、来客も多かっただろう。長江は周囲の人たちには自分の病気をリューマチと説明していたが、もうハンセン病であることは隠し切れない。そのため、人目を避けるための移住であったと思われる。

また、第五章で触れた「読売新聞」（大正十三年十月十六日）の「主義者仲間の手にある／警視庁のブラックリスト」の記事も影を落としていたのかもしれない。長江にもしものことがあったら、残されたまり子や甥たちは路頭に迷うばかりなのである。

長江の鎌倉移住に、先に鎌倉の二階堂に住んでいた義弟の亀田輝時の尽力があったのは間違いがない。

このころの長江のことは、郷土史家の木村彦三郎が、『長谷観音ゆかりの文学者1』で取り上げたほか、いくつかのエッセイに書き残している。

木村は、明治三十九（一九〇六）年五月に鎌倉町坂ノ下に生まれているが、その後長江が住むことになる地区の一角に引っ越し、大正十二（一九二三）年九月まで住んでいた。

長江とは入れ違いになったが、木村の叔父夫妻が留守番をしていたイギリス人の貿易商ベリックの別荘が、長江の瓦葺平屋建ての家（岩戸家の貸別荘）の筋向かいにあったため、ここに出入りするうちに長江の病気のこともたまさか耳にしたり、不自由な身体を書生たちに支えられながら外出する姿も目にしたが、そのころの木村は長江に特別の興味はなかった。

木村が、青年になって文学に興味をもつようになると、新聞、雑誌の文芸評論や単行本、講座ものに生田長江の名前が大きく出ているのに気づくようになり、「あのときの人がこんなすばらしい仕事をしているのか」と尊敬と懐かしむ気持ちが芽生え、次第に長江のことを調べ始める。そして長江の故郷を訪ね、遺族とも親交を結び、同時に鎌倉ゆかりの文人の調査も開始している。やがてそれらを「鎌倉タイムス」に連載するようになり、それが長谷寺の竹石住職の目に留まり、先の『長谷観音ゆかりの文学者1』が生まれている。

鎌倉に来た頃には彼の病気はかなり悪くなっていた。

住居は海に近い、松林の多い中にあつて、門を一歩出て振りかえると妻藤尾を葬つた長谷観音の、かや葺きの大きな堂宇や、海光山が見えた。

家の南面したところには三百坪ほどの空地があつて、そこから由比ケ浜につながつていた。東南にはイギリス人の別荘があり、門の前には、貴族院議員の気むずかしい老人の別荘が松深い小高い丘の上にあつた。

散歩が好きで、不自由な足に草履をいわいては、側近の人に助けられて、由比ケ浜に出たり、ある時には長谷観音にまで出かけた。曲り曲がつて三十幾段かの石段を登らなければならない観音堂の前に、疲れた身を休めながら、過ぐる年の大正大震災で傾きかけた、大伽藍をあおぎ、またじゅうたんをひろげたような一面の緑の中に家並が続き、白い洋館の点在する鎌倉の町や、紺碧のはるか先に、うす紫に浮く大島に、しばし見とれていることもあつた。(『長谷観音ゆかりの文学者1』)

ここには、人の力を借りなければ自由に出歩くこともできなくなってしまった長江がいる。視力はまだ失っていないようだが、足の指は感覚がなくなってしまったのか、草履も紐で縛らなければならなくなってしまったようだ。

木村が見た鎌倉での長江の姿は、先の短文に凝縮されているが、木村が書いた他の文章「生田長江」に、もう少し詳しい箇所がある。家族は、まり子と女中と四人の書生たちであった。幸喜は、この地から慶應義塾大学に通っていた。食事ぐらいは自分の手でとったが、執筆は、書生たちを相手に口述筆記をしていたようだ。また、これは後の座談会で伊福部隆輝が話していたが、二匹の犬を飼っていた。

伊福部が、油絵を描く長江を見たのもこのころのことであろう。

ある日、伊福部が訪ねると、経木帽をかぶった長江が、庭に画架を持ち出しキャンバスをかけてせっせと風景画を描いている。その姿を見てびっくりした伊福部が、

「これは驚きましたね。先生は音楽だけでなしに、絵もおやりになるのですか?」

と声をかけると、伊福部に気づいた長江は嬉しそうに笑って、

「どうです。春夫君くらいは描けるでしょう」

と答えた。ここで佐藤春夫の名が出たのは、佐藤が何回か二科展に入選して話題になっていたからである。

「いや、春夫さんよりいいですよ。いつからおやりになったのですか?」

と、伊福部が聞くと、

「絵でも何でもやろうと思えばやれますよ。……一休みしますかね」

と言って、部屋に上がった。このころ伊福部は、長江がニーチェの写真をモデルにして肖像画を描いているのも見かけている。その作品は、伊福部には長江の肖像画にも見えるのだった。

視力が無くなるのも時間の問題だ。かつて見えた証の、何枚かの絵を残しておこう。長江は、そんなふうに考えたのであろう。ここには、自分の宿命を悲観するのではなく、静かに受け入れ始めた長江がいる。

一方、仕事は順調である。この年（大正十四年）の七月に中村武羅夫が主宰格の、菊池寛の「文藝春秋」に対抗した「不同調」が創刊された。同人は中村の他、堀木克三、戸川貞雄、川崎備寛、岡田

三郎、尾崎士郎、武川《むかわ》重太郎、野島辰次、間宮茂輔、藤森淳三、今東光、浅原六朗、佐佐木茂索、木蘇穀、森本巌夫の面々。長江は創刊号に「大正式振仮名法」を寄せている。これは、若者偏重の文壇に警鐘を鳴らしたものである。

長く「新潮」の名編集者として謳われた中村武羅夫の、長江への評価は高い。というのは、この号で同人の「一問一答」の企画があり、森本の「次の文壇で一流となるは誰か」という問いに、中村は三名を挙げたが、真っ先に長江の名を挙げている。後の二人は、堀木克三と藤森淳三である。

続いて長江は、九月号の「諸方面の不同調観」のアンケートに「黒シャツ団」を、十月号にも「直観と推理」を寄せている。

この年の「不同調」十二月号に「大正十四年度文壇総決算」の企画があり、同人たちが辛辣な意見を寄せている。長江が登場する。

功績◇「新潮」の文芸時評に於ける活動◇新感覚派を愉快にやっつけた。◇ナシ◇戸川氏を認めたこと。◇若々しさ。小敵と雖も侮らぬこと。◇大刀を振り廻して若手をやっつけた点。

罪過◇何でも彼ンでも若いものをやッつける性癖。◇イヤそれが功績さ。◇大したことなし。

贈物◇少し気の小さくなる薬。◇健康。◇ホラを吹かざること。◇愛。◇○○薬。

最後の○○薬は、ハンセン病の特効薬であろう。長江の病気は、公然の秘密になっていることがよくわかる。

長江は、この「不同調」ばかりでなく、「新潮」「婦人公論」等の雑誌や「都新聞」「時事新報」等の新聞にも次々と作品を発表している。

門弟の赤松月船が第一詩集『秋冷』（抒情詩社）を刊行したのも、この年の十月のことである。長江と佐藤春夫が序文を書き、室生犀星が序詩を寄せ、今東光が挿絵を担当している。この詩集の出版で、赤松は詩人としての地歩を確かなものにしている。

長江慰安会

長江が鎌倉に去った後、東京の友人知人たちの間で長江を心配する声が上がりはじめている。「読売新聞」（大正十四年十一月二十五日）の「ゴシップ」欄で触れている。

評論壇の重鎮生田長江氏の長年の文壇に対する労を慰安するため近松秋江、徳田秋声その他知友が発企者となつて慰安のしるしを送るといふ風な事が噂に上つてゐる　何れ近い中に具体的になつて実行されることゝ思ふがまことに結構なこと柄として賛意を表して置く

この直後に発売された「文藝春秋」十二月号に、先に名前が出た近松秋江（旧姓徳田、明治九年生）の「最近のこと二三」が掲載された。この文中で近松は、〈今日の文壇に在る人で、恐らく最も気の毒な人といつたら、生田長江氏であらう〉と書き、〈生田君後援の為に、文壇に警鐘を打たんと欲するのである。〉と結んでいる。

先の「読売新聞」の記事の続報は、同年十二月十一日の同紙が、「生田長江氏表彰慰安の／下相談

会が二十日に開かれ／慰安会並に記念出版は明年実現」の見出しで次の記事を載せている。

生田長江氏が多年評論壇並に飜訳壇に尽した労に対し且つ又氏の病気慰安といふ意味で文壇的に報ひたいといふ相談が一部に起りつゝあつたことは既報の通りであるが愈々具体化して森田草平、徳田秋声、菊池寛、芥川龍之介、その他知己の数氏が発企となつて来る二十日それに対する下相談会が催されることゝなつた　慰安会は何れ明年を期して行はれることにならうが、内容としては氏のために文壇的な記念出版をしてその印税を贈るといふやうな事も実行される筈である。

この記事の発企人名に間違いがあったようだ。というのは、同年十二月十四日の「読売新聞」が、佐藤の書斎での大きな写真とともに「木の香高い音羽の新居に＝＝／けふこのごろの佐藤春夫氏／『努めたり』と言ふべし——その勉強ぶり／つけたり——生田長江氏慰安のことども」の見出しで、一年ぶりに故郷の新宮から帰京した佐藤が、堀口大学の世話で音羽に新居を持ったことや仕事のこと等の近況を報じているが、ここで春夫が訂正していた。

氏の先輩生田長江氏慰安について先日「よみうり」で発表された発企人の名前に書き違ひのあつたことを挙げて『この話は森田草平、徳田秋声、近松秋江の三氏あたりから話が出て、堺利彦、与謝野寛、馬場孤蝶、中村武羅夫、中村古峡の諸氏とそれからほんの事務員としての役目である、私との九人が発企人となつて、四十余名の人々にこれから賛同を得やうといふのです』と語つた。この際一寸書き足して置く。

発企人は、森田草平、徳田秋声、近松秋江、堺利彦、与謝野寛、馬場孤蝶、中村武羅夫、中村古峡、佐藤春夫の九名だったようだ。

果たしてこの慰安会は、予定通り行われたのだろうか。もし開催されたのなら長江は出席したのだろうか。そんな疑問が湧いたが、それ以上知る手がかりはなかった。

ところがある日、ひょんなことから糸口がみえてきた。それは長江の友人中村古峡『変態心理』と中村古峡』（不二出版）という著作からである。

この本は、何人かの共著による。年譜を追っていくと、大正十四（一九二五）年の箇所に、〈十二月、生田長江の病状悪化を案じ、馬場孤蝶、森田草平、佐藤春夫、徳田秋江、堺利彦らと本郷燕楽軒にて慰安会を開く。〉とある。慰安会は、予定通り行われていたのだ。だが会は何日に行われ、何人集まったのか。そして、それらはどこに書かれていたのか。

年譜作成者は、曾根博義氏。長江の日記を翻刻した人だ。巻末に記載されている略歴を見ると、〈一九四〇年生。東京大学経済学部卒。現在、日本大学文理学部教授。〉とある。私は「静岡新聞」に発表した「終生の師は生田長江」を同封した手紙を曾根氏に出し、祈るような気持ちで待っていると、数日後、大きな白い角封筒が届いた。

封を切ると、手紙とともにたくさんの資料が入っていた。手紙には、年譜に書いたことは中村古峡の日記から知ったこと、慰安会は二十一日に行われたこと、前日に古峡が鎌倉の長江を訪ねると、長江は中止してほしいと頼んだこと。当日長江は欠席したことなどが記されていた。

同封の書類は、この時の調査で発見された雑誌「夕づゝ」のコピーや、それらをまとめた論文等であった。

曾根氏は手紙の最後に、自分も静岡県の生まれで、しかも藤田まさとと同じ集落の出身であること、また氏の父親の故賢氏は、かつて私が住む川根の小学校の先生をされていたことなどが書かれていた。氏はさまざまな縁を感じてくれたのだ。

しばらくして、私は何としても古峡の日記を読んでみたくなった。曾根氏の手紙には、遺族の特別の計らいで日記を見せてもらえたこと、日記は千葉市の中村古峡記念病院の書庫に保管されているが、一般からの閲覧、複写には応じていないことが書かれていた。私はせめて該当する二日間のコピーを送っていただくことはできないか、理事長宛に手紙を書いた。

一週間後、医療法人グリーンエミネンス、中村古峡記念病院理事長の中村周二氏から大きなクリーム色の角封筒が届いた。はやる心を抑えて封を切ると、お願いした日記のコピーが躍り出てきたのだった。

日記はかなり崩した字で書かれていた。

十二月二十日　朝七時五十分の汽車にて福光君と共に鎌倉にゆく。生田君の宅へ着きしは朝九時だ。まだ寝てゐたり。暫く河岸を散歩し十時会見。

これより三時半まで談判。結局打切って呉れとの事である。病人心理にこれほど支配され居るとは意外なりき。此方より、手紙を一本書かせる。

四時五分の汽車で帰京、六時四十分東京駅着。水道橋まで乗り越し、森田君により、佐藤君を誘ひ馬場先生宅に集まる。兎に角明晩の会合は開催する事に決す。九時余と福光君と先に辞す。笹塚に十時着。この位。

同行の福光は、緑葉社社長の福光美規だと思われる。古峡が福光と共に慰安会への打診に行くと、長江は打ち切ってくれという。古峡は、長江の辞退の理由を、〈病人心理〉のためと理解しているが、はたしてそうだろうか。

前出の曾根氏が、〈大正12年の震災のとき、一時、長江が古峡の世話になったことはご存知かと思いますが、そのころから長江は経済的にも古峡の世話になっていた模様です。1年後の大正13年9月の時点で古峡に対して100円の借金が残っていたことが分かります。〉とご教示されたことを思い出す。経済的には、決して余裕があるとは思えないのに、なぜ長江は頑なな態度を示したのだろうか。

その後、東京に戻った古峡は、森田と佐藤とともに孤蝶宅で相談をしている。やはり孤蝶が中心になっているようだ。このとき、慰安会は予定通り開催することが決まった。翌日の様子はどうだろうか。次の日の日記を見てみよう。

午前の十一時笹塚を出で十二時半帰宅。直ちに又警察講習所へ出講。本年最終講習。／三時半燕楽軒の生田君慰安会に出席す。十三名出席。夜九時まで相談。今後生田君の再考を促す事となる。余と福光君使する事となる。十時帰宅。福光君の家に電話す。十時就床。

この夜、十三名が集まった。発企人の九名と、伊福部隆輝や赤松月船などの門弟たちであろう。この席で、改めて長江を説得し、当初の予定通り進めることが確認されたようだ。

ずっと後になって気づいたが、同年十二月十七日の「東京朝日新聞」の「学芸たより」欄でも、〈生田長江氏　多年の文壇生活を記念するため氏の友人先輩等共同し、その慰安事業を決定すべく二十一日発起人会を中央亭に開く〉と触れていた。古峡は、慰安会と書いていたが、慰安事業の発起人会だったようだ。

翌年（大正十五年）の元旦の「読売新聞」に掲載された、森田草平の「批評家としての生田長江君」の中に、「今春、全文壇から表彰祝賀される批評家・生田長江氏」の見出しとともに、長江の大きな顔写真が掲載された。

詳細は、五月八日の同紙が、「生田長江氏の文壇生活に報ゆる記念出版計画成る」の見出しで伝えている。

既報、生田長江氏の永年の文壇的功績に対し、何等かの方法に依り之に報いんと計画中であったが委員に選ばれた佐藤春夫氏、森田草平氏、中村武羅夫氏等考究中の処此の程、文壇三十余家の各自小説一篇を選び「小説選集」を出版し氏に捧げることに決定した。

此の外佐藤春夫氏は門下を代表する意味で詩壇諸家の詩一篇づつを編み詩集を恩師に捧げる、尚此の機会に長江氏の「論文集」を選集の形で四冊とし、右はいづれも新潮社から遅くも秋頃、順次出版される。論文集の編輯には春夫氏の外伊福部隆輝、赤松月船氏等がたづさはる事になるらしい。

この計画が実現したら、かなりの大金が長江の懐に入るはずである。長江は、きっと喜んだに違いない。と思ったが、そうでもなかったようだ。というのも、この計画が具体化することはなかったからである。長江の固辞は変わらなかったようだ。

けれども世の中は面白い。捨てる神あれば拾う神あり、だ。長江の作品集出版の話は、この年の暮れに再び燃え上がる。

同年（大正十五年）十二月九日の「読売新聞」の「よみうり抄」に、〈永らく懸案なりし「長江全集」は来春三巻若しくは四巻にて春秋社から刊行されることに決す〉とある。どうやら春秋社からの出版が決まったようだ。

この辺りの経緯は、同年十二月十四、十五日に「読売新聞」の「読書界出版界」に連載された伊福部の「独創的思想家　長江先生の評論全集（上・下）」から知ることができる。

この記事を読むと、今度は詩人で評論家の加藤一夫が尽力して、彼も関係する春秋社から長江の評論全集が出ることになったようである。加藤は、かつて東北講演旅行に同行した仲である。長江に手を差し伸べずにはいられなかったのであろう。

伊福部は、前回の企画が流れてしまった理由を次のように書いている。

この全集は、最初このやうな形式で出る筈でなかつた。これは人々の記憶に未だ新たなるところであるが、最初、佐藤春夫、徳田秋声、近松秋江、森田草平、その他文壇大家諸氏によつて文芸批評家としての長江先生の労を慰めるといふ意味によつて会が出来、その会の手でこの全集は刊行される筈であつたのである。が、それはある事情の為に沙汰止みとなつた。（中略）

責任ある位置にゐても自分の一身上の利害の為にはその責任も又は十年二十年の友情もふみにぢつて恥ないやうな人間の多い現代に於て、氏のやうに、その著作物が単に世上に流布しないのを残

念に思ふあまりに（以下略）

この中の、伊福部の叫びのような〈責任ある地位にゐても自分の一身上の利害の為にはその責任も又は十年二十年の友情もふみにぢつて恥ないやうな人間の多い現代〉の箇所を読んでいるとき〈一身上の利害〉の箇所が私の心に引っかかった。

〈一身上の利害〉とは何だろう。伊福部は、門弟代表としての佐藤春夫のふがいなさを攻撃しているのだろうか。と思った瞬間、私の脳裏にまったく違った人物が浮かび上がってきた。

その人物とは、長江訳の『資本論』を卑劣な手段で攻撃した高畠素之である。時を同じくして新潮社から改訂版『資本論』全三巻四冊（大正十四年十月〜翌年十月まで）が刊行されているのである。『新潮社四十年』に収録されている「新潮社刊行図書年表」を見ると、このころ（大正十三年〜十五年）の高畠の著書及び訳書が九冊、編書が二冊刊行されていた。『資本論』の他にも、これだけの本が出ていたのである。

一方、大正十三年から大正十五年までの長江の同社よりの刊行物は、『ニイチエ全集』の三冊のみである。この時期だけをみると、新潮社での存在感は、長江よりも高畠のほうが大きくなっているようにも思える。

先に触れた「不同調」が、著名人について短評を書く「はがき評論」の企画を立ち上げ、第一回目（大正十五年四月号）の最初に長江を取り上げている。評者は平塚らいてうや与謝野晶子を初め九名いるが、その中に高畠も次の文章を寄せている。

生田長江――群小のツクダニ文芸評論家に比べると確かに傑出した実力を持つ人とは思ふが、アクの抜けない厭味があるので読む気になれぬ。皮肉や駄洒落もこの人のやうに大げさで作意が鼻につくと、却つて其事が皮肉になる。矢張り人生の急所が摑めぬ悧口馬鹿の一人であらう。

この回の「はがき評論」には、長江の他にも菊池寛、武者小路実篤、正宗白鳥、里見弴も取り上げられていて、長江も武者小路実篤について書いているので、長江が目にした可能性は高い。もし私が長江の立場なら、卑劣な手段で自分を攻撃した人に短評を依頼すること自体が不快である。以上のような背景を考えると、長江と新潮社の中村武羅夫との話がうまくいくはずがない。

最初、このような結論を出したが、その後、先に触れた神奈川近代文学館所蔵の「震災日記」を目にしたとき、また違った側面が見えてきた。このころ、担当編集者とだけではなく、新潮社と長江がこじれる事件が発生していた。

この「震災記事」から、長江と新潮社との関わりを追ってみよう。関東大震災の当日（大正十二年九月一日）、長江は『ニイチェ全集第七巻・権力への意志』の訳稿二ページばかりを書き足して二百十ページとなし、それを長江の娘婿である生田幸喜に綴らせ、『人間的な余りに人間的な』の検印五百枚とともに新潮社に持って行くように命じているとき、震災が起こった。

焼け出された長江は、翌日に甥の生田雄吉を新潮社に行かせると、新潮社も富士印刷も無事であった。借金の申し込みをすると、現金の持ち合わせがないからと二十円だけ貸してくれる。五日に雄吉が新潮社に行って、避難所を探すための自転車を貸してほしいと頼むが、断られてしまう。このとき、百円ばかりの融通を申し込むが、銀行のほうが要領を得ぬと、これも断られた。十四日に雄吉が新潮社に行って、五十円だけ受け取ってくる。

そして新潮社とこじれるの事件が発生するのは、十九日のことだ。〈新潮社は「人間的な余りに人間的な」検印の事に抵して小刀細工の挨拶をなし、現金支払を横領せんとするを不埒千万なり。〉

長江の文字が達筆なので、解読にはまったく自信がないが、文字を通して長江の怒りが十分伝わってくる。当時、本の奥付には一枚ずつ著者の検印紙が貼られていた。この紙の数で、著者は市場に出る本の数を把握でき、この枚数によって印税の計算がなされていたが、新潮社にこの信用を裏切る行為があったと長江は思ったようだ。

翌日、幸喜が新潮社に乗り込んで行く。

幸喜、新潮社へ怒鳴り込み、社主佐藤にさんざあやまらした上、一〇〇受け取って来る。／予も昨日の事に憤慨し、ニイチェ全集刊行に関し、合理的自由行動をとるかも知れないと言ひやりしなり。社内一同色を失ひしさま、想ひやらる。／兎に角、この騒ぎで意外に多くのケァシュ（著者注＝キャッシュか）を手に入れしのみならず、ニイチェ全集その他に関し、今后の進行を確実に保証されしは飛んだ副産物なり。

こんな事件が起きていたのである。

話は戻るが、伊福部の「独創的思想家……」が「読売新聞」に掲載されてほどなく、佐藤春夫の「長江全集に就て――伊福部君に呈す（上・下）」が「時事新報」（十二月十九、二十一日）に掲載された。

春夫は、怒りの矛先が自分に向いていると感じたようだ。

　昨冬来「長江先生を讃美する会」の企てあり、小生もその発起者の一人なりしことは事実に有之候。しかし、この挙に於て、小生は年少末輩且つ一向積極的の発起人にては無之、雄邁孤高なる長江先生の日常を拝知せるつもりの小生は多少この挙の成否に就ては当初より疑ひを抱き居り候ところ、果して途中にて殆んど立消えの姿と相成申候。しかし手違ひの上にも手違ひを重ね候ことはこれは決して小生一人の責任にては無之、寧ろ長江先生本来の御意志にて、小生も亦これは当然の結果のやうに存じ居り申し候。しかしてこの会の事業の一部分たりし「長江選集」の出版も残念ながら成立せざりしものの如くに思へ申し候。かくあいまいなる申し方を致し候は、その出版に関しては出版引受の新潮社と著者長江先生との間の直接の交渉或は心持の不通の為めに打破られたるものの如く、その間に立ちて方々にて板ばさみの苦境を味はひたるのみにて一向御役に立たざりしは小生の不面目ながら、（以下略）

春夫は、この後も延々と苦しい胸の内を綴っている。春夫の、〈その出版に関しては出版引受の新潮社と著者長江先生との間の直接の交渉或は心持の不通の為めに打破られたるものの如く〉の箇所を読むと、やはり春夫も新潮社と長江との交渉がうまくいかなかったことが主因であったと考えていることがよくわかる。

結局、その後の春秋社での出版構想も立ち消えになっている。先に尽力してくれた春夫たちの気持ちを思い、長江が今回も固辞したものと思われる。

ただ、先の長江の新潮社からの出版辞退を、出版社とのトラブルだけに限定してしまうと長江を見誤ってしまう。私がこのことに気づいたのは、以後の長江と新潮社との関係を眺めたときである。震災の後、長江は一時中村古峡の品川御殿山に避難したが、その後、瀧野川を経て、新潮社に比較的近い牛込区榎町に住んでいた。誇り高い長江のことだ。怒りが収まっていなかったら、自分から新潮社の近くに引っ越すことはないはずである。この時点で長江の怒りの矛は、収まっていたと見ていいのではなかろうか。また、この申し出を辞退した後も、長江は新潮社の雑誌に作品を発表しているのである。

それでは何が原因なのか。長江が亡くなったとき、森田草平が発表した「長江君逝く（上・下）」（「都新聞」昭和十一年一月十三、四日）に、〈生田君は他から自分に同情されることが嫌ひであつた〉とあるが、長江の本質を突いているといえる。

長江の死後五年経った昭和十六（一九四一）年、伊福部と春夫の尽力で生田長江著『東洋人の時代』（道統社）が出版された。この本の巻末に伊福部の「解説・人としての生田長江先生」が収録されているが、この中で伊福部は、長江の気質は彼が生まれた山陰地方の小地主階級の気質を代表するものだと指摘している。彼らは自主独立の精神が旺盛で、誰の世話にもならないが、貧農の救済、村人たちの世話、公事の負担、それらを自分が為すことを義務と考え、誇りにもしていた。この気質は、徳川時代から明治の初めまでの彼らの根幹であったという。長江はこの気質を色濃く受け継ぎ貫いた。そう解釈すれば、すべてが納得できる。

杉山平助の『一日本人』

話が進み過ぎてしまったようだ。少し戻ることにする。

長江の「小説『一日本人』を読め」が「国民新聞」に掲載されたのは、大正十五（一九二六）年一月十一日のことである。

その名を耳にしたことさへもない、作者杉山平助氏から突如として、原稿紙千四五百枚にも当るほどの長篇小説の寄贈を受けた。（中略）

読むともなしに、つい無意識のやうに十頁ばかりを読まされて来た私は、『今こんな物を読んでゐてはいけない。もう止さう、もう止さう』と幾度か自分をたしなめながら、どうしても止めることが出来ないで、到頭私の二日間のプログラムを滅茶苦茶にして、殆んど文字通り一気に読んでしまつた。読まされてしまつた。

少くとも近代の日本語で書かれた小説なぞの中に、これほど力強く私を引きずり込み、共鳴させ、感動させ、驚嘆させた物はない。

このような感想が、四段組みで掲載されている。

この『一日本人』は、無名の新人・杉山平助（明治二十八年生）が昭文堂から自費出版した自伝的な作品で、このころ杉山は胸を病み茅ヶ崎で療養中であった。

この作品は、五百五十三ページにわたる大長編である。杉山自身の半生をモデルにしたと思われるものであるが、詩と批評が渾然としていて大変おもしろい作品である。のち、杉山は評論家として頭角を現していくが、その萌芽が垣間見られるものでもある。

それまで杉山は長江について、折々鋭い卓見を閃かすことには敬服していたが、くさみのようなものも感じてあまり好きではなかった。しかし、文壇に一人も知人のいない杉山にとって、自身の処女作にほとんど至上に近い賛辞を送ってくれたことは、大きな喜びであった。昭文堂の主人・宮城伊兵衛が来たときに、帰りは鎌倉の生田のところに寄って、お礼を言ってくれるように頼んだ。また自分からも礼状を書いた。

それからしばらくして、宮城から杉山のもとに手紙がきた。宮城が生田のところに寄ると、大変に喜んでぜひ一度会いたい、もし病状が悪くて外出できないのなら、出かけてもいいと言う。

一無名青年に対するこの態度に感激した杉山は、熱のない暖かな日に鎌倉に向かった。これをきっかけに、杉山はたびたび長江のもとを訪れている。

その杉山が、長江の死の直後、同席していた中央公論社の社長・嶋中雄作たちと長江の訃報を聞いたが、その嶋中から、「とにかく、あれだけの人、あれだけ仕事をした人を、何とか問題にしないというわけはありませんからね」と懇願され、「中央公論」に「生田長江先生と私」（昭和十一年二月）を発表している。

実は、杉山は、その少し前から長江とは絶交しており、嶋中の依頼を一度は断ったものの、その場の雰囲気に押し切られてしまったのであるが、長江と出会う前と後とではかなり印象が変わったようである。

一般に思はれてゐるより、ずうつと善良な深切な人であつた。才能は大きく、鋭かつた。それに

非常な意志的な勉強家だ。（中略）
常人には到底忍べさうもないハンディキャップをつけられながら、なほ且つあれだけの仕事をして、あれだけの位地を獲得し得た人である。あの意志と精神の力だけには、全く頭がさがる。

と書いているが、〈故人が眼の仇のやうに罵倒したり、軽蔑したりしてゐた人人の多くがすでに白玉楼中の人である。〉とも書いている。
杉山は、名前は出していないが、長江が眼の仇のように罵倒したり軽蔑していた人たちはいたようだ。その最右翼にいたのは、高畠素之ではなかったろうか。理性では高畠の愚かさを理解できても、出版を妨害された憎悪は消えないようだ。無理もない。エリート中のエリートの彼が初めて味わった挫折なのだから。早くこの憎悪の炎を消さないと、身の破滅を招いてしまう。長江は、心の底でメラメラと燃え続けるこの憎悪の炎からいかにして逃れることができるのだろうか。

雑誌「鎌倉」
長江の義弟の亀田輝時が鎌倉の研究誌「鎌倉」を創刊したのは、この年（大正十五年）の四月のことである。長江は、「詩数章」を寄せている。
この「詩数章」は、「冬の日」、「やや老いし人の蝸牛を見てよめる」、「蚕は人間でなかつたか？」の三篇と一行詩四篇から成っている。

冬の日

浪の上の
鳥の白さよ
浪の黒さよ

砂に曳く
影の長さよ
砂の冷さよ

長江が海岸に出て沖を見ると、黒い浪の上の白い鳥が目に入った。自分を照らす陽の影は砂浜に長く伸び、しゃがんで砂に手をやると、ひんやりとした感触が伝わってきた。ああ、手の感触は大丈夫だ。ありがたい。この大自然の中で自分も生かされているのだ。大自然に抱かれて蘇生して行くような長江が見える。

やや老いし人の蝸牛《かたつむり》を見てよめる

雨の日の
梅の樹の
薄闇を

はひのぼる
かのめしひ
かたつむり

雨の日の
梅の樹を
くらき地へ
まろび落つ
かのおふし
かたつむり

長江が雨の日、庭を見ると、梅の樹に蝸牛が這っている。蝸牛は、頭に二対の触角を具え、長い方の先端に目があるが、明暗を判断する能力しかない。また、蝸牛は口もきけない。それでも生きている。

今まで気づかなかったけれど、凄いもんだなあ、彼らだって生きているのだ。自分もやがて感覚がなくなり失明するだろう。けれども、自分も彼らに負けずに生きていかなければならない。そんな静かな闘志が伝わってくる詩である。

長江の病気は次第に重くなり視力も衰えていくが、それに反比例して見えてくる世界がある。心眼が開けてきたのだ。長江の心は、より豊かになり煌めきを増している。

ところでこの「鎌倉」を発行した長江の義弟の亀田輝時は、作家の大佛次郎と親交を結んだが、大佛が『大佛次郎時代小説自選集第十巻』（読売新聞社）の「あとがき」で亀田に触れている。

（「源実朝」の）史実については今は故人となった亀田輝時さんが同じ鎌倉におられたので、面倒な問題になると、意見を求めた。亀田さんは大森金五郎博士に附いて鎌倉史を研究された篤志の人で、私などから見ても奇特なひとであった。本業は車輛製作会社だったが、鎌倉時代の廃寺や武家屋敷の遺跡を調査したり、自費で鎌倉史専門の雑誌を出したりして、亀田さんの発見で、国宝や重要文化財に指定されたものが数点ある。殆ど独学で、それをやったのだが、郷土史家の偏狭な気質がなく広い学問的視野を失わなかった。何よりも私たちを感心させたのは、鎌倉に対する深い執着で吾妻鏡を暗記していたくらいに、極く微細なことにまで愛情と注意が行きとどいていたことである。たいていのことは電話をかけて尋ねると、即座に答え、それが間違っていなかった。鎌倉については、あれは化物だね、と私どもは蔭口をきいた。鳥取県の出身だが、鎌倉に取憑かれて鎌倉の土地に住み、ここで死んだ。五十三歳で、研究をまとめるのを老後の楽しみにしていたのを実に残念であった。篤志の立派な人がいたものだと現在でも感心している。

亀田が残した地図資料等は、横浜の「港の見える丘公園」にある大佛次郎記念館に収蔵されている。長江の資料が寄贈された神奈川近代文学館は、大佛次郎記念館のすぐ横にある。ここを訪ねるたびに、私は二人の強い絆に思いを馳せてしまう。

また、亀田は、大佛次郎と同じ鎌倉駅近くの寿福寺で眠っている。今年（二〇一二年）の正月、長江の墓に参ったあと、寿福寺の墓地の少し高台にある亀田家の墓を訪れると、輝時の傍らで奥さんの喜久や一粒種の輝朝も永遠の眠りについていた。

さて、先に触れた早稲田大学中央図書館が収蔵していた長江の葉書には、六月三十日の消印があるので、「鎌倉」創刊の二か月後に出されたものであることがわかる。

この葉書は、早大出身の文士・細田源吉が編集発行人の「文芸行動」（大正十五年一月〜八月まで）の七、八月号に寄せたアンケートへの回答で、七月号が「自作批評に対する満不満」、八月号が「創作の根本目的」である。早大中央図書館には、九十三通（七十九名）が収蔵されていた（雑誌の掲載はあるが、葉書がない人が二名いる）。七月号に掲載されたのは、細田民樹をはじめ十四名。八月号は、小川未明、岡本綺堂ら二十八名。長江は、八月号の「創作の根本目的」に回答したが、残念ながら掲載はなかった。おそらく、回答者の数が想定を上回ったものと思われる。というのは、葉書はあるが掲載がなかった人が四十五名もいた。長江の場合は、消印が全葉書中最終日なので、締切後だった可能性もある。

ちなみに長江の回答は、以下の通りである。

色々な意味で、『生きて行く』為め――批評だつて何だつて、根本の目的となつたら、まあ、そんなところでせうね。序乍ら、雑草をも麦同様に、生かしたり育て上げたりするやうな、出鱈目的態度だけは取らないつもりです。

文壇での評価

母かつが他界したのは、この年（大正十五年）の夏の終わりの八月三十一日のことである。享年七十八。長江は、後に「母逝く」という詩を発表している。

母逝く

吾が母八十歳、
労苦して老い、老いて病み、
つひに故里の家に逝く。

我は薬餌と相親み、
母を見ざるもの年あり、
今また其死をかへりみず。

これは是れ母を葬るの日、
三たび枕頭に幼き者をよび、
その祖母の白髪を語らしむ。

長江の、母親に対する深い敬愛のこもった詩である。

さて鎌倉に引っ越した長江だが、文壇ではどのようにみられていたのだろうか。このころ、続けて二つの文士列伝が刊行されている。

一つは、新潮社の編集者として活躍し、小説家としても頭角を現していた加藤武雄（明治二十一年生）の『明治大正文学の輪郭』（新潮社）である。この中で長江は次のように紹介されている。

森鷗外と夏目漱石と上田敏と、この三者の特色を兼併し、三者の感化の下に生ひ育ちながら、鮮かに一家の風格を築き、隠然として現在文芸批評壇の最高位を占めてゐる人に生田長江がある。尖鋭なる批判とアフォリズム的警句を連ねながら論をすゝめるのが彼の特色で、最初は建設的なるよりも、分析的、破壊的方面により多く活躍し、自然主義に対しても、伝統主義に対しても、民衆芸術論に対しても、核心を打つ手痛き批評を下した。今や西洋万能、唯物主義横行の時代思想に挑戦して、東洋的思想、重農主義思想の宣伝のために健闘しつゝある。

もう一つは、相馬健作の『文壇太平記』（萬生閣）である。なかなか辛辣な評が続いているが、最後（二十一番め）に登場する長江にはなぜか優しい。

鳥取県に生る。名は弘治。文士列伝の殿者《しんがりしや》たるに適はしく、しかく現代文壇の本質的な重鎮である彼、彼もまたある意味においては常に孤独の人であるが、そして俗悪文壇の俗悪才子共には縁が遠く、持て囃されない人であるが、後世にあっては必ずや、高山樗牛と共に天才的批評家の双璧として長く謳はれる人であるに違ひない。

無名作家推薦の功績は、彼の如き天才批評家にして始めて有意味、且つ可能で、彼は常に新進に注目し新進を愛し、新進を理解して倦まないのである。

彼は最も善き進歩的な批評家、最も善き文壇の父親である。

だがそれだけではない。飜訳において有名、学識において有数の人、同時に立派な芸術家であり、詩人である。

彼がまだ生きてゐるといふことは、我等をして天才批評家と共にあるといふ、奇異な歓喜を抱かしめる。願はくはまだ死ぬな。

さうして我々と共に、一層議論を戦はせ一層我々の慈父、ことに我々新興文芸の慈父であってくれと祈ってやまない。

この相馬健作とは、高群逸枝の夫の橋本憲三の匿名である。文中の〈ことに我々新興文芸の父〉とは、新居格や宮嶋資夫たちが大正十四（一九二五）年十一月に創刊して二号で消えた「文芸批評」の創刊号に長江は「多面性的偉大さ其他」を寄せていた。橋本も妻の高群逸枝もこの雑誌の同人であった。また、吉行エイスケがこの年（大正十五年）の四月に創刊して三号で姿を消した「虚無思想」の全てに長江は自作の詩や訳詩や評論を寄稿していたが、これらのことをいうのであろう。

当時橋本は、平凡社の編集部員をしていた。橋本の思いは、高群の思いでもあったはずである。二人の思いは、確実に長江に届いたに違いない。

先に触れた「不同調」（大正十四年十一月号）が、「現代文士学校派非学校派番付」を発表していたが、長江は学校派の前頭筆頭に位置していた。横綱が芥川龍之介、大関が菊池寛、関脇が久米正雄、小結が宇野浩二である。ちなみに前頭の長江以下は、志賀直哉、吉田紘二郎、山本有三と続いている。何だか、若手に混じって長江一人が気を吐いている、という感じである。

藤田まさとの弟子入り

後に作詞家として大成する藤田まさと（本名・正人）が、評論家を志し、長江の弟子入りを志願して鎌倉に向かったのは、この年（大正十五年）の秋口のことであった。

藤田は、明治四十一（一九〇八）年に静岡県榛原郡川崎町（現・牧之原市）の大百姓の家に生まれたが、人のいい父親が知人の保証人になって無一文となり一家は離散した。小学校三年を終えた藤田は、父親を追ってたった一人満州に渡る。家族が再会したのも束の間、まもなく父親は死んでしまう。向学心に燃える藤田は、この年の春、大連商業を卒業して明治大学に入学した。そして野球と文学に明け暮れる毎日であったが、次第に授業がつまらなくなってしまった。

そんなある日、長い間、心に秘めていたことを実行に移すことにした。それは、生田長江の弟子にしてもらうことであった。

大連商業時代、長江の本に感激した藤田は、長江に手紙を出したことがある。すると、自分の弟子の島田清次郎の『地上』を読め、という返事が届いたこともあった。

藤田が生田家の玄関の前に立つと、緊張した藤田の顔を、濃い緑の谷間から吹き上げてきた風が撫でていった。

「ごめんください。先生にお会いしたいのですが」

玄関に出た五十くらいの老女は、けんもほろろに取り次ぐことを拒否した。強い拒絶に、藤田はすごすご帰るほかなかった。

諦め切れない藤田は改めて出かけたが、結果は同じだった。年が改まって出かけた三度目のとき、運よく長江の娘のまり子がテニスから帰ってきたところに出くわした。

藤田がまり子に事情を告げると、大きくうなずいたまり子は、藤田を家に入れてくれた。藤田が通された書斎で待っていると、奥のほうでまり子が長江を説得している声が聞こえた。藤田が緊張して待っていると、しばらくして長江が藤田の前に現れた。その異様な姿を見て、藤田は度胆を抜かれたはずであるが、何も書き残してはいない。

長江は強い口調で、

「君はなぜ、私のような者を師に選び、弟子入りがしたいのか。いったい、私の何を読んだというのか」

と問い詰める。藤田が、

「はい、私は、先生が訳されたダヌンチオの『死の勝利』と、その後に『環境』を読みました。この二冊を読んで、私の頭はしびれてしまったのです」

と正直に答えると、長江はけげんそうな顔をして、

「たった二冊だけですか？　では、私以外の人のは、どんなものを、どのくらい読んでいるのですか？」

藤田が問われるままに、それまで読んだ本の題名をズラリと並べると、長江は、

「君、いま君が名をあげた作家の中には、同じ鎌倉に住んでいる人がいるんだよ。たとえば、久米正雄なんかそうだがね。君がたくさん読んだ作家のところへ、君はどうして、訪ねて行こうとしないのですか？」

と言った。藤田が腰を浮かせながら、

「先生！　たとえ百冊読んでも感動せず、一冊読んだだけでも頭がしびれるほど感動することもあります。先生の『環境』は、私にとっては菊池寛や久米正雄の本百冊以上の価値があるのです」

と急き込んで答えると、長江はニガ笑いを浮かべながら、

「それにしても、君は少し年を取りすぎているよ」

と言った。

「えっ？」

藤田は返事に窮してしまった。まだ十九歳（満十八歳）の青二才なのに、年を取りすぎているとは。

藤田は気を取り直して、

「失礼ですが、先生は私をいくつぐらいにご覧になっているのですか？」

「そう、三十一か二か……」

藤田がその声をさえぎるように、

「とんでもありません。まだやっと十九になったばかりです」

と抗議すると、長江は声を出して笑った。藤田の熱い思いが、長江の胸に届いたのだった。長江は、藤田の弟子入りを承諾した。

長江の読書指導は、法句経《ほっくぎょう》から始まった。

先生は真っ先に法句経を読むことを命じたのである。それまで、私が一度も耳にしたことのない題名の書であった。まして今の若い人には、法句経という字面からして何のことか、およそチンプンカンプンであろうかと思う。

これは、釈尊の金言や教訓的な詞を集めた仏教の経典なのだ。たとえば、「怨《うら》みの中にありて怨まず」という句がある。これはキリスト教でいう「汝の敵を愛せよ」と同じ精神の言葉なのだが、詞句の一つ一つに、そうした哲学的な深い味わいがある。しかも、それは誦唱《ずしょう》すると、まことに調子がいいものばかりである。

思えば、私は五十年も昔にこれを読んだものだが、今でもそれがすらっと口をついて出てくる。ともあれ、この法句経が先生の最初の教えであった。それだけに印象が鮮烈で、その詩想はいまも胸のうちに、とうとうと音をたてて流れている。

法句経は、藤田に強い印象を与えたようだ。長江の読書指導は、その後、ショーペンハウエル、ドフトエフスキー、ゲーテ、スタンダールと続き、最後の最後が、「オレでさえわからないところがあるのだが……」という注釈つきで始まったニーチェであった。藤田が長江のもとに通い始めて一年が過ぎたころであった。

長江はまた音楽好きであった。ニーチェの親友にワーグナーがいた。長江は、このワーグナーの音楽に心を寄せるうちに洋楽を愛するようになって、ワーグナーをはじめ、ベートーベン、モーツァルト等のレコードをたくさん集めていた。藤田もこれらのレコードを聴かされている。

藤田にとって、長江のもとに通うことは大学以上の価値があると判断したのであろう、藤田は三年進級を目前にした昭和三（一九二八）年の二月、退学届を出して明治大学を辞めた。長江の弟子一本に絞ったのである。

そしてその年の三月五日、野球チームの面倒を見ることを条件に、藤田は日本ポリドール蓄音器に入社した。藤田が上司に文才を見込まれて作詞を始めるのは、この年の暮れのことである。

藤田は、昭和四年に「ウエートレスの唄」でデビューするが、その後「旅笠道中」（昭和十年）、「明治一代女」（同）、「妻恋道中」（昭和十二年）、「流転」（同）、「麦と兵隊」（昭和十三年）、「大利根月夜」（昭和十四年）、「岸壁の母」（昭和二十九年）、「一本刀土俵入り」（昭和三十四年）、「お吉物語」（昭和三十五年）、「恋ひとすじ」（昭和四十五年）、「傷だらけの人生」（同）、「ある女の詩」（昭和四十七年）、「旅鴉」（同）、「灯りが欲しい」（昭和五十二年）等のヒット曲を次々と世に送り、昭和を代表する作詞家の一人となっている。

彼の仕事は、これらばかりではない。著作権問題にも大きな足跡を残している。昭和二十一年、親友サトウハチローの「リンゴの唄」が大ヒットしても、作家が報われないのは不合理だと著作権問題に開眼。この年結成された大日本音楽著作権協会の常務理事に就任している。翌昭和二十二年には堀内敬三を委員長に日本音楽著作家組合を結成し、古賀政男とともに副委員長に就き、昭和四十二年には同組合委員長の任に就いている。彼等の活動が報われ、昭和四十五年四月二十八日には「新著作権法案」が国会で可決され、翌年から施行されている。

そして昭和四十八年には、日本音楽著作家連合の会長に就任している。この年、日本レコード大賞・特別賞を受賞。翌年には、日本歌謡芸術協会会長に就いている。これらの功績により、昭和四十四年には紫綬褒章を、昭和五十三年には、勲三等瑞宝章を受章している。昭和五十七年八月十六日逝去。享年七十四。「浪花節だよ人生は」の大ヒットは、彼の死後のことであった。(「わが青春　作詞家・藤田まさと　若き日の思い出」)

さて、藤田が長江に入門を許された昭和二年の初夏より、長江はかねて新潮社から依頼されていた『世界文学全集1　神曲』の翻訳にとりかかっている。この作品の注釈は野上巌で、翌年の晩春までかかったようだ。

長江がこの仕事にとりかかった直後、社会を騒然とさせる事件が起きた。七月二十四日に芥川龍之介が自殺したのである。享年三十五。長江も「中央公論」九月号の「芥川龍之介氏の『死』とその芸術」の特集に、「余り具体的にでなく」を発表している。

長江は、芥川と二度話をしたことがあったようだ。一度目は、芥川の学生時代、長江が預かった原稿について芥川が訪ねてきたとき、二度目は、芥川の海軍機関学校嘱託教官時代、長江が丸善の書棚をあさっていると、後から肩をたたかれ、「会ったらぜひ申し上げたいと思っていたことがあるんです」と言って、近くの腰をかけるところへ導かれたとき。

これらの話にはそれ以上触れていないが、長江は、芥川を常識的な秀才ととらえていたようだ。長江の文章からは、有島を擁護したときのような情熱は伝わってこない。こんなことで死んでしまうなんて、という突き放した怒りが伝わってくる。

また、この年(昭和二年)の十月には、長江と赤松月船との共著『新しき詩の作法』が、資文堂書店より刊行されている。この本は、先に大正十二(一九二三)年六月に南天堂から『新らしき詩と其作法』として出版されたもので、次に大正十三年六月に金鈴社出版部から出た新装版を改題したものである。この本はよく売れて昭和四年三月には七版が出ている。長江には、名義貸しの本がたくさんあるが、この本も名義貸しに近い本だと思われる。長江の名前を冠すると、信用されてよく売れるのだった。

また赤松は、「私は先生のもとで、翻訳のお手伝いをしましたが、ある時、外国人名のレアルテーズを霊有テーズと訳して、なんのことか意味がわからず先生を困らせ、しかられた記憶があります。」(『歳月の記――岡山文化人像』)と話している。長江は、赤松に翻訳の手伝いをさせて、赤松の生活を支援していたのだと思われる。

大江賢次の訪問

このころ、長江に会った若者がいる。後に作家として頭角を現す大江賢次(明治三十八年生)である。青春歌手・舟木一夫主演の映画「絶唱」の原作者として知られたほか、『群集』(昭和三十二年)、自伝『アゴ伝』(昭和三十三年)、『昇華』(昭和四十三年)、『アゴ伝』の続編の『望郷』(昭和四十七年)等の作品がある。

大江は、長江の故郷近くの鳥取県日野郡溝口町(現・西伯郡伯耆町)に生まれている。大江が初めて長江の名前を聞いたのは、尋常小学校六年のときであった。担任の池田亀鑑から、「根雨の下の貝原から、生田長江という偉い人が出ている」と教えられたのである。大臣か大将かと思ったら、池田は「文章で偉い人」とも言った。それ以来、大江は生田長江の名前を忘れることはなかった。

ちなみに、この池田亀鑑も大きな足跡を残した人である。明治二十九(一八九六)年に日野郡福成村神戸上（現・日南町）に生まれた池田は、溝口小の訓導を二年勤めた後に上京し、やがて東大教授となり国文学者として『源氏物語大成』八巻をはじめとする優れた業績を残し、朝日文学賞を受賞している。

再び大江の話に戻る。家が貧しい大江は、上級に進学することもできず、尋常小学校を卒業すると百姓をしていたが、大正十四（一九二五）年の母の死をきっかけに作家を志し、池田亀鑑の手引きで上京して出版社に勤めるが、「チチキトクカエレ」の電報で帰郷。父の死後、百姓に戻ったものの、作家への思いやみ難く、このころ伝手を頼って武者小路実篤の家の書生をしていた。

彼は、鎌倉に使いを頼まれたついでに長江を訪ねている。大江は、昭和四十九（一九七四）年に出版した『故旧回想』の中の「生田長江と生田春月」で、この出会いを詳しく書いている。

しかし、大江は訪れた時期は明記していない。大江は、後に発表した「生田長江先生と池田亀鑑先生」では、〈昭和四年の夏だったと思う。〉と書いているが、自伝の『アゴ伝』を読むと、大江が武者小路家の書生をしたのは、武者小路が東京の江戸川べりに移転してから、夫人が三人目のこどものつわりで苦しむころまでの足かけ二年である。武者小路が江戸川べりの小岩田に越したのは、昭和二年十一月下旬のことであり、夫人が三人目の子どもを出産したのは、昭和三年十一月四日のことである。そんなわけで、〈昭和四年〉は記憶違いであろう。大江は長江が『釈尊伝』の執筆中だったと書いているが、長江の年譜を見ると、昭和三年一月から小説『釈尊伝』の準備に没頭し始めた、とある。そんなわけで、大江が長江を訪問したのは、昭和三年の夏の可能性が高い。

大江は、出かける前に長江の住所はメモしていたが、心は迷っていた。感染の恐怖も感じていたが、避けるのが大先輩のプライドを傷つけずに済むことではないのか、という思いもあった。そんな揺れる心を制したのが、この機会を逃したら、一生後悔するのではないかという思いであった。

そんな大江の心に、ふっと自分と同じ集落の昌吉小父さんの姿が浮かんだ。昌吉小父は、根雨小学校で長江と同級だったと聞いたことがある。

「弘治のやつは塩辛でよう喧嘩もしたが、出来もようてなあ、まさかあいつが、文学なんぞで偉なるとは思わなんだ」


大江が何かに背中を押されるように、松林の中の長江の家の前に立つと、玄関には「面会謝絶」の貼紙が出ていた。しかし、何としても会いたい。

「ごめんください。長江先生に会いたいのですが」

大江が声をかけると、出てきた五十過ぎの老女がぶっきらぼうに、

「どなたにもお目にかからんと、そこに書いてありましょうがな」

と、玄関の貼紙を指差した。その語尾の「がな」という言葉を聞いて、大江は、心にポッと灯りが燈ったのを感じた。故郷の訛りだったからである。

「あのう、私は先生と同級生だった橋谷昌吉さんから、お目にかかれと言いつかりましたので、今日お使いに鎌倉に来たのでうかがいました」

すると老女の顔が、ほっと和んだ。そして、

「ちょっとお待ちくださいな」

と言って奥に消えた。そして小走りで戻ると、大きくうなずき、上がるように手招きした。大江は履物を揃えると老女の後についていく。大江の心臓は、乱打する半鐘のように鳴り続けている。やが

て長江を見た瞬間、大江は思わず息を呑んだ。その姿は、「くずれたガンジー」のようだった。大江が「くずれたガンジー」と書いたのは、髪は抜け、骨と皮だけで顔が変形していたからであろう。大江は、動揺を見破られないように、

「先生、宮原の若いもんで、けえ、文学好いちょりましてからに……」

と言うと、長江が、

「おう橋谷昌吉はまめなか（元気ですか）」

と聞いた。大江が、

「は、それが一昨年、胸を患って亡くなられました」

本当は十数年前に亡くなっていたが、話の辻褄が合わないので大江が嘘を言うと、長江は、

「ほう、あいつも死んだか……わしゃ、こんな業でも生きている、ハハ」

そう言ってから、

「こんな具合さ」

持ち上げた長江の右手を見ると、ショウガのような手に画家のデッサン用の鉛筆がくくりつけられている。視力も弱っているのだろう、一目で強度の眼鏡だということがわかる。近くに天眼鏡も置かれている。

長江は今、『釈尊伝』を執筆中だとも言った。少し話して大江が度胆を抜かれたのは、長江に自分を卑下している様子が微塵も見られず、平然としていることであった。そして、精神力は若い自分をしのぐほど旺盛であると思われた。

大江が、わざと田舎訛りで身の上話をすると、長江は、天眼鏡をグッと近づけて、

「小説で金もうけをするつもりなら、故郷へ帰って百姓をしたほうがいいよ」

と言った。その瞬間、大江は胸中を見透かされたような気がして、ヒヤリとした。そして、

「芸術に親しむ人はいい気持ちだが、生む人は命懸け――ほら、この私の業病みたいなものさ！作家になるということは、この私の業病にとっつかれたようなものなのさ。……進めば進むほど、壁はよけいに厚うて高くなる。あたり前さ。皆、いいかげんで諦めるが、君は百姓だからしぶとうやるんだな」

と続けた。貴族趣味の武者小路が、百姓出の大江など相手にするはずがないことを、長江は見抜いていたに違いない。

そして、お茶を持ってきた老女を佐川集落の出だと紹介した。生田幸喜の息子の夏樹氏によると、この女性は、江府町佐川出身の木島はるのさん。旧姓は森川。夏樹氏の両親は、この女性を「ばあや」と呼んでいたという。

老女と大江が佐川集落の話をしていると、

「めしを食べながら、話そうじゃないか」

と長江が言った。その瞬間、大江はハッとした。故郷の、長江と同じ病気の青年のことを思い出していたからである。

その対岸の集落の青年とは、伯備線の工事現場で一緒になった。皆に敬遠されるので、彼はいつも孤独だった。彼は人一倍よく働いたし、また純粋でもあった。

あるとき、線路のバラス敷きの終了祝いで酒が出た。山間の夕映えの中で、地べたに車座になって茶碗酒を呑んだ。彼は半分ほど呑んだ茶碗を大江の茶碗と交換して、

「親兄弟までが、おらを家の恥だと痛めつけて、ほんにつらかったともい。お前だけがようにしてごいた。おりゃ明日、四国遍路にいくけん乾杯してごぜ」

と言った。かなり崩れたまぶたからあふれ出る涙が、残映の中でほのかに光っていた。四国遍路に旅立つ彼は、生きて故郷へ帰って来ることはないだろう。どこかで野垂れ死にするまで旅を続けるのだ。その前に親切にしてくれた自分と絆を結びたかったのであろう。

あの青年は、どうなったのだろう。

大江が思い出に浸っていると、食事の準備ができた。長江はもう箸も持てず、老女が手にサジをくくりつけている。見ると、サジで日本食を巧みに歯のない口に運び、歯茎で長くかみしめている。大江は気後れすまいと、ご飯のお代りをした。

長江の食事をする姿を見て、大江は、もう長江が故郷に帰ることはないだろうと思われた。死ぬまで帰れないだけに望郷の思いもひとしおだと思い、思わず、

「先生、故郷の唄を歌いましょうか」

と言うと、長江は愛想を崩して、

「や、こりゃかたじけない」

と言った。

何を歌おうか。大江は自分が唄がヘタなことは自覚していたが、安来節から歌うことにした。「安来千軒　名の出たところ　社日桜に　十神山（アラ　エッサッサー）」

上ずった声が部屋中に響き渡った。長江は目をランランと輝かせて聞いている。求められるままに何曲か歌い、盆歌を歌っているとき、彼女が大江をつついた。目を開けると、長江が机にうつぶせに

なり慟哭していた。そして老女を見ると、彼女の目にも光るものがあった。その瞬間、大江の心にも熱いものが満ち溢れ、一筋の雫となって流れ落ちた。大江は、それを二人に気づかれまいと、さらに声を張り上げていた。

学校から帰ったまり子が、その光景を不思議な顔をして眺めていた。

伊福部隆彦（隆輝）も、当時の長江を知る一人だ。

鳥取県東伯郡に住む池岡靖則氏（昭和十六年生）は若き日、人生道場（後述参照）を開設していた伊福部のもとに出入りしていたという。

氏は、昭和三十六（一九六一）年から四十年まで、東京教育大学の学生だった。中学校校長である伯父の家に下宿していたが、その伯父から頼まれて、当時評判になっていた伊福部の書を受け取りに行ったのがきっかけで師事するようになり、以後十回は訪問しているという。長江が亡くなってから二十数年経っていたが、伊福部の長江に寄せる思いは並大抵のものではなかった。部屋に長江の大きな写真を掲げ、「長江先生、長江先生」と事あるごとに話した。

氏が学業を終えて郷里に帰ることが決まったとき、伊福部が食事に誘ってくれた。そのとき伊福部が、「僕が〇〇の長江先生のお宅を訪ねたとき、娘さんが玄関で応対してくれたのだが、部屋の奥で先生が手に箸をくくりつけて食事をとっているのが見えた。癩で指の使えない症状にあったのだ」と話してくれたという。

伊福部は、今はこの病気は酷い差別を受けているが、将来差別が消えたとき、長江の真実の姿を後世に伝えてほしいと、メッセージを若い池岡氏に託したという証言を氏から得ている。

『ニイチエ全集』の完結

長江は、先の「中央公論」昭和二年九月号の「芥川龍之介氏の死とその芸術」の特集に、「余り具体的でなく」を発表した後、翌昭和三年の一月には、新潮社から出ている「文章倶楽部」に長江が口述をして赤松月船が筆記した「ダンテの「神曲」に就いて語る――海外長編小説の研究・感想・評論（その一）」を発表している。

そして「中央公論」四月号には、肩の力を抜いて、作者の広い見識から、俗化した宗教ではなく、本当の宗教の必要性を説いた「重要な問題及び一層重要な問題に就いて」を発表している。この論文は、この号の巻頭に掲げられている。

評論家として頭角を現していた大宅壮一（明治三十三年生）が、文壇の批評の不振を嘆いた「現象批評以上のもの」を「新潮」に発表したのは、この年の五月のことである。

この中で大宅は、長江を批判している。

次に「生ける最大の批評家」長江についても、同様のことがいへると思ふ。長江も今日ではもはや過去の人である。近頃たまに小雑誌で散見する氏の断片的感想を読んで見ても、氏と我々とは殆ど相通ずるものがなくなつてしまつたことが痛切に感じられる。氏も遂に「時代」の溝渠を越えることはむづかしいらしい。たとへ氏が最近何かの雑誌へ、例の「堂々たる」大論文を掲げるとしても、それはもはや我々にとつて、過去の文献に接するのと大した変りがないであらう。

大宅の、〈近頃たまに小雑誌で散見する氏の断片的感想〉というのは、先に触れた「文芸批評」や「虚無思想」等への寄稿のことだと思われるが、これらは、大雑誌が相手にしてくれないから小雑誌に書いた、というわけではない。これらは、彼らを支援するために寄稿したものである。長江は、伸びようとする若い人を育てることが大好きなのである。その姿勢は、昔から一貫している。

大宅の論文に触発されて、長江が「新潮」に「主義者の主義知らず」を発表するのは、同年十月のことである。二十二ページにわたる長文で、長江は、大宅の橳牛に対する浅い見方をたしなめた後、次のように書いている。

ただ私がナンボウにも承認しがたく感ずるのは、過去の何等かの時期に於て、この私と大宅氏等との間に、何等かの『相通ずるもの』があつたかのやうに言ひなされてゐることである。

一言にして云へば、私は今日季節はづれの批評家である如く、これまで如何なる時代に於ても季節はづれの批評家であつた。その時代その時代の主流や前衛を代表したつもりの人達から見れば、つねに『時代の溝渠を越えること』が出来ないで、時代錯誤的にとり残された落伍者であり、私自身の己惚からすれば、つねにその時代時代に先んじて、その時代時代を不機嫌にして来たところの、少くとも愛嬌のないツムヂ曲りであつた。どんな場合にも、文壇の新傾向とか新風潮とかいふやうなものが、大きな顔をして発言し得るところまで来た頃に、素直にそれと歩調を合せるやうな態度に出た覚えはない。そんな私らしくもない事をした覚えは毛頭ない。

この後、長江は大宅の論にさらに批評を加えた後、新しい評論家が育ってきたことや、昭和三年の文壇について書いている。ただ、このとき長江は、大宅の論を批評しながらも、大宅の姿に若き日の自分の姿を重ねていたに違いない。自分も文壇に批評の必要性を主張してきたが、それが当たり前になってきたことに大きな感慨があったはずである。

これで眠っていた長江の批評精神に火が点いてしまったのか、翌十一月の「新潮」にも、左傾者偏重の時代風潮に警鐘を鳴らした「左傾者丈けが勇敢であるか――日和見主義者的性格の故にこそ景気よきマルキシズム陣営に走る人々の場合」を発表している。

かつて長江の『資本論』に因縁をつけた高畠素之が他界したのは、この年（昭和三年）の十二月二十三日のことである。享年四十二。死因は胃癌であった。

高畠は、長江の訳した『資本論』を誤訳だと糾弾し、卑劣な手段で攻撃したが、皮肉にもそのために彼自身も誤訳に囚われ苦しめられている。

高畠は、『資本論』の翻訳出版に三度挑んでいる。大鐙閣―而立社版（大正九年～十三年・全十冊）、新潮社版（大正十四年～十五年・全四冊）、改造社版（昭和二年～三年・全五冊）である。

最後の改造社版は、一冊一円という廉価で、のち一冊八十銭の普及版も出て、発行部数は十五万部を超えたという。

高畠は、新潮社版を刊行した後の大正十五（一九二六）年に出版した『自己を語る』に収録した「資本論を了へて」で次のように書いている。

改訳資本論の最終冊（第三巻下）が本日校了となつた。これで資本論全三巻約九千枚、前後八年間の重荷をやつと卸した気持ちがする。もち論、これで私の責任は全部果されたわけでない。まだまだ誤植もあれば誤訳もあり、不十分な所もあれば拙劣な点もある。私は今でも改版ごとに出来得る限りそれ等の欠点を改めることに努めてゐるが、この仕事は恐らく生がい私の責任につきまとふことゝ覚悟してゐる。

ここには、『資本論』に囚われてしまった高畠がいる。彼の論を続けよう。

　これについて、私の非常にうれしく思ふことが二つある。一つは昨秋改版第一巻発売以来、あるひは匿名、あるひは本名を以つて、誤植、脱遺その他の点をねんごろに注意してくれた人が絶えないことだ。中には、第二巻を全部原文と引合はせて数十個所の誤植や脱遺を注意してくれた特志《ママ》家もある。地方の読者中には、原文と関係なく、純粋の日本文として意味の通じないやうな点を誤植ではないかといつて注意してくれた人もある。これは十中八九まで、注意通りであつたことが確められた。

ここには自分の翻訳こそが正解だと豪語していたような、かつての高畠はいない。あちこちから誤訳を指摘されて自信をなくし、蟻地獄に落ち込んだ蟻のような高畠がみえる。高畠は、わが国初の『資本論』の完訳者として名声と大金をつかんだが、どこから誤訳指摘の矢が飛んでくるか、落ち着くことはなかっただろう。国家社会主義者になってしまった高畠にとって、『資本論』の翻訳は何だったのだろうか。彼自身商売だと書いていたが、「商売」でしかなかったのではないか。高畠はその後、故郷で講演をして錦を飾り、豪邸も新築したが、彼の命はそこで尽きてしまった。念願であった政界に打って出る夢を果たすことはできなかった。

最後の改造社版の担当をした大島治清によれば、高畠の書斎の座布団の下の畳は腐っていた。また編集部では、高畠は『資本論』と格闘して心中してしまったと噂しあったという。

一方の長江の創作活動は順調だ。昭和四年一月一日から十二日まで「読売新聞」に「新年号の諸雑誌を読んで」を七回にわたって連載している。

ただ一回目の冒頭を読むと、長江の健康もよくないことがわかる。


反マルクス的な評論を連続発表するつもりでゐたところ、二月ばかり腸出血でねこんで、すつかり計画が狂つてしまつた。そしてまだ本当の元気を回復するには至らないのだが、編輯者からすゝめられたのを機会に、こんな間に合せな題目で、少しばかり感想を書いて見ることにする。


ハンセン病の症状に加えて、腸出血にも悩まされるようになったようだ。同月、長江にとって思いがけない出来事があった。友人の森田草平が、由比ヶ浜に引っ越してきたのである。このころ森田は、法政大学文学部英文学の教授を務めながら、翻訳や創作を発表していた。森田は、昭和二年九月に東京より鎌倉材木座に移転していたので、より長江の近くにやってきたのである。

ただ、長江が亡くなった直後に「都新聞」に発表した「長江君逝く」には、〈生田君と私とは、竹馬の友とは云はれないかも知れないが、とにかく一高の同窓として互に文学志望を打明け合つて以来の友人である。しかも私はこゝ二十年近くも同君と往来を絶つてゐた。その責は全く私自身にあつて、私はそれに対して何等の弁解の辞をも持ち合せない。〉と書いているので、森田が長江に会いに行ったのかどうかはわからない。森田は、転居した直後の二月九日には急性腹膜炎を患い、順天堂医院に入院して手術しているし、その後の体調も思わしくなかったようなので、会うタイミングを逃してしまったのかもしれない。

新潮社から刊行されてきた『ニイチエ全集』の『第十編悲劇の出生、季節はづれの考察』が出たのも同じ一月である。これで大正四（一九一五）年に立てた計画が完成したのである。大きな喜びであったろう。このときニーチェは日本の読書界に全貌を現したのである。ドイツ語圏外での初の快挙であった。

長江は、「読売新聞」に、「ニイチエ全集の完了に際し」（上・中・下）を、同月十六日から十八日まで連載している。

丁度ニイチエが書きはじめた齢頃から彼の述作を訳しはじめ、丁度彼が筆を執ることをやめた齢頃に彼の述作を訳し終つた私は、この二十年ばかりの間といふもの、かなり厳密な言葉遣ひに於て、つねにニイチエと共に生活して来た。

或は私の先生として、或は私の友人として、更に或は私の尊敬すべき敵手としてすらも、彼はいかに私を啓発し、慰藉し、また激励してくれたことか。かくの如き彼に対して、かくの如き彼との共同生活に対して、私はいくら感謝しても到底感謝し尽せないほどのものがあることを感ずる。

『ニイチエ全集』を開くと、長江の驚きや共感や戸惑いがよくわかる。〈知らず知らず高貴に。――人は他の人々から何物をも求めないで、つねに彼等に与へることに慣れたとき、知らず知らず高貴に自らを処する。〉（『人間的な余りに人間的な』上　四五六ページ）、〈自分自身の為めに書く（Sibi scribere）。――わけの分つた著者は、彼自らの後代、即ち彼の時代のために書く――そのときすらも尚ほ彼自らの中に悦びをもち得るやうに――よりほか、如何なる後代の為めにも書かない。〉（『人間的な余りに人間的な』下　一一六ページ）これらのことばに出会ったとき、長江は同志を得たと思ったことであろう。

また、これらは長江自身が「宗教其物としての大乗仏教対大乗基督教」で指摘しているが、〈曾つては我々の時代よりもつと思索的な、もつと破壊的に思索的な時代があつた。例えば佛陀の出現したあの時代である。〉（『権力への意志』上巻　三三三ページ）、〈佛陀対『十字架につけられた者』。――虚無主義的宗教の内でも、尚ほ且つ基督教と佛教とは峻厳に差別されてよい。佛教は、一の美はしき夕を、一の完成された甘さ及びやさしさを表白してゐる。それは背後にかくれてゐる総ての物に対する謝恩である。〉（「同」　一四九ページ）等を読んだときには、ニーチェの仏教への憧憬が見えたはずである。

長江にとってニーチェが心の支えとなり、彼を大きく飛躍させた。ニーチェから受け取ったバトンをしっかりと握り、必死に走っている長江の姿も見えてくる。

さて前年（昭和三年）の六月に新潮社から『世界文学全集30椿姫・サフォ・死の勝利』（高橋邦太郎・武林無想庵・生田訳）が出ていたが、この年の八月にもこのシリーズの生田訳『世界文学全集1神曲』が、さらに二か月後の十月には、生田・大杉栄訳『世界文学全集8懺悔録』も出ている。ついでに書くと、長江は昭和五年五月に刊行された『世界文学全集37近代詩人集』でもニイチェの訳詩十篇を担当している。

この『世界文学全集』全三十八巻の企画は、改造社が大正十五年に『現代日本文学全集』の発表をしたところ、一冊一円のこの全集は爆発的に売れたので、これに新潮社が対抗したもので、もちろん一冊一円で、昭和二年一月二十九日の「東京朝日新聞」に二ページ打ち抜きの大広告を出すと、五十八万部の予約が入ったという（『新潮社七十年』）。

この全集の金看板ともいえる第一巻は、長江訳のダンテ『神曲』である。新潮社が、長年自社の翻訳出版に貢献した長江に敬意を表しているようにもみえる。

長江は、『神曲』の巻頭に「訳者の序」を掲げている。

私は率直に言ふ。私のこれまでの飜訳は、ニイッチェの場合でも、ゲエテの場合でも、ホオマア其他の場合でも、それぞれの方面に於ける所謂専門家達からして、明白に敵意をもたれて来た。敵意のない処に、あれほどの鉄面皮なる黙殺はあり得ないからである。

このダンテの場合にだけ、私の仕事が公明なる評価を受けるだらうことを期待するほど、それほど私はもう楽観家ではない。この『何でも屋』なる私によつて、其縄張を荒らされたる『ダンテ屋』諸君も矢張、下手なあら捜しなぞを試みて逆襲されるより、老猾な黙殺の安全さを選ぶであらう。

この箇所を読んだとき、私は高畠に『資本論』の誤訳を指摘されたときの傷口がまだ癒えていないことを感じた。何だか、被害妄想に陥っているような長江がみえる。

ともあれこのころ、長江の懐にはかなりまとまった大金が入ったと思われる。同居していた幸喜が、

「家でも一軒建てませんか?」

と言うと、長江は、

「そんな安易な生活の道に入ったら、私は仕事をする心が鈍るでしょう。私は一生借家生活をする

つもりです」

と、一言の下に退けた。そして、

「幸喜さんが、少し不自由でも我慢するなら、一年くらいドイツへでも行ってきませんか?」

と、言うのだった。長江の身を案じる幸喜は、もちろん留学はしなかったが、そのお金は釈尊を書くために丸善に注文した巴利語の本代になってしまったようだ。

伊福部が、生田家の墓の字を頼まれたのもこのころのことであろう。

「そうです。私は後に多少の虚名を得て、揮毫がわが米塩になりましたが、先生は私の書に初めて代価を払ってくれた人です。ある日、葉書が来たので出かけて行くと、『君、すみませんが、私の家の墓の字を書いてくれませんか?』と言われるのです。流石の私も恐縮して受けかねていると、『今度郷里の墓を造るので、ぜひ君の筆を所望したい』と言われるのです。そんな訳で書かせていただきましたが、それは私の書が評価されたためではなくて、当時私が赤貧洗うがごとき生活をしていたので、少しでも生活費の足しになればという御慈愛からわざわざ私に書かせて、その謝礼としてお金を下すったのだと思います。先生というお方は、そういうお方でした」(「生田学校周辺」)

長江のノート「断片(第一冊)」には、貝原の墓石の碑文の第一草稿は、昭和八年七月に書かれていた。そんなわけで、伊福部の推測は間違いがないと思われる。

長江は、前年(昭和三年)の一月から『創作釈尊』の準備に没頭し、この年の夏から執筆にかかっている。

巣鴨の精神病院に収容されていた島田清次郎が、肺結核でひっそりと世を去ったのは、翌昭和五年四月二十九日のことである。享年三十一。

その訃報を新聞の片隅に見つけた橋爪健は、大正十四年の夏ごろ、島田を見舞ったことを思い出していた。

係員が鍵で扉を開けると、プーンと獣の檻のような匂いがした。やがて生気を抜かれたような島田が現れた。目の奥の異様な光は以前にも増して凄味を帯びていたが、その眼差しはそっぽを向いていた。

橋爪が声をかけると、島田はいきなり長江の安否を尋ねた。橋爪が元気だと答えると、

「そうか……よろしく言ってくれ、島田はまた傑作を書くからってね」

という言伝てを頼んだという。それが橋爪が島田を見た最後であった（「狂い咲き島清」）。

島田は、その言伝てどおり、死の二か月前まで書き続けていたという。

島田清次郎は、長い間蔑視の対象の作家とされてきたが、風向きが変わるのは、昭和三十二（一九五七）年に、『地上』第一部が好村公三郎監督によって映画化されてからである（脚本・新藤兼人、主演・川口浩、野添ひとみ、題名「地上」）。

この年、この映画化を記念して松任市（現・石川県白山市）小川町共同墓地内に「故島田清次郎氏追悼之碑」が建てられている。

昭和三十七年七月二十日には、「地上」がNHKテレビで放映された。続いて昭和六十二年には、美川町共同墓地内に「島田清次郎文学碑」が建てられた。

平成六（一九九四）年十一月三日には、美川町で「町合併四十周年」を記念して設けられた「島清恋愛文学賞」の第一回の贈呈式が行われているが、この賞は平成二十三年まで続いている。

平成七年四月十五日には、再びNHKテレビが「地上」を取り上げ、「涙たたえて微笑せよ／明治

の息子・島田清次郎」を放映している。

また彼の著書『地上』は、時を超えて復刊され、根強い人気を誇っている。

かつて橋爪に、「島田君は、なぜもっと世間や自分自身と闘わなかったのか」と言った長江であったが、その手本を示すかのように、このころ長江は新たな戦いの準備をしていた。

第十章　最後の戦い

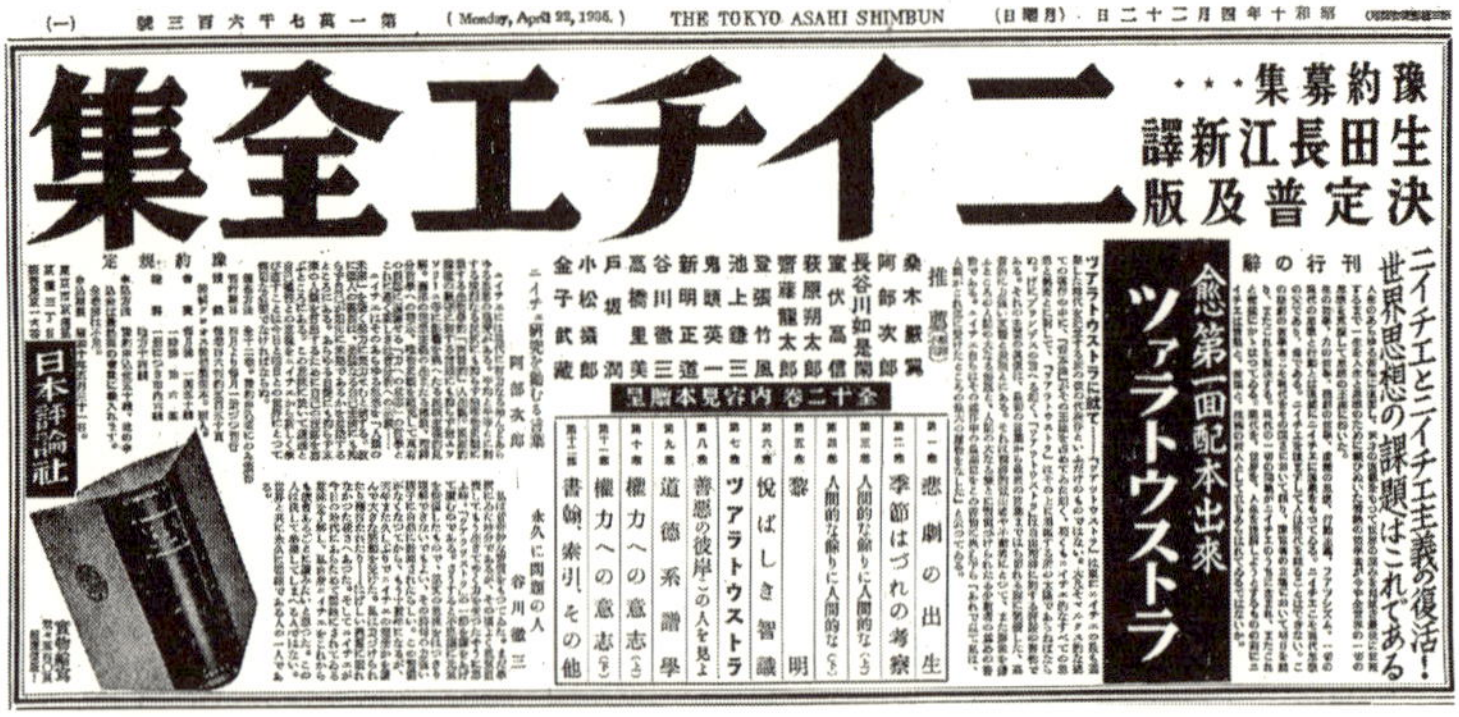

東京朝日新聞（昭和 10 年 4 月 22 日）に掲載された「ニイチエ全集」広告

豊多摩郡代々木山谷町三一四番地

長江は、昭和五(一九三〇)年五月に東京に戻り、豊多摩郡代々木山谷町三一四番地(現・渋谷区初台二丁目五番)で暮らし始めている。

小田急電鉄の代々木八幡駅で下車して駅前に立ち、轟音が下りてくる右手上を見上げると、頭上に大きな道路が走っているのが目に入る。この山手通りを新宿方面に歩く。数十メートルの八幡橋を渡って前方を見ると、くすんだ町が広がり、遥か彼方には、数棟の高層ビルが聳えている。

途中、八幡神社を右に見ながら十分ほど歩くと、右手に白い建物が見えてくる。電気安全環境所だ。この建物の前方右手に、鋭角と鈍角の二本の枝道が伸びている。この鈍角のほうの道を百メートルほど歩くと、前方角の初台整体院の壁に「初台二丁目五」の標識が目に入る。

道路に面して初台整体院の隣に小さな食堂が二軒、その先に駐車場と小さなスーパーが続いている。この一帯が初台二丁目五番で、この辺りに住み始めたのだと思われる。ここは、比較的新しい町だ。昭和の初めごろは、淋しい町ではなかったろうか。

長江がこの地に来たのには、いくつかの理由があったと思われる。一番大きい理由は、長江の思いである。病気が重くなり、人と会うことはできないが、やはり東京で仕事がしたい。最後の仕上げは東京でしたい。そんな執念にも似た思いを感じる。

次に推測できるのは、娘まり子の進学のことである。彼女は、仏英和高等女学校(現在の白百合高校)

を出ているが、このころまり子は十六歳になっている。

もう一つは、ハンセン病患者を収容する国立療養所・長島愛生園が誕生したのがこの年（昭和五年）の十一月で、翌年には収容を始めている。長江の耳には、患者狩りの足音がヒタヒタと聞こえていたのかもしれない。鎌倉では長江の病気は評判になっていたようである。都会の雑踏の中に身を潜めているほうが安心なのである。

ただ、このころの時代背景に思いを馳せると、一つ心配なことがある。前年（昭和四年）の十月二十四日にニューヨーク株式取引所で大暴落が起こり、大恐慌の余波は世界に波及し、わが国も失業者が街に溢れ、不況に喘いでいた。そんな中、扶養家族を抱えて病気が重くなっている長江が、無事に生計を維持していけるのだろうか。

さて、長江が上京したこの年、長江の門人が世間を騒がせる事件が二度起きた。最初は、生田春月の自殺である。

大正六（一九一七）年、第一詩集『霊魂の秋』を新潮社から出して注目された春月は、翌七年第二詩集『感傷の春』を同社から刊行して詩人としての地位を確立した。その後、評論、小説、翻訳と第一線で活躍してきたが、自分の才能の限界を感じてしまったようだ。死神に取り憑かれた春月は、昭和五年五月十九日に別府行きの菫丸に乗船し、深夜播磨灘に身を投げた。

春月自殺の報を聞いて、長江は何を思ったろうか。長江のノート「断片（第一冊）」には以下のように長江の思いが記されている。

一九三〇年六月／此年五月二十日頃、生田春月君／瀬戸内海に身を投じ死す／春月君の詩は□□

によい詩であつた／春月君について色々の事を語るべき機会は未だ来てゐない／私との関係については緒に□の処、私自身の口から何も言ひたくない／春月君が自身で作つたらしいどの年譜、自叙伝のやうなものをでも見るがよい。

年譜というのは、大正十（一九二一）年一月に「新潮」に発表された「文壇諸家年譜(一)」のことであろう。冒頭に、〈代々清く正しき血統を伝へし家系に生まれて清平と命名〉とあるのは、長江への強い対抗意識だろう。ハンセン病は、血統病ともみられてきた。長江への当てつけであることは間違いがない。また春月が生田家の居候になったことや、超人社に同居したことなどはきれいに消されていた。

自叙伝というのは、大正十年から十三年にかけて全三冊として新潮社から刊行された『相ひ寄る魂』のことであろう。やはり長江との関わりは先の年譜同様ほとんど排除され、長江と思われる巌本閃光を登場させ、滑稽化し、長江が絶対言うはずのないことを言わせて罵倒していた。春月は、そんなふうにしてしか長江を乗り越えることができなかったのかもしれない。しかしわれわれは、「紀州講演旅行……佐藤春夫との出会い」の抄で紹介した長江の日記や春月宛の手紙は、春月が大切に残したものであることも忘れてはならない。

春月の突然の死は、多くの人たちに波紋を広げた。死の直後、詩集『象徴の烏賊《いか》』（第一書房）と追悼詩集『海図』（交蘭社）が相次いで出版され、この年から翌六年にかけて新潮社から『生田春月全集全十巻』も刊行されている。

昭和五十八年の秋に長江文庫を訪れた佐野晴夫が、生田幸喜に長江と春月との不仲の原因を聞いたが、幸喜は、長江が先の詩集『象徴の鳥賊』を通読した後、ほめていたこと、長江の口から春月の話を聞いたことはないと答えたことを記している。

このころ訪れた伊福部は、長江が書をしたためているのを目撃している。

〈鎌倉から代々木に引っ越されてまもない頃、先生が揮毫されているところに行き合わせたことがあります。あの時のお作の「寂然不動」という半折の書は、今も私の眼底にあります。あの時の先生のお気持ちは、「これが自分の最後の書である」というものであったろうと、今にして思うのです〉（「生田学校周辺」）

鎌倉から代々木に引っ越した直後は、長江はまだ微かに視力はあったようだ。しかし、ほどなく失明することは覚悟していただろう。

けれども仕事への情熱は燃え盛るばかりである。昭和五年五月、野上巌（新島繁）との共訳、ダニエル・アレギイ『ニイチェ伝』を新潮社から刊行している。野上もまだ長江の傍を離れないようだ。

野上は、この本の序で、長江への感謝の思いを綴っている。

> 第一の感謝を私は生田長江先生に捧げる。因《も》と此の仕事は学生時代の私の窮乏生活を救ふべく先生の特に宛てがつて下さつたものである。震災直後の先生御自身に於ても可なり御不自由な生活の中から此の仕事に依つて私に与へられた厚い御好意は長く私の忘れ得ないところのものである。

野上は、大正十二年に妻帯していたが、家庭的に恵まれなかったようだ。

伊福部は、〈彼は山口県の出身で東大独文科の出身であるが、独文を中退しかけていたのを先生から大学だけは出ておけと懇々とさとされて苦学して卒業した。その苦学中先生から経済的に庇護されたことは申すもおろかだ。〉（「生田学校周辺」）と書いている。

野上は、大正十五年三月に東大を卒業し、このころは日本大学の教授をしていた。先の長江訳『世界文学全集1神曲』の注釈も彼が担当していたが、これらの仕事と引き替えに、長江から学資を援助してもらったようだ。

この野上の人生もどこか長江に似ている。野上は、思想問題で翌年（昭和六年）日大を首になるが、信念を曲げることはなかった。昭和九年には、未完ではあるが、本格的な「生田長江論」（「明治研究」七、八、十月）を書いている。戦後は、平和と自由を求めてさまざまな活動に奔走したが、胃癌に冒され、昭和三十二年十二月十九日逝去。享年五十六。このころ神戸大教授であった。

彼が、生前よく「長江先生」を口にしていたことは、友人の猪野謙二が「追悼新島繁氏」に書き留めている。彼もまた多くの門人と同じように、長江が心の支えとなっていたようだ。空也を愛し、時に映画「愛染かつら」の主題歌の「旅の夜風」を踊って爆笑を誘い、信じる道をひた向きに駆け抜けて行った生涯であった。

ちなみに、黒沢明映画のスクリプターとして長く活躍された野上照代さんは、野上の次女である。平成二十（二〇〇八）年に公開された山田洋次監督の「母べえ」は、彼女の「父へのレクイエム」を原作としたもので、父べえのモデルが野上巖である。だが彼が亡くなったのは昭和三十二年で、映画とは少し違っている。なお「父へのレクイエム」は、『母べえ』と名前を変えて中央公論新社より刊行され、のち、同社の文庫に収録されている。

再び長江の話に戻る。長江は、「報知新聞」の昭和五年六月三十日から七月四日まで、「近代小説の二形式」を五回にわたって連載している。

続いて、「小公子」（釈尊伝第一部）を「改造」（七月号）に発表している。

ここまで読まれて、小さな疑問をもたれた読者も多いのではなかろうか。というのは、「釈尊伝」は、長江が命を賭けたといっても過言ではない大切な作品なのである。当然、初期の屋台骨を支えた新潮社の「新潮」に掲載されるべきではなかったかと。

もちろん私もそう思っていた。長江の「新潮」への作品発表は、先に紹介した昭和三（一九二八）年十一月の「左傾者だけが勇敢であるか」で終了している。なぜここで途切れてしまったのか。私がこの答えとなるある事件を知ったのは、当時「新潮」の編集者であった楢崎勤の『作家の舞台裏』を読んだときであった。

やはり長江は、この原稿を「新潮」に載せてもらうべく中村武羅夫に送っていた。中村から依頼された異常に潔癖症の楢崎（明治三十四年生）は、四苦八苦しながら原稿を消毒した。その痕跡に疑問をもった印刷工が事の真相を知ると、活字に組むことを拒絶した。

こんな騒動が起きていたのである。そこで長江は、改造社を頼ったのであろう。捨てる神あれば拾う神あり、である。

この作品の最後に、長江は「作者附言」を付し、並々ならぬ思いを吐露している。

はやくからフローベールの『サランボウ』や、メレジユコフスキーの『三部作』なぞに、制へきれない競争心を徴発されて来た私は、既に十年近い以前に於て、この『釈尊伝』の創作計画を立て、ぼつぼつとその準備をやり出してゐた。しかし、またしても「文壇から葬られ」ることの一時的不利益を冒険しながら（これまで既に、幾たび「文壇から葬られ」たことだらう！）、ヂヤーナリステイックな爾余一切の執筆から遠ざかり、文字通り此芸術的宗教的事業に、没頭しはじめたのは、一昨年二月以来のことである。

この「小公子」は、千枚あまりで完結する作品の一部であるが、これだけでも読み物としてまとまっている。また史実に忠実であるが、許される範囲で虚構も加えている旨を記している。そして、最後を次の文章で結んでいる。

――偖て釈尊伝の所謂史実的材料等に関して、兎角の御教示を垂れて下さる方々は、どうか少くともオルデンベルグ、リス・デギヅ以来今日に至るまでの研究に、大体御目を御通しになつた上の事にして頂きたい。

又、マルクス派の似而非科学横行の昨今故、特に云ふのであるが、古代印度の経済組織社会制度等に関するマルクス派学者等の宣伝的記述なぞは、殆んど出鱈目なものばかりである。それ等の大小パンフレット的知識を鵜呑にしてゐて、この「小公子」の史実的方面を云々するごときことは前以つて堅く御断りして置く。

この号の「改造」の「編輯だより」では、〈創作三篇いづれも雄篇、天晴大改造の貫録を示した。生田氏の「小公子」は釈迦の幼年時代を描いたもので、氏が研鑽の蘊蓄を傾けて成つたものである。〉と触れている。ちなみに創作のあと二つは、前田河廣一郎の戯曲「ヘンリ・フォード」と里見弴の

「隧道」である。

改造社の社長・山本実彦は、ハンセン病者に理解ある人物であった。後にハンセン病の歌人・明石海人を売り出したのもこの人であった。山本は残された遺児のために、海人への印税を二倍払った。そのお金で海人の遺児のみづほさんは医学を学び、産婦人科の医師として生命の最前線に立ち、生涯を捧げられた。そのみづほさんの子息も、医師の道を歩まれている。善意は、善意だけで終わらない。美しい大輪の花を咲かせるものである。

長江は、新潮社の態度に強い怒りを感じたはずであるが、そんな気配は少しも見せない。昭和五年七月六日には「読売新聞」に「「釈尊伝」作者としての言葉」を発表している。

この作品の冒頭で、〈現在の私にとつては、私共の為すところの一切が学問的なもの、芸術的なもの、道徳的なもの丶総てが、結局私共の解脱の為めであり、永遠なる生命の為であり、即ち宗教の為めである如く、私の此「釈尊伝」創作も所詮芸術門を通じての求菩提的精進よりほかの何物でもありません。〉と書いており、その志はとても気高い。

この中の解脱とは、仏教用語で、自分が縛られているものから解き放たれることである。長江は、何度も解脱を繰り返し、より精神の高みに駆け上がっていくようだ。文章はさらに続く。

私の見る処では、少くとも釈尊ほど苦行の有害無益なることを力説強論した宗教家はない。中道が単なる中途はんぱ主義でない如く不放逸は苦行と全然別種のものである。しかるに此の最も重大な根本佛教の精神が何故か今日に至るまで余りにもい丶加減に取扱はれてゐる。私は此問題について常に関心を有つことを忘れませんでした。

禅定もしくは禅的心統一は必ずしも佛教的なものではない。それが真に、厳密に佛教的なものである為めには、八正道の中に於ける思索、即ち正しく生活しながらの思索でなければならぬ。

この中の「八正道」とは、釈尊の教えで、八つの支分からなる聖なる道のことである。長江はこの作品を書くことで、歪んだ日本の仏教界に警鐘を鳴らそうとしていたことがうかがえる。

注目されていたのだろう。この「小公子」（釈尊伝第一部）には、多くの書評が出ている。大宅壮一は、「読売新聞」（七月五日）の「文芸時評」で、「生田氏十年研究になる「釈尊伝」第一部」の見出しで書いている。先の「「釈尊伝」作者としての言葉」にも長江の顔写真が掲載されていたが、こちらにも掲載されている。

大宅は、まず作者長江がこの作品にかけた意気込みを語り、〈氏がこの大きなアンビションのもとに、あの病軀をおして、恐らく十年に近い歳月をひたすらこの作品の完成のために全力を傾け、精進しつゞけて来たといふことは、プロ・ブルを包含した今日の全文壇にとつて、一つの力強い刺激となり戒めとなる事実だといはざるを得ない。〉と大きな賛辞を送っている。また長江の作品が、これまでの作品と異なり、史実を忠実に踏まえていることにも注目しているが、読みにくさも指摘しつつ、〈私はこの大先輩の力作に敬意を表し、その完成のために氏の健康を祈りたい。〉と結んでいる。

正宗白鳥も「文芸時評」（「中央公論」八月号）で、この作品を取り上げている。大宅同様、読みにくさも指摘しているが、〈長江氏は、流俗と異つた芸術家気質を見せるだけのために、そんな難事業に打つゝかつたのではなくつて、自己内心の要求が自づからその方へ向つたのであらう。単なる浮気心ではない。さういふ氏の心境には深さがある。〉〈私は、この大長篇の進行に期待するところが少くない。日雇稼ぎ文学のみ多い今日、たまには、このくらゐな抱負のある作品が、出来不出来如何にかゝはらず、現はれてもいゝと思つてゐる。〉と、温かいエールを送っている。

小林秀雄（明治三十五年生）も「アシルと亀の子（文芸時評）」（「文藝春秋」八月号）で触れているが、冒頭の〈生田長江氏「小公子─釈尊伝第一部」（改造）──私は、かういふ小説を批判する興味も勇気も能力もない。〉と書いているように、自分には釈迦がどのくらい偉かったのか見当がつきかねることや、読みにくさを指摘している。

川端康成も、この年の「新潮」十二月号に発表した「昭和五年の芸術派作家及び作品」で、少しこの作品について触れている。まず、〈昭和五年中に、傑作または力作を書いた作家、つまり働いた作家〉を二十二人挙げているが、島崎藤村や正宗白鳥とともに長江の名を挙げ、〈相馬御風氏の戯曲「良寛と蕩児」（中央公論二月号）、生田長江氏の「小公子」（改造七月号）なぞは珍しかった。生田氏の作品は釈尊伝の冒頭で、表現に多くの欠点があったが、森厳な大作であった。〉と記していた。

さて、長江の門人が世間を騒がせた事件の二つ目は、翌八月に起きた。その事件とは、八月十九日の各新聞が一斉に報じた、谷崎潤一郎が妻千代を佐藤春夫に譲り渡した事件である。

「東京朝日新聞」は、「潤一郎氏妻を離別して／友人春夫氏に与ふ／長い間の恋愛葛藤解決して／近ごろ振った連名のあいさつ状」の見出しで詳しく伝えている。

〈谷崎と佐藤は、世の常識では測れない強い絆で結ばれていたので、こうしたことが自然にできたのであろう。佐藤は、この四度目の結婚で結婚生活を全うしている。

改造社から『現代日本文学全集　第二十八篇』が刊行されたのは、この年の十一月のことである。この集は、島村抱月、生田長江、中沢臨川、片上伸、吉江孤雁の五人の合同集である。

改造社が企画した一冊一円の『現代日本文学全集』は、大正十五年十二月刊行の『第六篇　尾崎紅葉集』から始まったが、ようやく長江たちの番がきたのである。

この集の長江の箇所の巻頭に、「一の信条」と題し、長江は次のように書く。

私は信じてゐる――第一に科学的なるもの真と、第二に道徳的なるもの善と、第三に芸術的なるもの美と、此三者はつねに宗教的なるもの聖に統合せられて、三位一体をなすべきことを。

長江の行きついた心境が凝縮された言葉である。このとき長江は、「円光」、「青い花」、「天路歴程」、「彫刻家とその妻」の四篇の戯曲と十六篇の詩、「新貞操論」を初めとする四篇の評論と、四篇の評論の断章を収録している。自分の作品では、戯曲に一番自信があったのだろうか。

「一九三〇・一二・二三」の日付が入ったノート「孔子伝　資料第一」が残されている。長江が亡くなった直後に発行された『『生田長江全集』内容見本』の第七巻に〈「孔子の夢（脚本）」〉とあるが、このころ長江はこの作品に取り組んでいたのかもしれない。

失明の覚悟をしながらの明け暮れであったが、とうとうその日はやってきた。昭和六年の夏ごろ、長江は過労が誘発する緑内障のために、わずかに残っていた左目の視力をなくしてしまったのである。完全失明してしまった長江であったが、少しもひるむことはない。

ちなみに満州事変が勃発したのは、この年の九月十八日のことである。

長江の生前最後の評論集が新潮社から刊行されたのは、昭和七年二月。表題はズバリ『宗教至上

――反宗教運動への応戦及び挑戦として』である。新潮社がこの本を刊行したのは、先の「小公子」を「新潮」に掲載しなかったことへの罪滅ぼしであろうか（この作品は、平成十九年にクレス出版より刊行された『宗教学の諸分野の形成　シリーズ日本の宗教学⑤第八巻』に収録されている）。

浜田糸衛の弟子入り

昭和七（一九三二）年五月、長江の姉のくまが死んだ。享年六十二。かつての家族で生きているのは自分だけになってしまった。長江は深い哀しみに襲われると同時に、病者の自分が生かされていることに感謝の思いを抱いたに違いない。

この直後、長江の名前が「東京朝日新聞」紙上に掲載されることが二度あった。一つは、同年六月二十二日の「国家社会主義文学同盟／左翼に対抗して成立」の見出しの記事である。

国家社会主義の思想的立場にたつ作家、評論家、芸術家を打って一丸とする国家社会主義文学同盟が結成され、左翼文学に対抗してフアシズム文学が七月下旬いよ〳〵旗揚することになつた中心団体は赤松氏等の国家社会党で生田長江、近松秋江氏等を始め五日会の作家団である直木三十五、三上於菟吉氏等も諒解が成立すれば参加する模様である　書記長には早大出の吉田實氏が推されてゐるが、準備会委員の方針としてはばく然とした大同団結の大衆化をさけて第一段階として文学を中心としてまづ国家社会主義文学理論の確立を機関雑誌「文学同盟」を創刊して大衆に呼びかける方針である。

もう一つは、八月二十六日の「コップに対立／「文化同盟」結成／右翼文壇の面々」の見出しの記事である。〈二十五日午後七時から「日本国民文化同盟」の結成式が芝飛行会館に開かれた、その綱領は「我等は搾取なき新日本建設のために国民文化の確立を期す」といふのであるが、一口にいへばファシズム文学団体である。〉とあり、委員長が近松秋江、顧問が生田長江、書記長が大木雄三、委員は翁久充ら六名。団体の仕事は、「国民文化」という機関誌を九月から発行することだと報じている。

このころの「国家社会主義」の動きは、『日本社会主義運動史論』に収録されている田中真人「『満州事変』と国家社会主義」が詳しく伝えている。ただ、先の「国家社会主義文学同盟」は、ここには出てこない。恐らく、構想だけで消えてしまったものと思われる。後の「日本国民文化同盟」は、赤松克麿が「日本国家社会党」の外郭団体の一つとして近松秋江と長江を担ぎ出して創設したものであるが、機関誌の一冊も出せずに消滅している。

このころの長江の真意は、この年（昭和七年）の「中央公論」四月号に発表した、二段組十四ページにわたる「ファシズムと国民性―国民的社会主義諸党へのシンパサイザーとして――」から知ることができる。

満州事変以来の我々日本人は一時的に社会主義的なものを幾分はお留守にしてでも国民主義的な運動を支持する必要が無いとは言へない。併しもつと長い眼で見たら、我々日本人の置かれてゐる地位は何としても先づ第一に社会主義的な運動を通じて我々自身並びに全人類をより良き生活へ導く事に努力す可きであると思ふ。

長江は、〈現代資本主義的諸悪は厳密に如何なる人間をも、不幸にしないでは置かない〉とここ十数年考えてきた。もちろん、社会主義社会にも反対である。そのため、現社会に、社会主義的なものを加味して、よりよい社会を築いていこう、という論旨である。

翌昭和八年一月二十三日には戦争反対を叫び続け、社会主義者を全うした堺利彦が死んだ。享年六十二。続いて二月二十日には、『蟹工船』の作家・小林多喜二が、築地署で虐殺されている。そして三月十八日には、民本主義を唱えた吉野作造が結核で他界している。大正デモクラシー時代に長江とともに活躍していた人たちが、次第に鬼籍に入っていく。そして、時代が暗雲に覆われていく。

この年、長江に弟子入りした女性がいる。童話作家として、また婦人・平和運動家として活躍した浜田糸衛である。

長江に入門した弟子は、藤田まさとが最後だと思っていたら、その後にも浜田糸衛がいると教えてくれたのは、米子市立図書館・統括司書の大野秀氏である。『『青鞜』を読む』（学藝書林）に収録されている池川玲子「生田長江と『青鞜』」に書かれているという。

浜田が長江の弟子だということは、伊福部隆彦著『光前光後』に一か所、伊福部がお金に困ったとき、同門の浜田から借りた、という箇所があったので知っていた。それまで私は、浜田は長江が鎌倉に移る前の相互塾の塾生の一人だと思っていた。直接指導ができなくなった長江は、仲間たちでの勉強会を提唱し、伊福部や野上巌が中心になって中野の野上の家で開催していたのである。

「生田長江と『青鞜』」には、浜田は〈最晩年の長江と交流があった〉とあるが、具体的な時期は書かれていない。彼女は明治四十（一九〇七）年生まれなので、存命かどうかも定かでない。

しかし、彼女が、長江が鎌倉から再び上京した後の弟子かどうかは確認したかった。それまでの弟子たちは、長江の紹介を得て世に出たいという野心もあったはずである。けれどもこのころの長江に全盛期の力はない。病気の様子も噂されている。先の尾崎士郎の証言ではないが、このころの長江を訪れる人はほとんどいなかった。そんな状況で、あえて弟子にしてほしいと近づく人がいることなど、私には信じられなかったのである。

そこで私は池川玲子さんに教えていただこうと出版社気付で手紙を出すと、すぐに池川さんから電話があった。彼女は若々しく弾んだ声で、もう十年も前のことであり、取材ノートはすぐには出せないが、浜田は長江が東京に舞い戻ってからの弟子に間違いがないという。

池川さんによると、高知県に生まれた浜田は、ハンセン病患者のお遍路さんを何人も見ており、病気に関する嫌悪感や彼らを差別する気持ちはまったくなく、むしろ、差別されても毅然として生きる姿勢に強く共感するものがあったという。

あるとき、長江は縁側で、

「浜田さん、あの白い花が見えますか？　私は見えなくなりましたよ」

と、話したという。池川さんは、「彼は決して忘れていい人物ではありません。彼の凄いところは、平塚らいてう、高群逸枝、住井すゑなど、大勢の人たちを育てていることです。浜田さんのことも、きちんと書いてくださいね」と語った。

池川さんからお電話をいただいた後、浜田糸衛に会ってみたいという気持ちは、日増しに強くなっていった。

その願いを叶えてくれたのは、浜田とコンビを組んでいる画家の高良《こうら》真木（昭和五年生）であった。

高良は、晩年の洲之内徹が高く評価した画家であり、二〇〇三年には『ふしぎなおはなし』（渡辺茂男作／高良真木画　古今社）も刊行していたので、古今社気付で手紙を送ると、二週間ほどして返事が届いた。

その要旨は、浜田は平成十九（二〇〇七）年の七月に百歳になり、昔の記憶はなくなり、車椅子の生活であるが、生田長江先生に対する敬慕の思いは今も変わらない。自分は四十年ほど前から彼女と共同生活をしているので、折に触れて聞いていることがある。それでよかったら話してもいい、ということだった。現在は真鶴共生舎「木の家」で暮らしているという。

私はさっそく高良真木に電話をし、平成十九年十月七日にうかがう約束を得た。東海道線真鶴駅の駅前に立って地図を見ると、拳をぐっと突き出したような半島が伸びている。半島への道をしばらく歩くと、道路右手に「木の家」の標識があり、そこを右に折れ、すぐ左の急な坂を百メートルほど下りた左手に、木立に囲まれた「木の家」はあった。横に長い洒落た山荘のような建物が数棟が並び、最初の棟の表札に二人の名前があった。

表札の横のボタンを押すと、お手伝いと思われる中年の女性が現れ、案内してくれた。長い廊下を歩き、階段を下りると、海側がすべてアルミサッシの窓になっている広々としたリビングがあり、中央に置かれたソファーに座ったベージュ色の服の高良真木と、その横の車椅子に座ったグレイの服の小柄な浜田糸衛の姿が目に入った。

先に高良に挨拶する。高良は若々しく、私より少し年上のお姉さんという感じである。高良は、すぐに浜田を紹介してくれた。浜田は当時の記憶はなくなっているが、侵しがたい気品を漂わせている。

高良は、精神医学者・高良武久（明治三十二年生）と心理学者で政治家の高良とみ（明治二十九年生）

の長女であり、詩人・高良留美子は真木の妹である。その日高良が話してくれたのは、以下のようなことだった。

浜田と長江との縁を結んだのは、浜田の長姉の槙尾であった。槙尾は、長江に師事する詩人で、詩劇『乱夢』（春秋社）、詩集『素朴』（落陽書房）等の著書がある。また高群逸枝が長江の推薦で売り出したころ、高群宅を訪れて半日ほど過ごしたことがあるという。浜田はそれらを姉から聞き、長江や高群に親しみをもったようだ。

浜田は、明治四十年七月二十六日に父・惣次、母・春尾の二男四女の三女として高知県吾川郡伊野町に生まれた。父の惣次は土地の旧家の生まれで、子どもは上から槙尾、正辰《まさとき》、正信、美雪、糸衛、藤子の六人で、それぞれ二つ違いである。浜田は、父親の方針で自然児のようにのびのびと育ち、男の子みたいに喧嘩も強かったので、ついたアダナが「アマゾネス」にちなんで「あまとんさん」。彼女は大正十三年高知県立第一高等女学校を卒業すると、同県の高岡郡長者村小学校の助教員になるが、大正十五年には、京都市立三条隣保館職員となり、被差別部落で保育や生活指導をしている。

この京都時代、面白いエピソードがある。彼女は、このころ京都にいた、関東大震災のドサクサに紛れて虐殺された伊藤野枝の元夫で、評論家の辻潤に気に入られてしまった。あるとき、辻が浜田の部屋に押しかけてきたので彼女は友人のところに逃げた。しばらくして戻ると、壁に「糸衛さんありがとう」と書かれた大きな貼紙があった。またしばらくすると、酒屋から浜田宛にドッと酒代の請求書が届いたという。辻は、浜田の中に、野枝と同質のものを見出していたのかもしれない。

文学的な才能の開花は早かった。「読売新聞」昭和五年二月十日の夕刊には、懸賞短編小説に井元直衛の筆名で応募した時代小説「黙殺」が入選して掲載されている。このころ、自身の女学校時代をモデルにしたと思われる小説「雌伏」を書き上げ長江に送ると、長江から〈全編にみなぎる詩的天分は、失礼ながら感服のほかありません〉という手紙が届いたという。人を誉めるのに〈失礼ながら〉という長江の人格に感銘を受けたと、浜田はたびたび高良に話している。

これに力を得た彼女は、出版社に売り込みを開始したが、無名の新人の作品を出してくれるところはなかった。そこで彼女は京都の町に、「現代文明は天才を川底に沈めて流れていく」と書いた大きな看板を立て、自己アピールの演説を始めて署名を集めたという。やがて新聞等のマスコミが騒ぎ始め、春秋社から『雌伏』の出版に漕ぎつけた。この本は昭和六年十月に出版されている。わずか二十四歳の快挙であった（浜田の本が出版された同月、同社から長江に師事していた姉・槇尾の『乱夢』も出ている。高良は、長江の春秋社への働きかけがあったのではないかとみている）。

浜田は昭和八年上京し、長江に入門して文学修業を始める。若者を育てることが大好きな長江は、才能溢れる「雌伏」の著者を優しく迎えた。入門と同時に、奥むめおの本所・深川セツルメントで働く。ここでも託児所での保育や生活指導をしている。

入門したての浜田は、「高群君は女性史の研究に入ったようですね」という長江の話を聞いている（高群が面会謝絶をして女性史の研究に入ったのは、昭和六年七月一日のことである）。長江は、高群の行く末を気にしていたようだ。

このころ彼女は、長江が長谷川時雨への紹介状を書いてくれたので持参すると、長谷川はまるで危険な物でも摑むように爪の先で封筒を持ち、眉間に皺を寄せてかざして見たという。またある時は、「あれっ、まり子は女学校に行かないのか？」と、すでに卒業したまり子にそう話す長江の姿も目撃している。仕事に熱中すると、現実感が希薄になってしまうようだ。娘のまり子は文壇でも評判の美人であった。また浜田の見た長江は、硬派の人であった。

先の「浜田さん、あの白い花が見えますか？　私は見えなくなりましたよ」の発言は、浜田が長江の亡くなる少し前に訪問したときのことだと高良は証言している。では長江はいつ、完全に失明したのだろうか。

それは、神奈川近代文学館に収蔵されていた二冊のノートから知ることができる。ノート「断片（第一冊）」は、大正十三年三月から昭和八年七月までであり、筆跡を見ると、昭和五年七月八日まで自筆で、昭和七年五月十四日から代筆になっている。もう一冊の昭和八年七月から始まった「断片（第二冊）」の初めに〈前冊の終頃より失明の為代筆による。〉の記述がある。

さらには、長江訳『ニイチェ全集』（日本評論社刊）に添付されている月報五号の「長江先生年譜略」の昭和六年の箇所に、〈夏頃過労により誘発せる緑内障のため僅に残りゐたる左眼を失明。〉とあった。

以上を総合して、私は、長江は昭和六年の夏頃に完全に失明したことを知ることができたが、浜田が入門した昭和八年には完全に失明していたはずなのに、「あの白い花が見えますか？　私は見えなくなりましたよ」という花の存在を知っているような発言は、どう解釈したらいいだろうか。

やはり長江は、心眼が開けていたからであろう。恐らく、浜田が入門してすぐの発言ではなかったろうか。

また当時長江は、白い手袋（軍手）をしていたという。指が欠落してしまっていたのかもしれない。しかし、浜田は、長江の死の直前まで通い続けている。

最後に、高良が話してくれた高群逸枝のエピソードを紹介しよう。

『母系制の研究』、『招婿婚の研究』、『女性の歴史』四巻等を出版して、女性史研究家として前人未到の業績を残した高群逸枝が入院した日（昭和三十九年五月十二日、国立東京第二病院）、高良は救急車で彼女を運ぶため、担架を持った救急隊員二人と二階寝室に初めて入ったが、高群のベッド枕元の祭壇めいたへこみには、新聞を切り抜いたと思われる赤茶けた生田長江の顔写真が貼られていたという。その前に高良は、高群から「私は生田先生に何のご恩ほどきもしていない」という発言を何度か聞いていたが、このとき、高群の生田に対する深い思いを見たという。

高群は、最後の入院直前に自伝『火の国の女の日記』を書き、彼女の死後に刊行されているが、この中に長江に触れた箇所がある。

生田先生が、文芸批評家としての第一人者だったことはここにあらためてしるすまでもないことだろう。（中略）

私が詩劇の制作にすすみたい希望をのべると、すぐに賛成され、『日月の上に』をみてもその素質を感じるといわれ、まず演劇を知ること、音楽に通ずること、外国語をマスターすること等を話してくださって、そのためにはよろこんで便宜をあたえてやろうといってくださった。私はついに実現の機会をもたなかったが、もしゆるされれば、いまの仕事を終わったのちに、何らかのかたちで先生の愛顧にこたえたいと思うこころを失ってはいない。

生田先生は昭和十一年一月十一日に亡くなられた。つつしんでここにご恩を謝しておく。

癌性腹膜炎に侵された高群は、同年（昭和三十九年）六月七日に逝去している。享年七十。高良によると、その夜、病院の霊安室で遅くまで高群に寄り添う、らいてう、浜田、市川の姿があったという。

新訳決定版『ニイチェ全集』と「釈尊伝　第二部愛欲篇」

浜田糸衛が入門した昭和八年ごろ、長江は金銭的に追い詰められていたと思われる。

前出の長江の日記を翻刻した曾根博義氏が、〈昭和八年から九年にかけて、古峡のもとには度々長江からの無心状が来るようになり、最初のうちはそれに応えて送金していた古峡も度重なるにつれ、金額を減らしたり、送らないようになって行った模様です。〉とご教示くださっていた。

前年（昭和七年）の長江の執筆活動を眺めてみると、先に触れたように二月に新潮社から『宗教至上』が刊行され、四月には「中央公論」四月号に「ファシズムと国民性」を書いていた。同月、「政界往来」に「東洋人或は日本人が支配する」を書く。九月には、大正五年に三十歳で亡くなった宮崎光子の遺稿集『光子の声其他』に「印象と想像」を寄せ、十一月には「東京朝日新聞」（二十日〜二十二日）に「敬愛する三詩人」を三回にわたって連載している。また、春陽堂の世界名作文庫に翻訳本が七冊入っていた。

収入はまあまあだったろうが、執筆作品は本当に少ない。このころ、長江の体調はあまりよくなかったようだ。正宗白鳥がこの年の初めに出た長江の『宗教至上』の書評「高遠なる芸術観と預言者的情熱◇生田、内村両氏の近業を見る」を「読売新聞」（昭和七年四月一日）に発表しているが、その中で、〈生田氏は、創作の形を取つた長編の釈尊伝の一部を発表したことがあつたが、氏の終生の大事業とも云ふべきこの大作が続々世に現はれないのは、世上の読者がそれを歓迎しないためかも知れない。〉と書くと、翌日の同紙の「ゴシップ」欄が、〈正宗白鳥氏が生田長江氏の「釈尊伝」の後篇が続々世に出ないのは読者の歓迎がないセイぢやないかと云つてゐるのは、いさゝか真相はづれで、事実は生田氏の健康のためださうだ。極度に視力を傷つけられた生田氏が、家人の助けによつて古籍を調べ二枚三枚と口述して大作を完成しようと努力を続けてゐるのが事実だ。〉と答えていた。

翌昭和八（一九三三）年になると、さらに健康状態は悪化したようだ。というのは、この年の作品発表は、現在確認されているかぎり皆無なのである。

五月と六月に、大杉と共訳の『懺悔録』（上下巻）、九月に『近代文芸十二講』（生田、森田草平、野上臼川、昇曙夢の合著）、『近代思想十六講』（中沢臨川との共著）が新潮文庫として出ているが、先の二冊は共訳であるし、後の二冊は名義貸しの本だと思われる。そんなわけで、ほとんどお金にはならなかっただろう。

花形評論家に成長していた杉山平助が、生田家の家計を心配したのもこのころのことであろう。長江の仕事を「都新聞」に売り込み、依頼された上泉が長江のもとに赴くと、「杉山君から紹介されるほどの人物ではない」と断ったり、またある時は杉山が家計の足しにして欲しいと十円差し出して帰ると、それを知った生田幸喜が、「杉山のような者にお金をもらったら、生田長江の家計は全部自分が持っていると言いふらすに違いない」と激怒した話を、伊福部が後の座談会で披露している。杉山は、なれることを許さない生田家の家風に合わなかったようだ。

ただ、そんな中でも長江の創作意欲はとどまることを知らない。このころの長江のノート「断片（第一冊）」の最後のあたりを見ると、昭和八年七月一日付で、〈法然上人出家の動機について（小説又は劇等の形式に於て表現する場合の想像）。〉七月二十三日付で〈荒畑寒村の父母の事、細君の事、及び彼の家庭と革命運動の関係、これ等の事を中心題目とせる一長編を書いて見ては如何に？〉とある。

また ノート「断片（第二冊）」に移ると、七月二十五日付で、〈明治史〉にも意欲を見せているし、十二月九日には雑誌の構想も書いている。〈来春一月発行すべき雑誌「真善美」初号二号三号あたりまでの編集の内容〉としていくつかの企画が綴られている。〈シェリー詩集刊行の広告〉や〈長江著作集に関する色々の広告若しくは広告的記事〉や〈青木繁画集予約出版の如き計画広告〉、〈青木繁遺児福田蘭堂君に父画伯の事を何か書いてもらふ事〉、〈紀州田辺の南方熊楠先生に執筆を依頼する事〉、〈薄田泣菫氏に人丸人神社の事を書いてもらふ事〉等を見ると、長江は雑誌発行を考えていたのだろうか。けれども、経済的に追いつめられている長江に、実現する力はなかった。

しかし、翌年（昭和九年）の春には、体調が少しずつ快復してきたようだ。この年の四月三十日の「読売新聞」の「展望台」欄が、「生田長江の近況」を掲載している。

昭和五年春「改造」に「釈迦」第一部を発表、以来宿痾に悩まされ文壇に沈黙を守つてゐた往年の論壇の闘将生田長江氏、依然臥床中ではあるが、冬も過ぎて春来れば元気も出て、眼を患ひ自ら読書、執筆はできぬ乍ら、枕辺の者に命じて新聞雑誌類は一応耳から読み、更に創作熱も興つて「釈迦」第二部は一時中止して新しく「シエリー」及び「ニイチエ」の二伝記小説の構想を得、ノートを取らせたり、口述筆記をさせ、二、三ケ月以内にこれを完成したいと意気込んでゐる、と。

ただ、「長江先生年譜略」の昭和九年の箇所には、〈春より夏にかけ「釈尊」第二部「愛欲篇」を執筆〉とあるので、「釈尊伝」を中断したわけではなかったようだ。

長江の体調の快復は、執筆活動にも表れている。六月八日から十二日まで、「都新聞」に「保存芸術と新興芸術」を五回にわたって連載し、同月、『手紙のコツが会得される——書翰文集大成』を一元社から刊行。続いて、「中央公論」の七月号には、二段組み十六ページにわたる「明治大正時代文学再検討の検討」を発表。これは最近、明治・大正の文学の再検討が盛んであるが、作品の良し悪しのみで論じられることが多い。そうではなく、その作品が時代に与えた影響も考えるべきではないか、という意図で書かれたものである。この中で長江は、坪内逍遥、上田柳村（敏）、鷗外、子規、一葉、樗牛等を熱く語っている。さらに、八月十九日から二十二日まで、「東京朝日新聞」に「短篇と長篇の実質的差別」を四回にわたって連載。九月には、「日本詩」に訳詩「凶鴉」を発表。十月四日から六日まで、「都新聞」に、「米国の王様」を三回にわたって連載している。

このころ、長江にとって嬉しい出来事があった。昭和九年三月に日本評論社に入社した石堂清倫が、『ニイチェ全集』（新訳決定普及版全十二巻）の依頼に生田家を訪れ、刊行が昭和十年四月から始まっている。

このころ、石堂の目にニーチェの需要があると思われた。以前、長江が新潮社から『ニイチェ全集』を出していたが、入手困難になっていた。本当はもっと若い世代に訳してもらうのもよかったが、かつては『資本論』を訳出したり、大正デモクラシー運動から社会主義運動への移行期に一つの部署を占めていた長江が、病気のために隠棲していて、世間は彼を忘れかけているように思われた。石堂は、そんな長江のために最後の機会を作ろうと思ったのだった。石堂は、東京帝大の長江の後輩であった。

石堂が長江の家を訪れると、ひっそりとした家は荒れ果てて、赤茶けた畳に手をつくと、そのままズブズブと沈みそうな気がした。長江は顔を見せず、石堂は襖越しに話をした。

この企画を知って、長江はひどく喜んだ。また多くの人にニーチェを知ってもらえる機会がやってきたのだ。それに、まとまった仕事が入れば、生活も潤うのである。このころ、長江の症状はかなり進んでいて、石堂には長江がペンを握るのも困難な状態であるように思われた。

長江がライフワークの「釈尊伝　第二部愛欲篇」を「改造」に発表したのは、同年十一月のことである。「長江先生年譜略」によると、長江は、引き続き第三部「出家篇」に取りかかっている。

この作品については、杉山平助が二つの書評を発表している。この作品を読んだ杉山は、誰もが敬遠すると思ったので、自分が進んで書かなければ、と思ったのだった。

先に「東京朝日新聞」（十月三十日）に発表した「不撓の意志　生田長江の『釈尊伝』」に、長江の病状が分かる個所がある。

最近はほとんど半年以上もお目にかゝらないけれども私はこの作者の生活事情については、相当に熟知してゐるものゝ一人のつもりである。もし、あれが自分だつたら、自殺してしまひはせぬだらうか、と思はれるやうな一言につくしがたい悪事情の中を、氏は一滴の愚痴もこぼさずに、人間としてのプライドを失はず、実に男らしく生きて来た。

たとへば、こんなことを語るのは、或は作者の怒りにふれはしまいかと怖るゝのであるが、最近の氏はほとんど失明に陥つてゐるので、この釈尊伝もミルトンの失楽園に於けるがごとく身辺の人への口述によつてなされたものであらうと想像される。それに加ふるに日夜、拷問のごとく骨肉を苛む神経痛といふものだけを想像してすら、正岡子規は、生田長江よりはるかに幸福な人であつたと思はざるを得ない。

杉山のもう一つの書評は、「改造」十二月号の「文芸時評」である。

生田長江の釈尊伝（愛欲篇）「改造」は先月中では力作であつたがたいがいの批評家が、これを敬遠してしまつたやうである。

率直に云ふと、私自身も面白くなかつた。読み通すのに非常に骨が折れた。

その原因は何であらうと考へてみると、第一に文章が、甚だもつて廻つた冗漫なものなので、今日の我々の感覚にピツタリと来ない。これは恐らく、飜訳的習慣から影響を蒙つてゐることすくないためではなかろうか。

これを知った長江の怒りは激しかった。翌昭和十年二月号の「文藝」で反論している。これは伊福部が後の座談会で、「この文章だけはなかった方がいいと私ども思いました」と言っているほど激しいものである。

私は五年振りに創作釈尊伝第二部『愛欲篇』を、改造十一月号に発表したが、その月の新聞文芸欄にも、翌月の雑誌にも、杉山平助君の一短評の他、それに対する何等の批評らしいものが出なかつたやうである。

杉山氏に依れば、斯く批評家諸君が揃ひも揃つてあの作品を「敬遠」したのは、主として作者たる私の、甚だ持つて廻つたやうな、冗漫で重つくるしい文章がひどく読み辛かつた為めであらうと言ふ。

例へば杉山氏自身の如き、「ザックバラン」の、「ガラッパチ」の、「カラッケッ」の、雲助的文章をしか書けない人々や、さうした低劣な教養と猥雑な趣味性とにまで、釈尊伝の文章なぞが、ああ見える事の自然さに就いて、それにも拘らず、文学的制作のあらゆる形式に於て、特にあの釈尊伝の如き題材を取つたものに於て、杉山君自身の文章なぞより、比較にもならない程優れたものであるといふ事等に就いては、後段更めて論議するとして、茲には先づ、あの拙稿の「敬遠」された理由が、杉山君の挙げて居るのと全く別箇なものであつた事を指摘して置き度い。（「自作自評論――附、拙稿『釈尊伝』の物語的内容、その表現形式其他」）

この後も延々と続くが、要約すれば、長江は、この作品を批評家たちが敬遠したのは、どのように批判していいかわからなかったのではないか。また、この作品であのような文体を選択したのは、この作品を書くのにふさわしいと思ったからだ。

この文章を読んだ杉山は激怒し、以後長江との交際を断っている。

杉山への長江の反論は、ただ杉山だけでなく、多様な表現を受け入れようとしない時代に向かって投げつけたものでもあろう。

ただ、当時の文士たちのすべてが長江の作品に無関心であったかというと、必ずしもそうではない。詩人の萩原朔太郎は、〈晩年の長江先生は、ニイチェの個人主義を超躍して、釈迦の他愛的ヒューマニズムに接近し、原始佛教の幽邃な玄奥を味得された。日本の文壇人等はかうした先生の晩年を全く認めず、無下に黙殺して葬つてるが、真にインテリとしての思想生活をして来た人ならば、むしろ先生の晩年に対してこそ、甚深の思慕と敬意を持つべき筈だと思ふのである。〉（『生田長江全集』内容見本」）と書いている。

そして長江は、十二月二十三日と二十五日には、「読売新聞」に、「宗教文学は台頭するか」（上・下）を発表している。

それにしても、視力を失ってもなお衰えることのない長江の創作意欲の源泉は何だろうか。伊福部隆輝は次のように述べている。


先生の創作意欲の源泉を垣間見たことが一度だけあります。私は若い頃から議論好きでしたが、先生の前に出ると何も言えなくなってしまいました。そんな私が、一度だけ先生に食い下がって討論したことがあります。それは、私が宗教を否定した時です。

あれはたしか昭和八年か九年頃だったと思います。私は文学よりも、より多く社会科学に興味をひかれ、都市研究に没頭していた時代です。アナキズムの立場から無搾取無支配の社会を理想としておりましたので、宗教の持つ権威的支配ということが気になって、これを否定する文章を発表したこともありました。それで、先生の前に出ても、このような所見を述べたので、先生とつい議論になってしまったのでした。

私は、本当に立派な無政府共産の社会が来たら、宗教というようなものは不要になる。しかも、そういう社会出現の為には、宗教の存在が邪魔になるというようなことを言ったのです。すると先生は、

『君は、体が丈夫だからそんな呑気な理想的な文化とか文明とかいうものを考えているのですが、その文明などというものは、これまでの歴史が証明しているように、どんな素晴らしい文明も、一

朝にしてガラガラッと崩れてしまうものですよ。ギリシャ、ローマ、エジプトでもバビロンでもそうだったではないですか。私は、そんな頼りないものに君のような希望や信頼はもてませんね。しかし、また一歩譲って君の考えているような理想的な文明社会が実現するとしましょう。そこで、その君の社会では失明した人間がいないとは言えないでしょうが、その盲人には、その君の社会の素晴らしい絵画などがあっても味わえますかね？』

『それは出来ません』

『それなら君のその立派な社会の、そこにも耳の聞こえぬ人がいるでしょうが、彼に、その素晴らしい音楽が味わわせられますかね？』

『それは駄目です』

『では味覚を失ったものもありましょうが、その人にその社会の素晴らしい御馳走を味わってもらうことが出来ますかね？』

『それは駄目です』

『そうですか。そうすると、君の理想の社会も君のように健康な人達だけに理想的な社会なのですね。そのような社会はどんなに文明的に素晴らしい社会であっても、一切の感覚を失った者にはその恩典は享受出来ませんね。ところが世の中には、それでもなお生きている者があるのですよ。耳も聞こえず、眼も見えず、肉体的な一切の感覚的な喜びというようなものを失っても、なお且つ生きているものがあるのですよ。

君は自分が健康だから、そんな人のことはどうでもいいと言えますか？　しかも君が明日そうならないとどうして言えますか？　君は大丈夫だと言えるかも知れません。しかし、ここに厄介な人間がいます。それを他人事と思えず、それが気になって自分だけの享楽をしていられない人間がいるのです。ナザレのイエスだとか釈尊とか言う人達です。
　これが宗教です。宗教はここに立つのです。この問題の答は、宗教以外の何が答えてくれますか？伊福部君、私がこのボロクズのような体をしていて、尚且つ取り組まずにはいられないのは、この問題の解決の為です。宗教だけが、この問題を解決するのです』
　私は、この時の先生ほど厳粛な先生を見たことがありません。私は何も言えなくなってしまいました。当時先生は失明しておられました。（「長江先生の宗教観」）

長江の死

長江の、書き下ろしの「釈尊伝第三部出家篇」を加えて『創作釈尊』が香風閣から刊行されたのは、昭和十（一九三五）年一月のことである。

「東京日日新聞」（二月十八日）や「東京朝日新聞」（二月十九日）にこの本の広告が出ていたが、〈宗教文学の最高峰！〉や〈本書は日本最初のノーベル賞候補！〉のコピーが躍っている。もちろんノーベル賞候補ではないが、この作品が生み出された背景を知っている人たちには、候補に匹敵すると思えたことであろう。〈初版二千五百売切再版出来！〉ともある。初版部数は佛誕二千五百年にちなんだものだった。

　この『創作釈尊』は、ペルシャの絨毯に織られた荘厳な絵物語をめくるような趣がある。次第に物語の背景が浮かび上り、登場人物が飛び出して物語が始まり、あちこちに仕かけがある。この作品は、のちの釈尊こと悉達多《シッダッタ》が出家するまでで終わっている。長江は、この後をどのように考えていたのであろうか。ノート「佛伝断片」をめくっているとき、昭和九年七月十八日の日付で次の記述があった。

釈尊伝第三部以下梗概の補充／◎第三部　苦行篇／◎第四部　帰郷篇／◎第五部　隠遁篇／◎第六部　反逆者篇／◎第七部　沙羅双樹篇／◎第八篇　滅後篇

これを見ると、第三部は最初、苦行篇と考えていたことがわかる。このノートからは、長江が書けなかったこの後に続く物語もはっきりみえてくる。

長江は、この本を出して大きな安堵があったはずである。しかし、やらなければならないことは山積している。二月からは、経典の逸話や言葉をわかりやすく解説した「聖典講話」を「大法輪」に連載している。

これは、赤松月船が「大法輪」が創刊されるのを機に、昭和九年十月に大法輪閣に入社して編集に携わっていたので、彼が依頼した可能性が高い。

長江が一回目に取り上げたのは、「死者を生き返らせる薬はない」「四種の良馬」「無用の哲学的な問題に就いて」の三つである。十三ページにわたり、しかも半分近くが二段組みなので、読み応えのある作品である。

この中の最初の「死者を生き返らせる薬はない」（巴利増一阿含経『注釈』より）は、サーヴッツの貧しい家に生まれたキサ・ゴータミという女の話である。大人になった女は裕福な夫の家に嫁いだが、貧しい出身なので軽んじられた。ところが、一人の男の子を産んだら少々重んじられるようになった。

しかし、その子が歩き始めたころ死んでしまった。女は、子供を背負って家々を、「生き返る薬をください」と歩くが、どこにもない。やがて僧院の世尊を訪ねると、世尊は、「ゴータミよ、お前さんがその薬を求めてここへ来たのはよいことであった。市中へ行って、一軒のこらず廻ってみるがいい。そして誰も死んだ人のいないというような家があったら、その家から細かい芥子種をもらってくるがいい」と言われた。喜び勇んで出かけた女は、町中を歩き、死者のいない家はないことに気づき、自分の子どもだけが死を免れることはできないと悟り、亡骸を火葬場に持っていくという話である。

この話の後で長江は、生きとし生ける者には、いつの日か必ず死が訪れる。希望の代りに先に諦めを与えて、その諦めの底から跳ね返してくるような慰めと励ましを与えてくれるのが釈尊の教えであることを説いている。

この長江の「聖典講話」の連載は、大法輪閣での大事件であったようだ。わざわざこの号（二月号）の「編輯後記」で触れている。

目の廻る様な忙しさに、飯より好きなスキーに出かけられなかつたのは残念だつた。

然し今月号に生田長江先生の「聖典講話」の玉稿を掲載さして頂けた事は何と云つても痛快事だ、将に誌界の一大驚異だ。鼻高々と読者諸氏に捧げるものである。此の痛快さはスキーなんかの痛快さとは理《わけ》が違ふ、アルプス連峰を一気に滑走して仕舞つたよりもつと痛快事だ。ロケットに乗つて天空一千億哩、惑星の東京地帯で星の超人と一緒に滑つたら、こりやまた痛快だらうが……

創刊間もない新雑誌への大家の寄稿は、よほど嬉しかったのであろう。文章の最後に（栄）と署名があるので、赤松月船ではないようだ。

さて、この年（大正十年）の三月二十六日、長江の身近な人がまた鬼籍に入った。与謝野寛が肺炎で逝去したのである。享年六十二。長江は妻の晶子の深い哀しみに思いを馳せたことであろう。

さて長江は、四月十八日から二十日まで、「東京朝日新聞」に「宗教文学の過去と将来」を三回にわたって連載している。

先に触れた新訳決定普及版『ニイチェ全集』の刊行が、この四月下旬から始まっている。第一回配本は、『ツァラトゥストラ』だ。本は肌色の表紙で、中央のコイン大の凹んだ部分にニーチェの肖像が浮き出ている。また濃紺の背に、金文字で〈ニイチェ全集—7—〉〈日本評論社〉と入っている。シンプルで気品のあるデザインは、中野重治（明治三十五年生）のものである。中野は石堂の友達で、彼から依頼されたのだった。

この本が届いたときの長江の感慨が、ノート「ニイチェ研究」に記されていた。

ニイチェ全集日本評論社版「ツァラトゥストラ」出来、送つて来る。体裁を自ら見る事能はざれど中々成功して居さうに感じられる。

この本は、平成二十（二〇〇八）年に書肆心水より『文語訳　ツァラトゥストラかく語りき』として復刊されている。書肆心水は、同書巻末の「生田長江とニーチェの翻訳」で、〈その訳文のスタイルにおいて好事家向けの独特の価値があると見る立場から本書は復刻されている。〉と記しているが、この出版社は、先に触れた長江の二冊の評論集も出している。

「東京朝日新聞」（四月二十二日）、「東京日日新聞」（同月二十三日）、「読売新聞」（同月二十四日）の一

面の上部に、紙面の三分の一はあろうかと思われるほど大きな『ニイチェ全集』の予約募集の広告が掲載された。全集の推薦者は、次の十五名である。桑木厳翼、阿部次郎、長谷川如是閑、室伏高信、萩原朔太郎、斎藤龍太郎、登張竹風、池上鎌三、鬼頭英一、新明正道、谷川徹三、高橋里美、戸坂潤、小松攝郎、金子武蔵。これに阿部次郎と谷川徹三の推薦文が掲載されている。

「東京朝日新聞」（同月二十七日）や「東京日日新聞」（同月三十日）に第一回の『ツァラトゥストラ』の広告が掲載されたが、〈初版・再版・三版・四版売切！　第五版出来〉のコピーも見える。

翌五月二十日に発行された月報第二号の〈編集室から〉には、〈第二回配本前にすでに第五版が売切れてしまつた〉とある。猛烈な勢いで売れているようだ。

またこの〈編集室から〉には、阿部次郎の推薦もあり、この全集がドイツのニーチェ図書館に送られることになったことが記されている。

事実、この『ニイチェ全集』は、ニーチェ図書館に送られた。伊福部隆輝の友人で、評論家で大学教授でもあった村松正俊（明治二十八年生）が、鎌倉長谷寺で行われた「生田長江二十年忌追悼座談会」の席上、「私だけの考えでいいますと、ニイチェ全集、これは日本だけでなく、世界的には重要な仕事だったと思います。ずっと後になって日本の文学者がドイツに行くと、向うの学者が生田長江はどうしてるかと聞かれたそうです。向うのニイチェ図書館には長江先生の日本語訳ニイチェ全集も所蔵されていて、あちらで生田長江の名は通っていたのです」と発言している。

〈ずっと後〉というのは、敗戦後のことであろう。それを知った日本の文学者は、鼻を高くしたという。これらの仕事は、生田幸喜とまり子が専門にサポートしている。

長江の創作活動は順調だ。今度は、「中央公論」の五月号に、二段組み二十五ページにわたる「谷崎氏の現在及び将来——小説を捨てたか、小説が捨てたか」を発表した。すると森田草平が、「東京朝日新聞」（五月一日）に、「生田氏の谷崎論」を発表している。その中に次のような指摘がある。〈徒に流行の潮流や運動から立てられた言説よりも、どの位多くの暗示や示唆を作者の行手に投げてくれるか分からない。〉遠くから君のことは見守っているよ、という森田の意思表示でもあったろう。その思いは、確実に長江に届いたはずである。

伊福部隆輝が、生田家を訪れたのは五月九日の昼ごろのことである。伊福部は、未発表の小説の一部を長江に聞かせた後、「口直し」「耳直し」だと言って、彼が主宰する詩誌「羅蔓」の詩人たちの詩を聞かせた。長江は、彼らの成長の著しさに目を見張り、昨夜まり子に読んでもらったワーズワースの詩を思い出していた。

長江は、伊福部が帰った後、何年ぶりかで日記を書くことを思いついた。そのことをまり子に伝えると、まり子は筆記用具を持って長江の傍にやってきた。

やがて長江は静かに話し始めた。

一九三五年五月九日。

この日から、十三四年中絶してゐた日記を又書き出すことにする。

実は明治三十一年秋、大阪にて兄貞二郎上京の後、ただ一人となりて桃山学院の寄宿舎へ入り、それと共に日記をつけ出してから、やめたり又つけ出したり——時には数箇月に亘ってさへ中絶しながら——の有様ではあつたけれど、兎に角東京大震災の少し前頃まで、随分久しい間続けて来たのだが、あの震災で焼けてしまつたので、一はつまらないやうな気持にもなり、又一には丁度これがいい区切りだと云ふやうな気持も手伝ったりして、あれきり日記といふものを止めて了ってゐたのである（以下略）。（「生田長江日記」）

父と娘の濃密な時間が流れていった。

ここで長江が「大法輪」に連載していた「聖典講話」の七月号に発表した「発句経『双用品』より」に注目したい。

これは「一、怨み憎しみ敵対等は如何にして消滅するか」「二、怨みは怨むによりて鎮まらず」「三、怨みは怨まざる事によりて鎮まるべし」「四、美しい実例」「五、怨みの心持をなくす実際的な方法」と続いているが、これらを一言でいうと、怨みは捨てるべきだと説いている。怨みは、怨みの連鎖しか生まない。長江の脳裏に高畠素之の姿が浮かんでいたのではなかろうか。長江は、仏教の教えによって高畠に対する憎悪の炎から逃れることができたようだ。

「宗教公論」の好村春基が、主幹の浜田の意向を受けて原稿依頼に生田家を訪れたのは、この年の十一月下旬であったと思われる。

このころ、長江は多忙を極めていた。完結に近づいている『ニイチェ全集』の仕事をぜひとも年内に終わらせなければならない。また数か月前からの依頼で、急がなければならない三、四の新聞雑誌の原稿もある。せっかくの依頼であるが、応対に出た生田幸喜は断るほかなかった。

長江はその後、「日本評論」十二月号に「ニイチェとトルストイとの対照」を発表している。長江はこのころ、『ニイチェ全集』の仕事とともに、遺稿、絶筆としてそれぞれ翌年二月号に掲載された「聖典講話・栂尾明恵上人の教訓」（「大法輪」）、「ニイチェの著作とその劇的傾向」（「日本評論」）、「真・

善・美・聖」（「真理」）などの口述に励んでいたと思われる。

長江は、「聖典講話」の連載は、二度ほど休んでいた。最後に命をふりしぼって口述したのが「栂尾明恵上人の教訓」であった。講話は、「一、克己自制の心の緩むおそれ」、「二、風流への素質なくばよき佛法者にもなり難し」、「三、上人の実際的教訓を要約すれば」、「四、泰時の為に政治の要諦を説く」、「五、国体論　付承久の乱の罪を問ふ」、「六、建礼門院御受戒のこと」、「七、生涯弟子を仕立つるよりも師を求むることを願ひし上人」と続いている。長江は、伊福部隆輝に何度も話した明恵の「あるべきようは」の信条をここでも披露している。


此の『あるべきやう』に就いての教訓は、所詮我々各人の本分を尽せよというのであり、更に言い換えれば、各人が此の現実の世界に於て、実際与えられている所の条件の下に、ただ出来得る限り、よく且つ正しく生きて行くように心掛けさえすればよいというのである。


浜田糸衛が、生前の長江に会った最後は、この年（昭和十年）の十二月二十四日のクリスマスイブのことであった。彼女がこの日を選んだのは、長江にクリスマスプレゼントを渡すためではなかっただろうか。

もうほとんど誰も訪れなくなった長江のもとを、以前と少しも変わらぬ態度で訪れる浜田の存在は、長江にとって心和むものであっただろう。浜田は、後に親族から、「あなたが門弟で長江と話をした最後の人でしたよ」と言われたという。

長江はこの後にも、「東京朝日新聞」（十二月二十七日〜三十一日まで）に「ニイチェとゲエテ及び劇的のもの」を五回にわたって連載している。

昭和十一年の元旦。佐藤春夫は、長江から年賀状がきたことに驚いている。その瞬間、春夫の脳裏をさまざまな思いが過《よぎ》っていった。春夫は長江が鎌倉に去ってからは、訪ねることはなかった。伊福部や赤松を通じて、わずかな縁を繋いでいるに過ぎなかった。その上、長江選集を企てたときには事志と違い、その間に自分の言葉の不備から生じた誤解もあって、師弟の縁の薄いのを嘆いたこともあった。けれども春夫の子どもが生まれたときには、令嬢をお使いとしてお祝いの品を届けてくれた。昨年、初めて長江先生と出会った当時のことを書いた原稿があったので加筆し、送ったこともあった。しかし、年賀状は二十数年来なかったことなのだ。また長江に背を向けている杉山平助のもとにも届いたので、杉山も驚いている。長江は、こんな形で自分に関わりがあった人たちに最後の別れを告げたのかもしれない。

一月二日、長江は胃潰瘍を病み、八日には肺炎を併発した。長江には、ひたひたと迫りくる死の足音が聞こえていたのであろう。十日の午前二時に家族に遺偈を書き取らせている。

神奈川近代文学館に、伊福部が書いた長江の遺偈が残されている。伊福部の名前が、少し後から使い始めた「隆彦」になっている。後に遺族が伊福部に依頼したものであろう。

其詩連錦繡与珠玉綿々使思有永久石盡者
其文統日星与河嶽恒不仰煌々之光有不己者
長江先師之遺偈　劣弟無為隆彦生

この遺偈の意味は、『『生田長江全集』内容見本』の表紙に掲載されていた。

その詩は錦繍と珠玉とを連ね、綿綿として永久に盡きざるものあるを思はしむ。

その文は日星と河岳とを統べ、恒に煌煌の光を仰がしめざれば、やまざるものあり。

伊福部は、後の座談会で、「先生の晩年は、本当に釈尊伝をお書きになってからのありのままの先生は、本当に清楚だと思っておりますが。……先生は亡くなられるまで、本当に自分ほど仕合せな者はないとおっしゃっておりまして、そうして満足して亡くなられた方であると思います」と証言しているが、この証言と長江の残した遺偈の澄み切った心とがぴったりと重なる。

かつて長江は、〈個体も種族も、その托せられたる使命を十分に果したあとでならば、死んで行くのに何の悲しむべきことがあろうぞ！〉（「虫のいい『人類』その他」）と書いていたが、自分の使命を十分に果たし終えた長江は、生かされて生きた満足感に満たされていたはずである。

遺偈を口述した翌日（一月十一日）の午前零時十分、長江は五十三年の生涯を終えた。娘のまり子や、駆けつけた門弟や甥たちに見送られて、妻や両親や兄弟たちの待つあの世へと旅立っていった。

告別式

長江の告別式は、死の三日後の一月十四日、午後二時から東大近くの喜福寺で行われた。

東大の、赤門前の車道を隔てた歩道を農学部の方向に百メートルほど進むと、左に入る細い道があり、その入り口右手に「曹洞宗喜福壽寺」と彫られ、赤く縁取りされた大きな石柱があった。そこを入って右に行くと、喜福寺はあった。寺といっても巨大なベージュ色の箱を伏せたような今ふうの造りで、階段の先に入り口があり、その上に、空に向かって左右が反り返った廂がついている。東京の寺にしては、広いほうであろう。

建物を右に見ながらさらに進むと玄関があり、その隣の事務所のような部屋に人がいたので尋ねると、建物は建て替えられているが、場所も敷地の広さも昭和十一（一九三六）年当時と同じだという。長江の葬儀の写真が残されている。マンモスの背中のようにふっくらとした入母屋造ふうの寺の屋根が印象的である。寺の入り口付近に三本ずつ花輪が並んでいる。向かって右手中央のひときわ大きな花輪の贈り主の文字は、新潮社と読める。その花輪の前に四名、左手の花輪の前には九名の正装した人たちが並んでいる。画像が小さいのではっきりしないが、右手の右端の紋付羽織袴姿の人は、佐藤春夫のようだ。寺の入り口から白黒の幕が張られ、そのはるか彼方に遺影を飾った祭壇が見える。

初心会で一緒だった秋田雨雀が駆けつけると、喜福寺の門前で、早稲田文科時代に少し教わったことのある桑木厳翼に会った。桑木は、京都帝大で教えた後、再び東京帝大に戻ったが、前年の三月に定年退職し、東京帝大名誉教授となっていた。彼もまた生田の告別式に駆けつけたのだ。二人で境内に入ると、二時少し前で葬儀委員も揃っていなかったので、近くの古本展覧会を見て時間をつぶしてから再び桑木と訪れると、委員の中に馬場孤蝶や森田草平の顔が見えた。

遺族の列の先頭にいるまり子は、化粧をしていないので色が黒く丈夫そうに見えた。雨雀の目には、とても淋しい葬儀にみえた。会葬者の顔触れも淋しく、いつの間にか芥川龍之介や夏目漱石の葬儀を思い出していた。

ちなみに芥川の告別式の参列者は、七百数十名（「東京朝日新聞」昭和二年七月二十八日）、夏目の時には、千余名（「東京朝日新聞」大正五年十二月十三日）、と記載されている。彼等はほぼ全盛期に亡くなっているので、会葬者が多いのは当然である。秋田は、長江の場合も、彼らと同じくらいの人が集まると予想していたようであるが、少ないのは当然である。しかし、公の場から姿を消して久しい長江にしては、かなり多くの参列者があった。

新聞で長江の訃報を知った日野郡舟場出身の長江と遠縁の三好雅美（当時二十二歳）が駆けつけると、受付がどこにあるかわからないほど、場内は黒っぽいオーバーコートの人たちでいっぱいであった。このころ三好は、全国購買組合連合会（農協中央機関の一つ）に勤めていた。

この三好の証言を裏付けるように、同月十五日の「読売新聞」は、〈馬場孤蝶、森田草平、佐藤春夫氏はじめ文壇その他の会葬数百名盛儀であつた〉（「生田長江氏葬儀」）と伝えている。当時、忌み嫌われたハンセン病に襲われても、毅然として逞しく生き抜いた長江を讃える〈数百名〉の人たちが駆けつけ、読売新聞社の記者の目には盛儀と映ったようだ。

日本評論社の石堂清倫も駆けつけたが、もはや文壇や論壇に縁がなくなった老人たちの姿が目についた。

長江の遺影を飾った祭壇の前には、喪主のまり子を護るように長江縁《ゆかり》の人たちが大勢顔を揃えていた。長江の甥の泰蔵、章美、幸吉、雄吉たち。義弟の亀田輝時。祭壇の傍らにいた着物姿の大柄な佐藤春夫の姿を、三好雅美が目撃している。浜田糸衛が出席したことは、高良真木に話している。その他、伊福部隆輝、赤松月船、野上巌（新島繁）、藤田まさとたちが出席したことは間違いがない。彼らの傍には、平塚らいてうや沖野岩三郎や今東光や大江賢次の姿もあった。大江は、昭和五年に改造社の懸賞小説に応募した「シベリヤ」が二等賞になり、新進作家として注目されていた。

また『生田長江全集』の編集責任者に名前を連ねている近松秋江や徳田秋声や、編集委員の中村武羅夫の姿もあったはずである。そして『生田長江全集』の第一回編集会議に出席し、同編集委員の一人となり、全集の「内容見本」にも推薦文を寄せていた与謝野晶子も出席したに違いない。

鳥取県関係の記事を満載した「因伯」二月号には、〈(長江の)告別式は一月十四日午後二時より本郷帝大赤門前喜福寺に於て盛大に執行され文壇、県の名士多数参列した。〉とある。鳥取県出身の関係者も多数出席したようだ。

ついでに書くと、中村古峡は十一日に弔電を打ち、十三日にまり子宛に香典十円を送っている。仙台に住む阿部次郎からは、長江の死を悼む手紙とともに香典が届き、北越に住む相馬御風からは長文の弔電が届いている。

長江の訃報を聞いた御風の驚きは大きかった。御風は、次の文章を残している。

そこへ一月早々又々生田長江君の訃音を聞いた。生田君は私が早稲田大学を出たと同じ年の明治三十九年に帝大を出た。そして当時私と彼とは好論敵であった。(中略)

その後に於ける生田君の生活や、ニイチエの研究や、佛典の研究等については、今更いふまでもないが、病身の上に夙く夫人に逝かれ、しかも燃ゆるが如き研究心と思索欲とを最後までも把持し了せた彼を思ふと、私は悲壮の感に打たれると同時に、襟を正さゞるを得ないほどの尊敬の念を覚える。(「身辺雑記」『鳥声虫語』)

門弟を代表して佐藤春夫が弔辞を読んだ。この弔辞は、生田家が神奈川近代文学館に寄贈した長江の資料の中に眠っていた。和紙に墨で書いたものであった。

長江先生が／み霊の前に捧く／おん弟子　春夫

苦しみて苦しみて
古のヨブよりもなほ苦しみて
生きたまひけり師の大人は
うつそ身のまなこもあらで
光明をこころに抱き
人みなをあはれと仰せ
身を泣かず人を怨みず
神佛無しとは言はで
智慧のまにまに
生きたまひけり
みたま日日にかがやきながら
おんむくろ日に朽ちたまひ
苦しみて苦しみて
生きたまひけり
苦しみて苦しみて

なほ生きでやはと師の大人は
身を以て教へたまひぬ
み教へはさはにあれども
たまきはる命もて
をしえたまひしみ教へぞいとどたふとき
　昭和十一年一月十四日　おん弟子春夫泣記

佐藤はこの直後、「日本評論」（二月号）に発表した「長江先生を哭す」の中でこの詩を紹介しているが、〈（一句未成略）〉の一行があった。師への弔辞が未完成とは不思議だが、神奈川近代文学館でこの書を目にすると、〈おんむくろ日に朽ちたまひ〉の一行が、〈（一句未成略）〉に当たる。彼は遺族を護るために、ハンセン病を連想させるこの一行を消したのだ。

佐藤は、弔辞を読み始めたが、泣き崩れてしまったという。そのことを浜田が伝えていた。

やがて住職に促されて親族から焼香が始まった。生田幸喜は、生前の長江を思い出していた。十六歳の春から叔父のもとで暮らし始めたが、何不自由ない生活をさせてくれた。今まで自分の見てきた叔父は、一党一派に属する人ではなかった。その態度は、いつの時代でも同じだった。時代に迎合することを潔しとせず、従って時代の波に乗り、寵児になることはなかった。むしろ、好んで時流に逆行し続け、選ばれた少数者の孤独を満喫する風があった。

周囲に促されて幸喜が位牌の前に歩み出ると、ふと位牌に印された〈聖伝院長江棹舟居士〉の戒名が目に入った。その瞬間、幸喜の眼前に悠然とした長江（揚子江）が現れた。向こう岸の見えない黄土色の大河が滔々と流れている。その流れに逆らって、一艘の小舟が川上に向かってゆっくりと進んでいる。悠然として舟を漕いでいるのは、叔父長江だった。


その夜、新宿の安酒場で、呑んだくれている大江賢次の姿があった。

「なにっ、長江を知らんのか長江を、生田長江を！」

酔った大江は、酔客たちを相手に、そんな言葉を何度も繰り返していた。

佐藤春夫は、泣きながら酒をあおって、石堂に依頼された「長江先生を哭す」を書き続けていた。

巷には、藤田まさとが作詞した「明治一代女」や「大江戸出世小唄」が流れていた。


長江の全集は、遺族の強い意向で長江の死の直後に企画された。第一回編集会議に出席したのは、馬場孤蝶、佐藤春夫、与謝野晶子、徳田秋声、森田草平、伊福部隆輝、赤松月船であった。刊行を希望する出版社は二社現れたが、故・岩野泡鳴の三男・岩野真雄の経営する大東出版社に決まった。全十二巻（評論六巻・創作四巻・翻訳二巻）、三月より毎月一巻というハイペースで刊行されたが、五巻（評論三巻・創作二巻）で中絶している。

長江が他界した翌二月、青年将校たちが政府要人を暗殺した二・二六事件が起きている。そして翌年（昭和十二年）の七月、盧溝橋事件が起こり、日中戦争が始まった。このころを境に凄まじい言論統制が行われている。恐らく、当時、当局から危険思想家とみられていた長江の全集をこれ以上出すことは無理であったと思われる。また、そんな空気を敏感に察知して読者も次第に減り、自然消滅のような形で終わったものに違いない。一方の『ニイチェ全集』は、無事最後まで刊行された。

時を同じくして祖国浄化の名のもとに「無癩県運動」が各地で火の手を挙げ、病者たちは各地の療養所に強制隔離されていった。

エピローグ

生田長江顕彰碑（鳥取県日野郡日野町延暦寺）

その後の伊福部隆彦

昭和十三（一九三八）年の初夏のある日。

伊福部隆彦（旧名・隆輝）は、創元社の専務・小林茂の訪問を受けた。

用件は、伊福部が一年前から始めたリーフレット「人生道場」に掲載されている道場言を集めて『生活手帖』という本を出したいという。創元社は一流の出版社である。この申し出は、伊福部を有頂天にさせた。

伊福部の生活は、長江が亡くなるころから次第に追い詰められていた。仕事の注文もなくなり、住居も一戸建の借家からアパートに移った。伊福部が、自分の生活の間違いに気づき、世のため、人のためになる仕事を決意したのは、前年の六月のことであった。その思いが結実したのが、「人生道場」であった。

ところが、出版間際に伊福部は小林から呼び出しを受けた。不安な気持ちを抱えて伊福部が出向くと、小林は次のような話をした。

あの原稿は立派で、自分のところから出したいという思いに変わりはない。ところが、ある方面から忠告があった。

それは、以前伊福部が起こした恋愛事件にかかわるものであった。伊福部は、二人の子どもを先妻に預けて離婚し、恋愛相手と再婚していた。あの本が出て評判にでもなると、偽善者と言って世間から糾弾されるかもしれない。伊福部にその覚悟があるか、という打診であった。小林は、別の名前で出してもいいという。

伊福部は、その話を聞いて、目の前が暗くなった。微笑んでいた運命の女神が、急に背中を向けたような気がした。

伊福部は、迷い始めていた。どうしたらいいのだろう。変名でも出してもらえたら、今の窮乏生活から抜け出せるかもしれない。そんな伊福部の脳裏に、ふっと長江の顔が浮かんだ。そうだ、先生に聞いてみよう。

伊福部は、すぐに生田家に向かった。そして、長江の写真の掲げられている霊前に端坐した。師の写真を見ていると、懐かしさが込み上げてきた。そして衝動的に、

「先生！」

と、呼びかけていた。

「先生、分からなくなりました。私は、私の本名で出すべきでしょうか。それとも出版社の言うように変名で出すべきでしょうか。どうか私のとる道を教えてください」

そう言うと、伊福部は心を静めて長江の言葉を待った。二分、三分、五分、十分、……ゆるやかに時間が流れていった。やがて伊福部の心に、ある決心が湧いてきた。それは、正しく生きるということである。

そうだ、先生はいつも正しく生きていた。私も正しく生きてみよう。損得も運勢も、一切を神にお任せしよう。私は私で正しく生きるのだ。それでいいではないか。変名で出すということは、現在の自分を否定することだ。それでは駄目だ。私の過去は、一度は世間の糾弾を受けねばならないだろう。それなくして私は清浄な身になることはできない。ただ問題なのは、昔の私の罪ではない。今の私が

昔のように間違っているか否かである。そういう意味においては、今は誰にも恥じることはない。……このような思いが、伊福部の心に満ちていた。

「先生！　分かりました。お言葉に従って、私は敢然と闘います」

伊福部は、長江にこう告げると、もう一度頭を下げて霊前を立った。

伊福部に、もう迷いはなかった。まり子に見送られて伊福部が外に出ると、どこまでも続く白い一本の道が見えていた。伊福部はその道を、胸をはって歩き始めていた。

伊福部が、老子研究の大家となり、宗教家への道を進むことなど、まだ誰も知らない。伊福部の頭上には、どこまでも青い東京の空が広がっている。

治療薬の成功

長江が他界した翌年（昭和十二年）の七月に盧溝橋事件が起こり、日中戦争が始まったことは先に触れたが、戦火は次第に拡大し、四年後の昭和十六（一九四一）年には、日本軍がハワイの真珠湾を攻撃し、太平洋戦争に突入していった。しかし、次第に旗色が悪くなり、昭和二十年八月、広島と長崎に原爆を落とされ、同月十五日に敗戦を迎えた。

東大教授・石館守三がハンセン病の特効薬となったプロミンの合成に成功したのは、翌昭和二十一年四月のことであった。病者に夜明けが訪れたのである。

昭和二十五年八月十日の「山陽新聞」に、「不治のライ病が全快　プロミン注射が成功　愛生園に初退院の喜び」の見出しが大きく躍った。昭和二十二年一月二十日からプロミンの治療を受けていた長島愛生園の野上花江（仮名）さんが、全国に先がけ、無菌第一号になったことを報じた。翌日の

「朝日新聞」(大阪版)でも、「ライ患が全治『新薬プロミン驚異の速効』」の見出しでこの朗報を伝えている。この後、多くの元患者たちが社会復帰している。呼び名も、ハンセン氏病からハンセン病へと変わっている。

生田長江顕彰碑

まるで、この時を待っていたかのように、人々が敗戦の痛手から立ち上がった昭和三十年代の初め、長江の故郷に澎湃として長江顕彰の狼煙《のろし》が上った。

その先頭で旗を振っているのが、長江と同じ貝原出身の県政新聞主幹・遠藤一夫(明治四十年生)であった。

遠藤が、「わが町の誇り・生田長江」を発表したのは、昭和二十九年の「公民館報」(二月、三月)であった。続いて翌三十年十二月二十六日には、鷲見まき子作のラジオドラマ「生田長江」がNHK鳥取放送で放送された。

翌三十一年には、仏誕二千五百年を記念して曹洞宗本山は、四月六日から十三回にわたって日本短波放送(NSB)から、長江原作『創作釈尊』を放送劇にして放送している。

火つけ役となったのは、昭和三十二年五月十日に根雨中学で開催された日野郡仏教会主催の岡山県観音寺住職・赤松月船の講演「生田長江の人と思想」と座談会であった。この講演は、同月十七日にラジオ山陰で放送されている。

赤松は、長江の死去と歩調を合わせるかのように昭和十一年二月に仏門に復帰している。やがて教団内で次第に頭角を現し、昭和二十五年には曹洞宗特派布教師を拝命、また翌二十六年には曹洞宗正教師に補任されている。

前年（昭和三十一年）に曹洞宗本山が長江の『創作釈尊』を放送劇にしたことや、日野郡仏教会が長江顕彰に一丸となったのは、教団内で高い地位に就いていた赤松の存在が大きかったためと思われる。ちなみに赤松が、管長に次ぐ顕職の曹洞宗権大教正に補任されるのは、昭和六十年のことである。座談会には、長江の遺族として長江の甥の高橋広寿・前石見村長と、広寿の妹の美乃が出席している。

この催しは大きな反響を呼び、五月二十九日には日野郡社会教育協議会と日野郡仏教会の共同招請で、郡自治会館（根雨）に二十数名が集まり、生田長江顕彰会が設立されている。その際、郷土に顕彰碑を建てるだけでなく、その前に郷土の人々の心の中に記念碑を打ち立ててから顕彰碑を建てることが確認されている。

顕彰会発足の二か月後の七月には、顕彰会によって、長江の昭和十六年に富士書房より刊行された『聖典講話』の復刊（二千部）と、「生田長江の人と業績」の刊行（二千五百部）があった。

この動きは東京に波及し、伊福部が世話役となり、佐藤春夫を会長とする東京長江会が結成された。東京長江会は、前年長谷寺で長江二十周忌の法要が営まれたが、このときの出席者が中心になっている。このころ、佐藤春夫は文壇の重鎮となり、昭和二十三年には芸術院会員に推されていた。その翌年の四月九日には、門下生を中心に春夫の誕生日を祝う「春の日の会」第一回が開催され、彼の死に至るまで続いた。

顕彰会の人々は、著名人に色紙を五枚ずつ依頼し、それを売って顕彰碑の費用の一部にしようと考えた。このころ、長江縁の人たちの多くはすでに鬼籍に入っていた。馬場孤蝶は昭和十五年六月二十二日に逝去。享年七十。与謝野晶子は、その二年後の昭和十七年五月二十九日に逝去している。享年六十三。

伊福部が依頼状を出すと、続々と承諾書が届いた。佐藤春夫からは早々と色紙が届いた。八月十五日までに承諾書が届いた人は、詩人・堀口大学、「青鞜」を創刊した平塚らいてう、「青鞜」の仲間で超人社に起居した富本一枝（尾竹紅吉）、長江の推薦で世に出た詩人で女性史研究家・高群逸枝、長江から仕事を依頼されたことのある作家・尾崎士郎、長江の論争相手の一人であった安倍能成、「反響」創刊号の表紙を担当した画家の津田青楓、長江門に出入りした詩人・川路柳虹、初心会の仲間であった作家・白井喬二、著作家組合で一緒だった歌人・土岐善麿（「東京朝日新聞」が最後まで長江に紙面を提供し続けたのは、当時同社にいたこの人の尽力であったかも知れない）。続いて、東洋大学教授で評論家・村松正俊、作家・浅原六朗、評論家・津久井龍雄、詩人・大木惇夫、詩人・井上康文、作家・中河与一、歌人・中河幹子、作家・細田源吉、作家・細田民樹、詩人・野鳥研究家・中西悟堂、彫刻家・滝川美一、元海軍軍人で部次長で今は道元禅の帰依者・高橋三吉。以上が集まった。これに伊福部を入れて二十四名が確実になったわけである。

八月末に生田長江顕彰会に色紙が届いたときには、さらに増えて三十三名になっていた。作家・川端康成、作家・吉川英治、初心会の仲間であり劇作家で童話作家・秋田雨雀、長江の「長沢兼子」を上演した演劇学者・飯塚友一郎、独文学者で評論家・小宮豊隆、評論家で政治家・高津正道、洋画家・伊藤四郎、洋画家・寺田政明、彫刻家・渡辺義知の九名が増えていたのである。この勢いは、まだまだ続きそうだ。

昭和三十二年八月二十六日から三十日まで、鳥取県の五地区（鳥取市、八頭郡、倉吉市、米子市、日野郡）で伊福部の講演会と色紙販売会が開催されている。米子市ではかつて初心会や冬日会のメンバーであった角田健太郎も講演に参加し、根雨では角田と伊福部の対談も行われている。

長江の名前と業績は、またたく間に県下に知れ渡っていった。

そして、生田長江顕彰碑が長江縁《ゆかり》の延暦寺の境内に建立され、長江の遺族を招いて除幕式が行われたのは、翌昭和三十三年十一月一日のことであった。除幕式は、郡内外の来賓百名、それに大勢の町民が参加して盛大なものとなった。

遺族は、長江の娘婿となった生田幸喜と、その息子の夏樹、甥の生田雄吉、高橋広寿が出席し、小学校二年の長江の孫の夏樹の手によって除幕された。

白い幕が落とされると、花崗岩の万成石をT字型に組んだ顕彰碑が現れた。その瞬間、来会者から歓声が上がったことを当時の新聞は伝えている。

顕彰碑の上の部分の右側には長江の顔が、左には〈一の信条〉が、そして下には佐藤春夫の文案になる長江の略歴が刻まれていた。この碑のデザインと似顔絵を担当したのは、伯耆町二部出身の京都芸大教授・辻晋堂である。

佐藤春夫は出席を楽しみにしていたが、体調を崩してしまい断念するほかなかった。新幹線もない当時は、鳥取県まではとても遠かったのである。長江の県外の門弟では、伊福部隆彦と赤松月船が出席した。

伊福部は、佐藤の挨拶を代読し、赤松は自作の詩を朗読した。二人の胸に去来するものは何であったろうか。

佐藤春夫が、吉川英治らとともに第二十回文化勲章を受章するのは、この二年後の昭和三十五年十一月三日のことである。当時朝日新聞社の学芸部長で、のち評論家として活躍した扇谷正造が、のちの座談会でこのころの春夫の談話を伝えている。

佐藤春夫さんが文化勲章をもらったですね。そのとき僕は学芸部長で、佐藤さん朝日新聞に小説を連載しておったんです。お祝いしなければとデスクと三人で飯を食ったんです。

そうしたら、佐藤さんしみじみといいましたね。僕が今日あるのは、生田長江先生のおかげだ。先生のところに若いころ出入りしたんだけど、「おまえは怠け者だから、朝起きたら必ず一時間机に向かえ」といわれました。それをずっとやってきました。第二に、私の家は紀伊藩の藩医で、屋敷が広くて鉄道の駅が二つもあった。先祖代々医家だが、儒者とか、書家とか、出ている。その血が僕にある。先祖の血と、生田長江先生のおかげで今日を成したんですというんです。そのとき僕はしゅんとしましたね。(『おもろい人やなぁ』)

春夫の晴れ姿に、天上の長江は大きな拍手を送っていたはずである。

それから四十六年後の平成十八(二〇〇六)年の晩秋、延暦寺を訪れた私は、境内にあるこの顕彰碑の前に立った。碑は、本堂に向かって左手にどっしりと建っていた。そのとき、この碑を建立するために尽力した人たちの名前が私の脳裏に浮かんだ。

生田長江顕彰会役員

会長　川上武一郎(日野郡社教会長)/副会長　鳥居真隆(日野郡仏教会長)/同　井上健治(鳥取県

教育委員）／会計　飯田竺仙（根雨延暦寺住職）／会計監査　和田秀腎　徳岡依子／常任幹事　米積昌腎　門原元康　佐藤直吉　川崎仁　清水理夫　安達三二　田中武志　近藤久子　遠藤一夫／顧問佐藤春夫　伊福部隆彦　赤松月船（中央の子弟関係）　遠藤茂（鳥取県知事）　木島公之（鳥取県議会議長・日本海新聞社長）　米原穣（鳥取県教育委員長）　涌島義博　角田健太郎（郷土の子弟関係）　織田収（ラヂオ山陰社長）　山本晴人（山陰日日新聞社長）　近藤寿一郎　入沢廉　木下太郎　入沢輝　入沢仁

　東京長江会
会長　佐藤春夫／常任幹事　伊福部隆彦　松本昇（弓浜夜見出身、出版ニュース社専務）　木村彦三郎／幹事　堀口大学　村松正俊　飯塚友一郎　小牧近江　長谷寺住職

この碑は、苛酷な宿命に抱かれながらも、不撓不屈の精神で乗り越えていった長江を敬慕する彼等の心が形になったものだ。
そんな彼等も、次々とあの世に旅立って行った。
佐藤春夫　昭和三十九年五月六日逝去。享年七十二。
伊福部隆彦　昭和四十三年一月十日逝去。享年六十九。
赤松月船　平成九年八月五日逝去。享年百。

生きとし生ける者は、いつの日か必ずこの宇宙を創設した神の懐に帰っていく。
そして、顕彰碑だけがこの世に残された。長江死後、半世紀を越える長い間、愚かなハンセン病差

別のために、彼の生涯の全貌が語られることはなかった。しかし、差別の消えた今、彼の生涯は、末長く宿命のために自分の生涯を諦めた人や、病者や障害者を励ます灯台のような役目を果たすことであろう。

あとがき

最後までお読みくださいまして、誠にありがとうございました。

私が生田長江の名前を記憶にとどめたのは、今から三十年ほど前のことである。偶然立ち寄った、わが静岡県出身の作詞家・藤田まさとの「遺品展」の会場で購入した藤田の自伝『わが青春』を読んでいるとき、長江は藤田の師として登場した。

しかし、何度も読むうちに、私は藤田と長江の関係が心に引っかかってしまった。藤田は最後のほうで、長江はよく弟子入り志願の手紙をもらうが、〈詩や文学は、自分の生活の中から、自分の目と心で見い出すもの〉という返事を出していると書いていた。師などもつ必要がない、と言っているようだ。ところが、『わが青春』の十七ある見出しの中に「終生の師は生田長江」とあった。私は先の発言とこの見出しに大きな矛盾を感じた。見出しのような強い思いを抱いていたのなら、なぜ師をもつことの大切さを書き残さなかったのか。

その秘密がわかったのは、それから十数年後のことである。私は平成八（一九九六）年、春秋社の神田明社長のご好意により『火だるま槐多』という作品を刊行したが、その直前に顔面麻痺になり、顔の右半分が大きく歪んでしまった。生きる意味を見失った私は、沼津出身のハンセン病の歌人・明石海人の生涯をたどる旅に出て救われたが、その取材の過程で、島比呂志著『「らい予防法」と患者の人権』（社会評論社）に収録されている「宿命への挑戦――生田長江の生涯」を読んだとき、彼がハンセン病者だったことを知った。藤田が隠していたのは、長江の病気であった。

ただ島の作品は、生田がハンセン病者であったことを証明するのが主眼であるように思われた。彼はいかにして病気を乗り越えることができたのか。誰が支援したのか。長江の全体像を知りたいと思ったが、このころはまだ機が熟していなかった。私が明石海人を書いたころは、一九六〇年以降の国の隔離政策は違法という熊本地裁の判決が出る前で、ハンセン病に対してまだかなりの差別や偏見が残っていたように思う。取材先で怒鳴られたり、心ない人から出版を止めるように真夜中に何度も忠告の電話が入ったりして、体調を崩し、私自身ボロボロに傷ついていた。もうハンセン病の取材は止めようと決めてもいた。

その後、私は啄木の生涯をたどる旅に出たが、長江は啄木の友人として登場した。何だか、長江が私を待っていてくれたような気がしてならなかった。歴史の彼方に埋もれている巨人を掘り起こすのは、そのことに気づいた私の責務ではないかと思った。

かつて私は静岡工業高校（現・科学技術高校）の土木科を卒業すると、全国的な規模をもつ地質調査コンサルタント会社・応用地質調査事務所（現・応用地質）の岡山事務所に派遣され、中国五県や四国地方を股にかけて駆け巡っていた。ダムの候補地点を調査する仕事が多かったが、各地で多くの人たちにお世話になった。そんなこともあって、私が鳥取県出身の長江の評伝を書くということは、あのころお世話になった人たちへの恩返しにもなるはずだ。

そのころ、私は詩を書き始めていた。あるとき、そのうちの一編がある雑誌に掲載され、全国から百通ほどの手紙が届き、詩人の友人が一挙に増えていった。その友人の一人から岡山在住の作家・堤玲子さんを紹介され、彼女の自伝的な作品、悪い遺伝を背負って生まれた主人公が、ボロボロに傷つきながらも真実の愛に出会うまでを描いた『わが闘争』を読み、強い衝撃を受けた。二十一歳の秋、父が病気で倒れたのを機に帰郷したが、このとき、私は作家を志した。堤さんの『わが闘争』のような作品を書いてみたいと思ったのである。

その夢を叶えることができたのは、四十五歳のときであった。『火だるま槐多』の原稿を春秋社の神田社長に渡したところ、氏は原稿を同社編集者の松本市壽氏に預けた。のちに彼がこんなに誉めたのは初めてなので、彼の目を信用して出版を決断したと、神田氏から聞いた。この人が誉めてくれなかったら、私が作家として世に出ることはなかった。ちなみに松本氏は、二冊目の『青嵐の関根正二』の編集もしてくださった。松本氏も鳥取県日野町出身で、氏への恩返しにもなるはずだ。そう思って、長江の評伝を書く意欲を強くしたのである。だがその氏も平成二十二年の六月ごろ他界されたことを、同年の暮れ、読者からの連絡で知った。

私の父は、五十八歳で亡くなったが、私もそれ以上を生きるのは無理だろう。本書の元となったこの作品を置き土産にしてこの世におさらばしよう。そんな思いを抱いて長江と評伝に取り組み始めたが、完成してもすぐに単行本になる可能性は低かったので、冊子にして毎月一冊、九冊の私家版をつくって発行することにした。見本をいくつかの新聞社に送ると、長江の故郷、鳥取県の新日本海新聞社の西田ちぐみ記者より取材を受け、その直後の「日本海新聞」(平成二十年九月十一日)に「日野出身の文芸評論家・生田長江　生涯明らかに」「静岡県の作家荒波さん　初の本格評伝」「ハンセン病との闘いも」の大きな見出しとともに紹介された。

冊子を発表したあと、さまざまな動きがあった。新聞に掲載された日、最初に注文を下さり、本文で紹介させていただいた貴重な証言を伝えてくださった長江の孫弟子である池岡靖則さんの情熱は凄まじかった。何だか、伊福部隆彦の霊があの世から甦り、池岡さんに乗り移って采配しているのではないかと思ったほどだった。教職をされていたころの伝手を頼り、あちこちの図書館や学校を廻って冊子の購入を薦めてくださったり、「日本海新聞」に四回（平成二十一年七月五、十二、十九日、八月二十六日）にわたって書評を書いてくださったりした。おかげでこの冊子は爆発的に売れ始めたのだった（それまでは、ほんの僅かであった）。

一方、「日本経済新聞」（「文化」欄、平成二十一年七月十七日）や、「大法輪」（同年十一月号）が紹介記事をのせてくれたり、「中外日報」も三回（平成二十二年元旦、一月七、十四日）にわたって連載記事を書いてくれたりするうちに、波紋は全国に広がっていった。

このたび、白水社編集者の和気元氏とのご縁を得て単行本になり、さらに多くの読者を獲得することになった。作品が冊子発表時と大きく変わったのは、和気氏のご指導のおかげである。和気氏との出会いがなければ、おそらくこの作品が単行本になることはなかったと思う。感謝の気持ちでいっぱいである。

今春から来春にかけて、長江生誕百三十年の記念の年である。この機会に、長江が一人でも多くの人に知られることを願ってやまない。

ここまでくるのに本当に大勢の人たちのお世話になった。感謝の気持ちでいっぱいである。一つの作品は、時代が生み出すものだと聞いたことがあるが、この作品を書きながら、何度もそのことを思ったのだった。

当時の住所から現在の住所を割り出すのは、東京都の管轄する各区役所や、千代田区は今はなくなったが、千代田区立四番町歴史民俗資料館の担当者に依頼した。

また全国の図書館にもお世話になった。大井川のほとりの山間の町に住む私がこの作品を書けたのは、図書館のおかげである。鳥取県立図書館郷土資料課の渡邊仁美さんには、初めから終わりまでお世話になった。また、静岡県立中央図書館には全面的な協力をいただいた。たくさんの本を他館から借りていただき、数多くの質問に答えていただいたことをここに記しておきたいと思う。

本文に書けなかったことで嬉しいことが二つあった。一つは、長江の門弟の伊福部隆彦は、長江亡き後、「人生道場」を主宰し、長江会を開催し、そのかたわら膨大な著書を著し、直接、間接に多くの悩める人たちに生きる指針を与え続けたが、ご子息の高史氏が父の仕事を引き継いでいるのを知ったのは、大きな喜びであった。彼は折に触れて、「人生道場」誌上で私の作品を取り上げてくださり、同時に裏表紙に広告を無料で掲載してくださった。長江の教えが、伊福部親子を通じて今を生きる人々に指針を与え続けている。そのことに瞠目せざるを得なかった。

嬉しいことのもう一つは、平成十八年の晩秋、私が日野町を訪れたとき、長江が鳥取県主催の「とっとり文化芸術探訪」に選ばれ、いくつかの行事の真っ最中であったが、そのときに中心になった鳥取県在住の河中信孝さんを会長に、飯田頼昭師、大野秀氏、松田暢子さんたちが中心になり、新たに「白つつじの会　生田長江顕彰会」を結成して、長江の顕彰運動に乗り出したことである。根雨駅前に大きな長江の案内板を設置したり、長江を紹介する冊子やＤＶＤや長江の本の復刻を作成したり、長江縁《ゆかり》の延暦寺でセミナーを開く等の活動をされている。彼らには、たくさんのご教示や資料をいただいた。特に日野町図書館館長の松田暢子さんにはこの六年間、親身になって資料探索の手助けをしていただいた。本書が、彼らの運動に役立つことを願ってやまない。

嬉しいことがあれば、悲しいこともあった。長江最後の門弟の浜田糸衛さんは、平成二十二年六月十三日に亡くなられた。享年百二。

本文では彼女の戦前の足跡しか紹介できなかったが、彼女の戦後の活躍は目覚ましかった。昭和二十四年五月に結成された婦人団体協議会の中心人物の一人として活躍し、昭和二十八年四月に結成された婦人団体連合会には、平塚らいてうを会長にひっぱり出し、自身も事務局長に就任している。そして、直後の六月にコペンハーゲンで開催された第三回世界婦人大会に政府の反対を押し切って参加し、その後、ベルリン、モスクワ、北京等、二か月の旅を数名の若者と共にしている（この中に通訳として参加した高良真木さんもいた）。帰国後、全国で報告会が開催され、戦後初めての女性の国際連帯の波は全国津々浦々まで広がっていった。しかし、この後体調を崩し帰郷。そして、快復した昭和三十一年に上京して高群逸枝に師事して文学活動を再開。昭和三十五年に童話『野に帰ったバラ』を発表。その後、さまざまな婦人、平和運動の要職を務めながら、昭和五十五年、童話『豚と紅玉』、昭和六十二年、童話『金の環の少年』、平成七年、童話『あまとんさん』を発表している。

私は総て読んだが、どの作品にも詩情が溢れ、強く心に響くものがあった。そして、長江がいくつもの険しい岸壁をよじ登り、遥か彼方に見たキラキラと輝く生命の海が、浜田さんのどの作品の中でも燦然と輝いていた。このとき私は、浜田さんがまぎれもなく生田長江の愛弟子だということを再認識させられたのだった。

まるで浜田さんの後を追うように、高良真木さんも翌平成二十三年二月一日に亡くなられた。心よりご冥福を祈りたい。

それからハンセン病についても書いておきたい。明石海人を書いているときには、それまで遺伝病だと信じられてきたハンセン病が、伝染病だと実証されたという文献ばかりであったが、先の島の作品を読んでいるとき、〈昔は遺伝病・血統病ということで宿命的であったが、現代医学でも免疫異常の人だけが発病するという点では、やはり宿命的ということになる。〉とあった。

やはり、誰でも感染すれば発病するというわけではないということが、近年解明されてきたようだ。このあたりのことを誰かに教えてほしいと思ったが、私にハンセン病医の知人はいなかった。そんなある日、「サンデー毎日」が、ハンセン病医の並里まさ子氏が埼玉県に医院を開業したことを紹介していた。そこで、彼女宛に、先の疑問の答えとなる書籍の紹介をお願いする手紙を書くと、和泉真蔵著『医者のぼくにハンセン病が教えてくれたこと』（シービーアール）を紹介してくださった。

和泉氏は、〈らい菌はきわめて病原性が弱いために、例え菌が感染しても正常な免疫応答能がある人では共生状態にとどまり、発症することはない。別の言葉でいうと、ハンセン病を発症するのはらい菌感染者の一部であり、ハンセン病は菌の感染と病気の発症の間に著しい乖離がある疾患である。〉（『同書』）と書かれていた。

つまり、〈遺伝的素因が発症に無視できないほど強く関与する感染症である〉（『同書』）。そのため、この病気は遺伝病でもあり、伝染病でもあったと結論づけている。当時長江の傍にいた人たちは、このことを見抜いていたと思われる。まだまだわからないことの多い不思議な病気であるが、われわれは完治する病気になったことを忘れてはならない。

先に触れたように平成八年の春、私は顔面麻痺になり、生きる意味を見失い、無我夢中でハンセン病の歌人の明石海人を書いて救われ、このたび同じハンセン病の文士・生田長江を書き終えた。この十六年の間に、私の意識は大きく変わった。当初、自殺を考えるほど苦しんだ顔面麻痺であったが、今は、自分にとって大きな財産であったとしみじみと思えるようになった。そのことを教えてくれた二人には、感謝をしてもしきれないほどである。と同時に、作品発表を快諾してくださったご遺族にも改めて感謝申し上げたいと思う。

今年の一月二日、私は数年ぶりに鎌倉の長谷寺の生田家の墓前に赴いた。境内は数年前と同じように多くの人で賑わっていたが、墓地はあの時と同じように静けさの中で眠っていた。「長江さん、おかげさまであなたの評伝が完成し、刊行が決まりましたよ。見守ってくださり、ありがとうございました」。そう報告すると、何だか長江をはじめとする生田家の人たちの嬉しそうな顔が見えたような気がした。立ち上がると、あの時と同じように、前方の木立の間からキラキラと輝くライトグレーの由比ガ浜の海が目に入った。

最後に、この作品の道案内をしてくれた伊福部隆彦の話を紹介してお別れしたいと思います。

「先生亡き後、必ず一年に一度くらい何か名目をつけて、佐々木金之助、赤松月船、古田拡と私の四人が集まって一杯傾けるのが常でした。佐々木は名にし負う巨人軍代表、赤松は曹洞宗の高僧、古田は和光大学の文学部長と、それぞれ専門は違って、そこに共通するものは何もありません。

しかし、四人で無駄話をしているうちに、いつも先生を思い出しているのです。先生の慈愛を反芻的に味わう楽しみを持つのです。何時の間にか、そこにいるはずのない先生がおられるのです。先生に会いたいために、四人が集まったのかも知れません。

先生に我々は何を教えていただいたろうか。我々に共通する第一は、高邁な精神だったと思うのです。けれども、これは必ずしも長所だけではありませんでした。そのためにどの方面に出ても、主流にはなれず、何時も少数派で批判派で、冷飯食派でもあったのです。

けれども私は、先生と出会えて幸せでした。逆境に立った時、先生のことを思い出すと必ず勇気が湧いてくるのです。皆さんも、絶望の淵に立った時、ぜひ先生のことを思い出して下さい。きっと生きる勇気が湧いて来ると思います。そして、そのついでに先生と生きた私たちのことも思い出していただけたら幸せです。」(「生田学校の精神其他」)

それでは読者の皆さん、またお会いしましょう。

平成二十四年十月

荒波　力

生田長江年譜

この年譜は、長江自身の年譜や研究者及び門弟たちの年譜を参考にして作成したものである。論文は、主なものを入れた。最後の上京となった昭和五年からは、確認できたものすべてを記入している。長江の著書は確認できたものすべてを記入した。著書は、『近代文芸研究叢書第四十巻』（昭和女子大学近代文化研究所）所収の「著作年表」と『現代日本文学大系40』（筑摩書房）収録の「著作目録」を基にしているが、今回取材途上で見つかった著書は、＊印で示している。
なお引用した長江自身による年譜や資料等では多くが「数え年」で記されているが、本書では基本的に満年齢で表記した。

明治十五（一八八二）年
三月二十一日、父・喜平治、母・かつの三男として鳥取県日野郡貝原四番屋敷に生まれる。（戸籍四月二十一日）
兄二人、姉一人の末子。御大師様の御縁日に生まれたので、祖父・文八が弘法大師から「弘」を、父の喜平治から「治」を取り弘治と命名。

明治二十二年　七歳
四月、一里ばかり離れた武庫簡易小学校に入学。

明治二十三年　八歳

明治二十四年　九歳
一月、根雨簡易小学校に転校。四月、根雨尋常小学校第三年級に編入。

秋、日野郡高等小学校に入学。

十一月二十五日、鳥取県日野郡根雨村大字貝原村、生田卯平の養子として入籍。

明治二十八年　十三歳

高等小学校卒業後、将来の方針を定めかねて百姓の真似事をしたり、延暦寺の松本大典和尚に漢籍の講義を受けながら一年半ばかり過ごす。

明治二十九年　十四歳

三月十八日、養子離縁につき復籍。四月三日、祖父・文八が死去。十二月、次兄・貞二郎に呼ばれて上阪。大阪工業学校に入学の予定であったが、願書受付の期日を十日過ぎていたために断念。数学を数理義塾に、英語を次兄に教わりながら中学への編入試験の準備をする。熱心なキリスト教徒の次兄の感化でユニバーサリスト教会に通う。

明治三十年　十五歳

五月、桃山学校第二学年に入学。

明治三十一年　十六歳

秋、ユニバーサリスト教会に於いて、牧師・吉村秀蔵に依って洗礼を受ける。このころ、兄の貞二郎が上京。一人になった弘治は寄宿舎に入り、日記を付け始める。この前後から徳富蘇峰をはじめ、民友社同人の著作を愛読し始め、次いで内村鑑三の物をむさぼるように読み始めた。

明治三十二年　十七歳

四月上京、青山学院中学部第五学年に編入。教師に和田正幾、岡田哲蔵、服部広太郎がいた。級友には、後の印度哲学者・木村泰賢、野球で有名になった橋戸頑鉄（信）がいた。秋の文化祭に招かれた徳富蘇峰に、変節の言葉を投げつける。（藩閥政治を批判してきた蘇峰が、松隈内閣が出来ると内務参事官に就任したため）十月十日、祖母きよが死去。このころの夢は、政治家、新聞記者、数学者、一般思想上の大偉人等であった。

明治三十三年　十八歳

四月、中学卒業。進路を、第一高等学校の文科か理科かと迷うが、願書提出の直前に文科に決める。九月、一高寄宿舎東寮八番に入り一年を過ごす。同室に後の東北帝大の大類伸、東京帝大の呉健、歌人で宇都野小児科病院長の宇都野研がいた。入学時の成績順位は文科四十一名中十八番。

明治三十四年　十九歳

このころ、清沢満之の発行した「精神界」を読んで大きな感化を受ける。九月、「新声」懸賞文募集の論文の部で一等か。二年進級時成績順位は十八番。十二月、「新声」に「無智の安立」掲載される。この一高時代、医師の診断を受け自らのハンセン病（旧称癩病）を自覚か。

明治三十五年　二十歳

一月、「学燈」が「十九世紀に於ける欧米の大著述」の学者たちのアンケートを掲載したが、マルクスの『資本論』とニーチェの『ツァラトゥストラ』の両方を挙げている人はいなかった。そこで長江は、この二つの国を併合した第三国を造ろうという大望を抱く。三月、「新声」に「突飛なる文士生活論」が掲載される。四月二十八日、放課後、五島駿吉、森田草平、中村古峡、生田、栗原古城（元吉）の五名が五島宅に集まり、夕づゝ会を結成し、回覧雑誌「夕づゝ」発行を決める。五月、「夕づゝ」第一号を発行（三十六年一月までに五号を出す。三、四号のみ確認されている）。文学を真面目にやろうとするきっかけになる。九月、三年進級時の成績順位は十九番。この年、栗原古城に伴われて馬場孤蝶を訪ね、以後師事。同じころ、森田草平の紹介で与謝野寛、晶子夫妻を知り、「明星」に三十六年から評論、美文、翻訳等を発表。

明治三十六年　二十一歳

一月十七日、夜五時より生田宅にて「夕づゝ会」の新年会。二月十八日、五島宅の拡張「夕づゝ会」に十三名が集まり、「紫濤会」と改名。紫濤会の「海原」第一号発行。四月一日、森田草平が「文章倶楽部」の第二回懸賞小説に森田二十五紘の名で応募した「恋の曲者」が第三等に入選。本郷江知勝にて五島、栗原、中村らと森田を囲んで祝賀会を開く。「海原」第二号発行。七月、一高を卒業。卒業時の成績順位は二十五番。八月、『成功の福音』*（栗原元吉との共著）内外出版協会刊。六月、このころ小石川表町に住んでいた（久松学舎か）。

九月、東京帝大哲学科に入学。ケエベル、村上専精、森槐南、姉崎正治の講義を受ける。このころより金港堂に関係し『社交辞典』の編纂に協力する。この年の秋、「夕づゝ会」五人に川下江村と辻村黄昏を加え、「花雲珠」第一号を出す。「花雲珠」の命名は与謝野寛である。冬、「花雲珠」第二号を出す。

明治三十七年　二十二歳

二月七日、本郷丸山福山町四番地の森田草平の下宿（樋口一葉旧居）で「花雲珠会」主催の一葉会を開催。与謝野夫妻、馬場孤蝶、上田敏らも出席。このころ、伝通院の裏手の藩の寄宿舎・久松学舎に住む。四月頃、「花雲珠」発行（第三号か）。上田敏の紹介状を携えて森田と共に坪内逍遥を訪ねる。この出会いが縁で、早稲田大学の図書館への出入りを許され、大陸の新しい思想書や文芸書を読む。帰朝した夏目漱石の講義を聞く。その後、訪ねる（あるいは翌年冬か）。九月、与謝野晶子が「明星」に出征中の弟への気持ちを歌った「君死にたまふこと勿れ」を発表して大町桂月から非国民と非難される。この騒動は与謝野寛と平出修が談判に行き終息を見るが、生田も立会人として参加。

明治三十八年　二十三歳

大塚保治を顧問にして校内に美学会を立ち上げる。会員に一年後輩の阿部次郎がいた。冬、「青春」執筆中の小栗風葉を訪ねる。この後たびたび訪ね、風葉の妹の俊に恋するが失恋。十二月三十一日、米子で弁護士をしていた次兄・貞二郎が急性肺炎で死去。

明治三十九年　二十四歳

一月、上田敏、馬場孤蝶らと共に「芸苑」を創刊。このころ、本郷台町の崖の上の環翠館という下宿に住む。三月、「芸苑」三月号に発表した「風葉論」で文壇の注目を集める。このとき初めて「長江」の号を使うが、上田敏から贈られたものである。五月六日、新詩社小集会に出席（このときの写真が「明星」六月号に掲載）。七月、東京帝大哲学科の美学科を卒業。卒業論文は「悲壮美論」。卒業と同時に成美女学校の英語教師となる。同僚に相馬御風がいた。十月十四日、新詩社小集会に出席。上田万年の口添えで佐々醒雪の「家庭文学」の編集を助ける。この年の秋より「芸苑」の編集を任せられる。

明治四十年　二十五歳

一月、芸苑社講演会開始。三月、「家庭文学」の編集を辞す。このころ、真山青果を知る。二十二日、大町桂月と松本道別の主催する「第八回文芸講演会」の講師の一人となる。四月、鳥取県日野郡米原村の亀田平重の三女藤尾と結婚。与謝野寛・晶子の家（千駄ヶ谷村字大通五四九番地第四萩の家）の隣家に住む。五月、「芸苑」廃刊。六月、閨秀文学会開始（夏から秋ごろ一旦廃止、しばらくして金葉会を発足）。翻訳『読書の趣味前編』内外出版協会。七月、翻訳『読書の趣味後編』内外出版協会。十月十二日、生田と森田で「故川下文学士紀念文芸講演会」を主催し、入場料を遺族に寄贈。翻訳『読書の趣味合本』内外出版協会。十一月、『草雲雀』（森田、川下との共著）服部書店。『文学入門』新潮社。十二月、『明治時代文範』博文館。

明治四十一年　二十六歳

三月八日、第一回成美講演会開催。（毎月一回）長江は「詩と自然主義」講演。「自然主義論」（「趣味」）発表。森田草平と平塚明（後のらいてう）が塩原情死未遂事件を起こしたため、その後始末に奔走。二十八日、六時会の講演会で「男女二人のために論ず」を講演。『中学英文法講義』*（生田、星野久成、森田共著）東華堂書店。四月十六日、上野精養軒で開かれた二六新聞社主催の文士招待会に出席。第二回成美講演会開催。長江は、「芸術と天才」講演。五月十七日、新詩社短歌会出席。六月、朝報社に入り「万朝報」の一面記者となる。このころ、金曜日の夜、生田家で与謝野夫妻、河井酔茗たちに英語の講義を始める。八月、本郷区千駄木林町一九三に転居。漱石の推薦を受けて『モルモン書』の翻訳に取り組み、翌年の一月までかけて完成させる。九月、『外国文学研究法』新潮社。秋、生田春月入門。十一月、「明星」百号で終刊。長江は「ニイチェ如是説」発表。長江の「明星」に発表した作品数は十九。『実用いろは引和英新字典』（和田垣謙三・星野久成との共著）東華堂書店。十二月、朝報社を退社。

明治四十二年　二十七歳

四月、成美女学校が閉鎖となり教職を辞す。十七日、新潮社での「新文壇」懇話会に小栗風葉、徳田秋声、馬場孤蝶らとともに出席。六月、生田春月帰郷。七月ごろ、ニーチェの『ツァラトゥストラ』の翻訳に取り組む。

漱石や鷗外の教示を得て、一年半かかる。加藤朝鳥、みどり夫妻の結婚式の仲人役を務める。八月十日から月末まで、石井柏亭、与謝野寛と共に木本（現・熊野市）、新宮の講演旅行に出かけ、新宮で中学生の佐藤春夫と出会う。秋、再び生田春月入門。佐藤春夫上京して数日生田家に泊まる。

明治四十三年　二十八歳

春、佐藤春夫上京して入門。十日ほど生田家に泊まった後、近くの鷗外宅前の下宿に入る。九月、佐藤春夫慶應塾大学文学部予科に通い始める。それからは級友の堀口大学と共に生田家を訪れている。『英語独習法』新潮社。秋、一高文芸講演会の講師に招かれる。十一月二十四日、三田文学秋季講演大会の講師に招かれる。

明治四十四年　二十九歳

一月、『ツァラトゥストラ』新潮社。二月、『新叙景文範』（「作文叢書第五編」）新潮社。三月、『ニイチェ語録』玄黄社。五月、「新小説」懸賞文芸・「小論文」の選者となり一等に佐藤春夫の作品を選ぶ。「小論文」の選者は大正元年十二月までに十一回務める。六月ごろ、超人社・本郷区根津西須賀町二番地に転居。九月、長江の勧めで平塚らいてうが「青鞜」を創刊。「青鞜」の命名は長江である。『トルストイ語録』玄黄社。十一月四日、上野精養軒で開催された与謝野寛の渡欧送別会で鷗外、馬場孤蝶と共に挨拶。

明治四十五年・大正元（一九一二）年　三十歳

一月三十日、鳥取県出身の詩人・高浜長江の葬儀が青山学院の講堂であり、長江が追悼演説をする。二月九日、三田文学春季講演大会の講師に招かれる。『最近の小説家』春陽堂。二月、「夏目漱石氏を論ず」（「新小説」に発表）。五月ごろ、演説研究会を主宰（毎週金曜日の夜、麴町中六番地の教会で会合）。六月二十八日、堺利彦・高島米峰発起の「ルソー誕生二百年記念講演会」に招かれて講演。夏、茅ヶ崎に避暑に出かける。この夏、青鞜社の人たちと撮った写真が「青鞜」九月号に掲載されているが、茅ヶ崎への避暑は、毎年の恒例行事であったと思われる。

大正二年　三十一歳

一月四日、大杉栄と荒畑寒村が開催した「近代思想」の第一回会合に馬場孤蝶と共に招待される。八日夜、新佛教同志会の講話会が神田学士会館で開催されたが、長江は「信仰の告白」を講話。翻訳『死の勝利』新潮社。二月二十五日、青年会館で開催された青鞜社第一回講演会で講演。三月十一日、野上豊一郎と沼波瓊音らの主催する自由講座始まる。長江も講師の一人として活躍。十六日、新真婦人会主催第一回婦人雄弁会を神田橋和強楽堂に聞きに行く。二十七日から五日間、上山草人たちの近代劇協会が鷗外訳の「ファウスト」を上演して大当たりをとったが、稽古中、長江はたびたび出向いて「ファウスト」について語っている。このころより彼等と交遊。四月一日、超人社に同居していた尾竹紅吉の屛風絵「枇杷の実」が第十三回巽画会で一等になったので、展覧会場の上野公園・竹ノ台陳列館に出かけて総見。六月、翻訳『サラムボウ』博文館。十月、『文学新語小辞典』新潮社。同居していた佐藤春夫が超人社を出て行く。この前後に尾竹紅吉も実家に帰る。晩秋に生田春月も出て独立。十月二十二日、長女まり子生まれる。二十一日に妻・藤尾を入籍。十一月、『自由講座叢書第一編*』(生田他七名、生田は、サラムボウ)自由講座発行所。

大正三年　三十二歳

三月十四日、三河屋にて「反響」創刊記念会を開催。十七名出席。翻訳『僕の腕白』博文館。四月、森田草平と共同で「反響」創刊。『新文学百科精講(前篇)』(島村、相馬、生田ら六氏共著)新潮社。五月十五日、三河屋にて反響社主催・安藤現慶歓迎晩餐会。十二、三名出席。翻訳『「わが生活より」第一所作と真実』内田老鶴圃。このころ、中村古峡と青年学芸社を興す。六月、「反響」第二号は森田の小説「下図」のために発禁処分を受ける。七月、翻訳『死の勝利』青年学芸社。八月、翻訳『カルメン』青年学芸社。翻訳『イリアッド』青年学芸社。二十四日、隠岐に向かう(藤尾の次姉の秀野が隠岐に嫁いでいるが、この関係か)。九月十三日、帰京。翻訳『アンナ・カレニナ*』新潮社。このころ、馬場孤蝶や安成貞雄らと文芸通信社を設立し、本社を本郷浅嘉町に置く。十月、翻訳『ファウスト第一部』青年学芸社。翻訳『ファウスト第二部』青年学芸社。翻訳『サロオメ』植竹書院。十一月、明治から大正初期文学の古典的名作を選択した新潮社の「代表的名作選集」全四十四編の第一編、国木田独歩の『牛肉と馬鈴薯　外数篇』が刊行されているが、長江は島村抱月、相馬御風、中沢臨川とともに編纂者を務めている。第四十四編は、大正十五年刊行。十二月四日、日月社にて反響社

懇話会開催。『芸術家と芸人』日月社刊。『文芸評論』日本書院。

大正四年　三十三歳

一月、翻訳『ニイチェ超人の哲学』天弦堂。二月、このころ、安倍能成と社会と個人の関係について論争。二十一日、東京ローマ字会主催・第三回文芸講演会に招かれて講演。翻訳『罪と罰』（生田春月との共訳）植竹書院（これは名義貸しの本である。この本はのち、三星社出版部に引き継がれている。大正十年三月で二十版の同書が、日本近代文学館に所蔵されている）。三月二十五日投票の第十二回衆議院議員に立候補した馬場孤蝶の後援会を作り、応援演説をする（二十票で落選）。一週間広島に行く。帰京後、京都に出かけ衆議院議員選挙に立候補した与謝野寛の応援演説をする（九十九票で落選）。四月中旬より『ニイチェ全集』翻訳に取り組む。四月二十九日、夫妻で巣鴨村に住む岩野泡鳴を訪ねる。五月十五日、神田青年会館で開催された新真婦人会の「婦人問題大講演会」に参加し、「貞操とは何ぞや」を講演。『最近の文芸及び思潮』日月社。この月の末、下巣鴨町宮下千六百四十六番地に転居。六月、翻訳『懺悔録』上、下巻（大杉との共訳）新潮社。七月、『明治詩歌選』（島村、生田、相馬、中沢編）新潮社。九月、「反響」が発禁処分を受け終刊。十月末、本郷区森川町一丁目牛屋横丁一七八号に転居。十月二十四日、妻の藤尾が腹膜炎で入院。肋膜炎を併発するが、十一月末に全快。十二月、『近代思想十六講』中沢臨川との共著、新潮社（名義貸しの本で、実際の執筆者は、加藤武郎だと思われる）。十二月末、天理教の教祖・中山みきの伝記小説の取材に奈良に行く（翌年一月十三日帰京）。この作品は、挫折。

大正五年　三十四歳

二月四日、著作家の団結と親和を目的とした著作家協会の発起人会が万世橋駅楼上のミカド支店で開催されたが、長江も設立に尽力。四月十八日、妻子同伴で京阪地方に遊びに出かけ二十八日に帰京。生方敏郎が中心となり日本文芸協会が組織され、「文芸雑誌」が創刊されたが、森田、武林無想庵とともに長江も参加。春、甥の生田幸喜が長江のもとに身を寄せる（長兄と姉の子どもたち十人前後が長江の世話になったようだ。幸喜は慶應義塾大学を、幸喜の長兄の泰蔵は専修大学経済学部を出ているが、他の人たちも最高学府を出ている可能性は高い）。五月、『ＡＢＣより』*（学芸文庫第六篇）国民書院。「阿部次郎君に与ふる書」（「新小説」）を発表して社会と個人の関係について論争。「文芸雑誌」を後援する植竹書院の経営者が変わったためトラブルが生じ、長江たちが告訴するが、八月初め和解。七月一日発行の女性だけの雑誌「ビアトリス」（発行人・山田たづ）の賛助会員となる。九月、「ビアトリス」附録に「感傷集（長詩）」発表。翻訳『我が宗教』「トルストイ叢書１」新潮社。十月十五日、ビアトリス社主催の「故女流作家追慕会」が芝の青松寺で開催されたが、長江も孤蝶と共に出席して講話。『ニイチエ全集第一編・人間的な余りに人間的な（上）』新潮社。十一月、縮刷版『死の勝利』新潮社。「自然主義前派の跳梁」（「新小説」）を発表して、白樺派の人道主義の軽薄さを批判。十二月、『新文学事典』*（森田・加藤朝鳥との共編）天弦堂。同月末、熱病にかかって寝込む。

大正六年　三十五歳

一月、「未来」に詩「破産せる魂の持主」を発表。母が、精神のバランスを崩してしまったことが窺える。二月、『ニイチエ全集第二編・人間的な余りに人間的な（下）』新潮社。『日記文自在』*（中村古峡との共著）三侠社（中村古峡と三侠社を興し、「作文塾達全書」六編の発行を企てるが『日記文自在』のみで挫折）。三月、翻訳『消えぬ過去上巻』国民文庫刊行会。四月二十日投票の衆議院議員選挙に立候補した堺利彦のために、市内数か所で応援演説をする（二十五票で落選）。五月、「処女文壇」創刊に伴う懸賞文芸「論文」の選者となる。中村古峡が設立した日本精神医学会の評議員となる。十月より中村古峡は「変態心理」を発行したが、長江もたびたび執筆。六月三日。妻藤尾は危篤に陥るが持ち直す。長江は風邪。九日、妻藤尾が死去。十三日、東大赤門前の喜福寺で葬儀。佐藤春夫が受付。会葬者は数人の婦人と百数十人の文壇関係者他。最後に孤蝶が挨拶をする。月末、鎌倉の長谷観音の裏山に墓地を求めて遺骨を葬る。六月、『近代文芸書翰集』（市川彩と共編）蜻蛉館書店。九月、翻訳『消えぬ過去下巻』国民文庫刊行会。九月末、神楽坂の料亭「ときわ」で開催された「中外」創刊の祝宴に出席。十月、堺利彦の勧めで執筆した戯曲「円光」を「中外」創刊号に載せる。十一月十七日、思想問題研究会例会で北昤吉と共に講話。『新文学百科精講』縮刷改訂版（昇曙夢、野上豊一郎、相馬、島村、森田との合著）新潮社。

大正七年　三十六歳

月日は不明であるが、この年「中外」のスポンサー堤清六の「あけぼの会」で講演。一月七日、生田家でのカルタ会に岩野泡鳴夫妻を招待。戯曲第二作「青い花」を「帝国文学」に発表。有島武郎、長江を中心にした時事問題を論じる初心会が発足。長江他の発案で、政治家、実業家等と社会問題を話し合う末日会発足。二月、ハンセン病に苦しむ。三月二十日、生田家で初心会。沖野岩三郎が幸徳事件について談話。中村古峡ら十名出席。『新文学辞典』(森田・加藤との共編)新潮社。四月、『ニイチェ全集第三編・黎明』新潮社。『論文作法』春陽堂。下旬、変態心理学講習会第一回で講演。五月十九日、野村愛生の家で初心会。生田、有島ら十二、三名出席。二十九、三十日、長江作「円光」を久米正雄舞台監督が国民座第五回公演として有楽座で上演。二十九日、中外社が文壇・劇壇の二百五十名を招待。六月、「中外」に上山草人の「煉獄」が掲載されたが、長江は谷崎潤一郎と共に推薦文を同誌に発表(この作品は同年十月に新潮社から刊行されているが、こちらにも長江が谷崎と共に「序」を書いている)。五日より十日間、上山草人が率いる近代劇協会の第十一回興行として長江訳「ヴェニスの商人」が有楽座で上演される。六月二十二日、永楽倶楽部で開催された秋田雨雀の戯曲集『三つの魂』の出版記念会に有島らと出席。七月上旬、中外社に入社。特別社員となり、文芸部を担当。月末、茅ヶ崎に避暑に行く。翻訳『猟人日記』新潮社。八月、「英語文学」(二巻二号)の主幹を務める(「英語文学」は、この年の一月創刊。大正十年十二月までに三十五冊が出ている。なお、長江が主幹を務めたのは、大正九年十二月までだと思われる。)九月、「中外」第一回懸賞論文の選者となり、帆足理一郎の作品を選ぶ。同じく「中外」のこの号に佐藤春夫の出世作でもあり、代表作でもある「田園の憂鬱」が掲載される。この作品が掲載されたのは、長江の推薦であったと思われる。十月一日、茅ヶ崎から帰京。「中外」に「『田園の憂鬱』その他」を発表して佐藤春夫の「田園の憂鬱」を激賞。この時長江は、菊池寛の「忠直卿行状記」も誉めている。九日、芸術座の第四回研究劇の一つに長江の「温室」が選ばれる。十二日、生田家で初心会。有島ら十五、六名出席。十一月十一日夜、鴻之巣に於いて沖野岩三郎の第一小説集『煉瓦の雨』の出版を祝う「『煉瓦の雨』の会」が開催され、三十名程が出席しているが長江も出席。この時の写真が、同月二十七日の「読売新聞」に掲載されている。十八日、芸術座で「温室」の本読み。長江は俳優のために「温室」についての講話。二十六日から五日間、文芸座第二回公演で長江作「告白の後」(「決闘」改題)帝劇で上演。中外社の後援か。二十七日、芸術座で「温室」の稽古をしたので、長江は駄目出しをするが、同月五日に主宰者の島村抱月を失った同座に上演する力はなかった。十二月七日、火傷をして自宅療養。同月末、悪性の風邪で寝込む。

大正八年　三十七歳

一月八日、「時事新報」に「玉砕せる須磨子の最後と其の印象」発表。二月初め、悪性の風邪全快。十一日、府下十七校の学生主催の普通選挙改正運動のデモに参加。二十七日、赤坂山王下の料亭・三河屋で開かれた「改造」発行披露宴に出席(「改造」は四月より発行)。『第一脚本集　円光以後』(佐藤春夫装幀)緑葉社。五月二十日夜、大阪朝日新聞社主催の「文芸家招待会」が築地の精養軒であり、六十八名が出席したが、長江も出席して挨拶する。三十一日、末日会の投票による幹事改選が行われ、長江は岩野泡鳴と共に九月から十一月の幹事に選任される。六月、長江の推薦で島田清次郎の『地上』(第一部)が新潮社から出版されベストセラーになる。十八日、有楽町のささ屋にて著作家協会の解散が承認され、著作家組合の相談会がもたれる。長江と大庭柯公を当座の幹事と決め、組合員の勧誘に乗り出す。七月七日、著作家組合の第一回大会が芝の統一教会で開催され、長江は評議員に推薦される。このころ、同教会で開催された鈴木文治のパリ講和会議見聞談に出席。八月十一日、平民大学夏季講習会の講師となる。三十日、友愛会七周年の大会に来賓として招かれ夜講演をする。十月十一日、変態心理学講話会第十二回で講話。十六日、長兄・虎次郎事故死(十九日の「東京朝日新聞」が報じる)。二十四日、日本労働新聞社主催の大阪講演会に堺利彦と共に招かれて講演。二十五日、京都帝大、同志社大で講演。十一月三十日、新人会創立一周年記念の園遊会に招待され長唄を披露する。十二月、『最新社会問題十二講』(本間久雄との共著)新潮社。翻訳『資本論』(第一分冊)緑葉社。このころ、高畠素之から誤訳の指摘を受け論争するが、高畠が創刊した「霹靂」(大正九年四月)に「生田長江君の癩病的資本論」を掲載され、続刊を断念。

大正九年　三十八歳

正月、新詩社の新年短歌会で江口渙は、顔にハンセン病の症状の出た長江を見かけている。五日、東京労働者新年会に招待され、堺利彦夫人・為子の三味線で堺の娘・真柄と長唄の合唱をして話題をさらう。十二日、精神運動の伊藤証信に頼まれ、青年会館での精神運動開始記念大講演会の講師となる。二十六日、長江の主催する文士、画家、俳優たちが特技を披露する「横行会」を牛込神楽坂倶楽部で開催。『能率増進の実際』*学芸書院。二月七日、神田青年会館で開催された森戸辰男を支援する「思想団大会」に出席し、「火薬は火を呼ぶ」を講演。二十五日より十二日間、明治座で新文芸協会による長江作「円光」公演。舞台稽古に長江が早くからおもむき、熱心な作者ぶりを示している。二十七日、著作家組合の大正九年度大会が神田明治会館で開催され、評議員及び幹事に選出される。春、大衆的な作品が、同時に十分芸術的であり得ることを実証する意気込みで、小説「犯罪」を書き「面白倶楽部」(九〜十一月まで)へ載せる。三月四日、自由討究社主催の「思想の政局観」の講演会が神田青年会館であったが、長江も参加して講演。十五日、創作劇場の人たちと顔合わせと本読み(この日の写真が翌日の「東京朝日新聞」に掲載される)。十六日、万世橋ミカドで行われた森戸辰男を支援する「思想家の会合」に出席。四月、伊福部隆輝入門。五月十九日から六月二十五日まで開催された日本自由基督教会主催の「文化講座」の講師の一人となる。二十二日、著作家組合講演会で沖野岩三郎や馬場孤蝶らと共に講演。六月二日より五日間、創作劇場による長江作「長沢兼子」が市村座で上演されるが、初日に二幕目が上演禁止になり議論が湧く。『叙景文作法及文範』(新文章作法文範叢書」第二編)新潮社。『徹底人道主義』聚英社。『ニイチエ全集第四編・悦ばしき知識』新潮社。七月、「日本一」の懸賞最短篇小説の選者となる。十七日、夕方家族で茅ヶ崎海岸鈴木別邸へ避暑に出掛ける。二十一日、麴町区上六番町三十二番地に転居。九月初め、茅ヶ崎から帰京。六日、著作家組合の有島邸での「童話について」合評会に出席(「著作評論」十月号に掲載)。同月、帰郷(長兄の一周忌か)。十月、「日本一」の懸賞最短篇小説の選者となる。十一月、『社会改造の八大思想家』(本間久雄との共著)東京堂書店。十二月五日、日本婦人協会主催の「思想問題講演会」の講師となる。小説『環境』(「犯罪」を改題)新潮社。

大正十年　三十九歳

一月、長編小説第二作「落花の如く」を「現代」に連載（十月まで）。「日本一」の懸賞最短編小説の選者となる。十六日、著作家組合の例会が新橋駅の中央亭であり出席。二月六日、父・喜平治逝去。『反資本主義』良書普及会。このころ、赤松月船入門。長江は門人たちのために冬日会を作る。長江宅に月一、二度集まって勉強会。三月四、五日、伊福部隆輝が長江の推薦で「読売新聞」に「阿部次郎に問う正義の戦いについて（上・下）」を発表して文壇にデビュー。四月、長江の推薦で佐々木味津三と高群逸枝が「新小説」に作品を発表して文壇の大きな注目を浴びる。同誌に長江は高群を推薦する「『日月の上に』の著者に就いて」発表。十七日、佐々木の「地主の長男」の発表を祝って友人知己による祝賀会が根津娯楽園で開催されたが、長江も出席か。五月、「日本一」の懸賞最短篇小説の選者となる。夏、家族で茅ヶ崎に避暑に出かける。八月初め、まり子の眼病のため、避暑地の茅ヶ崎から帰京。「日本一」の懸賞最短篇小説の選者となる。『婦人解放よりの解放』表現社。同月、義弟亀田輝時の経営する表現社から住井すゑ子（すゑ）の『相剋』を出版させて文壇にデビューさせる。『近代文芸十二講』（野上・昇、森田との共著）新潮社。十月、「日本一」の懸賞最短篇小説の選者となり鳥取県出身の藤岡良三の「妖性」を一等に選ぶ。三十日、室内劇試演をする飯塚友一郎たちの主催する講演会が神田明治会館で開催されたが、長江も講師の一人として参加。『ニイチェの超人哲学』（天弦堂版の復刊）大京堂書店。十一月十一日から十四日まで、早稲田大学建設者同盟が主催する秋季講演会が神田一つ橋の帝国教育会館であったが、長江も講師の一人として参加。二十二日、著作家組合が総会で解散を決議。『ニイチェ全集第五編、ツァラトゥストラ』新潮社。

大正十一年　四十歳

このころより釈尊をテーマに大きな創作を思い立ち、少しずつ準備を始める。一月二十六日、曹洞宗青年会の主催する「第七百二十三回忌祖降誕会」が曹洞宗大学講堂で開催されたが、長江も講師の一人として参加。三月七、十四、二十一、二十八日の夜、神田明治会館で月光社文芸講座主催。講師、長江、馬場孤蝶、田部重治（七日）佐藤春夫（二十一日）。四月、野上巌（新島繁）入門。小説『落花の如く』天佑社。七月九日、森鷗外逝去に伴い、長江は「東京朝日新聞」（十五日〜十九日）の一面に「鷗外先生と其事業」を発表。翻訳『オデイッシイ』東京堂書店。『第二脚本集　簒奪者』聚英社。冬日会から詩誌「月光」生まれる。八月の初めから下旬まで、茅ヶ崎で避暑。十月十五日、樋口一葉の両親の故郷・山梨県の慈雲寺の境内に一葉顕彰碑が建立され、百六十一名の賛助人の名が刻まれたが、長江の名も刻まれた。翻訳『ファウスト』三徳社。翻訳『カルメン』*三徳社。十二月から「報知新聞」の「創作月評」を翌年の七月まで続ける。

大正十二年　四十一歳

帰郷（前年暮れか）して一月六日に帰京。このころ、「月光」に詩「永久の悪夢」発表。三月、『哀史』（『環境改題）近代名著文庫刊行会。四月、『ニイチエ全集第六編・善悪の彼岸、道徳系譜学』新潮社。五月『ブルヂョアは幸福であるか』南天堂出版部。「水平運動について」（「新小説」）。冬日会では、目黒に筍飯を食べに行ったり瀧野川の瀧野川園に行ったりしていたが、この春の言問の雲水に精進料理を食べに行ったことが最後の遠出になった。六月、『新らしき詩と其作法』*（赤松月船との共著）南天堂。翻訳『カルメン・猟人日記』近代名著文庫刊行会。七月八日、「大阪毎日新聞」に有島武郎心中事件の談話を発表。その後、五編の有島擁護の論文を発表。九月一日、関東大震災にあい、家を焼かれ、蔵書、日記、写真等の大部分を焼失す。罹災後、北品川御殿山七一八の中村古峡宅に仮寓するが、二か月ほどで瀧野川町瀧野川五四六に転居。このころ、今泉篤男入門。門弟たちに直接指導出来なくなった長江は、お互いが得意の分野を教え合う相互塾を提唱し、中野の野上巌の家でしばらく開催された。

大正十三年　四十二歳

四月、「虫のいい『人類』その他」（「女性改造」）。五月下旬、牛込区榎町五十に転居。五月（?）、林芙美子が詩集の原稿を携えて訪れる。六月『新らしき詩と其作法』*（赤松月船との共著・前年の南天堂版の新装版　金鈴社）、七月、「日常生活を偏重する悪傾向――を論じて随筆、心境小説等の緒問題に及ぶ」（「新潮」・私小説論争への応戦として）九月、翻訳、『ゲーテ全集第八巻わが生活より前編』聚英閣。十二月、「認識不足の美学者二人」（「新潮」・散文芸術論争への応戦として）『ニイチエ全集第七編・権力の意志（上）』新潮社。

大正十四年　四十三歳

一月、『近代外国文学講話』松陽堂。三月、『ニイチェ全集第八編・権力への意志（下）』新潮社。四月、新感覚派の文学運動を批判した「文壇の新時代に与ふ」を（「新潮」）に発表。五月、「序にもう少しく新しく」（「新潮」）。六月、「『近代』派と『超近代』派との戦」（「新潮」）。九月、鎌倉長谷稲瀬川一六七に転居。このころ、視力は大丈夫であるが、外出には側近の手を借りている。鎌倉に移転した長江の病状悪化を憂慮して長江を顕彰する動きが文壇に持ち上がり、十二月二十日に中村古峡が伝えに来るが、長江は固辞する。会では予定通り進めようとするが、長江の固辞は変わらず実現することはなかった。十二月、『超近代派宣言』至上社。翻訳『露西亜歴代名作選』*（米川正夫、除村吉太郎他との共著）近代社。

大正十五年・昭和元年（一九二六）　四十四歳

一月十一日、「国民新聞」に杉山平助の『一日本人』を激賞した「『一日本人』を読め」を発表。以後、杉山は長江門下となる。鳥取無産県人会の発起人の一人として名を連ねる。四月、義弟・亀田輝時が創刊した「鎌倉」に「詩数章」を寄せる。吉行エイスケの創刊した「虚無思想」に「詩三章」発表。五月、訳詩「ニイチェの詩」（「虚無思想」）。六月、評論「自由と思想と現在の一瞬と」、翻訳『ディオリゾス・ディティラムベン』（「虚無思想」）。八月三十一日、母かつ死去。九月、翻訳『懺悔録』*（加藤朝鳥との共著）生方書店。十一月、『ニイチェ全集第九編・偶像の薄明、外五篇』新潮社。この年の暮れに詩人で評論家の加藤一夫の尽力で、再び長江選集出版の話が持ち上がるが、またも長江が固辞したものと思われる。実現することはなかった。『明治文章史』*（生田長江講述）日本文章学院（刊行月不明）。

昭和二年　四十五歳

この年、藤田まさとが弟子入り。一月二十九日、新潮社は一冊一円の『世界文学全集』全三十八巻の企画を「東京朝日新聞」に発表し、五十八万部の予約を得る。この金看板とも言える第一巻は長江の『神曲』である。『論文作法』春陽堂。一月〜三月『日本文学講座第三巻〜五巻』（新潮社）に「明治文学概説」を発表。三月、『罪と罰』*（生田春月との共訳）成光館出版部。初夏より翌年の春まで『世界文学全集1神曲』の翻訳に取り組む。十月、『新しき詩の作法』（赤松月船との共著・先の南天堂版の新装版）資文堂書店。

昭和三年　四十六歳

一月より『創作釈尊』の準備に没頭する。四月、「重要な問題及び一層重要な問題に就いて」(「中央公論」)。五月、翻訳『わが生活より（作為と真実）前篇』聚英社。六月、翻訳『世界文学全集30椿姫・サフォ・死の勝利』(高橋邦太郎、武林無想庵との合著) 新潮社。『失業問題叢書（第二巻続論文集）』(生田他八名) 失業問題叢書刊行会。夏、大江賢次が訪問。十月、この年の五月に大宅壮一が「新潮」に発表した「現象批判以上のもの」で長江を攻撃したが、これに反論する「主義者の主義知らず」を「新潮」に発表。十一月、「左傾者丈けが勇敢であるか」(「新潮」)。この作品が、「新潮」に発表する最後の作品となった。

昭和四年　四十七歳

一月、森田草平が鎌倉由比ヶ浜に引っ越してくる。『ニイチエ全集第十編・悲劇の出生、季節はづれの考察』新潮社。(全十編完成)。「ニイチェ全集の完了に際して」上・中・下（十六日〜十八日まで）「読売新聞」。夏より『創作釈尊』の執筆にかかる。五月、『社会思想全集第25巻』(生田・高橋清訳) 平凡社。八月、翻訳『世界文学全集1神曲』新潮社。十月、翻訳『世界文学全集8懺悔録』(大杉栄との共訳) 新潮社。

昭和五年　四十八歳

五月、鎌倉から豊多摩郡代々木山谷町三一四番地に転居。翻訳『世界文学全集37近代詩人集』(堀口大学、竹友藻風ら十六名訳) 新潮社。翻訳『ニイチェ伝』(野上巌との共訳) 新潮社。六月三十日〜七月四日まで「近代小説の二形式」(「報知新聞」)。七月、「小公子（釈尊伝第一部）」「作者附言」(「改造」)(この前に、長江はこの作品を「新潮」に載せてもらうべく新潮社に送ったが、内部でトラブルがあり不掲載になった)。六日、「『釈尊伝』作者としての言葉」(「読売新聞」)。『世界文学講和10　南欧文学篇』生田他、佐藤義亮編、新潮社。十日〜十二日、「何を大衆化する?」(「都新聞」)。二十日〜二十六日、「マルキシズムの阿片性」①〜⑥(「中外日報」)。二十三日〜二十六日、「ルンペンの徹底的革命性①〜④」(「東京朝日新聞」)。八月十九日〜二十七日、「改宗の経緯」①〜⑨(「読売新聞」) のち「宗教的な履歴書一通」と改題。九月二十六日〜十月一日、「文芸の不振低調と不景気」①〜④(「読売新聞」)。十一月、『現代日本文学全集28』(抱月、長江、臨川、孤雁集)

改造社。

昭和六年　四十九歳

四月、「宗教其物としての大乗佛教対大乗基督教」（『現代佛教』）。五月、「商業に不向きな日本人」（『経済往来』）。『日本文学講座・第十一巻　明治時代上編*』生田他、佐藤義亮編、新潮社。六月一日〜四日、「逆境は冷酷にするか」（『報知新聞』）。十五日〜十八日、「復讐的革命と宗教的革命」①〜③（『東京朝日新聞』）。夏ごろ、過労により誘発する緑内障のためにわずかに残っていた左目の視力を失う。

昭和七年　五十歳

二月、『宗教至上』新潮社。四月、「ファシズムと国民性」（『中央公論』）。「天才的な西洋人は日本びいき」（『経済往来』）。五月、高橋家に嫁いだ姉くま逝去。七月下旬結成予定の「国家社会主義文学同盟」に参加か（六月二十二日付「東京朝日新聞」）。八月二十五日結成の「日本国民文化同盟」の顧問に就任。翻訳『サラムボウ*』（世界名作文庫112）春陽堂。翻訳『カルメン*』（世界名作文庫114）春陽堂。翻訳『ツァラトゥストラ*』前篇（世界名作文庫204）春陽堂。翻訳『ツァラトゥストラ*』後編（世界名作文庫205）春陽堂。翻訳『消えぬ過去*』前篇（世界名作文庫208）春陽堂。翻訳『消えぬ過去*』後編（世界名作文庫209）春陽堂。翻訳『死の勝利*』（世界名作文庫406）春陽堂。九月、「印象と想像」を宮崎光子遺稿集『光子の声其他』（発行者中村有楽）に寄稿。十一月二十日〜二十二日、「敬愛する三詩人」（『東京朝日新聞』）。

昭和八年　五十一歳

この年、浜田糸衛入門。八、九年ごろ、経済的に追い詰められ中村古峡にたびたび無心状を出す。五月、翻訳『懺悔録*』上巻（生田・大杉栄訳）新潮文庫。六月、翻訳『懺悔録*』下巻（生田・大杉訳）新潮文庫。九月、『近代文芸十二講』（生田、森田、野上臼川、昇との合著）新潮文庫。『近代思想十六講』（中沢臨川との共著）新潮文庫。

昭和九年　五十二歳

一月、翻訳『神曲*』（上巻）新潮文庫。翻訳『神曲*』（下巻）新潮文庫。六月八日〜十二日、「保存芸術と新興

芸術」①〜⑤（「都新聞」）。『手紙のコツが会得される――書翰文集大成』一元社。七月、「明治大正時代文学再検討の検討」（「中央公論」）。八月十九日〜二十二日「短篇と長篇の実質的差別」①〜④（「東京朝日新聞」）。九月、訳詩「凶鴉」（「日本詩」）。十月四日〜六日「米国の王様」①〜③（「都新聞」）。十一月、「愛欲篇（釈尊伝第二部）」（「改造」）。十二月二十三日〜二十五日、「宗教文学は台頭するか」上、下（「読売新聞」）。

昭和十年　五十三歳

一月、「大因伯」新年特別号に「因伯社顧問」百十一名の一人として長江も名を連ねている。書き下ろしの「釈尊伝第三部出家篇」を加えて『創作釈尊』を香風閣より刊行。二月、「聖典講話」連載開始。十一年二月まで（「大法輪」）。「自作自評論」（「文藝」）。三月二十一日、「作者の言葉　創作『釈尊』」（「読売新聞」）四月、『ニイチェ全集七巻・ツァラトゥストラ』日本評論社。十八日〜二十日、「宗教文学の過去と将来」①〜③（「東京朝日新聞」）。五月、「谷崎氏の現在及び将来」（「中央公論」）。九日、伊福部隆輝訪問。この日より日記を書き始めるが、一日で終わる。『ニイチェ全集十巻・権力への意志（上）』日本評論社。六月、『ニイチェ全集三巻・人間的な余りに人間的な（上）』日本評論社。七月、『ニイチェ全集八巻・善悪の彼岸、この人を見よ』日本評論社。八月、『ニイチェ全集九巻・道徳系譜学、偶像の薄明、反基督』日本評論社。九月、『ニイチェ全集五巻・黎明』日本評論社。十月、『ニイチェ全集四巻・人間的な余りに人間的な（下）』日本評論社。十一月、翻訳『死の勝利・椿姫・サフォ』（高橋・武林との合著、世界名作文庫）新潮社。十二月、「ニイチェとトルストイとの対照」（「日本評論」）。二十四日、浜田糸衛訪問。二十七日〜三十一日まで、「ニイチェとゲエテ及び劇的のもの」①〜⑤（「東京朝日新聞」）。『ニイチェ全集六巻・悦ばしき知識』日本評論社。

昭和十一年

一月二日に胃潰瘍を病み、八日に肺炎を併発し、十日に家族に遺偈を書き取らせる。十一日午前零時十分、自宅で永眠。法名・聖伝院長江棹舟居士。十二日、新聞各紙は長江の写真入りの訃報を掲載。告別式は十四日、本郷赤門前の喜福寺でまり子が喪主になって行われ、門弟を代表して佐藤春夫が弔辞を読んだ。告別式には、馬場孤蝶や森田草平や平塚らいてうをはじめ故人を慕う数百名が駆けつけた。遺骨は鎌倉長谷寺の妻・藤尾が眠る墓地に納められた。墓碑銘には、佐藤春夫考案の略伝が刻まれた。二月、「ニイチェの著作とその劇的傾向（遺稿）」（『日本評論』）。「真・善・美・聖（絶筆）」（『真理』）。『ニイチェ全集十一巻・権力への意志（下）』日本評論社。三月、『生田長江全集1』（評論―文芸1）大東出版社。四月、『ニイチェ全集二巻・季節はづれの考察』日本評論社。『生田長江全集8』（創作―小説、脚本2）大東出版社。五月、『生田長江全集4』（評論―社会）大東出版社。六月、『ニイチェ全集一巻・悲劇の出生』日本評論社。『生田長江全集9』（創作―小説、脚本）大東出版社。七月、『生田長江全集6』（評論―婦人・恋愛、結婚・家庭論・日本・東洋問題に関する諸論」大東出版社。八月、生田幸喜編「生田長江日記」（『文芸懇話会』）。九月、『ニイチェ全集十二巻・書簡及び索引*』日本評論社。日本評論社版『ニイチェ全集』は、阿部次郎の推薦もあってドイツの「ニーチェ図書館」に寄贈された。

参考文献

生田長江関係

生田弘治・栗原元吉『成功の福音』（内外出版協会　明治三十六年）
生田長江『最近の小説家』（春陽堂　明治四十五年）
生田長江『芸術家と芸人』（日月社　大正三年）
生田長江『最近の文芸及び思潮』（日月社　大正四年）
生田長江『第一脚本集　円光以後』（緑葉社　大正八年）
『資本論』（第一分冊）（生田長江訳　緑葉社　大正八年）
生田長江『徹底人道主義』（聚英社　大正九年）
生田長江『反資本主義』（良書普及会　大正十年）
生田長江『婦人解放よりの解放』（表現社　大正十年）
生田長江『落花の如く』（天佑社　大正十一年）
生田長江『第二脚本集　簒奪者』（聚英社　大正十二年）
生田長江『ブルヂョアは幸福であるか』（南天堂出版部　大正十二年）
『世界文学全集1神曲』（生田長江訳　新潮社　昭和四年）
生田長江『宗教至上』（新潮社　昭和七年）
生田長江『創作釈尊』（香風閣　昭和十年）
生田長江　佐藤春夫編『東洋人の時代』（道統社　昭和十六年）
生田長江『聖典講話』（復刻版）（生田長江顕彰会　昭和三十二年）

生田長江『生田長江第四評論集　超近代派宣言』復刻版（至上社版　日本図書センター　平成二年）
日本近代文学館編『文学者の日記5　長与善郎　生田長江　生田春月』（博文館新社　平成十一年）
生田長江『環境』　部落問題文芸・作品選集15巻　昭和四十九年　世界文庫　所収）
『昭和初期世界名作翻訳全集22　死の勝利』（生田長江訳　春陽堂　昭和七年、ゆまに書房　平成十六年）
『ニイチエ全集』（全十編　新潮社　大正五年〜昭和四年）
『ニイチェ全集』（新訳決定普及版　全十二巻　日本評論社　昭和十年〜昭和十一年）
王春嶺（中村武羅夫）「如何にして文壇の人となりしか」（『現代文士二十八人』日高有倫堂　明治四十二年）
ＳＴ生「青鞜社公開演説傍聴記」（「新文学」大正二年三月号）
「生田長江」（文壇緒家年譜(3)）（「新潮」大正五年三月）
「芸術家の印象―生田長江氏」　加藤みどり　「文章倶楽部」　大正六年七月
「新訳決定普及版『ニイチェ全集』全十二巻・内容見本」（日本評論社　昭和十年）
「ニイチェ全集月報　第二、三、四、五号」（日本評論社　昭和十年五月、六月、十月、昭和十一年二月）
『『生田長江全集』全十二巻・内容見本」（大東出版社　昭和十一年）
『『生田長江全集』月報　第一、二、三号」（大東出版社　昭和十一年三月、五月、七月）
三好雅美「生田長江の周辺」
河中信孝「生田長江関係系図」（平成十八年）
好村春基「宗教人としての／生田長江氏」(1)〜(7)（「読売新聞」昭和十一年一月十七日〜十九日、二十一日、
　二十三〜二十五日）
西条和子「生田長江」（「学苑」昭和三十年二月　昭和女子大学内・光葉会）
木村彦三郎「生田長江」（「長谷観音ゆかりの文学者1」昭和三十一年　鎌倉長谷寺）
生田長江顕彰会編「生田長江の人と業績」（生田長江顕彰会　昭和三十二年）
昭和女子大学近代文学研究室（『近代文学研究叢書第四十巻　生田長江』昭和女子大学近代文化研究所　昭和

四十九年）
佐野晴夫「生田長江と生田春月のニイチェ(1)〜(3)」（「山口大学文学会志」第三十三号〜第三十五号　昭和五十七年十二月・昭和五十八年十二月、昭和六十一年）
佐野晴夫「生田長江と生田春月のニイチェ(4)(5)」（「山口大学「独仏文学」第七号、第八号　昭和六十年、昭和六十一年）
ドナルド・キーン「生田長江」（『日本文学史　近代・現代篇八』中央公論社　平成四年）
島比呂志「宿命への挑戦――生田長江の生涯」（『「らい予防法」と患者の人権』社会評論社　平成五年）
「翻刻・注釈・解題『夕づゝ』第三号」、「同四号」（平成十六年、平成十七年　日本大学大学院文学研究科　曽根博義研究室）
「芸苑」（佐久良書房　明治三十九年一月〜明治四十年五月）
「反響」（復刻版　全二巻　不二出版　大正三年四月〜大正四年六月）
「中外」（復刻版　全十一冊＋別冊一　不二出版　大正六年十月〜大正十年八月）

生田長江の門人・肉親に関するもの

赤松月船「続生田学校周辺」（「県政新聞」第三六六〜三七五号　昭和四十年十一月五日〜昭和四十一年二月二十五日に断続掲載、六回で中断）
「赤松月船（詩、そして三昧の境）」（『歳月の記――岡山文化人像』山陽新聞社　昭和四十六年）
定金恒次『彗僧詩人　赤松月船』（西日本法規出版　平成十六年）
生田幸喜「伯父・長江の思出」（「宗教公論」宗教公論社　昭和十一年四月）
生田幸喜「叔父と私」（「日本現代文学全集84」講談社　昭和四十二年九月）
昭和女子大学近代文化研究所（『近代文学研究叢書　第三十二巻　生田春月』（昭和女子大学光葉会　昭和四十四年）

生田春月『生田春月全集』（第七、十巻　飯塚書店・本郷出版社　昭和五十六年）
伊福部隆輝「人としての生田長江氏」（「文章倶楽部」　大正十五年六月）
伊福部隆輝「独創的思想家・長江先生の評論全集㊤㊦』（「読売新聞」　大正十五年十二月十四、十五日）
伊福部隆輝「生田長江氏を訪ねて芸術と生活を談ず」（「文章倶楽部」　昭和三年十月）
伊福部隆彦『光前光後』（池田書店　昭和三十年）
伊福部隆彦「生田長江先生の生涯㊤㊦」（「県政新聞」　第一一四、一一五号　昭和三十二年九月上旬、中旬号）
伊福部隆彦「長江先生の宗教観」（「現代日本文学全集」月報九二　筑摩書房　昭和三十三年）
伊福部隆彦「先師の遺徳を守る「長江会」をもつことについて」（「県政新聞」　第三三九号　昭和四十年新年号）
伊福部隆彦「生田学校周辺」（「県政新聞」　第三四五〜三六三号　昭和四十年二月二十五日〜九月二十五日まで断続掲載）
生田春月・伊福部隆彦「青春修羅記」（「東京タイムス」　昭和四十年七月十九日〜八月二十四日〈三十回〉）
伊福部隆彦「長江先生と三木露風」（「螻蟻」三木露風追悼号　昭和四十年十二月）
伊福部隆彦「生田学校の精神其他」（「県政新聞」　第四三五号　昭和四十三年二月　上中旬合併号）
今泉篤男「伊福部隆彦先生の書作品」（『無為伊福部隆彦作品集』伊福部蕗子　昭和四十五年）
佐藤春夫「長江全集に就いて―伊福部君に呈す㊤㊦」（「時事新報」　大正十五年十二月十九、二十一日）
佐藤春夫「長江全集を編みつつ」（『散人偶記』第一書房　昭和十一年）
佐藤春夫「長江先生を哭す」（『佐藤春夫全集第十一巻』講談社　昭和四十四年）
牛山百合子「詩文半世紀」（「佐藤春夫年表」『佐藤春夫全集第十二巻』講談社　昭和四十五年）
扇谷正造他『おもろい人やなあ』（講談社　昭和五十九年）
浦西和彦編『佐藤春夫　未刊行著作集6』（白地社　平成七年）
橋爪健「狂い咲き島清」（『多喜二虐殺』新潮社　昭和三十七年）

小林輝治「島田清次郎」（『石川近代文学全集4』石川近代文学館　平成八年）
大熊信行『文学的回想』（第三文明社　昭和五十二年）
杉山平助「不撓の意志　生田長江の「釈尊伝」」（「東京朝日新聞」昭和九年十月三日）
杉山平助「文芸時評（先月の作品）」（「改造」昭和九年十二月）
杉山平助「生田長江先生と私」（「中央公論」昭和十一年二月）
住井すゑ・増田れい子『わが生涯』（岩波書店　平成七年）
高群逸枝『火の国の女の日記』（理論社　昭和四十年）
浜田糸衛他述『九人が見て来たソヴェト』（日ソ親善協会　昭和二十八年）
池川玲子「生田長江と『青鞜』」（『『青鞜』を読む』学藝書林　平成十年）
「浜田糸衛を送るつどい」（日中友好神奈川県婦人連絡会　平成二十二年七月）
平塚らいてう『わたくしの歩いた道』（新評論社　昭和三十年）
平塚らいてう『元始、女性は太陽であった』①〜④（大月書店　平成四年）
平塚らいてう「馬場孤蝶先生を偲びて」（『平塚らいてう著作集6巻』大月書店　大正七年）
藤田まさと「わが青春――作詞家藤田まさと若き日の思い出」（榛原町長・持塚久人刊　昭和五十八年）
佐藤春夫、伊福部隆彦他「生田長江二十周年忌座談会」（「鎌倉」第十七号　鎌倉文化研究所　昭和四十三年）

生田長江の師及び友人に関するもの

安田保雄『上田敏研究　その生涯と業績〔増補新版〕』（有精堂出版　昭和四十四年）
堺利彦『堺利彦全集第六巻』（法律文化社　昭和四十五年）
黒岩比佐子『パンとペン　社会主義者・堺利彦と「売文社」の闘い』（講談社　平成二十二年）
堺利彦「京阪講演旅行の記」（『堺利彦全集第四巻』法律文化社　昭和四十六年）
『漱石全集』（岩波書店　第十六、二十、二十二、二十三、二十五、二十七巻　平成七年〜平成九年）

夏目漱石『私の個人主義』（講談社　昭和五十三年）
夏目鏡子『漱石の思ひ出』（岩波書店　昭和四年）
馬場孤蝶「『芸苑』の出た前後」（「改造」大正十五年十二月）
馬場孤蝶『明治文壇回顧』（協和書院　昭和十一年）
昭和女子大学近代文学研究室『近代文学研究叢書　第四十六巻「馬場孤蝶」』（昭和女子大学近代文化研究所　昭和五十二年）
高嘯学人「馬場孤蝶選挙漫録」（「新小説」大正四年五月）
木戸昭平『馬場弧蝶』（高知市民図書館　昭和六十年）
森林太郎『鷗外全集』（第七、三十五巻　岩波書店　昭和四十七年、昭和五十一年）
森田草平『続夏目漱石』（甲鳥書林　昭和十八年）
「森田草平」（『近代文学研究叢書　第六十七巻』（昭和女子大学近代文化研究所　平成五年）
森田草平『夏目漱石』（筑摩書房　昭和四十二年）
根岸正純『森田草平の文学』（桜楓社　昭和五十一年）
牧村健一郎「愛の旅人　じれったい男と女　森田草平と平塚らいてう」（「朝日新聞」平成十八年十一月十一日）
曾根博義他『『変態心理』と中村古峡』（不二出版　平成十三年）
山本夏彦『無想庵物語』（文藝春秋　平成元年）
武林無想庵『むそうあん物語40』（無想庵の会　昭和四十二年）
谷崎潤一郎「上山草人のこと」（『谷崎潤一郎全集　第十七巻』（中央公論社　昭和四十九年）
谷崎潤一郎「文壇昔ばなし」（『谷崎潤一郎全集　第二十一巻』（中央公論社　昭和四十九年）

生田と関わりがあった人々に関するもの
森谷角次「生田長江氏を訪ねて」（「秀才文壇」大正十年十一月）

後藤大治「生田先生と私」（「県政新聞」一四五号　昭和三十三年八月中下旬号）
入江春行編著「新潮日本文学アルバム24　与謝野晶子」（新潮社　昭和六十年）
平子恭子編著『作家読本　与謝野晶子』（河出書房新社　平成七年）
秋田雨雀『あかつきえの旅』（新潮社　昭和二十五年）
荒畑寒村『ひとすじの道』（慶友社　昭和二十九年）
山田昭夫・内田満編「有島武郎年譜」（『有島武郎全集別巻』筑摩書房　昭和六十三年）
柏木隆法『伊藤証信とその周辺』（不二出版　昭和六十一年）
「精神運動」第一、二号（大正九年一、二月）（『無我の愛　第二巻』復刻版　不二出版　昭和六十一年）
石川啄木『石川啄木全集第六巻　日記Ⅱ』（筑摩書房　昭和五十三年）
石堂清倫『わが異端の昭和史』（勁草書房　昭和六十一年）
石堂清倫『20世紀の意味』（平凡社　平成十三年）
江口渙『わが文学半世紀』（日本図書センター　平成元年）
大江賢次「生田長江先生と池田亀鑑先生」（「県政新聞」一一一号　昭和三十二年八月上旬号）
大江賢次『アゴ伝』（新制社　昭和三十三年）
大江賢次「生田長江と生田春月」（『故旧回想』牧野出版社　昭和四十九年）
『武者小路実篤全集　第十八巻』（小学館　平成三年）
尾崎士郎『小説四十六年』（講談社　昭和三十九年）
福士幸次郎「文壇第一印象記――生田長江氏」（「不同調」昭和二年一月）
中村武羅夫『明治大正の文学者』（留女書店　昭和二十四年）
菊池寛『話の屑籠と半自叙伝』（文藝春秋　昭和六十三年）
宇野浩二「「蔵の中」を書いたころ」（「文学界」昭和二十六年五月）
久米正雄「国民座の追憶」（「新文芸」昭和二十七年一月）

田中真人『高畠素之』（現代評論社　昭和五十三年）
茂木実臣『高畠素之先生の思想と人物』（大空社　平成八年）
金田一春彦『わが青春の記』（東京新聞出版局　平成六年）
岩野泡鳴「日記」『岩野泡鳴全集　第十四巻』（臨川書店　平成八年）
内藤民治編著『堤清六の生涯』（曙光会　昭和十二年）
楢崎勤『作家の舞台裏　一編集者の見た昭和文壇史』（読売新聞社　昭和四十五年）
『昭和文学全集5　林芙美子』（角川書店　昭和三十八年）
梅原猛「私と小栗風葉」（『小栗風葉案内』小栗風葉をひろめる会　平成九年）
尾崎宏次編『秋田雨雀日記　第一、三巻』（未来社　昭和四十年、四十一年）

同時代を知るために参考にしたもの

『第一高等学校本部一覧／自明治三十三年　至明治三十四年』（第一高等学校　明治三十五年）
『第一高等学校一覧／自明治三十五年　至明治三十六年』（第一高等学校　明治三十六年）
『第一高等学校一覧／自明治三十六年　至明治三十七年』（第一高等学校　明治三十七年）
「生田長江の顕彰運動」（「県政新聞」昭和三十二年五月中旬号）
「生田長江顕彰の色紙揮毫に快諾した文壇人」（「県政新聞」第一一二号　昭和三十二年八月中旬号）
「生田長江の偉大さを偲ぶ中央著名人の色紙即売会」（「県政新聞」第一一三号　昭和三十二年八月中旬号
「生田長江顕彰除幕式」（「県政新聞」第一五三号　昭和三十三年十一月中旬号）
『日野町誌』（日野町　昭和四十五年）
『鳥取県議会史　下巻』（鳥取県議会　昭和二十九年）
『江府町史』（江府町　昭和五十年）
『日野郡史　上巻』（日野郡自治協会　大正十四年）

色川大吉『日本の歴史21　近代国家の出発』（中公文庫　昭和四十九年）
隅谷三喜男『日本の歴史22　大日本帝国の試煉』（中公文庫　昭和四十九年）
今井清一『日本の歴史23　大正デモクラシー』（中公文庫　昭和四十九年）
木内力『日本の歴史24　ファシズムへの道』（中公文庫　昭和四十九年）
永沢道雄『大正時代』（光人社　平成十七年）
竹盛天雄編著『明治文学アルバム』（『新潮日本文学アルバム別巻1』新潮社　昭和六十一年）
紅野敏郎編著『大正文学アルバム』（『新潮日本文学アルバム別巻2』新潮社　昭和六十一年）
『鳥取県百傑伝』（山陰評論社　昭和四十五年）
『鳥取県大百科事典』（新日本海新聞社　昭和五十九年）
『日本近代文学大事典』一〜五巻（講談社　昭和五十二年）
『現代日本文芸総覧』（上、中、下、補巻　明治文献　昭和四十三、四十四、四十七、四十八年）
松尾尊兊『大正デモクラシーの群像』（岩波書店　平成二年）
松尾尊兊『大正デモクラシー』（岩波書店　平成十三年）
山辺謙太郎『社会主義運動半世紀』（岩波書店　昭和五十一年）
渡部徹・飛鳥井雅道編『日本社会主義運動史論』（三一書房　昭和四十八年）
安成二郎『無政府地獄　大杉栄襍記』（新泉社　昭和四十八年）
新潮社出版部『新潮社四十年』（新潮社　昭和十一年）
佐藤俊夫『新潮社七十年』（新潮社　昭和四十一年）
百目鬼恭三郎『新潮社八十年小史』（新潮社　昭和五十一年）
小田切進編纂『新潮社九十年図書総目録』（新潮社　昭和六十一年）
紀田順一郎監修『新潮社一〇〇年図書総目録』（新潮社　平成八年）
関忠果他編著『雑誌「改造」の四十年』（光和堂　昭和五十二年）

片桐修弘『鳥取県日野町寺院巡り　日野町寺院ガイドブック』（光明寺　昭和六十二年）
木村彦三郎『鎌倉記憶帖』（鎌倉郷土史研究会　昭和六十一年）
奥村恵理編『天国への死刑囚　石井藤吉ざんげ録』（真菜書房　平成八年）
吉田千代『評伝　鈴木文治』（日本経済評論社　昭和六十三年）
和泉真蔵『医者のぼくにハンセン病が教えてくれたこと』（シービーアール　平成十七年）
岩田なつ「「青鞜」と「ビアトリス」――付「ビアトリス」総目次」（「鶴見日本文学」平成十年）
「旅券をついに交付　代表団　三班に別れ空路出発」（「婦人民主新聞」昭和三十三年六月十四日）
赤松俊子「唖になった原爆画家から――世界平和婦人大会に出発して」（「婦人画報」昭和二十八年八月）
『平和と幸福のために――世界婦人大会報告・決議書』（五月書房　昭和二十九年）
日本婦人団体連合会編『婦人のあゆみ八十年』（昭和三十五年）
三井礼子編『現代婦人運動史年表』（三一書房　昭和三十八年）
高田なほ子『雑草のごとく』（ドメス出版　昭和五十六年）
小笠原貞子『一粒の麦――政治に愛を』（学習の友社　昭和五十八年）
丸木俊『幽霊　原爆の図世界巡礼』（朝日新聞社　昭和四十七年）
高良とみ『非戦を生きる　高良とみ自伝』（ドメス出版　昭和五十八年）
丸山真男他『大山郁夫「評伝・回想」』（新評論　昭和五十五年）
『読売新聞100年史　別冊資料・年表』（読売新聞社　昭和五十一年）
杉田弘子「朔太郎とニーチェ」（富士川英郎編『東洋の詩　西洋の詩』朝日出版社　昭和四十五年、所収）
滝田夏樹「魯迅と「超人」」（氷上英廣編『ニーチェとその周辺』朝日出版社　昭和四十七年）
大石紀一郎他編著『ニーチェ事典』（弘文堂　平成七年）
目取春彦編訳『超訳　ニーチェの言葉』（ディスカヴァー・トゥエンティワン　平成二十二年）
尾形国治編著『「新小説」解説・総目次・索引』（不二出版　昭和六十年）

山室軍平『伝記叢書181ブース大将伝』（大空社　平成七年）
「明星」復刻版（全百冊）（臨川書房　昭和三十九年）
「青鞜」復刻版（全六巻）（龍溪書舎　昭和五十五年）
「へちまの花」復刻版（全二巻）（ゆまに書房　昭和三十九年）
「新社会」復刻版（全五巻）（不二出版　昭和五十七年）
「新声」復刻版（全十五巻　明治二十九年～明治三十六年）（ゆまに書房　昭和五十八年）
「英語文学」（緑葉社　大正七年一月～大正十年十二月）
日本著作家組合「著作評論」（大正九年四月～十月）
その他東京朝日新聞、聞蔵・読売新聞、ヨミダス歴史館、東京日日新聞、報知新聞、万朝報、日本海新聞、県政新聞等

学校関係

『桃山学院100年の歩み』（桃山学院　昭和五十九年）
『桃山学院百年史』（桃山学院　昭和六十二年）
『青山学院九十年史』（青山学院　昭和四十年）
『第一高等学校六十年史』（第一高等学校　昭和十四年）
稲垣真美『旧制一高の文学』（図書刊行会　平成十八年）
木下直之他『東京大学　本郷キャンパス案内』（東京大学出版会　平成十七年）

附・その他資料

年表に収録されていない生田長江の著作

『孤蝶馬場勝弥氏立候補後援・現代文集』*（生田ら八十一名の共著　実業之世界社　大正四年）

『翻訳の仕方と名家翻訳振』*（「名家翻訳振」に長江の「天幕の中」収録）

『文壇名家書簡集』*（生田ら九十三名の共著　新潮社　大正七年）

『変態心理学講話集　第壱編』*（生田他多数著　日本精神医学会　大正七年）

『日本近代名詩集』*（生田他多数　生田春月編　越山堂書店　大正八年）

『大本教の解剖』*（生田他多数著　日本精神医学会　大正九年）

『三十日卒業作文速成書』*（生田長江講述　大日本速成学会　大正七年二月二十五日の「東京朝日新聞」の広告に六版発売とあるが刊行年不明）

『現代愛の詩集』*（百六名の詩人の作品の中に生田の「ありしひを」収録　成光館出版部）

『光子の声其他』*（預言者宮崎虎之助の夫人光子の遺稿集と追想録。長江は「印象と想像」寄稿。非売品。川合幸信編　発行者中村有楽　昭和八年）

『自然主義講話（附）最近文芸講話』*（生田長江述　日本文章学院　刊行年月不明）

『日本文学講座　第四巻』*（大正十五年〜昭和三年の合本　生田他多数著　生田の「明治文学概説」収録。新潮社　刊行年月不明）

『「自由講座」講義録』*（生田他多数　「自由講座」発行所　大正二年六月。長江の講義が収録されているものは、この「自由講座」をはじめ島村民蔵の主催する「大日本文学会」のものなど、多数あると思われる）

訃報

「生田長江氏／逝く」（『都新聞』）、「生田長江氏／ニイチェ研究はじめ／文壇への功績」（『読売新聞』）、「生田長江氏／逝く／ニイチェ紹介者」（『報知新聞』）、「生田長江氏」（『東京朝日新聞』）、「生田長江氏」（『大阪朝日新聞』）、「生田長江氏」（『東京日日新聞』）、「生田長江氏」（『時事新報』）、「生田長江氏」（『国民新聞』）。以上すべて昭和十一年一月十二日に掲載されたもの。すべて顔写真入り。鳥取県の新聞では、一月十四日の「因伯時報」が「生田長江氏」を掲載している。

追悼文（無署名のものは除く）

森田草平「長江君逝く（上・下）」（『都新聞』一月十三、十四日）、車引耕介「壁評論――生田長江と批評界」（『読売新聞』一月十四日）、「生田長江氏葬儀」（『読売新聞』一月十五日）、「風聞帳」（『読売新聞』一月十八日）、好村春基「宗教人としての／生田長江氏」(1)〜(6)（『読売新聞』一月十七日〜二十五日）、三木清「生田長江氏」（『三田新聞』一月二十四日）、佐藤春夫「長江先生を哭す」（『日本評論』二月号）、杉山平助「生田長江先生と私」（『中央公論』二月号）、菊池寛「無題〈話の屑籠〉」（『文芸春秋』二月号）、増谷文雄「編集後記」（『真理』二月号）、佐藤春夫「長江全集を編みつつ」（『時事新報』三月二、三、五日）、馬場孤蝶「長江君の若かりし頃」（『書物展望』三月号）、中村武羅夫（？）「生田長江氏のこと〈スポットライト〉」（『新潮』三月号）、生田幸喜「伯父、長江の思い出」（『宗教公論』四月号）、辻潤「生田長江氏のことなど」（『生活』四月号）、日夏耿之介「生田長江氏」（『現代詩』四月号）、萩原朔太郎「長江先生のこと」（『現代詩』四月号）、三木清「生田長江全集――本格的批評家の全業績」（『大阪朝日新聞』四月十八日）、森田草平「若い者とローマンス」（『生田長江全集月報第三号』五月二十五日）、室伏高信「生田氏を憶ふ」（『ニイチェ第五号　ニイチェ全集第十一巻附録』昭和十一年二月二十日）、相馬御風「無題」（『鳥声虫語―相馬御風随筆全集』昭和十二年十一月）。伊福部隆輝が主宰していた詩誌で追悼の特集を組んだとの記述があったが詳細は不明。

『ニイチェ全集』（日本評論社・新訳決定普及版）「内容見本」推薦文執筆者
桑木厳翼「新しきニーチェ」、室伏高信「現代文学の父」、萩原朔太郎「基督としてのニイチェ」、斎藤龍太郎「思想界への寄与」、登張竹風「新訳をたゝへる」、池上鎌三「生そのもの」、鬼頭英一「人間学とニーチェ」、新明正道「社会学とニイチェ」、谷川徹三「永久に問題の人」、阿部次郎「ニイチェ研究を勧むる言葉」、高橋里美「ニイチェ復興」、戸坂潤「ニーチェ全集のために」、小松攝郎「ニーチェ復興」、金子武藏「ニイチェの生の哲学」

『生田長江全集』
編集責任者は、馬場孤蝶、徳田秋声、近松秋江、森田草平、佐藤春夫、伊福吉部隆（伊福部隆輝）、生田幸喜、岩野真雄。編集委員は、赤松月船、阿部次郎、生田幸喜、伊福吉部隆、入沢宗壽、岩野真雄、北昤吉、今春聴（今東光）、佐藤春夫、島崎藤村、近松秋江、徳田秋声、豊島与志雄、中村武羅夫、長田秀雄、長谷川如是閑、馬場孤蝶、正宗白鳥、真山青果、水上瀧太郎、室伏高信、森田草平、与謝野晶子、若宮卯之助。「内容見本」に推薦文を寄せた人は、菊池寛、与謝野晶子、桑木厳翼、相馬御風、長谷川如是閑、入沢宗壽、平田禿木、柴田勝衛、本間久雄、村松正俊、上司小剣、萩原朔太郎、岡田三郎、川路柳虹、宇野浩二、日夏耿之介、近松秋江、鷲尾順敬、今春聴、森田草平。

刊行された『生田長江全集』（大東出版社）
一巻（評論―文芸1）昭和十一年三月、四巻（評論―社会）同年五月、六巻（評論　婦人・恋愛、結婚・家庭論・日本・東洋問題に関する諸論）同年七月、八巻（創作―小説・脚本2）同年四月、九巻（創作―小説、脚本）同年六月。

未刊の『生田長江全集』

二巻（評論　文芸）、三巻（評論　文芸・ニイチェ論）、五巻（評論　宗教・哲学・聖典講話・評論ノート）、七巻（創作　初期の短篇数編・孔子の夢（脚本）、円光（脚本）、青い花（脚本）・温室（脚本）、決闘（脚本）・（詩・訳詩）、十巻（創作　釈尊・釈尊ノート・日記）、十一巻（翻訳　我が宗教（トルストイ）・トルストイ語録・ニイチェ語録）、十二巻（翻訳　オデイッセイ（ホーマー）、神曲（ダンテ）、サラムボウ（フロオベエル）、消えぬ過去（ズーデルマン）、死の勝利（ダヌンツィヨ）、猟人日記（ツルゲーネフ）、カルメン（メリメエ）、単純（フロオベエル）、サロメ（ワイルド）、懺悔録（ルソオ）、自叙伝（ゲエテ）（この中より詮衡中――読者の希望を募る）

長江の作品が掲載された主な全集及びこれに準ずるもの

『現代日本文学全集　第二十八篇』（「島村抱月、生田長江、中沢臨川、片上伸、吉江孤雁集」改造社　昭和五年）

『現代日本文学全集59』（「高山樗牛、島村抱月、片上伸、生田長江集」筑摩書房　昭和三十三年）

『現代日本文学全集46』（「生田長江、阿部次郎、倉田百三集」講談社　昭和四十二年）

『現代日本文学全集16』（「高山樗牛、片上伸、島村抱月、生田長江集」筑摩書房　昭和四十二年）

『近代文学評論大系第四巻　大正期I』（角川書店　昭和四十六年）

『現代日本文学大系40』（「魚住折蘆、安倍能成、阿部次郎、和辻哲郎、生田長江、倉田百三、長谷川如是閑、辻潤集」筑摩書房　昭和四十八年）

『近代浪漫派文庫⑭　登張竹風　生田長江』（新学社　平成十八年）

長江の詩をまとめたもの

河中信孝編『生田長江詩集』（白つつじの会　生田長江顕彰会　平成二十三年）

長江自選評論集

第一評論集『最近の文芸及び思潮』(日月社　大正四年)　第二評論集『徹底人道主義』(聚英閣　大正九年)　第三評論集『ブルヂョアは幸福であるか』(南天堂出版部　大正十二年)　第四評論集『超近代派宣言』(至上社　大正十四年)　第五評論集『宗教至上』(新潮社　昭和七年)。このうち、評論集とあるのは『超近代派宣言』のみ。

発禁処分にあった作品

「何故に第四階級は正しきや」(「新小説」大正七年一月。「新小説」には題名と名前のみ掲載され本文は削除。社会の安寧秩序を壊乱する恐れがあるので抹消したとの編集部の説明がある)

「社会批評家としての予の立脚地」(「中外」大正七年四月。安寧秩序紊乱のため、長江の作品を久津見蕨村の「現戦争の惨禍と世界統治権の疑問」に差し替え再発行)

長江の論争に触れたもの

平野謙・小田切進・山本健吉編集『現代日本論争史　上巻』(未来社　昭和三十一年)

臼井吉見『近代文学論争　上』　昭和五十年　筑摩書房

戯曲

「円光」(三幕「中外」大正六年十月)／「青い花」(三幕「帝国文学」大正七年一月)／「温室」(一幕「太陽」大正七年五月)／「決闘」(三幕「中外」大正七年十月〈別題「告白の後」「ピストルの稽古」〉)／「溶鉱炉」(二幕「雄弁」大正八年七月〈別題「巡礼」「天路歴程」〉)／「長沢兼子」(二幕「雄弁」大正九年五月)／「簒奪者」(一幕「新小説」大正九年十月)／「完成」(一幕「現代」大正九年十一月〈別題「彫刻家の妻」「彫

刻家とその妻」〉）／「八木節大流行」（一幕「新小説」大正十年七月〈別題「首吊ごっこ」〉。『生田長江全集』内容見本」には他に第七巻に「孔子の夢（脚本）」、第八巻に「狐の仕返し（脚本）とあるが掲載誌不明。恐らく未発表の作品と思われる。

上演された戯曲

「円光」国民座第五回公演　有楽座　大正七年五月二十九、三十日。（併演・額田六福作「野崎村」、久米正雄作「地蔵教由来」）

長江訳「ヴェニスの商人」近代劇協会第十一回公演　有楽座　大正七年六月五日より十日間。（併演・小山内薫訳「犠牲」）

「告白の後」文芸座第二回公演　帝劇　大正七年十一月二十六日より五日間。（併演・林和改修「ロミオとジュリエット」・武者小路実篤「或る日の一休」）

「円光」新文芸協会第一回公演　明治座　大正九年二月二十五日より十四日間。（併演・坪内逍遥作「法難」）

⑤「長沢兼子」創作劇場第三回公演　市村座　大正九年六月二日より五日間。初日に二幕目が上演禁止になり、一幕のみ上演。（併演・伊藤白蓮作「指鬘外道」）。なお「温室」は、島村抱月の芸術座第三回研究劇の候補となり、第四回研究劇（大正七年十一月下旬から五日間）で上演される予定であったが、抱月の急逝によって上演されることはなかった。

最近では鳥取県総合芸術文化祭・鳥取県文化会館十周年記念作品として「温室」「彫刻家とその妻」「長沢兼子」の三作がドラマリーディングの形で、鳥取県文化振興財団を中心にした上演組織によって平成十五年十月十八、十九日の二日間、鳥取県民文化会館小ホールで上演された。演技者は一般公募。また翌平成十六年五月八日には、米子コンベンションセンタービックシップ国際会議室で『長沢兼子』ビデオ上映と朗読ライブ＆原作者生田長江を語るフォーラム」が開催され「長沢兼子」が上映されている。

長江特集
「人の印象二十一　生田長江氏の印象」（『新潮』大正七年十月。堺利彦「演説振りと長唄の夕」、野上豊一郎「彼はアイロニストか」、らいてう「女に対した時の態度」、近松秋江「無類の善人長江夫子」、岩野泡鳴「利口で且つへまな人」）
「はがき評論」（『不同調』大正十五年四月。与謝野晶子、岡田三郎、堺利彦、らいてう、高畠素之、近松秋江、生田春月、赤松月船、中村星湖）

長江の序文および推薦文
上山草人「煉獄」（『煉獄』を推奨す」「中外」大正七年六月）、高群逸枝「日月の上に」（『日月の上に』の著者に就いて」「新小説」大正十年四月）。他に序文には、森田草平『十字街』（春陽堂　大正元年十二月）、中村古峡『殻』（春陽堂　大正二年四月）、大杉栄『生の闘争』（新潮社　大正三年十月）、生方敏郎『敏郎集』（植竹書院　大正四年七月）、岩野清子『愛の争闘』（米倉書店出版部　大正四年十一月）、安成二郎『歌集貧乏と恋と』（実業之世界社　大正五年一月）、上山草人『煉獄』（新潮社　大正七年十月）、沖野岩三郎『煉瓦の雨』（福永書店　大正七年十月）、荒川義英『一青年の手記』（聚英閣　大正九年五月）、岩野泡鳴『女の執着』（日本評論社　大正九年九月　巻末の附録）、佐藤春夫『我が大正十一年』（新潮社　大正十二年二月）、松本淳三『二足獣の歌へる』（自然社　大正十二年三月）、赤松月船『冷秋』（抒情詩社　大正十四年十月）。なお長江が推薦して出版が決まった島田清次郎『地上』（第一部　新潮社　大正八年六月）に長江は序文を書かなかった。新潮社の佐藤は、長江から申し出があったが断ったと記している

他者から得た序文・跋
「序　夏目金之助　上田敏」（『草雲雀』森田草平、川下江村との共著　服部書店　明治四十年十一月）、「序　夏目金之助」（『文学入門』新潮社　明治四十年十一月）、「序　森鷗外」（『ツァラトゥストラ』新潮社　明治四

十四年一月）、「序　森田草平」（『死の勝利』〈訳〉新潮社　大正二年一月）、「跋　堺利彦」（『資本論』〈訳〉緑葉社　大正八年十二月）、「序　堺利彦」（『哀史』〈『環境』改題〉近代名著文庫刊行会　大正十二年三月）

長江名義貸しの書籍

生田春月（共訳）『罪と罰』（植竹書院　大正四年二月）、中沢臨川（共著）『近代思想十六講』（新潮社　大正四年十二月。実際の著者は新潮社の加藤武雄と思われる）。昇曙夢、野上臼川、森田草平との共著『近代文芸十二講』（新潮社　大正十年八月）、本間久雄との共著『最新社会問題十二講』（大正八年十二月　新潮社）も可能性が高い。著者は加藤武雄と思われる。他にも数多くあると思われる。

長江がモデルとして登場する小説

森田草平「煤煙」の神戸（「東京朝日新聞」明治四十二年元旦から五月十六日まで連載。以後何度も本になり、岩波文庫に収録）。夏目漱石「それから」の寺尾（「東京朝日新聞」明治四十二年六月二十七日から十月十四日まで連載）、島崎藤村「並木」の青木（「文芸倶楽部」臨時増刊号「二昔」〈明治四十年六月〉に発表。のち『藤村集』〈博文館　明治四十二年刊〉に再録）、生田春月『相ひ寄る魂』（前・中・後編）の巌本閃光（新潮社大正十年九、十二月、大正十三年一月。『生田春月全集』（新潮社）に収録。

長江の本名・弘治の呼び方

昭和五年刊行の『現代日本文学全集』にある自筆の年譜には「こうじ」とルビをふってあるが、遺族の生田夏樹氏の〈「ひろはる」と読むのだと思います。戸籍上はどうなっているのか承知していませんが、祖父が使っていたトランクに **H・Ikuta** と記してあるのを見たことがあります〉という証言がある。神奈川近代文学館に所蔵されている長江のノート「震災記事」「断片（第一冊）」「断片（第二冊）」等にも同様の表記がある。どちらが正しいかは不明。

長江を名乗るまでの本名以外のペーネーム。

生田星郊、星郊、星郊生、望蜀山人、ふじ子、星、明星愛読者、續弦膠。

長江論及び長江に触れた主な作品

「玄関番の見たる文士の生活㈢生田長江氏」(「新潮」明治四十二年十一月)、荒川義英「生田長江氏を論ず」(「新潮」大正四年年六月)、近松秋江「無類の善人長江夫子」(「新潮」大正七年十月)、「生田氏の隠し芸」POP(「中央文学」大正九年十二月)、小島徳弥「生田長江と無名作家推薦」(『文壇百話』大正十三年・新秋出版社)、伊藤永之介「生田長江氏の妄論其他」(「文芸時代」大正十四年四月)、岡田三郎「生田長江」(「不同調」大正十四年八月)、中村星湖「生田長江氏の場合」「生田氏の反駁」「生田氏の頭脳」(『評論講座』大正十五年二月)、野上豊一郎「大上段の長江君」(「改造社文学月報」昭和五年十月)、新島繁「生田長江論」(「明治文学研究」昭和十年七、八、十月)、三上於兎吉「明日の花に就いて——長江先生に」(『随筆わが漂泊』サイレン社　昭和十年)、「近世文芸家伝記資料——生田長江」(「文芸懇話会」昭和十二年五月)、宍戸儀一「生田長江」(『近代日本文学研究大正文学作家論上巻』小学館　昭和十八年)、青野季吉「解説」(『現代日本文学全集46高山・島村・片上・生田集』筑摩書房　昭和三十三年)、長谷川泉「生田長江」(『現代文学講座　人と作品第四集』明治書院　昭和三十六年)、榎本隆司「生田長江」(『現代日本文学講座　鑑賞と研究第9』三省堂　昭和三十七年)、谷沢永一「生田長江」(『大正期の文芸評論』塙書房　昭和三十七年)、高田瑞穂「生田長江」(作品解説)(『日本現代文学全集46　生田・阿部・倉田集』講談社　昭和四十二年)、紅野敏郎「生田長江入門」(同前)、遠藤一夫「生田長江」(『鳥取県百傑伝』山陰評論社　昭和四十五年)、浜崎美景「超人社付近——佐藤春夫の青春像」(「薔薇都市」山陰評論社　昭和四十七年二月)　吉田精一「生田長江」(「国文学解釈と鑑賞」昭和四十八年五月)、赤松昭「生田長江氏の社会思想の変遷」(「学苑」昭和四十九年八月)、渡辺綱雄「生田長江と新感覚派」(「淑徳国文」昭和五十五年十二月)、富士川英郎「生田長江の訳詩」(「海」昭和五十七年二月)、

助川徳是「生田長江の出発——明治末年から大正初年までを中心に」（『漱石と明治文学』桜楓社　昭和五十八年）、野田宇太郎「生田長江の故郷にて」（『山陰文学散歩』文一総合出版　昭和五十八年）、紅野敏郎「生田長江、森田草平——「反響」の位置付け」（『文学の園一九一〇年代』青英舎　昭和五十九年）、西川文子「『新真婦人』のこと」（『平民社の女——西川文子自伝』青山館　昭和五十九年）、山下清三「生田長江」（『文学の虹立つ道』富士書房　平成二年）、森本修「生田長江」（『明治・大正・昭和作家研究大事典』桜楓社　平成四年）、山田よし恵「生田長江の婦人論を読む」（『大正期の女性雑誌』大空社　平成八年）、大和田茂「生田長江」（『近代日本社会運動史人物大事典』日外アソシエーツ　平成九年）、佐々木孝文「モダニズム時代の鳥取人脈」（『鳥取発大正・昭和を翔けた人々』（鳥取市歴史博物館　平成十七年）、「生田長江——真摯の人光彩を放つ」（白つつじの会　生田長江顕彰会　平成十九年）、杉田弘子「漱石門下から輩出したニーチェ研究者1生田長江」（『漱石の『猫』とニーチェ』白水社　平成二十二年）、安藤礼二「ニーチェと日本人　生田長江の改革と反動」（『ニーチェ入門』河出書房新社　平成二十二年）、大野秀「生田長江の生涯と業績」（『郷土出身文学者シリーズ⑥生田長江』鳥取県立図書館　平成二十二年）、中田親子「生田長江と「青鞜」」（『同前』）、佐々木孝文「生田長江と鳥取県人脈——思想的連続性からみる」（『同前』）。なお本文に引用したものや参考文献に入れたものは除く。

謝辞

本書の執筆にあたり、以下の方々にお世話になりました。記してお礼申し上げます。
青木憲之　赤松芙紀子　飯田頼昭　生田夏樹　池岡靖則　池川玲子　磯部明子　伊福部高史　遠藤一夫
岡村幸宣　小野明美　大野秀　大長美奈　鴨田憲一　河中信孝　神崎猛　木幡佳子　北村陽子　来見田博基　高良真木　小杉明史　児玉匡史　小林輝治　佐藤れい子　曾根博義　竹茂良平　立石富生　辻本雄一
徳永美樹　中村周二　並里まさ子　西田ちぐみ　浜田糸衛　平子恭子　平田恵美　藤田知生　本田雅之
益川良子　野上照代　藤井華織　町田聡　松田暢子　間宮悠紀雄　望月真由美　森谷明　三峪さわ代　三好雅美　矢島一　渡邉仁美　長谷寺（鎌倉）　延暦寺（日野町）　喜福寺（東京）

本書の引用部分には、現在では好ましくないとされている表現が含まれていますが、歴史的、資料的価値を尊重し、そのまま掲載しました。

著者略歴

一九五一年静岡県生まれ。

静岡工業高校（現・科学技術高校）土木科卒。

作家・評論家。

主要著書
『火だるま槐多』（春秋社）、『青嵐の関根正二』（同）、『よみがえる〝万葉歌人〟明石海人』（新潮社）、『啄木─よみがえる20世紀を代表する歌人の生涯』（南アルプス書房）。

知の巨人　評伝生田長江

二〇一三年一月一五日　印刷
二〇一三年二月一〇日　発行

著　者　©　荒《あら》　波《なみ》　　力《ちから》
発行者　　及　川　直　志
印刷所　　株式会社　三　秀　舎
発行所　　株式会社　白　水　社

東京都千代田区神田小川町三の二四
電話　営業部〇三（三二九一）七八一一
　　　編集部〇三（三二九一）七八二一
振替　〇〇一九〇─五─三三二二八
郵便番号一〇一─〇〇五二
http://www.hakusuisha.co.jp

乱丁・落丁本は、送料小社負担にてお取り替えいたします。

松岳社 株式会社 青木製本所

ISBN978-4-560-08259-1
Printed in Japan

高松敏男、西尾幹二 編
ニーチェ全集別巻
日本人のニーチェ研究譜

明治26年雑誌『心海』でニーチェが紹介されて以来、昭和54年に至るまでのニーチェに関する訳書・研究文献などの邦語文献のすべてを原本確認に基づいて書誌的に網羅。Ⅰ書誌篇 Ⅱ資料文献篇

マルティン・ハイデガー 著／薗田宗人 訳
ニーチェ Ⅰ・Ⅱ・Ⅲ（全3冊）

ハイデガーが『存在と時間』によって確立された自己の存在論的基盤を踏まえつつニーチェという巨大な現象と対決し、それを通して新たな哲学的視点を切り開いた思索のドキュメント。

マンフレート・リーデル 著／恒吉良隆、米澤 充、杉谷恭一 訳
ニーチェ思想の歪曲
受容をめぐる100年のドラマ

歪曲され通俗化された言説を厳密なテクスト批判により葬り、ニーチェを正当に位置づけるこの労作は、国家・民族から自由な思想を新世紀へとつなぐための不可欠な書となるだろう。

タルモ・クンナス 著／杉田弘子 訳
笑うニーチェ

ニーチェの著作に頻出する「滑稽なもの」の表現が、あらゆる価値の転換をめざすその思想表現の有力な武器となっていることを指摘し、その重層的構造を明らかにする画期的な論考。

岡村民夫 著
旅するニーチェ　リゾートの哲学

サン＝モリッツ、ジェノヴァ、ニース……。ニーチェが旅行者として生き、もっとも多産に著作した10年間。アフォリズム・スタイルを生んだ「歩行する思想」のノマディスムを解明する。